AF205300

1

Warten...
bis der Arzt kommt

Gerhard Rolf Günther Fischer

Bibliografische Information der Deutschen Nationalbibliothek: Die Deutsche Nationalbibliothek verzeichnet diese Publikation in der Deutschen Nationalbibliografie; detaillierte bibliografische Daten sind im Internet über http://dnb.dnb.de abrufbar.

© 2019 Gerhard Rolf Günther Fischer
„Herstellung und Verlag: BoD – Books on Demand, Norderstedt

ISBN: 9783748189305

Warten...
bis der Arzt kommt

Kriminelle Geschichten die das Leben schrieb mit einem
Lächeln im Knopfloch...
„ Was kann ich Ihnen Gutes tun?" „Indem Sie mich warten
lassen bis der Arzt kommt. Denken Sie einmal darüber nach.
Zweieinhalb Jahre WARTEZEIT, Sie Elektro Händler Sie, nur
um meinen DVD Recorder zu Hause an den Beamer, den
Stromkreis anzuschließen und das ist ja noch nicht alles,
schwer krank geworden bin ich und des Lebens überdrüssig!"
„ Ich bin dabei und was ist mit Geld ?"" Kaum eine Antwort
ist auch eine Antwort...
DER KUNDE WARTET NOCH HEUTE... Sie, die
Handwerker und die Fachleute haben einfach alle Hände voll
zu tun...eine gute Ausrede. Wenn kein Vertrag vorhanden ist, ist
man Ihnen hilflos ausgeliefert...

von Gerhard Rolf Günther Fischer
(Anmerkung... zwei alte Fotos für Titel und Rückseite... 1)
Titelseite … Klassenfoto Einschulung erste Klasse Jürgen
Schule Frl. Locher und Klassenkameraden... Rückseite...
Geplantes Stand Bild Foto für mein TARZAN FILM FOTO
FACH BUCH... der alte Tarzan Rolf Fischer, mein Vater im
Kampf gegen einen Affen Menschen... Abbildungen von
Bekannten und Verwandten, deren Geschichten in Kurzform
aufgezeichnet sind...

Aus dem Inhalt... Das voll gemüllte Haus der alten Frau, die
Heckenschere und die Flucht aus Polen...... Vom Flüchtling, der
Bücher Bestseller schreiben wollte...... Aufruhr in der RE HA
Kuranstalt im Schwarzwald Lützenhardt, das Tarzan Fachbuch,
der Verleger und die Kusine, die abkassieren wollte...... Selbst
der größte Gauner und hat alle anderen Komplizen schamlos
hereingelegt...... So war das mit der Schule, den komischen
Lehrern und den Klassenkameraden...... Die zwei Spielfilme
auf Super 8, die ich und mein Freund Erwin in Flensburg
drehten......Zur Manga Filmbörse nach Hamburg Eimsbüttel...
Als der Arzt nun wirklich kam.... Der Schriftsteller, der die
MAKULA Augenkrankheit bekam und an beiden Augen
operiert wurden... WARTEN, BIS MAN ZUM TIERARZT
MUSS... Unser Haus auf Sylt... Mein Vater, der
Klavierspieler... Die Verrücktheiten meines alten Vaters, der
Hilferuf aus dem Toilettenfenster.....Unser Leben, ein
Kommen und gehen, abwarten bis zum bitteren. Ende..... DER
TAG DER DEUTSCHEN EINHEITS GEISTERHUNDE
(03.10.18)

ENDE UND ANFANG

Es ist schon eine Farce zum Haare aus raufen, wenn Sie so wollen. Das ganze Leben von der Geburt bis zum Tode besteht aus nichts anderem als aus dem kleinen Wörtchen w a r t e n. Eine WARTEZEIT wechselt die andere ab, es gibt größere und kleinere Wartezeiten und dann die schlimmen Wartezeiten ohne Ende bei denen man seelisch und körperlich schweren Schaden nehmen kann.. Schuld haben immer die anderen am persönlichen Glück oder Unglück, wie sie wollen. Das Schicksal wechselt oft und die anderen Tugenden von Glück und Unglück wechseln sich ab, doch welcher Mensch führt schon über seine Wartezeiten Buch, das würde den Rahmen sprengen, nehmen Sie die Wartezeiten ohne Ende... das Lesen eines Buches vom Anfang bis zum Ende und das Warten am Ende, gibt es ein Happy End. Entgeht der Bösewicht seiner gerechten Strafe oder kommt er noch einmal mit dem Leben davon, Gnade vor Ungnade. Das warten der Schüler auf die Beendigung der Unterrichtsstunde und die Schöler mit den schönsten Tenor Sttimmchen können es gar nicht erwarten dem Lehrer, dem Kantor bei der Gesangsstunde Vorzusingen. Das Lampenfieber beim Casting, dann die Wartefrist beim Vorsprechen ,weil eben noch die anderen dran sind, doch das Warten hat ein Ende, wenn man wieder in den eigenen vier Wänden zu Hause ist, wenn es denn ein Zuhause ist und die Zwangsversteigerung wegen Arbeitslosigkeit uns die Heimat genommen hat. Eine Wartezeit reiht sich an die andere, der zweite Weltkrieg, der Anfang vom Ende, ein Ende mit schrecken oder ein Schrecken ohne Ende. Man kann es nicht abwarten, wieder zurück in die Heimat zu gelangen zu den Familienangehörigen, zu Freunden und den Eltern. Die

Wartezeiten auf die Arbeitsplätze beginnen aufs Neue, sich beweisen können, was in einem für ein Potenzial von Wissen und unbekannten Kräften steckt, vielleicht eine Familie gründen, das Warten auf das erste Kind und die innere Unruhe. Man findet nächtelang keinen Schlaf, die Arbeit und das Hobby schmecken einem nicht mehr, alles wiederholt sich im Leben. Kein Tag ist wie der andere beschaffen, jeder Telefonanruf, jedes Gespräch, jedes Denken und Handeln ist vom unterschiedlichem Denken, Fühlen und Handeln von sich selbst und seinen Mitmenschen verantwortlich. Alles ist widersprüchlich und die Umwelt ist auch nicht diejenige, die sie einmal war. Auf was warten wir denn so im allgemeinen... Das der Arbeitstag gut endet, auf Essen und Trinken, auf einen gutbezahlten Job oder auf eine Gefälligkeit, auf Geburtstage, auf den Hochzeitstag, auf ein lang ersehntes Wiedersehen, auf die Beendigung einer gelungenen Kino Vorstellung, auf einen schönen Sonnenuntergang, auf eine erholsame Urlaubsreise und glückliche Heimkehr, auf einen geselligen Abend mit der Familie, auf den Kaufhausbummel, auf schöne Kleider und teure Anzüge, auf den Blick in unser Gehaltskonto, auf den täglichen Lebensmitteleinkauf und dem Gespräch mit Freunden und Bekannten, auf die Tagesschau, den Frieden in der Welt, der schon seit Jahrtausenden auf sich warten lässt, weil die Männer in der islamischen Welt zu radikalisiert sind und die Götzen und Götter anbeten, die es nur in ihrer Fantasie gibt, weil es ihre Vorfahren auch nicht besser wussten, aus Angst, Unwissenheit und einer gewissen Hilflosigkeit heraus gesehen. Aus der Unfähigkcit hcraus einen festen Halt im Leben zu suchen und sich einbildet, radikal und fanatisch unter Beweis zu stellen, Allah, Mohammed und Jesus Christus könnten das Denken und Handeln der Menschheit stark beeinflussen, das geht daneben. Die hinauf stilisierten Götter waren nichts weiter

8

als die klügsten Menschen ihrer Zeit, sie haben die Bibel, den Koran geschaffen, aber sind dadurch die Menschen besser und einsichtiger geworden? Der Mensch hat sich in der Urzeit beweisen müssen, er hat sich gegen wilde Tiere zur Wehr gesetzt, hat sie ausgerottet und setzt sich gegen seine Mitmenschen zur Wehr, der eine vernichtet den anderen. In Wort, in Tat und Schrift. Wir warten auf den Tag, auf den die Außerirdischen uns besuchen kommen, aber was dann, wenn sie schon längst unter uns weilen, uns geistige Nahrung zum Raketen Bau zum Mond und dem Saturn vermittelt haben. Diese gewaltige Technologie und Logistik in den letzten Jahrzehnten kann der Mensch doch wohl nicht alleine so mir nichts dir nichts über Nacht aus dem Boden gestampft haben. Sie könnten in den Wüsten der Nevada der USA, an den Küsten der Städte unter Wasser verborgen vor den menschlichen Blicken in selbst errichteten Unterwasserstädten längst verborgen vor uns leben, uns beobachten. Wann tauchen Sie auf, wann fangen sie an und den Hyper Antrieb zu lehren, der uns und unsere Raumfahrzeuge ans Ende der Milchstraße bringt und zu fremden Sternen und Galaxien. Die Menschheit dehnt sich weiter aus, sie nimmt zu, ein Ende der Geburtenraten ist nicht abzusehen. Der Mensch ist ungeheuer fruchtbar und er denkt nicht daran, seinen Trieb zu beherrschen und einzustellen. Wie lange müssen wir noch warten bis der Mensch seinen Fuß auf fremde Planeten setzt ? Die Spezies Mensch kennt keine Ruhe und kein Erbarmen mit sich selbst, sie braucht Ruhe, doch RASTLOS IST ES IMMER NOCH: Wann fallen die ersten Menschen von der Erde. Sie ist überbevölkert. Die Gezeitenströme verändern sich, die Erde verändert ihr Gesicht, die Kappen der Pole schmelzen dahin, wann taut der letzte Eisblock auf, werden die Unwetter, die Stürme, die Erdbeben schlimmer? Werden die unterseeischen

9

Vulkane ausbrechen und gewaltige Flutwellen die Küstenstädte der Welt unter sich begraben. Die Atmosphäre heizt sich auf, bald um drei Grad, das ist sicher wie das Amen in der Kirche. Die inneren Ängste treiben die Menschheit an, er fühlt sich nicht mehr sicher und geborgen auf seinem Heimatplaneten, warum auch, er hat die Tier und Pflanzenwelt ausgerottet, die Fische im Meer werden unbarmherzig dezimiert, der ewige Hunger und Durst ist ein steter Feind und auch die Insektenwelt, die Heuschrecke in Honig und Öl, die Froschschenkel sind dem Menschen ein Dorn im Auge. Wartezeiten finden ein Ende, aber auch einen Anfang, sie beginnen im Mutterleib, wenn das Kind mit den kleinen Beinchen im Fruchtwasser der Mutter zu strampeln beginnt und es nicht abwarten kann, herauszukommen um das Leben und alles was damit verbunden ist anzunehmen. Beate Uhse verdiente ihr Geld mit dem studieren der Broschüre X und teilte den Müttern die fruchtbaren und unfruchtbaren Tage und den Tag der Geburt mit. Die fruchtbaren und unfruchtbaren Tage der Frauen , ein ständiges warten und abwarten und aufpassen ohne Ende. Das menschliche Leben ist eine Wartezeit ohne Ende, doch es besitzt einen Anfang und es kann ein Ende mit Schrecken werden, ich denke da an Krankheiten wie den Krebs, die Zuckerkrankheiten, das Asthma, die Tuberkulose, die Geschlechtskrankheiten, ja selbst die Lepra ist noch nicht besiegt worden und nicht zuletzt die Herzkrankheiten und diejenigen, die mit früher Blindheit geschlagen wurden oder in den zwei Weltkriegen schwer verletzt auf den Schlachtfeldern im Afrikafeldzug, im Kessel von Stalingrad auf den Schlachtfeldern den Tod erwarteten, den Erfrierungstod, den Hungertod, den Tod des Verblutens, es ist alles ein ständiges kommen und gehen, ein abwarten und ein Lebewohl an das Leben. Das Leben geht weiter, es gibt viele

Individuen auf der Erde, Menschen und Tiere, Insekten, Meeresbewohner und die Außerirdischen in den versteckten Hangars in der Wüste Nevada der USA vielleicht, denn sterblich sind alle Lebensformen, auch diejenigen, die ihr Leben verlängern können und selbst die Orca Wale, die gefräßigen Räuber der Meere, wo die weiblichen Tiere über 200 Jahre alt werden können und daneben andere Walarten, das Leben ist nicht unendlich, es währet nicht ewiglich, es ist endlich. Die Blumen vergehen, sie warten auf Regen und Sonnenwind, der sie eine Zeit lang trägt, Die Bienen ernten den Honig, ihre Zeit ist nur kurz, sie haben keine Zeit zum warten, sie müssen fleißig sein, der Honig in den Waben und ihre Brut trägt ihre Nachkommen, den Menschen, die Tiere wie Bär und Waschbär, die sich an ihm gütlich tun, alles ist nur für kurze Zeit vorhanden und dann beginnt wieder die Wartezeit auf das kommende, das neue. Wenn in Wald, Flur in den Bergen und den Tälern das Leben nach dem Winter erneut zum Leben erwacht. Die Erwartung der guten und bösen Mächte, man kann es gar nicht erwarten, bis man Urlaub machen kann, wo auch immer,

die Erwartung aus den Kinderschuhen heraus zu wachsen, die Schule und Lehrzeit hinter sich zu bringen, das verdiente Geld auf dem Bankkonto zu haben, den 21 Geburtstag, die Volljährigkeit, mit Eltern, Freunden und Verwandten zu verbringen. Das warten auf einen neuen James Bond Film, das warten auf einen Bestseller, das warten auf den Umzug in Umstellung, die unendliche Geduld darauf zu warten, bis alles fertig tapeziert, eingeräumt und die Elektroanlagen angeschlossen sind. Die unendliche Geduld, bis das Telefon funktioniert, denn so schnell wie es Eins plus eins uns verdeutlichen will, geht es nicht. Die Geduld, die Rechtschreibung eines Buches zu kontrollieren kann schmerzlich sein. Es wird viel gelogen und betrogen und die schlimmsten Wartezeiten für uns Menschen sind wohl diejenigen, endlich aus dem Gefängnis, dem Krankenhaus, aus dem Krieg, aus der Ehescheidung, aus vielen anderen Verpflichtungen entlassen werden, auf einem neuen Lebensabschnitt zu warten und die unangenehmen Gefühle beiseite zu lassen. Die Einsamkeit als Single im Alter abzuschütteln, mit älteren Menschen möchte niemand gern etwas zu tun haben, es sei denn , sie sind betucht mit Haus und Hof, das Bankkonto stimmt. Oder abwarten, bis die Rentenerhöhungen eintreffen, ein heißer Tropfen auf den kalten Stein.

Was gibt es noch für Wartefristen, da wären der erste Kontakt mit den Außerirdischen, auf den wir warten können, bis wir schwarz werden. Sind sie denn nicht schon längst da, in den USA in der Nachkriegszeit in den USA gelandet, sie und ihre fliegenden Untertassen in den unterirdischen Hangars vor aller Augen versteckt, oder an den Küsten der Weltmeere verschwunden, wo sie mit den Menschen die Raketen unerkannt zum Mars bauen, denn woher kommt die so plötzliche, unbekannte Technologie, die die Menschen befähigt, die unglaublichsten Dinge von der Rakete bis zum Satelliten herzustellen. Zum Schluss warten wir noch auf die Flüchtlinge aus aller Herren Länder, wohlgemerkt aus den Ländern, wo die Diktatoren das Land und die Bevölkerung unterdrücken, die Menschen erwarten den Frieden und was erhalten sie, zerbombte Städte, Dörfer, Häuser, nichts zu essen und zu trinken und letztlich in den Bürger Kriegen nur Elend und Tod. Es wird gelogen, dass die Balken krachen. Nicht nur in der Politik. In den USA wählt das unbedarfte Volk den doofsten Geldhai , verlogensten, gewieftesten Geschäftsmann Präsidenten aller Zeiten, er ist in erster Linie Geschäftsmann und hat nur den Dollar und seinen eigenen Kontostand im Auge und wenn er nach 4 Jahren Amtstätigkeit rausgeschmissen wird, hat er genug Geld für sich und seine Nachkommen selbst durch Schmiergelder verdient und die Mauer zu Mexiko wird nicht gebaut, eine einzige Lügengeschichte, da kann man sicher sein. Eigentlich ist genug geredet und geflunkert worden und wir können mit den Erzählungen beginnen, denn darauf haben wir lange genug gewartet...

ERZÄHLUNG NUMMER 1... DAS VOLLGEMÜLLTE HAUS DER ALTEN FRAU. DIE HECKENSCHERE UND DIE FLUCHT AUS POLEN

Das Leben meint es nicht immer gut mit uns Menschen und wenn es dann eines Tages zu spät ist, kommt das böse Erwachen. Ich verlor meinen Arbeitsplatz beim Älterwerden und obgleich ich als Buchhalter unkündbar in einer großen bekannten dänischen Firma viele Jahre aber leider nicht lange genug gearbeitet hatte, brachte die Geschäftsleitung es dann doch durch Hartnäckigkeit fertig, mich eines Tages zu entlassen, obwohl ich unkündbar war. Ich bekam eine lächerliche Abfindung, musste zusehen, wie ich alleine fertig wurde, verlor mein Elternhaus, meine Gelder und Kredite, musste zusehen wie eine brutale, verlogene, hartnäckige junge Familie mit Brutalität mein Eltern Haus übernahm, da kursierte lange Zeit die Rücksichtslpsigkeit, die ich zu bewältigen hatte und auf dem Lande, wohin ich ziehen musste, anstatt in meine geliebte Heimatstadt im Alter zurückziehen zu können, warf man mich in eine kleine Platz Angst Wohnung auf dem Lande in die Kontaktlosigkeit des tristen Dorflebens,

13

wo sich allabendlich Hund und Katz gute Nacht sagen. Die Katzen waren die Herren der Lage, sie wurden allerorts von morgens bis abends gefüttert, die einfachen Landleute kümmerten sich rührend um sie, ja sogar einige von den schnurrenden Vertretern hatten Namen, dürften zur Abendzeit bei den Hausbewohnern in die Wohnungen und auf dem Schoß das Fernsehen erleben. Wie gesagt, es waren nicht die schlechtesten Menschen, denen ich hier begegnet bin. Ich saß viele Jahre am Leptop und das nicht nur, um die Zeit, die einem im Alter noch verblieben ist totzuschlagen, sondern um noch etwas Gutes , gute Geschichten für die Nachwelt auf die Beine zu stellen. Anfangs ging ich um frische Luft zu schöpfen des Mittags und des Abends um den Häuserblock, schnell war ich eingerichtet, aber ein verloren gegangenes Eltern Haus von 150 Quadrat kann keine kleine Wohnung von 45 qm ersetzen. Ich probierte wie früher damit die Situation nicht eskalieren kontre viele Sportarten aus, um geistig und körperlich fit zu bleiben, das ging von den Liegestützen über die Hände zu den Fußspitzen herunter, die täglichen, allmorgendlichen das Muskel und Gelenktraining, Kniebeugen, das Hantel drücken und ausgedehnte Spaziergänge in der Umgebung unternehmen, dabei das Nachdenken nicht vergessen, wie ich das neue leben, das Lebensgefühl und meine Geschichten einzurichten habe.

Der Mensch benötigt Abwechslung, Bekannte, Freundschaften und vor allem jeden Tag zu Essen und zu trinken, dazu gehören die Lebensmitteltafeln im Land für uns, die wir knappe Renten haben wie auch immer. Um das alles in den Griff zu bekommen gehört viel Bürokratie und dazu zählen unumgänglich Geduld und Wartezeiten, denn wer nicht eben gut betucht ist aus welchen Gründen auch immer, dem wird natürlich viel zugemutet, wenn ich da an das Sozialamt denke.

Hier beginnen schon die Zumutungen, das weitere Warten auf das umziehen in die alte Heimat, aber die Flüchtlinge haben ja Dank Frau Merkel, wenn sie denn Familien und Kinder haben, was sich ja letztlich doch vorteilhaft auf die geldliche Situation des Kindergeldes auswirkt den Vorrang vor den einheimischen Bevölkerung. Sie ziehen in die wenigen noch leer stehenden Wohnungen, die Mitglieder der Gewoba, des Arbeiterbauvereins ziehen lange Gesichter, wenn sie nicht bevorzugt werden und die Wartezeiten ziehen sich unendlich in die Länge, wenn nichts frei wird, macht man auch vor Alter und von Krankheit kein Aufhebens.

Die Tafeln im Land sind nicht immer gut mit Nahrung bestückt, doch bei uns auf dem Land, wo ich Zwangseinquartiert bin, nach zehn Jahren noch immer auf die Gelegenheit auf die Flucht warte, das ist eine gute Tafel, zwar wird hier keine Koppenrath Torte, keine Schokolade, keine Toilettenartikel, kein Eis und überhaupt nicht die Fülle an Lebensmittel und Bedarfswaren und Getränke wie bei den Discountern Aldi, Spar und Co Op und Penny Markt ausgegeben, aber wie ich schon sagte, unsere Tafel ist eine gute, nur muss man in heißen Sommern, und sie werden ja immer wärmer aufpassen nicht von den Wespen gestochen zu werden, die fliegen um jede Ecke und Kante, sitzen auf jedem süßen Obst, auf jeder Weintraube, nicht selten auf dem eigenen Handrücken oder in die Ohren und scheuen sich nicht, auf der auf der Nase, bei den Augen und am Hals Platz zu nehmen, nun man ist froh, wenn die Taschen voll sind und man das Weite suchen kann. Hierzu eignet sich am besten das eigene Auto mit großem Kofferraum, auch wenn die Tafel nicht allzu weit von meiner Wohnung entfernt liegt, wenn die Taschen voll Lebensmittel sind, wird das schleppen zur Qual, die Hände schwitzen, schlagen Blasen, der Schweiß tritt auf Stirn und

15

Handflächen zu Tage und besonders kommt dies bei älteren Menschen zum tragen. So ging es auch meiner älteren Bekannten, sie ist schon weit über die achtzig, aber sie viel mir auf, eine kleine, dicke, lächerliche Person, resolut und fröhlich und nicht auf den Kopf gefallen wie sie jeden Freitag wenn die tafel öffnete die Taschen voller Waren prall gefüllt nach Hause um die Ecken schleppte. Wir wohnten eng zusammen, sie besaß mit ihrem Mann ein kleines Rei9henhaus in meiner Umgebung, der war aber krank am Herzen, Bein behindert und sie musste ihn versorgen. Ich nahm sie also öfter mit, packte den Wagen voll mit ihren Taschen, das waren nun nicht wenig. Ihre Taschen drückten meine Taschen zu Mus, denn ich merkte, der gute Appetit war hier an der Tagesordnung und so drückte ich ihren Rollwagen mit dem vielen Obst, dem Gemüse, den Weiß und den Schwarzbroten, den Brötchen, dem Kuchen, den fertig Gerichten aus Fisch und Fleisch, den sauren vegetarischen, dem Wurst und Käseaufschnitt, den Milchprodukten, den stinkigen Käse, dem Yoghurt, den Aufbackbrötchen, den Eiern, den enormen mengen an Würstchen im Glas, den pfundigen Bananenstauden, den Ananas, den Äpfeln, Weintrauben, Gurken, Pfirsiche und den Kartoffeln und Tomaten in meinen kleinen Kofferraum des VW Golfs, darauf auf meine eigenen Taschen ohne Rücksicht auf Verluste, da würden meine Eier eingedrückt, die Weißbrote flach gelelgt, das Gemüse um Haaresbreite hinein gequetscht, der Streuselkuchen zermalmt und letztendlich kämpften Kartoffeln gegen Ananas, Blaubeeren gegen Erdbeeren, Zitronen gegen rote und gelbe Paprika, matschige Birnen gegen Weißkohl und Rüben, und die Petersilie gegen das Suppenkraut. Da muss man weggucken und das beste aus der Sache machen, wenn es gilt älteren Menschen, noch älter als ich es bin aus der Patsche zu helfen. Die Tafel wird und wurde

von Ausländern besucht, die Frauen mit den vielen Kindern mit
Triefnase, dem aufgesetztem Schreihals, dunkler Haut, langen,
dunklen schlaffen, kohlschwarzen Trauer Röcken bis zu den
Fußspitzen. Sie kamen mit Kind und Kegel, mit riesigen
Taschen, mit Ausweisen, mit schreienden Säuglingen, mit
Verwandten und Bekannten und den Männern im Schlepptau.
So arm Flüchtlinge auch sind, sie fahren mit tollen neuen Autos
und anderen Karossen vor, ein fahrbarer Untersatz muss sein,
das hebt den Standes Dunkel. Sie verhalten sich ruhig, betteln
nicht denn das ist Verboten, und die Kinder schreien unentwegt
oder spielen Fußball, die älteren von ihnen. Die Männer sind
da wilder, sie gestikulieren mit Armen und Beinen, verziehen
die Gesichter, laufen in billigen Lumpen Klamotten, aber wer
Kinder und Familie ha,t kommt vor uns rein mit leeren
Taschen, dazu ruft ein wilder kleiner, wilder Wikinger, den wir
den Röde Orm vom Bengsten nennen mit fuchtelnden Armen,
mit wildem Aussehen, mit geschwollenen Armmuskeln, mit
rauher, markiger Stimme die Nummern aus, dann heißt es sich
in Reihe und Glied anstellen und wieder beginnen die
Wartezeiten, bis der Einlass um 14 Uhr beginnen kann, da gibt
es unruhige Leute, Lächerliche ,Bescheuerte, Dicke und
vollgefressene, die Ihren Ranzen nicht voll genug bekommen, ,
Dünne, Riesen und Zwerge, Verzweifelte, Raucher und
Nichtraucher, Schlappschwänze und Grosskotze, Eigenbrötler
und Angeber, Leute aus allen Himmelsrichtungen, die die
Befugnis Ihrer Ärmlichkeit anhand der rettenden Renten
Papiere auf den Tisch des Hauses pfeffern können. Es gibt Vor
Drängler und Leute mit Ellenbogen, die sich nichts sagen
lassen, weil sie der Ansicht sind, wildfremden Menschen ihr
Herz auszuschütten, es gibt auch Betuchte mit Haus und Hof,
aber eben unmöglichen Renten, es gibt Kranke mit Krücken
und menschlichen Krücken, die Ihnen unter die Arme greifen,

es gibt Gedränge und Taschenrücken in den Gängen der Lebensmittel Ausgebe, es gibt Flüchtlinge, die mit übervollen Taschen und das was da raus fällt fluchtartig die Tafel verlassen, es gibt Leute, die nicht dorthin gehören, selten ein böses Wort, es gibt Aldi Gitterwagen für die Bedürftigen mit Kleidung, Schuhen, Hosen, Blusen, Manteln, Büchern, Geschirr, Töpfen und Hausrat und es gibt herrliche Blumensträuße, die meine ältere Bekannte mir allesamt in die Hände drückt, weil sie ein verkehrtes Vorstellungsvermögen besitzt und der Ansicht ist, alles gehöre ihr, bis auf die verwelkten und das müsse sie zum Gegenüber auf das Grab ihres soeben verstorbenen Mannes legen und weil sie nicht mit Fahrgeld spart, hole ich die Gießkannen vom Kirchhof, um das Familiengrab mit dem nötigen Nass auszustatten. Sinnlose Fotos davon haben wir auch gemacht und sie sitzt dabei mitten auf dem Grabstein, weil ich mir lustige Bildchen erhoffe. Alles hat seine Zeit, seine Möglichkeiten und seine Gewohnheiten. Die Bundeswehr spendet einmal im Monat köstliche Suppen in dafür bereit Gestellte, Aluminium Behälter. Jedermann der rechtzeitig kommt, kann im Hause der Tafel zum Essen kommen, es gibt hauptsächlich Suppen, die schmecken so gut, da gibt es für jeden Nachschläge, für die Hungrigen große Löffel, die man selbst mitbringen muss, für die weniger Hungrigen kleinere Teller, für die Eiligen gibt es die Kelle, die sich von der heißen Suppe den Mund verbrennen, weil sie beim Essen reden, weil sie Angst haben, die Tafeleintrittszeit und die guten Lebensmittel zu verpassen. Wir haben dort oft an den Freitagen gesessen und es uns schmecken lassen und die lustigen Suppenfrauen langen mit den großen Kochlöffeln immer wieder in die sich schnell leerenden Behälter mit Gemüsesuppe, mit Linsen oder Erbsensuppe,, um den schlimmsten Hunger zu stillen. Meine Bekannte die alte Frau schlürft, spuckt und schmackst mit den anderen Frauen um die Wette... „ DAS SCHMECKT... DAS SCHMECKT ruft sie mit Wollust, roten Wangen und +überlaufenden Augäpfeln aus, das es nur so seine Art hat. Sie lobt die Suppen über den grünen Klee hinaus und bekleckert sich nicht selten das Kostüm, weil sie einfach zu gierig ist. Ich kann darüber nicht lachen, denn diese Situation ist zu prekär, einfach ein Ding ohne Ende, die sich jede Woche aufs Neue wiederholen. Warten bis der nächste Freitag kommt, warten bis alles zu Hause aufgegessen ist, warten bis man an Ort und Stelle eintrifft und der Ausrufer der kleineRöde Orm mit geballter Kraft die Eintrittskarten brüllend verteilt und dabei eine heißere Stimme bekommt, die sich bei den Nummern Verteilern überschlägt. Warten bin man an der Reihe ist und die Geduld nicht verliert, die sowieso kein Mensch mehr in solchen Situationen mehr besitzt, davon können Sie ausgehen, besonders dann nicht, wenn die Wetter umschlagen, es regnet und stürmt, die Sonne Gut heiß auf die nackte Haut brennt und der Ausrufer Röde Örm, die nicht gerade fröhliche Gesellschaft von sich weg vor sich her treibt, mitten in die brennende Sonne vertreibt. Alles schimpfen Schimpfen und den Schweiß der Stirn mit dem Handrücken wegwischen nützt wenig, denn Röde Orm schreit am lautesten, er hat ja die Hosen an. Man sollte einmal den Stimm Vibrator holen und ihn daran messen, damit er sein Geschrei dämpft und wir nicht zum Ohrenarzt wegen zu großem Lärm Pegel müssen.

Die Bundeswehr hat den Braten gerochen, sie wollen keine kostenlose Suppe mehr ausgeben, denn zwar nicht die Landleute, aber die Stadtleute zahlen ja gut, für einen Teller Erbsen, Linsen oder Gemüse Suppe bis zu drei Euro Fünfzig ohne Nachschlag, und das in der oberen Straße in der Nikolai Straße beim Nixen Brunnen. Die Teller sind schmal gefüllt, da

19

sitzen dann die alten betuchten Rentner und lassen es sich bei Erbsensuppe, Brötchen und Bier wohl ergehen. Die Bundeswehr nimmt es mit Gelassenheit von den Lebendigen, keiner regt sich auf, man hat es ja oder man hat es nicht. Da wird der Hunger gestillt bei dem einen, die Bundeswehr hat die Kassen voller Euros, da können sie sich neue Munition, Panzer und Waffen kaufen, wenn sie den Standort wahren, was Zeit, Geld und noch mehr Wartezeit kostet, die alten Rentner brechen zu neuen Taten auf, stehen sich die Beine in den Bauch und empfehlen ihren Bekannten bei einem Einkaufs und Stadtbummel auch die Würstchenbuden der Bundeswehr und die Ärmsten der Armen können sich die Suppe an den Hut stecken, verlassen mit hungrigen Mägen die Tafel, denn die Zeiten wo so ein Teller einen Euro gekostet hat sind vorbei, aber wen kümmert das schon, jeder muss in diesen verdrehten Zeiten an sich selber denken, mit sich selber selig werden und ein roher Kohlrabi , eine rote Wurzel mit Kraut oder eine eingedrückte Tomate ohne Salz und eine saure Zitrone sind schließlich auch nicht zu verachten . Die Tafelmitarbeiter, die freiwillig helfen fahren mit dicken Wagen vor und dürfen sich vor den heranrückenden Scharen der Bedürftigen sich die Taschen mit den besten Dingen füllen, ohne Kampf und Streit, dafür sorgt schon der Aus Schreier Röde Orm und seinen Muskeln, die er gerne spielen lässt und den streng heruntergezogenen Augenbrauen, denn davor kann man sich entsetzen. Die Bundeswehr haben wir nun hinter uns, das Nachhausefahren auch in den ungeliebten Wohnräumen und meine Bekannte fährt gerne nach Hause, denn nach dem Tode ihres Mannes frisst, säuft und schlingt sie mehr als je zuvor. Sechs gefüllte Taschen, ohne die macht die alte Frau es nicht, so läuft ihre Küche und der kaputt gedrückte Kühlschrank über, aber was soll es. Das sind die Nachteile derjenigen, die

20

ihre zweite Ehehälfte verloren hat, schließlich ist es das Schicksal eines jeden Menschen ob arm oder reich eines Tages und das nicht nur im hohen Alter das zeitliche zu segnen. Der eine kann danach lange nichts mehr essen und trinken, der andere stirbt schnell hinterher und der andere so wie meine ältere Bekannte frisst und säuft vor lauter Kummer wie ein Scheunen Tor, alles in sich hinein, wessen sie nur habhaft werden kann. Ich halte mich da als ehemaliger Ernährungs Berater wissentlich zurück und hoffre, das die vielen Taschen der Alten mit ihren Essvorräten meine eigenen Lebensmittel nicht zerdrückt haben, sie liegen ja im Kofferraum des Autos dicht und dicht und übereinander, aber meist geht es gut, weil ich gut verstauen und verpacken kann. Das Laufen fällt ihr schwer, sie setzt einen Fuß vor den anderen und bis sie zum Haus gelangt vergeht eine Ewigkeit, so muss sie warten, bis ich die gesamte Ladung der Lebensmittel vor ihrer Haustür und im Flur abgestellt habe, wo sie schon von Katzen aus der Umgebung umringt wird, ringt freudig die Hände und versucht mir vor lauter Dankbarkeit einen Kuss auf die rechte Stelle zu geben, doch ich zucke zurück, denn Geld, Fahrgeld ist mir lieber. Warten, bis sie die Geldbörse zückt und so stehe ich staunend vor einem zugemüllten Haus, im Flur stehen links und rechts Kisten und Kästen mit Bier, Wein , Alkoholischen Getränken und Mineral Wasser, denn da ist sie nicht zimperlich, was sie erwischt, wird verputzt und getrunken. Sie frisst alles durcheinander. Da liegen die stinkigen Kartoffeln in den Netzen neben dem Toilettenpapier, aufpassen das man nicht darüber stolpert, da stehen die Hausschuhe neben den geöffnetem Waschpulver, da liegen verschimmelte Brotlaibe neben Kisten und Kästen von Zwiebeln, Äpfeln und Obst, daneben im schmalen Flur schmutzige Wäsche in Pappkartons und auf den drei Flurschränken stehen gebrauchte Toiletten

21

Artikel, gebrauchte Cremes, Kämme voller Haare, in
Plastikbeutel liegen bunte Haarwickel ebenfalls mit langen,
strähnigen Haaren, daneben Kleider und Schuhbürsten,
geöffnete Dosen mit brauner und schwarzer Schuhcreme aus
dem Vorgarten stehen Harken, Schaufel und Besen, Rechen,
Stegen Stoßer und schmutzige Eimer herum, auf der
Garderobe im Flur liegen Gartenhandschuhe wild
durcheinander, Mäntel, Jacken, alte Hosen und schmutzige
Blusen und ein Jackett hängen unordentlich von der wütenden
Garderobe und mindestens zwei Dutzend aufgeplatzte
Regenschirme, Invalide jeder Art stehen herum, hängen von
der Decke herab zusammen mit Spinnweben und als ich sie
frage, in welchen Zeiträumen sie denn ihre Wohnung aufräumt,
nennt sie als Ausgangszeitpunkt leise ein halbes Jahr, aber das
kann nicht zutreffen, denn in der Stube, häufen sich auf Sofa,
Tisch und Sessel jede Mengen Zeitung Papiere, die
Lebensmittel Reklamen von den Märkten Aldi, Penny und Lidl
sammelt sie scheinbar, bringt es aber nicht fertig sie nach
Durchsicht in die grüne Tonne zum befördern, auf dem Stuben
Tisch stehen in Massen unausgespülte Gläser, Essbestecke,
Uhren, Teller und jede Menge Blumen Vasen mit verblühten
Blumen, das Laub fällt von den Bäumen und hier an aller
Orten, sogar auf dem Stuben Schranck stehen ihre blumigen
Lieblinge in Vasen mit stinkigem, gelben Wassern, die
herabfallenden Blüten in braun und schwarz liegen verloren auf
Schränken, Teppich, auf Fernseher und auf drei Stühlen türmen
sich Blusen, Kleidung, Hosen und Unterwäsche. So etwas
gehört in Kleider Schränke, doch auch hier bedecken
herabfallende Blütenblätter von den unzähligen Blumenvasen
auch die Stühle. Nun kommt sie daher und will das Meer der
Blumen im Hause juchzend verteilen, ich beobachte das mit
Staunen . Da kommen im schmalen Flur zwölf Vasen zum

Einsatz, das Blumenwasser verändert auch nicht seine Struktur, zu viel Arbeit, sie macht nicht viel Feder Lesens, jetzt kommt der Gang in den Keller in die Waschstube und die Toilette, alles roh gezimmerte Mauer und die Treppenstufen sind so schmal zum stolpern. In der Toilette stehen sechs Blumenvasen, wie sie betont aus echtem Kristall, dort kann man kaum auf die Toilette, das Blumenmeer hat alles im Griff, auch die Platzangst bei der Sitzung, in der Waschstube nebenan ist selbst die Badewanne mit Lilien vom Felde gefüllt, im Kellergang hängen Massen von Strohblumen an den Wänden, nun geht es wieder hinauf in den Eingang, sie stolpert durch den Flur die Treppe hinauf ins Schlafzimmer, in dem Sie mich gerne in ihrem Bett sehen würde,"Liebe machen," doch ich tue nicht dergleichen,.So eine alte Frau soll sich etwas schämen. An den Dorfgemälden hängen erschlaffte Köpfchen von längst verblühten Sonnenblumen herunter, die Betten sind mit gelbem Stroh gefüllt, von den Matratzen ganz zu schweigen, aber auch hier gibt es ein Dutzend mit Grünspan angelaufene Vasen, die sie bedächtig zu füllen gedenkt, dann zieht sie die Bodentreppe neben dem Bett hinab und nimmt mir den Rest der Tafelblumen aus den Armen und ich stottere:" „Auf dem Fuß Boden hast Du auch Blumenvasen?" „Die halten die Mäuse und Ratten fern, denn verwelkte Blumen können ihre Nasen nicht vertragen!" Um das Schlafzimmer fliegen die Motten um das Licht, in den Hausschuhen läuft sie in den Garten, um sich Sauer Kirschen mit summenden Wespen zu pflücken, der Nacht Topf stinkt nach Pisse und wann er geleert wird, weiß der Teufel. Die Tapeten hängen in Fetzen von der Decke und der alte Kleiderschrank steht sperrangelweit offen, er ist leer, denn alles liegt griffbereit auf dem Fuß Boden, auf den Stühlen und dem Sofa in der Stube. Jetzt latscht sie an mir vorüber, denn es sind noch Blumen für die Vasen in der Küche

23

übrig und als ich dort die Hauswirtschaft erblicke, erstarre ich zu Stein, die Küche ist wohl sehr geräumig, aber Kühlschranke und Froster haben längst ihren Geist aufgegeben, die Türen stehen jedenfalls offen und auf der Spüle, den Küchentischen und dem Rund steht jede Menge ungewaschenes Geschirr, das in diesem Zustand immer wieder benutzt wurde, noch vom letzten Weihnachten, Teller und Tassen, Teetassen mit aus gemerkelten Teebeuteln und gleich daneben unangetastete, zerdrückte Waren der Tafel von den Kartoffelnetzen, aus denen die hellen Wurzel neugierig hervorsprießen, bis zu den Fertiggerichten,vom Waschpulver bis zu unzähligen, zerbeulten Verpackungen, von voreilig geülten Schüsseln mit Zwiebeln und Haferflocken mit dicken Klumpen von weiß gespinstigen Maden Würmern und Kästen weise Wurst und Käseverpackungen, leere Bier, Rum und Weinflaschen und alkoholische Getränke in rauhen Mengen vom Wodka bis zu Slibowitz herum. Sie trinkt gerne abends einen Grog wie ich vernahm, dazu Wein und Liköre der billigsten Machart und ich schätze, aus den ungewaschenen Gläsern, denn die kann man ja ungeniert nachfüllen. Kistenweise in der Küche um die Tische stehen Kartons mit Zucker, aufgerissenen Mehltüten, abgelaufene Suppentüten und jede Menge an Teebeuteln, hastig aufgerissenen silbrigen Verpackungen von Tafelschokoladen, da rein gebissen und liegengelassen. Als ich sie frage, ob sie nie daran dachte aufzuräumen, abzuwaschen oder ansonsten klar Schiff zu machen meint sie lakonisch mit den Schultern zückend:" Das würde sich alles von selbst machen und meine Tochter kommt ab und an vorbei und heißt meine Wirtschaft für gut, denn die hat Familie und selbst viel um die Ohren!" Die alte Frau ist aber ein guter Mensch, wenn sie mir auch als das faulste, verfressenste, versoffenste Miststück des ganzen Dorfes erscheint, wenn das Fahrgeld stimmt wird alles wieder gut. Abgesehen davon, wenn die Rente zu klein ist, nicht stimmt, dann hat man am Ende zu nichts Lust mehr, dann kommt da nichts mehr bei heraus.

Was haben wir zusammen alles angestellt, sie macht alles mit und akzeptiert meine Vorschläge, Haus und Wohnung an besten Sommertagen zu verlassen um andere Tapeten zu sehen und den lieben Gott einen guten Mann sein zu lassen. In der Gegend, wo wir wohnen wohnen Kriminelle, Ausbunde der Gesellschaft,vom Faulpelz, der von morgens bis abends in der Wohnung vegetiert, bis zu den Dummen, Bauern, die nicht anders können und die es verstehen, sich jahrelang in ihren kleinen Platzangst Wohnungen zu verschanzen. Nur alle ungewaschenen Vorhänge vorziehen und den Fernseher spielen lassen, dazu rauchen, das die Zimmertapeten blau anlaufen und Bier saufen was das Loch hält, dabei dick und fett werden und ab und an die Bänke um Dorf besetzen und bevölkern und dem Dorfklatsch lauschen, dann geht das Warten und das Weiterleben weiter, kein Anfang, keine Mitte und kein Ende in Sicht, warten ohne Ende bis der Arzt kommt ? Es gibt auch einen faulen Kerl mir im Haus gegenüber, der lebt dort mit seiner Tusnelda und man sieht und hört nichts von ihm. Öfter Streitgespräche, danach eisigen Schweigen. Nun jedem das seine. Meine bessere Hälfte will in die Umgebung bis nach Dänemark gefahren werden, wir haben alle keinen Pfennig für Urlaub. „Bis nach Dänemark, Flensburg und nach Sonderburg, dann vielleicht später nach Sylt, nach Westerland, wo die Tagesfahrt 100 Euro insklusive Eisenbahnfahrt über den Damm hin und zurück, dann eine Bustour kreuz und quer über die Insel mit Mittagessen und Kaffee und Kuchen kostet, das Benzingeld nicht eingerechnet, das genügt mir."
Ich war lange nicht in Dänemark über die Grenze nach Sonderburg gezischt, aber das ist längst kein Vergnügen mehr.

So fuhren wir an einem schönen Frühlingstag los über Flensburg hinaus, über Wassersleben nach Krusau, Licht einschalten bei strahlendem Sonnenschein und Affenhitze und darüber hinaus. Sie gab zwanzig Euro Benzingeld für die Hin und Rücktour, die brauchten wir dann aber auch dringend bis auf den letzten Cent auf und das langte noch nicht einmal, denn das reiche Dänemark hat sich ja in den letzten Jahren, wir schreiben jetzt das Jahr 2018 deftig verändert. Für die Dänen vielleicht zum Vorteil, aber ich bin doch der Ansicht, nicht für uns Deutsche, denn dort gibt es ja auch auf den Straßen den Kreisverkehr, der ist aber ganz anders wie bei uns, wesentlich schwieriger zu befahren.

Erst nach einer dreiviertel Stunde bogen wir in Richtung des großen Belt über die Auto Bahn, wo man mit Licht und nicht über einhundert Sachen fahren darf ab, da hatten wir die ersten Schwierigkeiten durch die Beschilderungen und den Kreis nach Sonderburg zu gelangen. Die Stadt hat ihr Gesicht zum Vorteil verändert. Sie protzt vor Reichtum, Macht, Anonymität. Das jahrelange Warten auf eine neue Stippvisite hat sich gelohnt und bezeugt, wie reich Dänemark nun wirklich in den letzten Jahren und das nicht nur durch den Tourismus geworden ist. Es war schon schwer genug am Hafen einen Parkplatz für arme Leute zu finden, den wir auch wieder finden würden. Ich klingelte in der Nähe an einer Haustür, denn meine Hose war mit Eis bekleckert, doch die Dänen sind freundlich und ich durfte den Fleck mit fließendem W3asser entfernen. Meine Bekannte die ältere Dame hatte Mut mit durch die Innenstadt zu laufen und das bei der Gehbehinderung, aber Sonderburg war nach vielen Jahren nicht wiederzuerkennen, denn es gab nun viele Kaufhäuser, die zu durchlaufen, dauerte stundenlang. Ich bekam keine Filmplakate mehr, wie in Deutschland, denn es ist alles online und dadurch ist die nordische Welt noch unschöner geworden, dann liefen wir die Innenstadt ab, aber auch das alte Ambiente von einst, Antiquariat fanden wir nicht, wo ich einst die wunderbaren alten Filmbände aus Dänemarks glorreiche Filmzeiten erstand, dann fanden wir zu guter letzt selbst unseren Parkplatz am Hafen nicht mehr und die alte Frau war fix und fertig, wenn die Dänen nicht so hilfsbereit wären. Ich sprach eine Autofahrerin am Stadtrand an und die erklärte sich sofort bereit, unseren Parkplatz am Stadtrand am Hafen zu suchen und es dauerte nicht lange, da hatte die findige Dänin die Nase vorn und ihn auch ausgemacht. Die alte Frau wollte ihr zum Dank zehn Cent in die Hand drücken, doch sie lächelte nur und verschwand mit ihrer Nuckel Pinne. Zeit ist Geld. Warten bis der Parkplatz ausfindig gemacht war, war nicht schön und dann erst einmal die Rückfahrt zurück über die Grenze war ein Stück der Unmöglichkeit, denn ich berichtete ja schon vom Kreisverkehr, doch nirgends tauchte ein Hinweisschild zur Grenze nach Krusau oder nach Flensburg auf, so fuhren wir Zick Zack zurück, fragten an aller Orten, es wurde gerätselt und hzin und her überlegt und schließlich blieb uns unter sengender Hitze nichts weiter übrig als landeinwärts zu fahren, dann tauchten wir nach langer anstrengender Fahrt in Abenraa auf, mussten erneut Eintanken und dann ging es wieder selbstbewusst hinüber zur Grenze, mit Biegen und Brechen, mit Acu und Krach, auch ein Frage und Antwort Spiel. Das mache ich nicht noch einmal mit," meinte die alte Frau und es war ihr verdammt erst damit, doch dann waren wir wieder froh endlich die Grenze vor uns zu haben. Es war alles gut, doch ich hatte die ganze Zeit vergessen, das Standlicht des Wagens einzuschalten, was ja Pflicht ist, das tat ich dann am Grenzübergang. Wir verpusteten am Grenzübergang in Wassers Leben und hatten nichts erreicht, waren aber wieder reicher um eine Erfahrung geworden. Nach Dänemark fährt man nur bis

27

zur Grenze nach Krusau, denn Butter und Käse sind dort auch nicht billiger, im übrigen ist Dänemark bis auf die Türme von Broacker ein ödes Nest, nur die Weiden und Äcker sind schön grün und auch dort machte die Sommers Hitze, die kaum erträglich war vor nichts halt und das zu meinem zweiundsiebzigsten Geburtstag. Von dem ich gar nichts wissen möchte, denn von nun an werden die Jahre bis zum achtzigsten Lebensjahr kostbarer, jeder Tag soll genutzt sein. Warten bis zum achtzigsten Geburtstag, erneut warten und gar nicht darüber nach denken. Das Leben geht zu schnell vorüber und Schuld daran sind die Uhrzeiten und die Uhren, die zwei mal im Jahr umgestellt werden müssen, Damit soll ja nun bald Schluss mit dem Unsinn sein, dann haben wir mehr vom Leben, oder... Künftig fahren wir nicht so weit, bis nach Flensburg bis zum Hausarzt, um um meine Vorsorge Kur, die sich jetzt Modell 61 nennt bei der Krankenkasse auf biegen und brechen um sie zu kämpfen, was sie stets zu verhindern wissen, es sei denn, man ist ein Übermensch und setzt dazu alle Hebel in Bewegung. Am besten haben es da noch die frisch Operierten und die Hand Amputierten, denn sie brauchen ja keine Formulare mehr auszufüllen. Die besten Touren mit dem Auto sind die um die Ecke zur Tafel und das jeden Freitag:" Am besten fahren wir jeden zweiten Freitag," flüstere ich der alten Frau zu," dann sparen wir Benzingeld, sonst werden wir zu dick!" „Wenn ich aber doch essen muss, das bin ich gewohnt, was soll ich sonst machen, den ganzen Tag auf den Ohren liegen, an den Fingernägel knabbern und mir die Fußzehen beschneiden lassen, wer besucht schon ältere Menschen außer dir" „meint Sie betreten. Aber dann bin ich wieder der Meinung, was ich als Einzelperson dort weghole, das reiche auch für zwei.

„Auf was warten wir eigentlich noch," fragen wir uns

manchmal beim Zusammensein, wenn sie zum Kaffee und Kuchen lädt und so haben wir uns gegenseitig hoch. „ Auf den Tod im Alter. Wir warten eben weiter, denken aber nicht darüber nach. Auf die zweijährige Wartezeit, das die Buchwerke veröffentlicht werden. Das scheint dem Agenten nicht so wichtig, lass den man warten. Er hat andere Sorgen. Auf Geld, Sponsoren, Lesungen, Fernsehauftritte, was meine Wenigkeit betrifft, auf den Postboten, wenn man wieder einmal leer ausgeht. Das der Tag im Rentnerdasein zu Ende geht und man nichts mehr hören und sehen kann. Dass das Fernsehen seine Reklamesendungen einschränkt t und nicht ständig die Filme unterbricht. Das Fernsehen ist auch nicht mehr das, was es einmal gewesen war, fast alle Sender haben sich die fröhliche Reklamen ider Halsabschneider aller Orten ins Haus geholt, die wir immer ausschalten müssen bevor sie uns den Appetit verdirbt. Ja wo gehen wir denn da so lange hin, bevor das Programm wieder anläuft. Da geht man in die Sender des ARTE oder der ARD, die haben noch genügend Geld in der Kasse, die benötigen keine Unterstützung, die ihnen bei den Dreharbeiten zu den Spielfilmsendungen unter die Arme greift, da können wir noch ungestört gucken und brauchen uns von den ausgestrahlten Partnerschafts Sendungen nicht schmerzlich beleidigen lassen, wenn es heisst... SIND SIE DER PARTNER MIT NIVEAU, sonst brauchen sie sich bei der Dame oder dem Herrn gar nicht erst blicken lassen. Geld regiert eben nicht nur die Welt, auch die Partnersuchenden meinen... Liebe geht nicht nur durch den Magen, es geht in die Geldbörse. Wo ist das Haus, das gefüllte Bank Konto, der Traumberuf, der schicke Wagen, die Welt Reise usw.

Nun wieder zu meiner Bekannten, altersschwach und ganz schön verdreht, da sagt sie so... „Weil ich am Wochenende zu die Frauen ins Bürgerhaus gehe. Ich soll sie mit meinem Auto hin und her fahren, dann geht es zur Roten Kreuz Versammlung wo der Jahresbericht vorgelegt wird und ich bin eingeleaden, da gehe ich nur hin weil es einen guten Kaffee und noch mehr Kuchen gibt. Der Jahresbericht kann mich mal. Dann geht es nur noch ums Warten, bis die Sitzung nach langen, ermüdenden Vortragsgesprächen der Mitglieder zu Ende geht. Zum BINGO LOTTO geht's auch öfters, wo die Landfrauen sich untereinander vergnügen und die Trostpreise abwarten müssen. Es ist nicht alles Gold was glänzt und ich halte mich da ganz heraus, aber abholen muss ich die alte Frau schon, denn auf das Benzingeld verzichte ich ungern, ich habe es auch nicht so reichlich, denn sonst sitzt man sowieso nur von morgens bis abends in der Wohnung , schaltet je nachdem Radio Fernsehen oder den alten Plattenspieler an, wartet, bis alles zu Ende geht, dann ins Bett. Die beste Buch Lektüre ist die von ERICH VON DÄNEKEN, man träumt von seinen Büchern und das ist gut so. Warten, bis der Schlaf uns übermannt, er stellt sich schnell ein. Der Schlaf wartet nicht auf einen er stellt sich von selber ein und durch die Nachtruhe erwartet man den nächsten Tag, der auch nur Wiederholungen bringt, was sonst. Wer Geld hat, leistet sich Abwechslungen, wer keines hat, kommt ohne aus. Warten kann auch tödlich sein oder mit einem Herzinfarkt enden, wenn der Mensch keine Geduld hat, oder die Geduld überschritten ist und daran haben die lieben Mitmenschen schuld.

Wenn meine alte Bekannte zum Fußklempner muss, um sich die Fußnägel beschneiden zu lassen, ich meine die Fußnägel gewissermaßcn, dann ist das nicht billig, denn es gibt Preistabellen und gesetzlich geregelte Preise und so eine Sitzung von einer viertel Stunde kann schon einmal teuer werden, wenn man selbst im Alter mit Nagelschere, Messer , Feile und Hecken Schere nicht mehr an die Fußnägel mit den

Händen heranreicht. Im Alter wollte meine Bekannte wissen, verhärten sich die Fußnägel, werden gelblicher, graben sich ins Fleisch des Fußes und da Bedarf es schon einer Spezial Behandlung, um die mitwachsenden Nägel zu kappen. Ich sitze im Warteflur des Dr. Fußmeister, höre wie die Alte dem Fuß Doktor am laufenden Band die persönlichen Belange alles der Reihe nach unwichtiger Kram auf die Nase bindet und der antwortet höflich, aber bescheiden zurück, antwortet nur, wenn es angebracht ist, und da geht es zur Sache, doch bei der Wetterkarte und den zu frühen Terminen hört die Freundschaft auf. Unter Euro dreißig kommt sie nicht davon und der nächste Termin mit vier Wochen Wartezeit wird festgelegt.

Die vielen, alten Bekannten müssen von ihr unbedingt zu den Geburtstagen besucht werden (ICH WILL ZU DIE FRAUEN) und da ich meine Lebensaufgaben meine Buchwerke zu schreiben beendet habe, nichts mehr zu tun habe, aber viel Lesen, spazieren gehen, ein kaufen, das Internet zu aktivieren und fernzusehen bin ich bereit, alles mitzumachen, denn ich weiß ja im Voraus, das die Wartezeiten der Geburtstagsbesuche langsam aber unaufhaltsam zu Ende gehen. Ich muss nur in der Runde mitmachen, Kaffee und Kuchen zu mir nehmen, in die runzeligen, verwelkten Gesichter mit den erloschenen Augen blicken rund um den Tisch, die auch nicht jünger werden, mitanhören, das sich die jungen Menschen nach kurzer, höflicher Unterhaltung überhaupt nicht mehr für Literatur, gehobener, Literatur Geschichte, Abenteuer und Forschung interessieren, Lesungen und Konzerte schon gar nicht besuchen, weil es dort viel zu viele ältere Menschen gibt, die nicht mehr ernst genommen werden. Wichtig ist ihnen ihr Computer , Internet, Google, Twitter und Facebook...Ja, ich habe es noch nicht versucht, habe auch kein mächtiges Verlangen, mich dort einzulochen, werde meinen alten

Gewohnheiten treu bleiben, so wie meiner tumbigen Bekannten, die die lächerlichen Ausdrucksformen , das Spießbürgertum der Banalitäten über mich tagtäglich ausschüttet. aber das tägliche Zeitungslesen haben wir beide eingestellt. Zeitungen kosten Geld und die Tagesschau berichtet auf allen Programmplätzen, dass die Welt auch nicht besser geworden ist als vor hundert Jahren. Mord und Totschlag sind an der Tagesordnung, im nahen Osten regieren Gewalt, Terror und Korruption, überall schlagen Bomben ein, die Juden werden auch in hundert Jahren den Gazastreifen und die Klagemauer nicht aufgegeben haben, denn eines gehört ja zum anderen, immer noch mit Kaftan, breit breitkrempigen Hüten und langem, schwarzen Gewändern den Oberkörper zum Klagegebet geneigt vor der Klagemauer des alten Tempels von König Salomo stehen, während das Militär die nächste Offensive vorbereitet, weil sich offensichtlich, Palästinenser und Araber mal wieder in den Straßen von Jerusalem in die Haare gekommen sind, dann ist es nur eine Frage der Zeit, wann die Palästinenser zurückfeuern, der eine wartet auf den anderen und dann warten beide letzten Endes doch immer wieder vergebens. Es warten immer zwei, auf die Gründung eines Zwei Staaten Systems. Da können Sie noch lange warten, denn das moderne Israel lässt sich nicht in die Karten sehen, sie haben den längeren Arm.

Das Leben ist ein Warten ohne Ende, der Mensch wartet den lieben langen Tag das etwas passiert, aber was... meine Bekannte wartet auf mein Erscheinen, das ich sie besuchen komme, weil das Alleinsein kein Dauerzustand werden soll, aus den unausgewaschenen Tassen und Gläsern trinken, ohne sich etwas dabei zu denken. Da sitzen wir nun in der voll gemüllten Wohnstube und öden uns an. Na, so schlimm ist es nun auch wieder nicht, alte Frauen haben immer ein

Gesprächsthema. Sie hat einen Spleen, will im hohen Alter noch eine Liebesbeziehung, ich zeuge mit dem Zeigefinger einen Vogel auf der Stirn, da geht ihr ein Licht auf und wir beschließen letztlich gemeinsam, das alles so bleiben soll, wie bisher war und das man seine Ruhe hat.Wir sprechen über das, was uns wichtig erscheint, über die gesunde Ernährung, ab und an Quark, Möhren, Paprika und Früchte zu uns nehmen, das Knäckebrot und die Tomate nicht vergessen und das der rote Beete Saft gesund iat, viele Vitamine und Mineralstoffe enthält, aber das man sich der Milch auch nicht ganz entziehen kann wegen der Lactose, die ja für ältere Menschen nicht so gut sein soll. Dann kocht sie mir Suppen und setzt sie mit den Knöchelchen, von denen das mürbe Fleisch in ihre dreckige Suppen Schüssel gefallen ist von den Hühnchen mir vor. „Hm, das schmeckt, das schmeckt, das schmeckt," ist ihre Redewendung und sie besteht doch nur aus Fellgewebe, Schweine Fleisch Pobacken, wabbeliges Altersfleisch und Hänge Backen, ihre kleinen speckigen Würstchen Finger gleiten behende über die Reklame Zeitschriften von Aldi und Penny. Unsereiner sammelt Film Plakate, Aushang Fotos, Filmbücher und Spielfilme auf DVD, sie Lebensmittel Reklame, das Wohnzimmer liegt voll von diesen Sammlungen und sie bringt es nicht fertig, sie in die Mülleimer zu werfen, wo das unnütze Zeug hingehört. Wir fahren zu Kloppenburg, um Haartönungen, Camelia Binden und Haartönungen zu kaufen und sie befindet sich im Selbstgespräch mit den Angebotspreisen und im Clinch mit sich selber, ist sich letzten Ende doch nicht sicher, was zu tun ist und die kleine Hecke vor dem Auto Parküplatz muss auch alle viertel Jahr beschnitten werden, damit sie nicht ins geparkte Autio hineinwächst. Warten bis die Hecke hoch genug gewachsen ist, um beschnitten zu werden, warten bis der Schwiegersohn, der

Küster ist, seine scharfe Heckenschere abgebraucht hat, die Hecken an den Gräbern samt Blumen und Sträuchern herunter geschnitten sind, dann wird auch noch die hauseigene Hecke beschnitten und wehe ich , der sie leihen will, gebe sie stumpf zurück. So kann es schon vorkommen, das ich einige Anläufe unternommen habe, zwischen den Geburtstagsfeiern, zwischen den Einladungen und ich keine Lust verspüre, mich um das wichtige Gerät zu kümmern, denn ich selbst muss alle Nase lang auch die Grabhecke meiner Mutter beschneiden, damit mir das Kirchamt nicht auf den Kopf kommt, denn sonst holt sie den teuren Gärtner und ich muss seine Tätigkeit teuer bezahlen, da führt kein Weg daran vorbei. Das ist rücksichtslos. Warten bis die Heckenschere frei gegeben wird. Warten bis ich wieder zum Kaffee Kränzchen eingeladen werde, wo sich die Alten gebummsfidelt vorkommen. Warten bis die Aufforderung kommt, die Grabpflegekosten meiner Mutter zu bezahlen. Warten bis ich alles zu Ende gedacht habe. Warten bis die alte Frau in ihren Mülleimern nach alten Heckenscheren mit sauberem Pullover tief mit den Armen vergraben darin herumgewühlt hat und triumphierende und händeringend eine zwar rostige, aber noch intakte Heckenschere hervorkramt, die ihre sechzig Jahre schon auf dem Buckel haben muss. „Lauf bloß nicht mehr meinen Kindern hinterher nur wegen der Heckenschere, die rostige tut es auch, die ölst du mit Margarine oder Rapsöl ein, dann ist sie wieder wie neu und erfüllt ihren Zweck!"
Ihre Stube ist das reinste Sammelsurium von Blumentöpfen, alten Stühlen, Wanduhren, vergilbten Bildern aus der Prohibitionszeit, auf den Sofas liegen alte, verklebte Wolldecken neben Paketen von Lebensmittelreklamen und neben einem alten Rotlicht zum bestrahlen liegen rostige Wecker, Taschentücher, Taschenlampen und Nähgarn. Die Lust

zum Staubwischen auf Tisch, Stühlen und Schränken ist ihr nicht gegeben und so erklärt sie mir mit hängender Unterlippe lustlos, das sie alle halbe Jahr zum Staubtuch greift, aber nichts rechtes damit anzufangen weiß. Die Tochter macht sie auch nicht fröhlich, wenn sie ihr erklärt, sie lebe doch höchstens noch zwei Jahre, dann wolle sie das Haus verkaufen oder gar vermieten, das kleine schäbige Platzangsthaus mit der schrägen Toilette im tiefen, schwarzen Keller Gewölbe mit all den leeren, kaputten Gefriertruhen, den schiimmeligen Mülleimern und den lee5ren verschimmelten Flaschenkonsum in jeder Ecke, den sie betreibt. Ob die Tochter das Haus nach dem Tode der alten Frau veräußern, vermieten oder es an ihre berufstätigen Söhne abgeben will, steht noch in den Sternen. Warten bis der Tod kommt! Warten, bis der rettende Gedanke zur Veräußerung kommt, warten und so vergeht die Zeit und ich bin nicht bereit, in meiner Platzangstwohnung noch länger auszuharren. Warten bis der Wohnungsbau, die Gewoba, der Arbeiterbauverein mir in Flensburg eine Wohnung in der Heimatstadt anweist. „Wir melden uns bei Ihnen, wir sagen ihnen Bescheid wenn es so weit ist," da kann ich lange warten, denn in diesen unbestimmten Jahren haben die Flüchtlingsfamilien das sagen. Man sitzt in der Falle der Wohnungsausbeuter. Sie holen einem den letzten Cent vom Konto. Die Familien bekommen Wohnrecht in allen Städten und der Bürger wie ich, der sein Haus durch Arbeitslosigkeit verloren hat, muss warten, bis der Arzt kommt. Es geht langsam aber sicher zu Ende, die kostbaren letzten Jahre bis zum 80 Lebensjahr fliegen davon wie die Spreu im Wind, wer kann es sagen, die Jahre vergehen, die Missstände bestehen. Ich will entsagen, entsagen dem ganzen über viele Jahre aufgestautem Jammer, doch die Bürokratie lässt mir keine Wahl, wann kommt sie, die Endlösung oder war es das schon

gewesen ? In fremder Erde begraben zu werden, aber ganz anders meine Bekannte, sie kann warten, denn nicht nur das Dorfleben hat sie voll im Griff. Ihr langsamer aber unaufhaltsamer Abgesang lässt zwar auch noch auf sich warten, ist aber sicher wie das Amen in der Kirche. Wir warten auf die Wochenenden, wo ich in meiner Wohnung koche und Blue Ray Filme zeige, so warten wir beide bis auf das Ende der Vorstellung, dann bringe ich sie um die Ecke, nicht das, was Sie nun denken, ich bringe sie um die Ecke zu ihrem Haus, sie ist schwer behindert, kann kaum laufen, aber auf der kleinen Tour das Blaue vom Himmel herunter sabbeln, das lässt sie sich nicht nehmen. Sie hat mich auf der Straße fest im Griff, ich schwanke, dann konzentriere ich mich, sie hat das Wort. „Dort bei den Ärmsten der Armen brennt noch Licht. Die da haben keine Gardinen vor den Fenstern. Dort wohnt der alte Faulpelz und frühere Tunicht gut mit seiner Gurgel Guste von Frau, die machen viel Liebe, denn sie treiben sich nur in der Wohnung herum, von morgens bis abends, da können sie lange warten, es tut sich nichts. Der Willy, das Dorffaultier ist auch nicht tot zu kriegen, seine Gicht, seine schlechte Gesundheit stört ihn nicht, die Wohnung hat ihn im Griff, dazu die Langeweile und der Herzinfarkt und alles andere sind vorprogrammiert.
Das ist noch gar nichts, es wird noch kurioser, denn eine Kuriosität wechselt die andere ab. Die alte Frau ist für ihr Alter noch erstaunlich lebendig, alles will sie mitmachen, erleben, nichts auslassen, denn, man lebt ja nur einmal und das finde ich auch. Durchschmuggeln ist ihre Devise und das möglichst mit wenig Geld, na, wir werden ja sehen. Ich muss mitmachen, ob ich nun will oder nicht, ob mir meine eigene Platzangstwohnung mit den arglistigen, Geld versessenen Vermietern zum Halse heraushängt, die mir noch nicht einmal

den tropfenden Wasserhahn reparieren und so geht es Stunde um Stunde, Tag um Tag, Monat um Monat...das ganze hört sich dann in meinen empfindlichen Ohren so an...Tropf, Tropf, Tropf, nur das fester drehen ist auch nicht schön. „Wenn Sie mir sagen können ,was Ihnen an dem tropfenden Wasserhahn nicht gefällt , dann sprechen wir. Wenn Ihnen nichts einfällt, dann rufen Sie mich zurück!" „Einen Teufel werde ich tun, da können Sie lange warten, Sie Süffel.. mir bleibt das Wort im Munde hängen, aber Diplomatie ist bei diesen Geldeintreibern und Halunken nicht angebracht. Ich lege den Hörer auf die Gabel und denke darüber nach, worauf die alte Frau und ich nun wieder warten. Warten bis der Jahrmarkt, der Brarupmarkt wieder im Herbst kommt, da kann man sich ja schon wieder auf etwas freuen, doch die Freude wird von kurzer Dauer sein. Die Jahrmarkts Betreiber nehmen es von den Lebendigen, ich meine die Preise, die sie für ungesunde Zucker Watte, für eine Schlick Stange, für Mandelschlick und für Mandelbrot verlangen, dann die leckeren Curry und die Bratwürste und das schäumende Bier erst einmal im ein Liter Glas. Also so teuer wie im Münchner Oktober Fest ist es hier in Norddeutschland zwar nicht, aber wenn schon die sauren Gurken einen Euro dreiundsechzig kosten, dann vergeht mir die Lust auf einen Jahrmarkts Bummel. Die alte Frau packt mich fest am Kragen, hängt sich unter meinen Arm ein und dann geht es im Schnecken Tempo durch alle hohlen Gassen." Seht da, wer kommt denn da um die Ecke, die Ulrike und ihr neuer Freund, der ihr immer die Lebensmittel von der Tafel in Massen nach Hause bringt, wo sie sich daran dick und dösig frisst. Na, jeder frisst und trinkt für sich allein und sie verachtet auch nicht ein Gläschen Wein. Nein, diesmal werde ich sie nicht über den diesjährigen Jahrmarkt begleiten, ich plane nach zehn Jahren aufgezwungenes Dorfleben den Ausbruch zurück nach

Flensburg, da ist und bleibt nur das Dilemma. Wann geben die Wohnungsbau Gesellschaften mir eine angemessene Wohnung mit Keller und Balkon frei, denn je mehr Flüchtlinge nach Deutschland kommen, um so größer wird die Not für uns Deutsche werden, was passendes zu erwischen. Man muss zur Zeit um jeden Quadratmeter kämpfen und aus Radio und Fernsehen hören wir die Schreckensnachrichten, der Wohnraum wird von Tag zu Tag teurer. So ist das immer gewesen, wenn etwas knapp und zur Mangelware wird, egal ob es ein Auto, die Kleidung, der Zahnarzt oder der Friseur wird, der war schon immer teuer. So was von teuer gibt es doch gar nicht, jedenfalls wage ich kaum bei den Wohnungs Bau Gessellschaften nachzufragen ob endlich etwas frei wird und zwar vierteljährlich, denn zumeist piepsen die jungen Mädchen ärgerlich ins Telefon:"Ich kann mir ja auch nicht eine Wohnung für sie aus den Rippen schneiden. Die Leute ziehen in diesen Zeiten eben weniger um, die alten Menschen sterben in ihren Wohnungen . Warten Sie bis wir etwas frei haben, wir rufen sie zurück (und nicht umgekehrt)". Also wieder warten bis der Arzt kommt. Der Blutdruck steigt, der Blutdruck sinkt, nichts gelingt, das Wohnraum Problem zum Himmel stinkt. Das einzige was sichtlich beruhigt, fordert und gelingt, ein gutes Buch zu schreiben, das wohlfeil bei Lesungen in den Ohren klingt. Nun, von den Lesungen bin ich noch weit entfernt, denn sie werden immer weniger. Die jungen Menschen lesen nicht, nur ihre Hausaufgaben notgedrungen und im Computer, doch ich setze auf die älteren Generationen, da steckt noch Potential, Überlegung und Wissen dahinter unter dem Motto, ein gutes Buch zu jeder Zeit, das hat noch niemandem gereut. Doch wo waren wir stehen geblieben, da war doch der Jahrmarkts Bummel, wo die Betreiber auf Zahle Mann und Söhne warten:"Wenn Du dieses Jahr nicht mit gehen willst, dann gehe ich eben mit meiner Tochter hin, nur einmal über den Markt und an den Buden vorüber schlendern. Ich kaufe auch nichts, die sind mir viel zu teuer, nur ein paar scheele Blicke in die Runde werfen, bis auf die Fürst Bückler Sahne Eisschnitten, die zergehen wie Sahne im Mund, sind aber auch dünner geschnitten als früher!"

Die Märkte sind voll belebt mit jungen Menschen, die sind übermütig. Die jungen Männer heben ihr Monatsgehalt vom Konto ab, wollen den Freundinnen imponieren und schrecken vor keiner Geldausgabe, vor keinem Unsinn, keiner Übel Täterei und keiner Karussellfahrt zurück. Sie rotten sich zusammen, besonders am Abend und wenn man dann seinen Wagen nicht rechtzeitig von der Straße entfernt hat, ziehen die jungen Dachse Schraubenzieher und Messer und ratschen damit kreuz und quer über den Lack, die jungen Mädchen lachen über jeden Dreck und machen mit. Sie saufen sich gegenseitig einen Schwips an, besteigen das Riesenrad, die jungen Mädchen dann später wenn es keiner sieht selbst, dann geht es rund, in die Würstchenbuden, in die Geisterbahn, zu den Schiess Buden, zu den rempelnden Autofahrern im Karussell, zur Geister Bahn, zu den rasselnden Raketenstationen, dem rasenden Roland und den schrecklichen Losbuden, wo die wertlosen mit Holzwolle zugestopften buntbemalten Teddybären, Hunde, Katzen und Präsentkörbe auf die jungen Ausbunde warten. Warten bis der Arzt kommt und eine große Lippe riskieren oder bis zum nächsten Autounfall danach mit Alkohol am Steuer, die Polizei kann warten, bis in die Puppen und gerade in diesen Zeiten ist überall Polizei Kontrolle, die sind seelenruhig weil das Recht auf ihrer Seite ist und die Geldbörse auf der anderen:"Haben Sie getrunken, dann blasen sie mal unseren Luftballon auf," und da viele junge Leute stockbetrunken am Steuer angehalten

werden, betätigen sich die Ordnungshüter wieder einmal als Geldeintreiber und tüchtige Geschäftsleute und Geldeintreiber en Masse mit Punkte Abzug, im Kraftfahrbundesamt zu Flensburg und genötigtem Führereinzug für einige Monate. Der nächste Jahrmarkt kommt bestimmt,die Verkehrs Zulassungs Behörden auch, brutal kann es auch werden mit Schlägereien um die junge Freundin, aber die jungen Menschen kennen keinen halt und keinen Stopp(das Melanin Syndrom im Kopf) lasen sich von nichts und niemand etwas sagen und ich sage zu Ulrike:" Schluss mit dem Geld ausgeben, die sauren Gurken bekommen wir beim Aldi im Dutzend billiger, statt dem Türkisch Nougat und dem Mandelschlick kaufen wir roten Paprika, Fruchtsaft, Roggenknäcke, Milch, Fisch und Ziegenkäse, da haben wir unsere Vitamine und Mineralstoffe und auf dem Jahrmarkt das Nachsehen. Gute Nacht Marie. „Wir gehen zu die Zirkus,"da sind die lustigen Clowns, doch nicht hinein, ist mir zu teuer. ICH WILL NICHT, bellt Ulrike wieder feste, wenn Busch, Knie, Sarrassani und Roland kommen, denn so ein Zirkus Besuch entführt die Menschen in die Welt derArtistik, in die Welt des Lachens und die Welt der gezähmten Bestien. Das Leben ist enttäuschend, besonders im hohen Alter und wehe wer keine Familien hat, um den kümmert sich niemand. Das Leben muss hingenommen werden, es sollte gelebt werden, ein Stückchen vom Kuchen für jedermann, bleibt immer noch der Selbstmord, besser als gar nichts.
Wo waren wir stehen geblieben, als Ulrike sagte:" Und nun gehen wir zu die Zirkus, zu die Zirkus," man stelle sich einmal diese Sprache vor, da bleibt doch wohl kein Auge trocken.Nun, wenn sie es nicht besser versteht. Die Zirkusse gastieren bei uns ganz in der nähe auf dem großen Dorfplatz, das große, majestätische Zelt inmitten von Wohnwagen, Käfigen,

Elefanten und Pferdezelten, die Seelöwen tummeln sich in einem riesigen Wasserbecken, die wilden Tiere gähnen vor sich hin in den Käfigen, dort ist Langeweile angesagt und im wilden Urwald ist alles besser, die Giraffen glotzen aus ihren offenen Zeltspitzen hervor und halten nach uns Ausschau, aber wir kommen nicht, wir sehen die Tierschau auch im Vorübergehen, das ist genug und sparen unseren Euro für die Einkäufe beim Aldi und Edeka, denn da holt Ulrike Bier, Wein, Schnaps und Rum, da kennt sie nichts. Sie gibt nichts ab und wenn sie alleine vor dem Fernseher herumgammelt und niemand mit ihr spricht besäuft sie sich nach Strich und Faden und das nicht nur an den Wochenenden. Die Zirkusveranstaltungen sind rar gesät, das gibt es nur wenige Tage, an den Wochenenden, man hört die tolle Musik, die knallenden Pferdepeitschen, das Trompeten der Elefanten und das Brüllen der Löwen und Tiger, das hin glotzen an die Zirkuskasse mit ihren Preistafeln und den Ermäßigungen für die alten Rentner:"Ich gebe doch keine zwanzig Euro aus für so eine Vorstellung," beeilt sich Ulrike zu sagen:" Die Ermäßigung ist eine Bagatelle, den Zirkus kann ich auch im Fernsehen sehen!" Ich bin auch der Meinung, Zirkusvorstellungen sind für Familien geeignet mit Kindern, die kann man noch begeistern, doch uns alte Leute nicht mehr. Wir warten also bis der Klimm Bimm vorüber zieht und das geht so schnell, da kommt man gar nicht mit. Der ganze Zirkus mit Sack und Pack, mit Wohnwagen, zelten und Käfigen, mit Lastern und Karawanen verschwindet über Nacht und Nebel spurlos und wir Dörfler haben am nächsten morgen den ganzen Dorfplatz wieder uneingeschränkt für uns alleine und wer noch schnell ein Zirkus Plakat zur Erinnerung an den Besuch des berühmten Zirkus erwischen will, der muss früh aufstehen, denn die meisten sind schon an den Zirkuskassen vergeben. Ja, Plakate überhaupt sind Mangelware geworden, wenn ich an die

Film, die Kino Plakate denke, die schönen Zeiten sind vorbei, als die Kinos noch Filmbilder, echte Foto Sätze und gemalte, handgemalte Film Plakate in den Schaukästen ausstellten. Es ist alles digital unsinnig geworden, die Filmverleihe vergeben keine Plakate mehr, die Betreiber bekommen fast nichts mehr in die Hände und dann nur noch gedrucktes Zeug, was man nur ungern in die Hände nehmen möchte. Wer früher nicht gesammelt hat, hat das Nachsehen und die guten alten Papierstücke werden zu hohen Preisen gehandelt. Kauft euch FILMBÜCHER IHR LEUTE. Da ist alles abgedruckt. Ulrike erwähnt ein altes Kino, das es früher im Dorf Süderbrarup gab, die Lein Wand mit aufziehbarem Vorhang, die Wochenschau, das Vorprogramm, die gut besuchten Vorstellungen, alles vorbei und vorüber. Die alten Betreiber sind verstorben, ein Hotel steht an der Stelle des alten Kinos :"Und was wurde aus den alten Schaufensterfotos und den Plakaten, ist noch was übrig und in Sicherheit gebracht worden vor den Mülleimern," frage ich Ulrike und vernehme, das Amt hätte noch einige Reststücke und es gäbe ein Archiv, das nur einmal im Monat seine Türen für Besucher öffnen würde. Wir mussten warten bis es geöffnet wurde, einen Monat lang, dann sind wir nach der langen Wartezeit bis das Archiv seine Türen öffnet gleich bitter enttäuscht, denn die zwei älteren Herren, die das Archiv nur einmal im Monat mittags um dreizehn Uhr öffnen haben wohl Plakate vorzuweisen, es handelt sich aber um unwichtige Plakate, also Werbe Plakate aus der Nachkriegszeit, wofür ich keinerlei Ambitionen habe, doch Film Plakate die ich und Ulrike uns ausgemalt haben sind nicht vorhanden. „Das haben die Kino Betreiber damals alles weggeworfen, in die Mülleimer.Da war kein bedarf für vorhanden und niemand hatte daran gedacht dieses Material zu sammeln.Das Kino ist vor dreißig Jahren schon in den 80 ger Jahren aufgelöst worden, ein Hotelbesitzer hat es zum Hotel umgebaut, die guten alten Zeiten sind vorbei!2 Einen Monat warten für die Katz und die Vorfreude auf wertvolle Plakate dahin, die gutes Geld bei Händlern und Sammlern gebracht hätten, davon erwähne ich aber beileibe nichts, das ist meine Sache und Ulrike berichtet von ihrem Mann, der einst mit den älteren Archiv Betreibern zusammengearbeitet hatte. Sie tauschten nun zusammen Erinnerungen aus, die mich nicht betrafen, für die ich kein Interesse hatte. Ein paar höfliche Worte, dann waren wir wieder auf der Straße gelandet. Ulrike hatte die Angelegenheit mit dem vergessenen Filmarchiv das es gar nicht gab schnell vergessen und beeilte sich zum Friseur zu kommen, denn nun plante sie wieder einmal alte Freundinnen von Anno Dazumal zu besuchen, dazu sollte der Dorf Friseur sie nun schön machen, herausputzen, die Haare ondulieren, sie unter die Trockenhaube zu setzen und das hatte sie ja wieder einmal nicht wenig Geld gekostet. So fuhren wir nach Tarp, das in der Nähe vom Sankel Marker See und der Stadt Flensburg liegt und so erfuhr ich, das es auch schöne große Häuser zu mieten gibt. Stundenlang ging die nächste Geburtstagssitzung und der ganze Kram der beredet wurde interessierte mich herzlich wenig. So kam ich auch diesmal wie zu allen Geburtstagen der Alten zu Kaffee und Kuchen, zum Benzin Geld und zur Abwechslung in meinem nutzlosen Rentnerdasein. Warten bis der Kaffee auf dem Tisch steht, warten auf den Kuchen und die Beigaben, warten bis die stundenlange sinnlose Sitzung sich dem Ende zuneigt, warten auf die Schrecksekunden die aus Gesprächen hervorgehen wenn einem zu Ohren kommt, das sich die jungen Dinger, die Anverwandeten nicht mehr für Bücher und Lesungen interessieren und warten bis Ulrike ihren Mund öffnet und wir uns über neue Taten uns den tristen Alltag zu versüßen unterhalten. „Ich könnte wenn ich wollte ja wieder nach Damp zur Nach Kur mit meinem operiertem Bein und dort vier Wochen auf Kosten der Krankenkasse laben, aber eine Kur kann auch langweilig sein und was sollst Du ohne mich schon anfangen, ich will nicht !" Ich erzählte von meinem Augenleiden der Makula, das ich sieben Spritzen im Eckernförder Gesundheits Zentrum der Augen Klinik überstehen musste und abwarten ob sich die Augen besserten, oder... ein Jahr lang warten bis es vorüber geht, dann die Nachuntersuchungen in Kappeln beim Augenarzt, alles Warte Zeiten um diese Leidenszeit hinter sich zu bringen. Warten bis der Zug kommt, der mich frühmorgens nach Eckernförde bringt, warten auf die Rücktour und auf den nächsten Termin. Warten auf die Untersuchungen der rechten Schulter, wo Arthrose festgestellt wurde, der Mensch muss sein Leben lang arbeiten, er macht Sport und Liegestützen, er mäht den Rasen. Der Mann muss sich jeden zweiten Tag ins Gesicht fahren, sich rasieren, ob mit dem Seifenschaum und der klinge oder mit dem Rasierapparat eine Stunde lang und länger über die empfindliche Gesichtshaut fahren und der Mist von Bart wächst so schnell, so schnell kannst Du gar nicht denken.! Aber mit Bart mag ich dich nicht leiden," knurrt Ulrike gereizt, mit glatter Haut bleibst Du mein Liebling, der für mich die Kohlen aus dem Feuer und die Lebensmittel von der tafel holt, wo Röde Orm, den du den garstigen Wikinger Röde aus dem Buch von Bengsten hältst, die Nummern aus vollem Halse aus schreit und sich danach bei heiserem Hals ein Bier hinter die Binde kippt, das eben abgelaufen ist!" Ich habe bei meinem Hausarzt in Flensburg eine Vorsorge Kur, also keine Re Ha Kur eingereicht, aus dem Alter der Erwerbstätigen bin ich heraus, jetzt heißt es den alten Rentner mit den vielen Gebrechen spielen, die die Krankenkasse auch anerkennt, das ist ein Spiel

44

auf Zeit und das kann dauern, bis der nächste Arzt Termin kommt. Und der kommt besrimmt, aber so schnell darf ich nicht kuren, ich muss warten können. Warten bis die Spritzen in den Augäpfel zwei an der Mehrzahl zu wirken beginnen, kein Termin zu wenig und zu viel. Alles bis aufs letzte Hemd mitnehmen und auskosten. Ich muss warten bis der Kardiologe mir das Herz Rhythmus Gerät wieder abnimmt, den Puls und die Herzfrequenz Töne, den Puls misst. Ich muss abwarten was der Orthopäde zu den ständigen Schmerzen in der rechten Schulter sagt, schließlich ein Röntgen Bild vorweist und erklärt ich habe Arthrose, die sei zwar noch nicht so schlimm, doch eine Operation sei nicht zu befürchten. Der Bewegungs Apparat Schulter, Gelenk, Arm und Hand sei ein Leben lang in Gange und er würde mir ein Dutzend Massagen verschreiben, mehr könne er nicht... Da horche ich aber auf, die Kur. Mit den MAKULA operierten Augen wenn es sich auf dem Wege der Besserung befindet bekomme ich keine Kur. Das Herz ist auch intakt, der Blutkreislauf sinkt und steigt zwar unaufhörlich, aber das liegt am unzuverlässigen Buch Agenten, der mir eine unmenschliche Wartezeit bis der Arzt komtm auferlegt, bis die Bücher veröffentlicht werden. Doch die Arthrose könnte das Mittel sein, endlich nach 18 Jahren wieder einmal Ruhe und Erholung im Süden Deutschlands in der Schwäbischen Alb aufzuatmen und für vier Wochen alle Probleme zu vergessen. So renne und fahre und gehen wir alle 14 Tage zum Hausarzt nach Flensburg, verwarten den Vormittag, verwarten den Arzttermin, mal ist er zu einem Notfall unterwegs, mal ist er Krank, mal besucht er einen Fortbildungskursus, fahren hin und her und ein Jahr geht schnell vorbei. Doch die Krankenkassen haben Zeit, unsere Ungeduld mal die Tapete zu wechseln interessiert sie nicht, sie haben die Hosen an, bis sie sich entschließen einen Menschen zur Kur zu schicken, da

muss er schon halb tot sein und viele Operationen hinter sich
gebracht haben, er muss von sich aus alle Arzttermine
wahrgenommen haben, das ist ein Ding ohne Ende und alleine
diese Dinge führen schon zu Depressionen, wenn man nicht ein
hartgesottener Mensch ist, mit viel Fahrgelde im Portemonay,
der sich daraus nichts macht.

Ulrike muss nach jeden Tafelbesuch kotzen, zum Grabbesuch
nach dem verstorbenen Mann gefahren werden, dazu erwischt
sie sämtliche Blumensträuße der Tafel, um dem Verstorbenen
ein Blumenmeer der Freude zu bereiten, ich muss den Wagen
voll packen und so fährt sie laut kreischend, gestikulierend
und schreiend mit mir zur Grabstätte. Ich muss die
Gießkannen auffüllen, ich muss Grabsteine und Blumen
begießen bis zum geht nicht mehr und muss warten bis wir
zum Ende kommen. Das schlimmste Warten war das Warten
auf das Ende des heißen Jahrhundert Sommers 2018, an dem
man selbst am Abend in der Wohnung statt kühle Luft die
übermäßige Hitze zu spüren bekam. Warten, bis die Sommers
Hitze vorüberging, sie hielt sich wochenlang, da konnten wir
lange warten. Wie ich noch mein Haus in Großsolt besaß, das
mir leider Gottes durch die Arbeitslosigkeit und der kleinen
Rente weggenommen wurde, da konnte man an solchen heißen
Sommertagen auf die Veranda gehen, den Sonnenschirm
aufspannen und den lieben Gott einen guten Mann sein lassen,
will damit sagen, im Schatten des Hauses in den Gartenstühlen
ist es immer noch kühler wie im voll gemüllten Haus. Ich will
aber damit nicht zum Ausdruck bringen, das mein Haus voll
gemüllt war, ganz im Gegenteil. Es war sauber, sorgsam, nett
und adrett eingerichtet im Gegensatz zum kleinen
Platzangsthaus von der Ulrike, denn wenn ich ihren
schrecklichen Krempel bei einem Besuch erblicke, fühle ich
mich wie in einem alten abgewrackten Gebrauchtmöbel

46

Antiquariat, vollgestopft mit Erinnerungen aus längst
vergangenen Tagen, aber abgesehen davon müssen ja auch
ständig alte Zeitungen, Zeitschriften, leere Trinkflaschen und
vor allem die Verpackungs Überbleibsel von von verbrauchten
Lebensmitteln ständig Woche um Woche versorgt werden, dazu
sind Müll und grüne Papier Eimer ja da. Sie kann sich von
keiner Pappe und auch von keinem Eis Pinnn trennen und als
ich neulich wieder zu Besuch war, führte mich Ulrike
schmunzelnd in die Küche:"Meine Tochter war da, wir haben
zusammen aufgeräumt!" Nur konnte ich ihren Worten leider
keinen Glauben schenken, denn auf den Küchen Schräncken
hatte sich kaum etwas verändert. Einbildung ist das halbe
Leben, aber um mich wieder für sich zu interessieren, kochte
sie Kaffee und begann von den Nachkriegstagen zu erzählen,
denn sie und ihre Geschwister samt den Eltern waren 1957 aus
Nussberg Dorf Kreis Lyck, Polen mit Hab und Gut auf die
Landstraßen geflüchtet, da war sie wohl noch ein kleines,
unbedarftes, unschuldiges Mädchen gewesen. Das Dorf war
zwar von der deutschen Besatzung längst verlassen worden,
aber die Russkies hatten überall die Herrschaft übernommen,
die ließen sich nicht so schnell aus ihren alten Standorten
vertreiben, und was die Deutschen bis 1944 bis zum Ende des
zweiten Weltkrieges in Polen angerichtet hatten, das führten die
in ihrem Sinne fort. Ulrike berichtet:" Es war kein freies Leben
mehr in unserem Dorf möglich gewesen, wir wurden zu einer
Kolchose, in denen wir an die Besatzer Abgaben zu entrichten
hatten, darunter auch die Jungfräulichkeit der jungen Mädchen.
Da saßen wir an manchen Winterabenden mit den Russen unter
einem Dach zusammen gekauert in der guten Stube und
bibberten vor Angst und Scham, das einer dieser Sauf
Kumpane betrunken über uns her viel. Ich hatte immer Glück
im Unglück, meine älteren Geschwister beschützten mich, da

brachten die Russen den Wodka und den Puschkin mit,
pfefferten die Spirituosen gewaltig auf die Tische, schrien wie
die Wilden, dass es einem Angst und bange wurde und
befahlen uns mit zutrinken. Sie zwangen uns vorweg zutrinken,
rissen die Münder der Geschwister und Anverwandten weit auf
und gossen das Zeug in den Mund, das jeder husten musste.
Das war bei denen so Sitte, erst wurde vor getrunken, dann
hatten sie sich vergewissert, das sie niemand mit dem Fusel
vergiften wollte, beobachteten misstrauisch alle im Kreis, ob
der blau und grün anlief, geschweige denn umkippte und unter
den Tisch viel. Aber als nichts geschah, da tranken auch sie und
was die vertragen konnten, das war nicht von schlechten
Eltern. Die ganze Dorfgemeinschaft musste mitmachen, für die
Bolschewiken springen und sozusagen die Kartoffeln aus dem
Feuer holen. Abends wurde um die Dorf Feuer gesprungen,
getanzt und mit der Balalaika gesungen, ganz ungezwungen,
das wohl nicht gerade. Wirklich wahr. Sie nehmen grölend und
schreiend meine Schwestern auf den Schoss, die mussten mit
ihnen anstoßen, die harten Sachen mittrinken und sich von den
rauen Gesellen abküssen lassen vom Scheitel bis zur Sohle, das
mochten sie nicht, denn die struppigen Bärte zerkratzten die
zarte Mädchenhaut und mein kleiner Bruder, der die
Schwestern verteidigen wollte und mit dem Besenstiel auf sie
losging, den schlugen sie windelweich und KO, da lag er drei
Tage lang mit blauen Flecken und ausgeschlagenen Zähnen
wohlbehütet von Großmutter im Bett, die ihn mit Kamillentee
besänftigte und stillte. Die Eltern und Großeltern mussten
Essen und Kuchen auftragen, denn die Kerle hieben vor wilder
Freude ihre Fäuste auf den Tisch und riefen aus." DAWAY,
DAWAY, DAWAY," wenn ihr nicht spurt, schlagen wir eure
Bude zusammen und euch dazu!" Was sollten sie machen außer
gehorchen. Da wir kein Holz zum Heizen hatten, wurden wir

von dem Alkohol inwendig warm, dann wurden manche von uns Mädchen bis auf mich über Tisch und Bänke gezogen, die Röcke hoch und den Rest kennst Du ja zur genüge aus den Fernseh Filmen. So konnten und wollten wir alle nicht mehr leben, die Eltern sahen den Verwandten und Großeltern in die Augen, die blickten in unsere gefassten Kuiler Augen, Übereinstimmung wurde erzielt, was sonst. Die Erwachsenen zählten die ersparten Gelder unsere Slotis zusammen, stiegen in den Zug nach Warschau und beantragten die Ausreise mit dem Zug nach Deutschland, Pässe hatten wir ja. Die Ausreise nach Deutschland kostete tausend Slotis (Tauschwert im Verhältnis 3 : 1) aber die wenigen Plätze in den Zügen waren schon vergriffen. Es war damals in der Nachkriegszeit verboten, die Ausreise aus der Heimat heimlich, still und leise über die Landstraßen zu ziehen, aber es gab auch nach langen Palavern mit den Behörden Angestellten Sondergenehmigungen und das kostete auch tausend Slotis, und ein Bestechungs Geld unter dem Schreibtisch dazu, so bekamen wir, unsere Familien Sondergenehmigungen und es sollte über Friedland gehen, wo wir uns zu melden hatten. Zurück wurden die Koffer klammheimlich gepackt. Aber das ging alles nicht so schnell von heute auf morgen. Da beschlossen meine Eltern eines Tages, den Besatzern ein Schnippchen zu schlagen. Klammheimlich packten wir in Winter kalten Nächten unser spärliches Eigentum, das hauptsächlich aus warmer Bekleidung, Stiefeln und warmen Wollmützen bestand zusammen, packten Familien Alben und Lebensmittelkonserven in feste Rucksäcke.Wir wollten unbedingt nach Deutschland, wir waren alle Kriegsverlierer, die Deutschen sowieso an erster Stelle, aber dort in Schleswig Holstein im Fruchtbaren Landstrich dort oben bei Flensburg und Kappeln, da lie0 es sich leben, das hatten wir vernommen und das war dann auch unser Ziel gewesen. Unsere Vorfahren waren Deutsche gewesen, dann zogen wir bei Nacht und Nebel los, wir ließen Hunde und Katzen zurück, denn die Tiere waren uns Kindern schon damals ans Herz gewachsen, doch Vater und Mutter bestanden darauf mit heißen Tränen in den Augen, das wir nicht zurückblickten. Sie wollten vergessen, aber es war nicht einfach, die kalten Winternächte auf der Landstraße durchzuhalten. Die Besatzer in unserem verlassenen Bauern Haus schliefen ihren Rausch wie gewöhnlich aus, das hatte uns dann auch zum Vorteil gereicht. Links und rechts dunkle Wälder, der Mond mit seinen hellen Sternen am Himmel, da schlossen wir uns anderen Flüchtlingen, den vielen Trecks mit den Ärmsten der Armen an, die auch wie wir die Gelegenheit zur Flucht ergriffen hatten. Vater erklärte uns den Sternenhimmel:" Dort seht hinauf, da ist der große und der kleine Bär, die Waage, die Zwillinge, der Steinbock, der Skorpion im Sternen Bild des Zentaurus in Alpha Zentauri, dann weiter rechts dort oben der kleine und der große Wagen, nicht zu übersehen.!" „Nur nicht zu lange in den Mond blicken," meinte meine Mutter und wurde ernst," sonst werdet ihr mir noch alle mondsüchtig und fangt an des nachts in euren Nachthemden im Schlaf zu wandeln!" „Ja, das möchte ich,"rief ich freudestrahlend aus," die Augen geschlossen, die Gedanken wie im Traum versunken, die Arme weit vor mich ausgestreckt," zu die Sternen Frauen und dem Mann im Mond hinauf schweben und eines Tages, wenn die Sonne aufgeht," ich stockte und überlegte."Und weiter," forderte mich meine Mutter auf," und eines Tages, wenn die Sonne aufgeht, was dann, kleine Ulrike!" „ Habe ich doch schon gesagt, zu die Frauen und zu die Mann in die Sternen Wiese fliegen," meinte ich ärgerlich," Du musst zuhören,"Sie lächelte das sanfte Lächeln einer liebenden Mutter, doch wir alle fröstelten, schlugen uns heftig die Arme um die Schultern und ich überlegte, was nun kam.""Jetzt weiß ich weiter," erklärte ich den Anwesenden und deutete mit dem rechten Arm auf die Landstraße vor uns," und eines Tages, wenn die Sonne aufgeht sind wir am Ziel, Mutter, dort im Norden in der Ferne, wo ihr hinwollt, doch wann kehren wir in unsere Heimat zurück!" Es ging weiter, ich bekam keine Antwort, sie waren alle stumm bei meinen Worten geworden. Mutter und Vater zeigten ernste Gesichter, zogen die kleinen Gepäckwagen auf dem unser Hab und Gut fest verschnürt angebunden lag, die Geschwister blickten ernst und gefasst zu Boden, da kamen sie schon, Onkel und Tanten hinter uns her. Sie hatten es sich anders überlegt. Niemand wollte in diesen Tagen zurück bleiben. Wir warteten alle, warteten und warteten als wir außer Sichtweite waren, ob aus unserem verlassenen Dorfe was zu hören war. Waren die Deutschen in den Nachkriegstagen schon schlimm genug gewesen, so waren die Russkies noch viel schlimmer, sie waren rücksichtslos und grausam ihre Art mit uns um zu gehen. Hatten die Besatzer erst unsere Flucht entdeckt, egal ob wir Pässe besaßen oder nicht, waren sie uns auf den Fersen, wir lauschten atemlos und zitternd vor Angst in die Ferne, aber nichts geschah, außer das übliche Hundegebell und das Miauen von Katzen. Es musste Mitternacht vorüber sein, da krähten die Hähne auf ihren Misthaufen, der neue Tag war erwacht, wir Kinder waren hundemüde, aber es half nichts, es ging schnell voran. Die mitgeführten zwei Ziegen gaben uns Kindern am frühen Morgen frische, köstliche, süße Milch, meine älteste Schwester konnte mit den Zitzen gut umgehen und dann gab es auch Gelächter, als sie verschmitzt eine der prallen Zitzen vergriff und mir und meinem kleinen Bruder mit einem Kichern einige feste Strahlen von Milch in die Gesichter strahlen ließ. Wir schlossen uns auf dem Weg in die neue

Heimat mit Bekannten, Verwandten und fremden Flüchtlingen zu einer Bruderschaft zusammen. Der Weg nach Deutschland war zwar weit und beschwerlich, aber nicht nur für uns, auch für die Eltern und Verwandten. So zogen wir die hoch bepackten, ratternden Blockwagen ächzend und stöhnend, Stunde um Stunde, Tag und Nacht mit klammen Fingern, die in abgewetzten Wollhandschuhen steckten, wo die Fingerspitzen aus den Löchern heraus guckten hinter uns her, um Abstand zwischen uns und den Russen zu bekommen,.Des Nachts schmiegten wir uns in die warmen Mäntel unserer Eltern, und Onkel und Tanten. Die wiegten uns sachte in den Schlaf und sangen dazu ernst mit Tränen erstickten Stimmen: „Eia, Popeia, so wandern wir denn Hand in Hand, Pommern Land ist abgebrannt..." wir kamen mit anderen Flüchtlingen zusammen, erbettelten an Bauernhöfen und Gutshöfen Brot, Milch, Rüben und Kartoffeln, alle gaben sie gerne und auch sie darbten, denn in jenen Tagen gaben auch die Äcker, die Felder und Wiesen nicht das her, wie vor Kriegsbeginn. Doch der Neuanfang war in Gange, es gab kein Zurück mehr. Wir rasteten mit den anderen hier und da, halfen den Bauern bei der Heuernte, stapelten das Heu und fuhren mit den Bauern auf ihren Leiterwagen juchzend und schreiend zwischen den gestapelten Heu Garben über die Felder in die Scheunen, striegelten die Pferde, molken die Kühe je nach Wissen und Können, stahlen den Hühnern und Enten die Eier unter den Federn weg, ein wütendes Geschrei und ein Flügel schlagen, Schnäbel schnappen war die Folge. Die Enten und Gänse zupften mich an Strumpf und Kleid, die Störche auf den Dächern, wenn sie denn hoch aufgerichtet auf den Nestern standen und Frösche aus nahen Teichen geholt hatten, klapperten vergnügt mit den langen Schnäbeln, stolzierten im runden Nest aufrecht und stolz hin und her, die Sonne wärmte unsere haut und wir schliefen nach dem Milchumtrunk im warmen Heu in den Ställen der Bauern, dann ging es weiter ins alte Land zu den Obstbauern in Mecklenburg Vorpommern. So schlug meine Familie sich mit uns Kindern damals durch, wir halfen in jenen Tagen bei der Obsternte, tanzten Ringel Reihen mit den Knechten und Mägden um Apfel, Birnen und Pflaumenbäume, überall fanden wir Aufnahme und ein freundliches Wort zu jener zeit, das hat noch niemandem gereut. Wir wurden von den Soldaten, den Besatzern nicht aufgehalten, hier und da Panzer, marschierende Soldaten, die sich aus Russen, Amerikanern, Engländern und Franzosen zusammen gesetzt hatten und an den Grenzkontrollen kamen wir gut vorbei, denn wir hatten Pässe. Wir wurden entlaust und gefragt, ob wir Juden auf der Flucht seien. Doch die Konzentrationslager in Ausschwitz und Bergen Belsen, auch in Sachsenhausen waren längst aufgelöst gewesen, die Rädelsführer verurteilt und abgeurteilt, das war 1944 gewesen, die Nürnberger Prozesse, vor dreizehn Jahren genau gewesen, trotzdem waren es immer noch unruhige Zeiten. Besatzer überall, und wir kamen immer wieder durch Grenzkontrollen, die großen Flüchtlingsströme und Trecks nach dem Krieg waren längst abgeebbt. Wir Deutschpolen kamen ungeschoren bis an die Elbe, wollten aber nicht mit den anderen Heimat Vertriebenen, die wir ja nun einmal waren (wir hatten uns ja selbst vertrieben) nicht über die Elbe nach Mölln und Ratzeburg gesetzt werden, sondern die Erwachsenen unter uns planten bis Hamburg zu gelangen, die große Hafenstadt, die nach dem Kriege im Wiederaufbau begriffen war, dort zogen wir weiterhin mit anderen Flüchtlingen mit Sack und Pack hindurch, über die zerstörte Altstadt Altona, sie lag noch immer in Schutt und Asche hinaus und an der Nordsee entlang ging es im Zuckel Trab nach Flensburg. Hier ließen wir uns bei den zuständigen Behörden

53

im Rathaus in der Innenstadt registrieren, doch da wir immer auf dem Lande gelebt hatten, schlug man uns Süderbrarup als Zufluchtsort vor. Flensburg den Flensburgern und zugezogenen Flüchtlingen aus den Städten und die Landbevölkerung aus Polen erhielt Zuzug nach Süderbrarup. Dort wohnten schon die Großeltern, daher lag es auf der Hand zu ihnen zu ziehen. Sie lebten dort seit dem ersten Weltkrieg, als Großvater aus dem Krieg als Soldat heimkehrte, aber sie konnten uns weder unterbringen, denn der Wohnraum war knapp, noch für das leibliche Wohl Sorge tragen, es war kein Geld da. Wir Kinder, unsere Eltern und Anverwandten wurden erst einmal gründlich entlaust durch die Veterinär Ärzte und die Schwesterhelferinnen und ich weiß noch wie meine Entlauserin einen Floh nach dem anderen aus meinen Haaren hervorholte und knackte. Als ich sie schließlich misstrauisch fragte:"Wie viele sind es denn?" Bekam ich zur Antwort „Siebenundzwanzig", und als ich weiter fragte, wie viele Läuse und Flöhe denn die anderen hätten. war Stillschweigen angesagt, dann wurden wir durch Kleiderspenden wieder neu eingekleidet. Die Anfänge auf dem Lande waren beschwerlich, es war Nachkriegszeit und jeder von uns musste sich beweisen, was in ihm steckte. Wir Kinder mussten wie wir es schon kannten beim Bauern arbeiten, jeden Morgen die Kühe melken, meine Schwester und der Bruder konnten im Haushalt mithelfen, jede Menge von Kartoffeln schälen, Brot backen, Früchte aus den Gärten pflücken und beim Entsaften des Obstes mit Dr. Oetker Töpfen herumhantieren, alles kam in die Weck Gläser und die roten breiten Gummis fehlten auch nicht dabei. Naschen war verboten, aber die netten Bauern sahen darüber hinweg. Die Erwachsenen wurden dann für die Schwerarbeit eingeteilt, das war das Korn mit der Sense schneiden, da es wenig Trecker und Traktoren gab, das Korn zu

54

Bündelgarben zusammenbinden und in die Scheunen mit den Heuwagen ging es dann in die Scheunen zuerst mit den Eltern und Verwandten auf dem Lande in Baracken. Die Erwachsenen halfen beim Wiederaufbau, denn auch auf dem Lande waren in der Kriegszeit Bomben gefallen, sie arbeiteten unterschiedlich bei den Bauern, bei den Dörflern, dann als Landarbeiter für den Straßenbau für das Amt und ich lernte dann später meinen Mann kennen. Ich kannte Sprachen, fungierte als Übersetzerin von Polnisch, Russisch und Deutsch, das viel mir in den Schoß. Ich scheute keine Arbeit und ging auch putzen. Erst wohnten wir in einer kleinen Wohnung und als sich später Nachwuchs einstellte, zogen wir an den Berliner Ring in ein kleines Haus und da sind wir noch heute drin, das Eigentum. Mein Mann ist tot und Du bist der Ersatz. Meine Schwester wohnt im Vorort von Norder Brarup, ihr Mann war Lastwagen Fahrer, Lastkraftfahrer sein leben lang, die haben ein schönes Haus dort, auch Kinder und mein ältester Bruder muss zur Kur, der ist 79, na ja, das macht das Alter. Bei mir sind es die Beine, bei meiner Schwester die Augen und Du hast die Makula, dann passen wir ja gut zusammen!" „Und die Heimat, wolltet ihr die denn nicht einmal wiedersehen?" „Wir waren vor Jahren mit den Bus dort, aber die alten Häuser sind niedergerissen und auf unserem ehemaligen Grundstück haben Fremde ein Haus gebaut und wir wollten nicht stören!" Die Katzen versammeln sich derweil vor der Haustür. Ulrike holt eingefrorene Würstchen aus dem Kühlschrank und schneidet diese in kleine Scheiben:"Guten Appetit!" Sie kommen alle regelmäßig, sie haben keine Scheu und manche von Ulrikes Nachbarn kaufen teures Katzenfutter und so haben sie alle eine Heimat gefunden. Ulrike hat ihr Haus, ihre Tochter ist verheiratet mit dem Küster, hat selbst ein Haus und zwei erwachsene Kinder, die die Berufe von Bäcker und Tischler ausüben, nur ich der

ich diesen Bericht für meine Bekannte schreibe und versuche ihn zu vervollständigen, bin aus der Heimat vertrieben, denn mein Elternhaus, wie ich schon erwähnte, haben brutale junge Leute erobert mit einem wüsten Bullen Beisser von Hund und zwei kleinen Kindern, die auch ein zuhause brauchen. So sitze ich also in der Fremde in einer widerwillig bezogenen Wohnung in einer Proleten Wohnung und warte, bis der Arzt kommt. Die freien Wohnungen in Flensburg und im Stadtteil Adelby haben Flüchtlinge bezogen, ich kann im Alter nicht in die Heimat zurück und die Wohnungsbaugesellschaften schütteln resigniert die Köpfe:"Im Moment ist nichts frei, wir können uns für sie keine Wohnung aus den Rippen schneiden. Warten sie ab, wir melden uns !" Da kann ich lange warten, also warten, wieder warten, bis der Arzt kommt. Dann kommt das nächste Problem, entweder ist die Wohnung zu teuer, man kann die Courtage nicht bezahlen und die 50 qm, das ist noch das schlimmste drohen, die Bewegungsunfähigkeit droht, die Gesundheit geht den Bach hinunter. Grausamkeit ist angesagt oder etwa nicht ? Ich war übrigens schon bei vielen Ärzten, es geht ja immer um die Gesundheit, und ein neues Warten ist angekündigt. Warten bis die Vorsorgekur Modell 61 kommt. Die Kassen sind ja nicht zeitlich gebunden, aber ich, auch Ulrike, die wir Tag für Tag in unseren vier Wänden sitzen und Maul Affen Gesicht schneiden, die Däumchen drehen, eine Sitzung folgt der nächsten ohne Ende.
Lieber ein Ende mit Schrecken, als ein Schrecken ohne Ende, was meinen Sie? Wie das ?
Im Hause von der alten Ulrike führt eine schmale Kellertreppe hinunter in den Keller, dort unter ist die Toilette. Der schmale Kellergang hat zwar ein Geländer, doch des Nachts dort hinunter um Wasser zu lassen ist wohl ein Ding der Unmöglichkeit. Dazu ist es im Kellergang kalt und es gibt

schummriges , diffuses Licht. Die alte Frau ist das gewohnt, seit Jahrzehnten geht es hinunter und auch wieder hinauf, nur vor dem Ausweichen und dem Stolpern hat sie Manschetten und wenn es nur das wäre. Eines Nachts als sie musste, geht es einmal wieder im langen Nachthemd die Treppe vom Schlafzimmer hinunter, das im ersten Stock liegt hinunter in den Flur, wo Küche und vermüllte Wohnstube sich anschließen. Sie öffnet die Kellertür, macht das Licht an und schleicht vorsichtig und sachte schwer atmend die Treppe hinunter. Sie schlängelt sich mühsam hindurch durch Massen von leeren schmutzigen Glasflaschen, als die Milch noch vom Milchmann in Flaschen abgefüllt wurde, vorbei an der Tiefkühltruhe, vorbei an Regalen mit eingemachten Gartenfrüchten, Camelia Binden und Massen von Toiletten Papier, umgeht aufgestapelte Kartons mit auf bewahrter Aldi und Lidl Reklame aus den 60 ger Jahren, wo der Staub sich dick darauf abgesetzt hat, greift sie sich die Türklinke der Toilette, reißt sie auf und durch die Anstrengung verlässt die schlechte Luft ihren Bauch, wenn es nur das wäre. Sie quält sich also auf die Toilette, drückt und drückt. Doch diese Toilette ist nicht ohne, denn an allen Ecken und Kanten über der Tür, die sie zugeschlagen hat, stehen reihenweise gesammelte Blumentöpfe aus Flohmärkten, verwelkte und unverwelkte Blumen geben ihr Gesellschaft und auch in allen vier Ecken im schmalen Toilettenraum stehen Vasen mit Blumen und Blumen Töpfe herum, auf Regalen links und rechts stehen weitere Blumen, hier hat sie auch die sauren Gurken in Gläsern gelagert, Gurken von Aldi, die sie so liebt, ihre Leibspeise. Das Toiletten Papier ist aber von der Rolle, sie greift zum hohen Brett über der Tür, wo einige Rollen dreilagig einzeln stehen, dabei reißt die Alte in der Hast, das Brett vom Nagel, das fällt ihr samt den Blumentöpfen und der Erde auf den Kopf, das Brett verriegelt schlagartig, unverhofft die Tür, der Schlüssel dreht sich wie von Geisterhand um , verschließt die Toilettentür, das heruntergefallene Regalbrett, versperrt die Tür, sie kann sich nicht bewegen, nicht nach vorn, nicht nach hinten, dann kracht sie auch noch mit den Ellenbogen beider Arme links und rechts in die Regale, die Blumentöpfe begraben die alte Frau unter sich, die Scheiße ist am Dampfen, der Blumenduft vernebelt ihre Sinne und der größte Blumentopf kracht auf ihren Kopf. Mit letzter Kraft rüttelt die alte Frau den Türgriff, der Schlüssel bricht ab, die Kerzenbirne über ihr verlöscht, sie trampelt versessen und „HILFE HILFE, HILFE „ rufend gegen die verrammelte Tür. Niemand hört sie in der Nacht schreien. Ich wohne um die Ecke, die Tochter zwei Straßen weiter und die Nachbarn haben taube Ohren, sie schlafen alle den Schlaf des Gerechten. Noch einmal sieht die alte Ulrike ihr Leben wie im Filmriss in Gedanken an sich vorüberziehen, sie spürt das Ende, sie kann sich nicht mehr bewegen, Blumenerde, Blumenduft und Blumentöpfe nehmen ihr durch das Gewicht, das auf ihrem Körper lastet den Atem, es gibt kein offenes Toilettenfenster, die Tür verrammelt, das Toiletten Papier par Exezellenz zu hundert Rollen erstickt ihren letzten Laut. Die Finger gleiten kraftlos vom nicht zu öffnendem Türgriff und dann sackt der Kopf auf die Brust, die letzte schlechte Luft fährt mit Gewalt aus ihr heraus, dann ist es aus.

Nach Wochen findet die Tochter den Leichnam in der Kellertreppe, zum Skelett skeletiert. Die Blumenerde in den zerschlagenen Töpfen hat ausgeschlagen und wieder bunte Blumen hervorgebracht. Aus Nase, Mund und Ohren sprießen Orchideen, Primeln und aus dem Munde das Vergissmeinnicht. Die Tochter weint heiße Tränen und ruft mich als den letzten

Freund der alten Frau zu sich hinüber, gemeinsam reinigen wir
die Örtlichkeiten und rufen Arzt und Leichenbestatter an, auch
die Polizei lässt sich nicht lange bitten, doch als sie den Tatort
besichtigt haben, meint der Oberwachtmeister TATÜ TATA
beleidigt:" Diesmal war es Eigenverschulden, ein schlimmer
Unglücksfall, weder Mord noch Totschlag, noch
Vergewaltigung, schade, an den Übeltätern verdienen wir mehr,
weil doch die alten Frauen so häufig überfallen werden !"

Das Leben ist ein langer, träger Fluss, von der Geburt, vom
ersten Schrei bis zum ersten Kuss, es regelt sich alles sehr
schnell und geht schnell dahin, die Kindheit, die Jugend, das
mittlere Alter, das zählt als Gewinn, es gilt stets das Mitdenken,
der Vorteil mit dem Geld, denn ohne Macht und Kraft ist der
Baum schnell gefällt. Selbstverständlich ist nichts und das
LEBEN IST UNAUFHALTSAM UND ES GEHT WEITER,
zu Tode betrübt, dann plötzlich heiter, das Leben geht weiter.
Zur Menschwerdung, dazu gehören zwei, das süße Gefühl, die
Liebe, alles geht Ruck Zuck vorbei. Wir werden nicht gefragt,
ob wir diese Tortour mitmachen wollen, denn es geht nach dem
ersten Begreifen, dem Verstehen sofort in die Vollen. Das Kind
in der Schule das rechnet und schreibt, sich das Wissen der
Erwachsenen, soviel Wissen wie möglich einverleibt, das eine,
das lernt das Rechnen nie, der eine hat eine Schnellere
Auffassungs Gabe als der andere, der lernt die vielen Sprachen
nie, der eine interessiert sich für die ägyptischen Hirogliephen,
die von rechts nach links hinüberliefen, der andere ist fasziniert
von der Mathematik, der andere von der Atom Physik, ein
anderer studiert die die Wissenschaft der Astronomie, die alte
Frau, sie konnte das nie, sie konnte aber und das mit Bedacht,
denn ihr Habitus hat ihr viele Sprachen beigebracht, das
Polnisch, das Russisch, das Deutsch nicht zuletzt, das wirre

Durcheinander hat sie sprichwörtlich in eine Zeit des gegenseitigen Verstehens versetzt. Das Alter kommt, das Alter geht, noch ist sie nicht VOM WINDE VERWEHT, sie lebt ihr Leben und sie lebt es aus und wenn auch das Geld knapp ist, sie hat ja ihr Haus, da fühlt man sich sicher, da geht man nicht mehr raus. Und wenn es auch zugemüllt ist von den Dingen des Lebens die man nicht entbehrt, sie fühlt sich damit keineswegs beschwert. Sie zählt die Tage nach dem 85. Lebens Jahr, wie viel kommt denn da noch hinzu? Solang man sich wohl fühlt, gesund lebt, keinen Ärger hat, man über diesen Dingen schwebt.

„Jetzt muss der Friseur entscheiden, denn die alte Frisur mag ich nicht mehr leiden, reicht das Geld noch für die ständige Ausgabe Masse, denn der Freund ist nicht bei Kasse. Die schlimm verhornten Fuß Nägel beschneiden, beschneiden, beschneiden, alle vier Wochen zum Fuß Arzt, der nimmts von den Lebendigen, seine gebühren, die sind nicht bescheiden und der zahlende ist nicht zu beneiden. Jeder Schritt, er kostet Geld, sogar die Grund Steuer B für das Haus wurde vom Gesetz Geber erstellt, dann kommt der Schornsteinfeger und der macht kurzen Prozess, denn die Russ Partikel im Schornstein, die machen es wett. Das Wasser, das Licht, der Strom, das Telephon und die Zeitungs Reklame, dieses alles sind Infame. Mit Benzin Geld, dem Auto und sodann, fangen wir zu fahren an, Flensburg hat eine Umgehungs, Bauarbeiten, eine Verlängerungs Zone, nochmal tanken und zum Lohne. Die Caritas, die macht uns Spaß, dort gibt's kein Geld mehr, wir geben Gas, bei dem Haus Arzt, der bescheiden, da gehen wir hin, den mögen wir leiden, Krankenkasse, Vorsorge Kur, Grippe Schutz, müde Beine die stets jucken, schwer fällt auch der morgendliche Schleim im Hals, das Spucken, die Hände rissig, der Rücken ist steif, das Laufen geht schwer, das Husten wird häufiger, wir fahren zum Meer, das Meer in der Förde, der Dampf auf dem Schiff, die Brötchen mit Fisch und der Sprudel im Mund, die kurze Erholung in Wassers Leben, das Schwimmen, nun wird es mir zu bunt. Wenn der Schwimmer nun abtaucht und ertrinkt, ich habe niemanden gelinkt. Nun geht es nach Firma Mehrwert mit den billigen Sachen, das war mal wieder ein abgehetzter Tag und im großen und ganzen zum Lachen, nein, was machen wir ich und mein bekannter nur für dumme Sachen. In Süderbrarup kaufe ich ein, denn auch Alkohol muss sein. Wein, Sekt, Rum, Weinbrand und ein Set Bier, nimm ich mir. Zu dem dicken Bingo Klaus, da ziehen wir auch mal außer Haus, wir reißen aus, die Lose die Lose, die Gehen in seiner Zeltstadt in die Hose, die Hose. In der Tafel auch sodann, ja da halten wir uns ran. Bunte Blumen für des Mannes Grab besorgen, Lebensmittel, Brot und Kuchen für das Morgen. Das Auto schleppt uns die Ware heran und ansonsten haben wir keinen Lebens Plan. Wir sind unterschiedlicher Natur und das Alter braucht auch eine Erholungs Kur. Wir sehen an den Wochenenden Bluse Ray Filme, VHS Filme und Super 8 Filme, dann gehen wir zu Bett, ja das Leben ist nicht immer nett. Nur die reichen Leute mit Geld, die fühlen sich frei und ungebunden. Wir beide, mein Bekannter und ich sind eingesperrt in Haus und Wohnung und wochentags immer allein, das Leben ist ein schöner Schein, das WARTEN erstickt nicht im Keim, wann wird es wohl zu ENDE sein ???

ENDE

2. VOM FLÜCHTLING, DER BESTSELLER BÜCHER SCHREIBEN WOLLTE

Die Flüchtlings Familien, aber auch die Singles, die
Einzelpersonen und alles was da noch so kreuchte und fleuchte
war noch längst nicht ungebildet und dumm, ohne
Schulausbildung sozusagen. Zwischen den Flüchtenden, ganz
egal woher sie kamen, ob über den großen Teich, damit meine
ich das Mittelmeer, ob sie als Boots People daherkamen und
noch kommen werden, aus dem nahen und dem mittleren
Osten, aus Afghanistan, aus dem Irak und dem Iran oder gar
aus Persien, darunter befanden sich auch gelehrte, gesittete
Menschen wie mein Dutz Freund der nennen wir ihn den
Schede Sari. Er war Professor an irgend einer Universität in
Persien gewesen, aber wegen radikaler Umtriebe und seinem
feministischen Glauben wurden er und seine Familie
ausgebürgert. Er ging freiwillig. Persien ist ja kein Land, das
seine gesitteten Menschen mit Gewalt ausbürgert. Jeder ist für
sich selbst verantwortlich, jeder kann an sich selbst arbeiten
und daraus Nutzen ziehen. Schede Sari sprach fließend sieben
Sprachen, er war auch im zweiten Beruf Film Wissenschaftler,
Regisseur und Fotoamateur gewesen, schrieb kluge Bücher und
entschied sich für Deutschland, die Demokratie die er zu
schätzen wusste und liebte dorthin zu emigrieren. Die Frau mit
den Kleinkindern, die die deutsche Sprache erst mühsam
erlernen mussten, wollte er nachholen, wenn es eine Wohnung
gab. Er packte einen kleinen Koffer mit sieben Sachen, reiste,
da er auch über Ersparnisse verfügte über Iran, Irak,
Griechenland, Italien, Spanien nach Deutschland ein. Er wollte
die Welt sehen, war ein weltoffener Mensch und als er in
Flensburg ankam, seine Personalien vorzeigte und nachweisen
konnte, das er, der die deutsche Sprache beherrschte dort sein
Einkommen sichern, dort leben und seine Familie
Nachkommen sollte, gab es keine Probleme.Die Behörden
besorgten ihm eine geräumige Wohnung im Norden der Stadt,

natürlich nur, weil er Familienzuwachs beantragt hatte. Er bekam einen erstklassigen Wagen, konnte gleich eine eigens gegründete Firma , ein kleines, eigens betriebenes Arbeitsamt aufmachen und versuchte die arbeitslosen Flensburger, die Flüchtlinge zu vermitteln, je nach Aus , Schule und Weiterbildung, gutem Willen. In seiner wenigen Freizeit schrieb er fleißig Bücher, dreißig an der Zahl, seine Frau entwarf die Zeichnungen für Buch Vorder und Rückseite, aber es dauerte doch viele Jahre, vielleicht ganze zehn, bis er das geschaffen hatte, was er auch veröffentlichen wollte, sein Lebenswerk sozusagen. Da kamen Märchen und Sagen aus Persien, ein Werk über sein Leben und historische Buchwerke über Persien vor, aber dann musste auch ein zuverlässiger, preisgünstiger Verleger gesucht werden. Er saß Tag und Nacht am Telefon. Amazon war ihm zu vulgär, da gingen sie alle hin, sie, die gewöhnlichen Sterblichen . Die Intelligenteren wandten sich an die großen Verleger Deutschlands, auch er, aber da musste man schon seine Rechtschreibung perfekt vorlegen können und die Exposees geschrieben haben, denn die Verleger wollen daraus erkennen, ob sie dementsprechende Einnahmen erzielen können, ob vielleicht ein Bestseller dabei sein kann und dann muss natürlich auch vieles andere abgewägt werden, In erster Linie gibt es das Problem, das die Jugend lieber am Leptop vor dem Internet und vor Ibay und Google sitzt als ihnen recht ist. Sie lesen keine Bücher mehr, da bleibt denn die Frage im Raum stehen, wer liest dann und in welchem Quantum, in welchen Stadien und Mengen, was wird gelesen, leider in erster Linie Krimis, die mag unser Grieche gar nicht, er schreibt gehobene literarische historische Literatur, da sind dann die ältesten Deutschen mit guter Schulbildung, die wissen noch ein gutes Buch zu schätzen, es muss nicht immer Karl May oder Erich von Däniken sein, die legen das Werk erst aus der Hand, wenn es ausgelesen ist, Seite, für Seite, Wort für Wort bis zum Ende. Da gibt es anscheinend noch genug Liebhaber von gesitteten Büchern und für die schrieb unser gelehrter Perser.

Ein gelehrter Staubsauger Vertreter, einer von der Firma Vorwerk bot sich ihm an, die Werke zu verlegen, die Aufgaben eines Verlegers wahrzunehmen, den Buchrücken und den Klappentext im Leptop zu organisieren und die Frau von Schede Sari war mit den Zeichnungen auf den Buchumschlägen beschäftigt. Beide wussten, wenn die vielseitigen Aufgaben des Verlegers nach einem bestimmten preisgünstigen Programm von privat wahrgenommen werden, dann geht es letzten Endes nur noch um den Druck und die Veröffentlichung, aber, gut Ding will Weile haben und bis alles zum besten verläuft heißt es warten, warten, abwarten und Geduld haben.

Die beiden kamen nun ins Gespräch, weil der Perser einen Vorwerk Staubsauger bei dem Handelsvertreter gekauft hatte. Er selbst war in Zeiten der Arbeitsvermittlungen seines Betriebes nervös und fahrig geworden, das verlegen wollte er anderen überlassen und so kamen die beiden denn überein sich in dieser Hinsicht zusammenzutun mit dem Zeile, später Lesungen zu setzen, Sponsoren für die Buchwerke ausfindig zu machen und mit dem kapital der Sponsoren ins fernsehen zu den Talkmastern und ihren späten Sendungen zu gehen, denn erst einmal bekannt durch das Fernsehen, werden auch die Buchwerke bekannt, über die gesprochen werden soll und sodann soll die Geldquelle loslegen. Beide schwärmten in den höchsten Tönen, es sollten tausende von Büchern bei Lesungen unter die Leute gebracht werden, vom selbstverdienten Geld, den sogenannten Margen wollten sie sich Häuser in Nobelstadtteilen kaufen, sich in Urlauben und Flugzeugen vergnügen und die Welt würde ihnen offen stehen. Beide waren wohl jung genug für den Plan, doch hört wie es weiter ging. Der Staubsaugervertreter lud sich nun die Bücher des Persern auf seinen Computer samt Inhalten, Exposes, Zeichnungen und der Perser bekam zum Nachweis über seine Werke gebrannte DVS vom Auftraggeber. Der Staub Sauger Vertreter legte sich auch anfangs ins Zeug und brachte einen Gesichtband von sechs Nachfolgebänden zur Veröffentlichung und Schede Sari bekam auch gleich eine anfängliche Lesung in der Flensburger Bergmühle, aber die beiden hatten einen verteufelt gerissenen Verleger im Schlepptau, denn der gab das erste Gedicht Band Buch zwar kostenlos heraus, verlangte aber den prozentualen Verzicht des Autors für die ersten fünfhundert Bücher und keine prozentuale Beteiligung . Erst nach dem Verkauf von fünfhundert Exemplaren könne zehn Prozent an jedem verkauften Buch an Marge eingenommen werden. Wenn also ein Verkaufs Preis je Buch von 37,50 Euro veranschlagt wurden sind zehn Prozent gleich 3,75 Euro erschreckend wenig. Der erste Gedichtband war zwar vertan, aber der nicht auf den Kopf gefallene Staubsauger Vertreter hatte gleich darauf auf Mitwirkung seines Autors einen wesentlich günstigeren Verleger ausfindig gemacht. Bedingung war eben, das er der Auftraggeber seines Autors die Arbeit des Verlegers übernahm, womit er auch einverstanden war, dann kostete so ein Buch egal wie der Umfang war ganze 19,75 Euro, hinzu kommen die Veröffentlichungs Gebühren ebenfalls pro Buch 19 Euro, das ist extrem günstig. Nach der ersten Lesung aber passierte gar nichts mehr. Der persische Autor und sein Auftraggeber gingen gleichmütig ihren gewohnten Beschäftigungen nach, bis es dem Perser eines tages nach einer erneuten Wartezeit im kommenden Jahr cirka im Juni zu bunt wurde. Auf die Initiative des Persers, der Staubsaugervertreter möchte doch nun endlich wieder in die vollen kommen und die weiteren Bände fertig drücken und zum Verleger senden ließ der sich erst einmal ein halbes Dutzend mal bitten, denn der persische Autor schien ihm nicht so wichtig, weil er es kostenlos machte, aber er musste ja seine Kundschaft bedienen und mit Staubsaugern versorgen, das war ihm wichtiger, der Perser Schede Sari hatte also das Nachsehen und da wilde Ausländer von Natur aus unnachgiebig, aufbrausend und ungeduldig sind, hier in diesem Falle der Schede Sari , nicht locker ließ und dem Staubsaugervertreter ständig auf die Füße trat, war der gezwungen einen weiteren Band fertig zu schneiden und zum Verleger zu senden. Natürlich muss also der Auftraggeber, in diesem falle der Staubsaugervertreter zwei im Leptop Computer bei der Übermittlung zwei besondere Akkaunte für die Auftrags Bestätigung und die Druckfreigabe setzen, denn er als Auftraggeber des Autors ist gleichzeitig auch der Auftraggeber seines Verlegers und so kam das nächste Buch nach fast einem dreiviertel Jahr. Dann geschah erst einmal wieder nichts. Der Autor bekam zwar sein erstes Buch, aber er hatte keine Freude daran, denn es fehlten noch eine ganze Menge seiner geschriebenen Exemplare und er musste auch noch einen sehr hohen Paketpreis hinblättern, weil er es unbedingt schnell in die Hände bekommen wollte, doch eine Lesung blieb auch aus, doch weil Schede Sari nun eine erste Lesung vor geraumer zeit angestrengt und erhalten hatte interessierte sich der Schleswig Holsteinische Autorenverein für ihn und seine Buch Werke, denn nun war er zwar kein unbeschriebenes Blatt mehr, aber ein noch ziemlich unbekannter Autor, der weitere Lesungen und viel wichtiger Sponsoren brauchte, die ihn tatkräftig unterstützen konnten. Seine Frau hatte mühe, die Zeichnungen für die Buch Werke fertig zu malen, aber das tat sie für ihren Mann ja gerne, denn durch diese kann ein gutes Buch ja nur an Wert und Bekanntheitsgrad gewinnen. Trotz allem kostete es Mann und Frau viel Zeit und wieder mussten sie fast ein Jahr warten, bis der nächste band nach vielen Wortgefechten erschien.

„Wenn Du so viel zu tun hast, dich nur für deinen Staubsaugerverkauf stark machst und mich dabei solche unerträgliche Zeitspannen warten lässt bis der Arzt kommt, dann suche ich mir einen anderen Auftraggeber. Man soll es nicht vier möglich halten, aber Du hast zwei Jahre gebraucht um nur drei von meinen vielen Werken herauszugeben. Das Jahr neigt sich ebenfalls wieder dem Ende zu und was muss ich von meinem Autorenverein mitanhören. Trennen Sie sich doch endlich von ihrem alten Auftraggeber, er wird sie auch zukünftig warten lassen bis der vierte Band erscheint.Seine eigene Kundschaft und das Geldverdienen sind ihm wichtiger wie sie und ihre Gesundheit, denn welcher Autor kann so eine Wartezeit über zwei Jahre verkraften, das wird ja nie was, da nützen ihnen auch nicht die schönen, vollendeten Zeichnungen ihrer Frau für ihre Buch Werke!" „Ja, wir sind ja miteinander befreundet," beeilte sich Sched Sari zu antworten," die anderen Buch Agenten sind mir zu teuer, sie kosten mich ein vermögen, das ich nicht habe. Ich muss eine Familie, dazu meinen Urgroßvater, meinen Großvater und Vater ernähren, die allesamt nach Deutschland nachgezogen sind und die haben schon erwachsene Kinder, allesamt arbeitslos, wer soll die denn ernähren, können sie mir das einmal sagen!" „Sie können ja alle als Staubsaugervertreter bei mir in der Firma anfangen, bloß sie müssen viel Geduld und noch mehr Wartezeit mitbringen und die Kunden überall und nirgends höflich und zuvorkommend bedienen!" „Ach hören Sie doch auf mit dem Geschwätz, wer kauft denn heutzutage noch Staubsauger, die Familien sind doch alle eingedeckt und meine Familie auch!"

„Sagen Sie das nicht Schede Sari, Vorwerk Staubsauger sind die besten, die halten ein Leben lang!" „Es mögen vielleicht die besten sein," erwiderte Schede Sari ungeduldig," aber bei denen Preisen, wer kann sich schon noch einen Vorwerk leisten!" „Abbezahlen, abbezahlen!"Nun einigte man sich unter vielem Hängen und Würgen endlich, die wichtigsten historischen, aus der viel besungenen Phantasie und seinem lebhaftem Geist des lebhaften, über kandidelten Mannes Sagen und Märchenwerke aus Persien zu veröffentlichen, das wurde auch höchste Zeit, denn die persische Familie litten unter den ungewöhnlichen Wartezeiten bittere Not, denn vom Putzen und in der Arbeitsvermittlung ganz privat kann keiner etwas verdienen, geschweige etwas auf die Hohe Kante legen. Schede Sari rief in seiner Not nun selber seinen Verleger an:" Ich kann Ihnen nun bestätigen, Herr Schede Sari, sie sind uns Autor ja bekannt und ihre wichtigsten Werke hat ihr beauftragter Agent uns auch zugeschickt," hieß es eines guten Tages," aber wir brauchen noch die Auftragserteilung und die Druckfreigabe, teilen Sie das bitte ihrem Agenten mit!" „Was, das hat er ihnen noch nicht geschickt, das alles ist doch mein geistiges Eigentum ich habe schließlich ein recht daran es zu veröffentlichen!" Schede Sari setzte sich also alsbald in seinen Wagen und fuhr wieder einmal in aller Herrgottsfrühe zum Hause seines Agenten, der musste früh aufstehen, denn für den Staubsaugerverkauf braucht es Zeit, Überredungskunst, Nerven wie Stahl und Vorführtaktik gewissermaßen!" Schlaftrunken trafen sich die beiden Männer also frühmorgens. „Ja, die Auftragserteilung und die Druckfreigabe, das habe ich ganz vergessen, Herr Schedesari, ich habe auch nur meinen Beruf im Kopf und noch was, ihr Märchenbuch kommt nun doch in einem Stück heraus, das habe ich berichtigen können!!" „Das will ich auch hoffen, Märchen und Sagen Bücher erscheinen in einem band, in mehreren Bänden lassen sie sich schwerlich verkaufen!" Jedoch muss erwähnt werden das der Staubsaugervertreter dem Schede Sari nicht in die Karten und schon gar nicht in seinen Leptop blicken ließ, denn nun hatte er gelogen, eine faustdicke Lüge um Zeit zu gewinnen. Gewiss, sie hatten zusammen keinen Vertrag gemacht und unterschrieben, das wollte der Vertreter nicht, denn er wusste genau, dass dann eine Konventionalstrafe fällig gewesen wäre für unerwünschte Wartezeiten bis der Arzt, aber nicht die Bücher vom Verleger kommen. Noch nicht. In der Firma herrschte Hochbetrieb, die Auftragsbücher waren voll, aber an einem Montag konnte Schede Sari noch einmal den Vertreter sprechen;"Und was ist mit den restlichen sechs Büchern! „Das bearbeite ich noch bis zum Wochenende, keine Sorge, am Montag sind die beim Verleger!" Am Dienstag erfuhr dann auch Schedesari das unglaubliche, denn als er die Staubsaugerfirma noch einmal betrat war der Staubsaugervertreter für drei Wochen verreist:"Dann kann ich ja eine weitere Wartezeit an die alte anschlieOßen," meinte Schede Sari zum Kollegen vor Ort und der:"Nun müssen sie abwarten bis er aus dem Urlaub zurück ist, dann geht es weiter!" Schede Sari rauft sich die Haare, greift zum Telefonhörer und ruft den Verleger an:" Ja, ihre Bücher sind bei uns, das sagte ich ihnen ja bereits letzte Woche , aber sie sind immer noch nicht frei gegeben von ihrem Agenten, wir benötigen die Auftragsbestätigung und die Druckfreigabe, sicher sind sie der Autor, aber wir haben auch das neue Datenschutz Gesetz. Sagen Sie ihrem Agenten, wenn er aus dem Urlaub zurück ist, er braucht nur zwei Akademie wie bei den vorigen Büchern zu setzen, das dauert nur zwei Minuten, dann drucken wir ihnen ihre Bücher aus, es ist alles so einfach!" „Ja, das sagen Sie, Sie sind ja nicht der gelackmeierte," meinte der Perser, zog den Schwanz ein und dachte angestrengt darüber nach!" Zwei Jahre schmerzhafte Wartezeiten, nur drei Bücher sind in dieser Zeit veröffentlicht, das Gros liegt auf Eis. Der Staubsaugervertreter hält es nicht für nötig, die beiden Akkaunte zu setzen, er tut alles nur aus Gefälligkeit, weil ich einen Staub Sauger gekauft hatte. Jetzt geht er sogar in Ferien ohne mir einen Ton zu sagen, das ganze ist eine einzige Lügen Geschichte, hat keinen Sinn und keinen Verstand und wenn er zurück aus dem Urlaub ist, wer weiß wie lange er braucht, die restlichen sechs Bücher zu bearbeiten und zum Verleger zu senden. Dann sind auch noch meine VHS Videogeräte defekt und warten darauf in meine Hände zu gelangen und das Telefon hat Wackelkontakt, wie soll ich denn bloß dieser ganzen Sache Herr werden. Die Deutschen lügen und betrügen sich in der Sache, dabei sollte es doch umgekehrt sein. Die anderen sind ja auch nicht besser!" Schede Sari hatte den Staubsauger Vertreter, der seiner Meinung ein guter Geschäftsmann war bei seiner Arbeit an den Haustüren der Mieter und Eigentümer von Häusern genau beobachtet, um sich ein genaueres Bild von seinem Geschäfts Partner machen zu können. So zog der Geschäftsmann jedes mal wenn die Tür aufging der Mann seinen Hut vor einem Eventualitäts Kunden:"WAS KANN ICH IHNEN GUTES TUN UND WAS GIBT ES BESSERES ALS EINEN GUTEN STAUBSAUGER, EINEN ZUVERLÄSSIGEN, WILDEN FREUND IN IHREM HEIM?" WENN DIESER DANN ZUM ZIEL GELANGTE; SEINEN LIEBLINGS STAUBSAUGER VORGEFÜHR, ZUR VOLLENDUNG UND VOLLKOMMENHEIT GEBRACHT HATTE und der Kunde meist waren es langweilige, alte Rentner, die eine halbe Stunde benötigten, um ihre barschaft auf den Tisch zu legen, so langweilig waren sie und ihn dann mit stundenlangen Fragen über den neuen Erwerb gefragt hatten, so ließ er es ruhig und gelassen zu, die anderen, die von ihm Ersatzteile benötigten konnten WARTEN bis sie schwarz und unruhig wie die Wasser des Atlantiks wurden, manche schnitten sich wegen der langen WARTEZEIT vor Verzweiflung in die Finger, doch wer keinen Vertrag gemacht hatte war dem Verkäufer auf Gedeih und Verderb ausgeliefert, mache denke ich können vor innerer Unruhe verrückt geworden und gegen die Wände gelaufen sein:"Langsam geht die Welt zu Grunde," war einer der Sprüche des Staub Sauger Vertreters.Er kümmerte sich nicht um die Gesundheit und die seelischen Zustände seiner Kunden, denn Geld und Verkauf waren ihm wichtiger als sich als aufrichtiger Mensch unter Menschen zu benehmen.

Er war noch jung, wartete ab, sparte mit überflüssigen Wortklaubereien, ließ den anderen sich in rage reden, ließ einen nach dem anderen Termin im täglichen Fahrwasser des Lebens sausen, das war ihm nicht so wichtig. Er wollte wohl hilfsbereit sein, doch der Preis war hoch, eine WARTEZEIT OHNE EIN ENDE BIS ZUM BITTEREN ENDE .

Was dabei im Ganzen herauskam wissen wir nicht. Der Staub Sauger Vertreter wollte abkassieren, er hatte einen Freund in England, der übernahm die deutschen DVDS, da war alles darauf gespeichert, der Autorenname wurde auf den Namen der beiden Handlanger abgeändert, denn nun sollten die Bücher im englischen erscheinen, sie warteten nur noch auf die Veröffentlichung im Ausland. Dazu kam es aber nicht mehr, denn der Staubsauger Vertreter konnte und wollte die Werke nicht mehr aus seinen Klauen, aus seiner Macht frei geben für den Verleger, dessen Vertrag er zudem zu erfüllen hatte, stürzte mit dem Passagier Flugzeug kurz vor England in die Nordsee und unser Autor hat so lange auf ihn gewartet bis er schwarz vor Ärger wurde, die Familienangehörigen des klugen persischen Autors kamen allesamt an den Bettelstab, denn wer die Landessprache nicht sprechen kann, wer keine Schulbildung mir bringt und den lieben langen Tag herumlungert verhungert oder wird schließlich abgeschoben von den Behörden. Ohne Fleiß keinen Preis, ohne Geld keinen Bekanntschafts Grad , ohne Bücher weder Lesungen, noch Sponsoren, noch Fernsehauftritte und wenn sie nicht gestorben sind, dann warten sie noch heute.

3. AUFRUHR IN DER RE HA KURANSTALT IM SCHWARZWALD IN LÜTZENHARDT, DAS TARZANFACHBUCH UND DIE KUSINE, DIE NUR ABKASSIEREN WOLLTE.

Es war in meiner Kinder und Schulzeit in den neuen Anfängen Deutschlands, ich ging gerne in die Kinos, mit Vorliebe zu den Sonntags Jugend Vorstellungen in die Stadt Flensburg, denn was hatte man schon im Alltag schon außer der Schule, die ermüdenden Schularbeiten, wobei nur das Rechnen von meinem Vater, der ein Bankbeamter war hin und wieder kontrolliert wurde, da war ich schlecht, aber in allen anderen Fächern gut. Mich interessierte die Geschichte der Welt, die Abenteuergeschichten der Römer, die Griechen, die Spanier, der Ägypter, der Wikinger, des Mittelalters und die Ritterfehden, die Liebschaften mit den schönen Frauen weniger, aber auch die Reisen des Marco Polo, die Entdeckung des Kolumbus von Amerika, wobei man bemerken muss, das die Wikinger, Erich der Rote schon längst vor ihm dagewesen war. Das frühe und das späte Mittelalter, die Piraten Geschichten mit Errol Flynn mit Mantel und Degen und um das Mittelmeer, Tortuga, die drei Musketiere, ihre vielen

Abenteuerfilme von Alexandre Dumas, die Eroberungen des
Inkareiches von Cortez und nicht zuletzt die
Piratengeschichten, die sich fast bis in unsere Zeit
hineinziehen. Ich liebte den Kontinent Afrika, den schwarzen,
geheimnisvollen Kontinent und seine Entdeckungen im 19.
Jahrhundert durch Stanley und Livingstone und natürlich die
Dschungel Geschichten von Edgar Rice Burroughs, die in den
USA von MGM mit passenden, sportlichen Charakter
Darstellern verfilmt wurden, denn daraus hatte die findige,
unschlagbare Filmindustrie allen voran der Produzent Sol
Lesser Drehbücher schreiben lassen. So kamen die Filme denn
nach und nach in die deutschen Kinos und ich, nicht nur ich,
sondern auch andere Schüler freuten sich die ganze Woche auf
die Tarzan Filme mit Elmo Lincoln, Frank Merryll, Hermann
Brix, Johnny Weissmüller, Lex Barker, Gordon Scott, Jock
Mahoney . Einer löste scheinbar den anderen Tarzan Darsteller
ab, einer war besser als der andere, was ihre Taten, ihre
Handlungsweise, das Aussehen und die Kraft betraf. Auch
Erwachsene gingen gerne zu Tarzan Flmen, noch in späteren
Jahren, als sie bei uns im Roxi bei Goldan liefen. Da saß man
in der Loge, bewunderte die Kämpfe Tarzans gegen wilde Tiere
und ob es nun zum Elefantenfriedhof ging, zu den Amazonen,
ins Gorilla Land oder zu den Wilden, Menschen fressenden
Kannibalen oder zur Dschungelhütte der Greystokes, wo sie
gelebt und der Säugling nach dem gewaltsamen Tode der
Eltern von Kala, dem Gorillaweibchen aufgefunden und
großgezogen im wilden, unwegsamen Dschungel umgeben von
wilden Löwenrudeln, Elefantenherden, Grraffen, Nashörnern
und wilden Fluß Pferden und Krokodilen, stets blieb Tarzan der
Sieger, Ende gut, alles gut, bis zum nächsten Tarzan Film. Die
handgemalten wunderschön gezeichneten oder fotografierten
Film Plakate, die herrlichen Film Fotos in 24 x 36 ob in

schwarz weiß oder in Color , die den Inhalt der Filme wieder spiegelten zogen mich magisch an. Sie waren alle auf großen Holztaufstellern mit Heftzwecken gefestigt.Ob es nun das Holm Lichtspiele, das Urania beim Borgerforeningen, das Collosseum, das Central bei Kapitän Matthiesen oder das Kurbel, das Roxi, das Burg oder das Capitol war, das auch dem Goldan gehörte, nicht zu vergessen das Pali bei Mürwik, alle hatten sie diese Holzaufsteller, die vor den Kinokassen und Ausgängen standen um jedermann in die Kinos zu holen. Wer hatte damals schon Geld um zu verreisen, das Geld reichte damals vielleicht um mit den Dampfern nach Solitüde oder nach Glücksburg mit den Dampfschiffen zu fahren oder die Butterfahrten mit der Libelle und der Alex mitzumachen, was sonst. Ich bekam kein Taschengeld, Vater war zwar Beamter auf der Kreissparkasse, aber so viel hatte er auch nicht in der Geldbörse. Wir bezogen geräumige Wohnungen in der Rivesell Straße, der Bismarckstraße und später zum Ende meiner Schulzeit, ich war auf der Schule in Jürgensby bezogen wir ein kleines Einfamilienhaus in Adelbylund, wo wir über 20 Jahre gut gelebt hatten, die Winterkatastrophen 77 / 78 noch auf Super 8 dokumentiert hatten und mit unseren Autos in unseren Ferien nach Süddeutschland, Österreich, die Schweiz bis nach Meran hinunterfuhren zum Gardasee und nach Venedig. Aber das waren alles träume, die später wahr wurden, das musste abgewartet werden. Ich ging des Sonntags klammheimlich zu meiner Oma, die in der Großen Straße zwischen all den vielen Kinos bei Clauberg in der dritten Etage wohnte. Erst redete ich bei ihr um den süßen Brei, dann kam ich zur sache. „Was, dein vater arbeitet bei der Bank und hat noch nicht einmal fünfzig Pfennige für dich, wenn Du die Jugendvorstellung besuchen willst, na, das ist ja allerhand." Oma kramte in ihrem Portemonai" Was kostet denn das, also fünfzig Pfennige, hier sind sie, viel Spaß!" Oma ging meistens ins Collosseum gegenüber, es war ja nicht weit, oder ins Urania. Da standen in der Nachkriegszeit Menschenschlangen an den Kassen, in den Eingängen mit den schweren Vorhängen, wo man sich anstellen musste, sie beiseite zu schieben, damit Platzanweiser die Karten abreißen konnten. Sie ging gerne zu den Zarah Leander Filmen, zu Marika Rökk und Ilse Werner Filmen, mit Vorliebe zu Hans Albers Filmen (MÜNCHHAUSEN, GROßE FREIHEIT NUMMER SIEBEN, DIE GELBE FLAGGE, PEER GYNT, TRENCK DER PANDUR)und die Kinos waren da brechend voll. Von Zarah Leander habe ich heute noch schöne Filmbildalben mit Original Autogramm. Mutter hatte mir eines geholt als Zarah in Westerland Sylt auftrat, aber nachdem erst, als ihr der Scheinwerfer auf den Kopf geflogen war und sie fast erblindete. Central Kino hatte die besten Tarzan Filme, aber auch die wilden Westen Cowboyfilme für duie ich mich heute noch nicht recht warm machen kann. Fragen um Kinomaterial, das wagte man damals nicht, denn die Blicke der Kassiererin und des Filmvorführer waren streng. Jugendverbot gab es in den Jugendvorstellungen kaum, höchstens im Alltag bei den Kriminalfilmen, bei den Sittenfilmen und den Horrorfilmen wenn einer wie Lon Chaney Jr, sich in den Werwolf verwandeln konnte oder Bela Lugosi den Damen im Sarg das Blut mit Genuss auszusaugen begann. Die Jugendvorstellungen waren sehr besucht. Es war kein Platz mehr frei. Die Schoka Cola Automaten lockten, aber nochmal fünfzig Pfennige, woher nehmen, wenn nicht...Die Langnese Eiscreme Pause setzte früh ein, ab und zu erfragte ich nach den Vorstellungen einzelne Fotos, die Plakate hatte ich nicht auf Rechnung und niemand wusste damals, das die gezeichneten aus den frühen tagen einmal viel Geld, Sammlerwert kosten würden. Damit geizten die Filmbesitzer herum, obgleich sie von jedem Film Massenware bekamen, das wurde dann an die Verleiher mit den 35 mm Kinofilmen in den Schachtel zurückgeschickt und damit hatte es sich. Ich habe dann später viele günstige Foto Sätze von Tarzan Filmen von Sammlern günstig kaufen können, aber die Plakate hatte ich weniger in Betracht gezogen, trotzdem hatte ich genügend Material zusammen und eines Tages, es waren Jahrzehnte vorüber gegangen ging ich spontan ans aussortieren, Plakate für sich, Fotos nach Jahrgängen und Darstellern für sich geordnet den Text, den Inhalt zu den Filmen schreiben und dann kamen noch die Film Illustrierten hinzu, die man damals für zehn Pfennige an den Kinokassen erhielt. Ich hatte alles zusammen, hatte eines Tages ein Tarzan Film Foto Fachbuch zusammengestellt, aber noch keine Ahnung wie es zu verlegen war.

Wir zogen eines Tages nach Großsolt aufs Land nicht weit von Flensburg in unser neues Haus und siehe da, nach dem Umzug, nach dem Einräumen und dem Einrichten des Hauses, eine böse Arbeit und ein warten ohne En de bis man mit allen Dingen fertig wird, ließ sich die bucklige Verwandschaft die wir seit Jahrzehnten nicht mehr von Angesicht gesehen, ließ sich nach vielen Telefon Gesprächen, die mein Vater mit seiner Schwester führte wieder blicken. Wir hatten was, wir stellten etwas vor. Vater hatte Kontakt zu seiner Schwester, zur Familie Rohde aus Kiel, Lepahn, wo sie ein schönes Haus im Vorort besaßen. Früher waren wir alle einmal gebürtige Flensburger Familien gewesen, der Onkel Herbert Rohde war in allen Branchen und Stellungen zu Hause gewesen, das vernahm man vom Vater, aber der konnte was.Er war Elektriker, Erfinder und Buch Autor und was nicht alles noch, was der anfasste und in seinen Händen hatte wurde zu Gold, der hatte den ersten Fernsehapparat in meinen Kindertagen mit allen erdenklichen Birnen und Drähten, der Fernsehbirne zum klingen und

76

hineinschauen gebracht und zur Jahrmarkts Zeit zur Frühjahrmarktszeit auf der Flensburger Exe sahen wir in ihrer Wohnung in der Friesischen Straße das erste Fernseh Programm, es war die Ratesendung mit Robert Lembke, Liselotte Pulver, Marianne Koch, Hans Sachs, der Staatsanwalt und Goido Baumann der Rate Fuchs waren die Stars des Abends und das war auch der Anfang vom Ende gewesen, es waren Familien zu ernähren, die Jobs waren in der Nachkriegszeit knapp gesät, doch wie ich vernahm hatte Onkel Herbert sich nie gescheut, alles auszuprobieren, doch wie lange er es in den Stellungen aushielt, war sein Geheimnis, denn eines Tages waren die besseren Verwandten aus unseren Augenwinkeln verschwunden und wir vermissten sie nicht. Jeder hatte genug mit sich selber zu tun, doch der Kontakt mit der Schwester meines Vaters blieb der gleiche. Ab und zu holten sich die beiden ein Lebenszeichen voneinander, Warten ohne Ende.Ich hatte meine Kusine und die beiden Jungs seit der Kindheit nicht wieder gesehen. Dann kamen sie, nach langem hin und her eines schönen Sonntags Morgens und strandeten vor einer unserer Garagen Auffahrt mit einem schicken Combi. Kusine Heike Rohde saß am Steuer rosarot wie das pralle Leben und die beiden Alten, so alt waren sie wohl auch noch nicht gewesen stiegen aus. Nach Freudentränen und engen Umarmungen, meine Mutter war ja auch nicht unbeteiligt brachten sie zur Feier des Tages jede Menge Sahnetorten mit in die Küche. Meine Kusine und meine Tante waren sehr korpulent, waren dick und rund und gesund. Onkel Herbert ging es nicht gut. Er bekam nach eigenen Aussagen Nierenwäsche, saß an der Dialyse und musste wöchentlich zur Nierenwäsche in Krankenhaus. Zwei Hunde kamen mit, ein kleiner Dackel und ein riesiger Schäferhund, den großen Schäferhund behandelte Kusine Heike nach unserem Ermessen stiefmütterlich. Er musste vor ihr kuschen und so lange still im Wohnzimmer kauern, bis sie spät abends wieder heim,fuhren. Der Dackel tollte mit uns im Garten herum, Onkel Herbert saß still und stumm in der großen Stube im Sessel und verhielt sich still, doch mich sah er in aller Bewunderung an, hörte sich erstaunt an, wie ich von meinem ersten Roman Taroona aus der Region der canarischen Inseln berichtete und dann brachte ich mein Tarzan Fachbuch mit auf den Tisch. Immer wieder erklärte Onkel Herbert:"Gerhard, Du hättest mein Sohn sein sollen. Du gefällst mir gut. Dazu schreibst du auch noch. Ich bin auch auf meinem Altenteil Schriftsteller und habe schon mehr veröffentlicht als du es für möglich hältst!" Er packte Manuskripte aus und zeigte ein wichtiges Werk vor, das schön in Kladde gebunden unsere Aufmerksamkeit erregt hatte. Es war nun nicht so, das er auch Veröffentlichungen dabei hatte, aber dieses Buch war ein Machwerk über die Atom Physik, die Kern Schmelze, Uran und alles so schlaue Dinge an die sich unsereins nicht heranwagt.Schön mit der Schreibmaschine geschrieben (in den achtziger Jahren hatten die wenigsten schon Computer) nicht zu kurz und nicht zu lange Ausführungen, aber frech wie mein Vater war," meinte er spitzbübisch und gelassen, sich an seinen Schwager wendend. „Was bist Du alles in deinem Leben gewesen, Herbert. Elektromeister, Radiofachmann, Verkäufer, Eintänzer bei Schühmann im Colloseum Kabatett, wo wir unsere Frauen kennengelernt hatten,   Geschäftsführer und zuletzt beim Militär sogar Hauptmann der Reserve, auszubildender Offizier mit Gutachten. Nirgens hast Du es lange ausgehalten. Du hast alles gemacht und gekonnt, mit dem Mund. Wie seid ihr an das Haus gekommen ? Aber das Manuskript mit der Atomkraft, das kannst du jemand anderen erzählen, das hast du abgeschrieben!" Nun, die Damen lenkten ab und Heike meinte, dick und rund aufgetragen wie eine Tonne:"Vater hat schon immer geschrieben und wo wir auch waren und hinfuhren, immer hatte er seine Schreibmaschine bei der Hand und hat seine Gedanken zu Papier gebracht, das war sein großes Hobby gewesen" Onkel Herbert kam nun endlich aus sich heraus, er und Vater Rolf diskutierten über die Hitlerzeit und Onkel Herbert wurde immer lebhafter bei diesem Thema:" Wir waren ja alle nicht in der Partei und hatten mit der NSDAP nichts am Hut, das gefiel mir und dir nicht Rolf, bloß von Adolf Hitler hielten wir was, vor seinem Mut Europa von dem Bolschewissmus zu befreien zogen wir den Mut, verglichen ihn mit Napoleon und da habe ich eines Tages ein Buch geschrieben mit dem Titel … HITLERS UNEHELICHE KINDER... veröffentlicht wurde es nicht, doch ich hatte schon immer gute Kontakte nicht nur zur SS, sondern auch in politischen Kreisen und hatte nun erfahren, als das Kriegsende kam, das Hitler eine uneheliche Tochter mit Leni Rieffenstahl haben sollte, obwohl er immer behauptet hatte... ICH DARF KEINE FRAU LIEBEN, LENI, ICH MUSS MICH FÜR DAS DEUTSCHE VOLK AUFOPFERN, dann soll Gobbels ein Kind mit Christina Söderbaum gehabt haben, aus Rache, weil ihm ZARAH LEANDER ihm bei einem Vorstellungs Gespräch ihm die kalte Schulter gezeigt haben soll und Herrmann Göring hatte ja ein inniges Verhältnis mit WINNIE MARKUS der großen Schauspielerin gehabt und mit ihr seine Frau Magda betrogen gehabt. Auf Hitlers letztem Befehl zu Kriegs Ende soll er von Berlin aus Admiral Dönitz und seinem Stellvertreter Himmler, die vor den Russen nach Schleswig Holstein zu Glücksburg und Estrup an die Ostsee flohen gesagt haben: „Holen Sie unsere Kinder aus den Erziehungs Heimen, fliehen sie mit ihnen in den Norden und verbergen sie sie dort in den psychiatrischen Anstalten. Sie beide bürgen mit ihrem Leben dafür, das das nicht an die Öffentlichkeit gerät. Als Himmler ihn gefragt haben soll:"Und was wird aus Ihnen werden, MEIN FÜHRER. DIE RUSSEN STEHEN VOR BERLIN, DENKEN SIE DENN NICHT AN FLUCHT?" HITLER SOLL IHM JEDOCH NUR MIT SEINER ZITTRIGEN HAND EINE ABWEHRGESTE GEZEIGT UND IN SEINEN BUNKER ZURÜCKGEKEHRT SEIN, ein Augenzeuge soll unter Admiral Dönitz alles mit angehört haben, er floh nach Flensburg, sagt man!" Das soll geschehen sein und diese Geschichte erzählte der Onkel Herbert frisch und frei, das muss so um 1984 gewesen sein, als unsere Verwandtschaft uns besucht hatte!" „Stelle Dir das nur einmal vor, Rolf, was die so hinter dem Rücken des Volkes alles getrieben haben."Wenn diese unschuldigen, unehelichen Kinder noch am Leben sind, sind das jetzt Männer und Frauen so um die vierzig Jahre herum, das Thema ist Tabu, wurde nie wieder aufgegriffen. Ich muss es wissen, Rolf, ganz im Vertrauen, ich war in den letzten Kriegsjahren hier in Flensburg im Geheimdienst tätig, das bleibt aber unter uns!" Mein Vater lächelte vor sich hin, zog eine ironische Flappe auf, klopfte seinem, unserem Schwager Herbert anerkennend auf die Schulter: „ Herbert, du bist zwar ein tüchtiger Mensch gewesen, geschickt im Umgang mit technischen Geräten, wie wir alle wissen und auch kein Dummkopf, nicht auf den Kopf gefallen und den Mund schon gar nicht, meine Schwester hat eure drei Kinder aufgezogen. Du hast jedoch schon immer eine blühende Phantasie gehabt, hast dich in den letzten Kriegsjahren vor dem Militärdienst gedrückt, warst auf der Schreibstube wie die anderen Feiglinge, mein Schwager der Zahntechniker Wilhelm Hinrichs aus Neumünster, da habt ihr es gut gehabt, während ich im Afrika Feldzug bei Rommel und Kapellmeister gewesen bin, um die gedrückte Stimmung und die Angst vor den Amerikanern und den Engländern zu heben und mein anderer Schwager der andere Zahntechniker Meister Günther Hinrichs, hat im Kessel von Stalingrad um sein Leben gekämpft und sich selbst aus dieser Lage befreien können. Nein, das mit Hitlers Kindern nehme ich Dir nicht ab, es gibt viele Gerüchte um die SS und um die Nazis, aber ich war immer vorsichtig und war nie in der Partei, sonst hätte man mich nach dem zweiten Weltkrieg nicht wieder in der Giro Zentrale eingestellt, ich wurde entnazifiziert, die Urkunden habe ich aufbewahrt:""Ich wurde auch entnazifiziert, Rolf und meine Geheimnisse nehme ich mit in das Grab. Ich habe darüber noch ein Buch geschrieben, das unter Pseudonym herauskommen wird. Man kann heutzutage nicht vorsichtig genug sein, überall gibt es Neid und Missgunst" „Na, denn viel Vergnügen damit und sei vorsichtig, Herbert !" Heike Rohde, seine Tochter hätte eine Banklehre absolviert, wäre Bankkaufmann und hätte jetzt ausgesorgt, jetzt ausgesorgt!" Dieses ausgesorgt erwähnte sie immer wieder. „Nur was hieß in diesem Sinne ausgesorgt" fragte ich mich und machte mir Gedanken. Sie war wohl damals um die dreißig und aussorgen, das würde wohl noch bis zur Rente dauern, anstandshalber fragte ich nicht nach und habe darauf auch nie eine Antwort erhalten. Die Tante war Hausfrau und Onkel Herbert pensioniert:"Was ist denn mit deinen beiden Söhnen, waren rufen die uns und den Gerhard nicht einmal an, wir gehören doch alle zusammen?" meinte meine Mutter, der Onkel und Tante wichen aus und winkten mit den Händen ab:"Wir haben wenig Kontakt zu ihnen, kommen kaum zusammen. Sie haben ihre eigenen Familien und damit haben sie genug um die Ohren!" Damit war das Thema Wiedersehen der Söhne aus der Jugendzeit vom Tisch und wurde auch nie wieder besprochen, trotzdem fand ich die Sache unschön und für mich war es keine

Bagatelle, schließlich waren wir nicht verfeindet,die Junggespielinnen nie wiedersehen, aber wir bekamen auch keine Adressen und wollten Onkel, Tante und Kusine auch nicht verärgern, waren froh, diese einmal wiedergesehen zu haben. Doch in diesen Jahren höre ich immer wieder von Familien Clans, die nicht mehr aus sich selbst herauskommen und sich um niemand als sich selbst und ihre Familien bemühen. Weil dies Getue nun mal vollkommen unverständlich ist und daher viele einsame Menschen vereinsamen, freuen sich die Krankenkassen und die Krankenwagen auf ihre Patienten. In Flensburg sterben alte Leute wie die Fliegen, doch das kommt nicht an die Öffentlichkeit.

Erstaunt waren wir über die riesigen ,selbstgebackenen Torten, oder waren des Koppenrath Torten aus den Geschäften. Die beiden Frauen machten nicht den Eindruck, als wenn sie sich Arbeit mit dem Herstellen von selbstgemachten Sahne Torten machen würden. . Sie schnitten sich und uns riesige Stücke ab, Mamma Ilse brachte den Kaffee, da platzte es aus Heike heraus:" Wir machen uns keine Arbeit mit dem Mittagessen zu Hause, es wird gegessen, was fertig auf den Tisch kommt, Jeden Tag gibt es Sahne Kuchen, zum Selbst Backen und herum hantieren sind wir viel zu fuuuulll." „Nun, das konnte ich von mir und meinen Eltern nicht behaupten, wir liebten die Hausmannskost, nicht zu viel, nicht zu wenig.

Abwechslungsreich und gesund essen war unsere Devise. Nun, des Menschen Wille ist ja auch sein Himmelreich.

Die Verwandten aus Kiel, Lepahn besuchten uns in diesen Jahren in den 80 ger Jahren oft und viel, es entwickelte sich eine lebhafte Beziehung, nur zu meiner Kusine hatte ich wenig Kontakt, sie unterhielt sich lieber mit Erwachsenen" Onkel Rolf, Tante Ilse, von den geizigen Verwandten den Sass in Flensburg Jürgen Straße war nie die Rede, kein Sterbenswort kam über ihre Lippen, das war uns allen zu viel und zu hoch. Immer öfter kam das Gespräch auf das verlegen meiner Bücher und in erster Linie sprach man vom Tarzan Fachbuch mit den herrlichen Kinofotos, den bunten, schönen Plakaten und dem famosen Text."Ja hast du denn keinen Verleger dafür," meinte Kusine Heike und forschte nach."Das ist mir zu schwierig," antwortete ich wahrheitsgemäß," ich kenne keinen der es nehmen würde. Romane und Historisches wird schon öfter verlegt, aber das ist nicht so einfach, ich lasse lieber die Finger davon, außerdem kostet das viel Geld!"Ich war damals um die 38 Jahre alt und noch im Veröffentlichen unerfahren und unbedarft. Wir machten uns Gedanken, doch meine Eltern war es nicht wichtig und sie meinten, „Hauptsache, wir haben uns wieder und treffen uns hier. Gerhards Werke, was ist das schon, wann sollen wir euch wieder besuchen kommen?"Heike war in Gedanken versunken, eines Tages fuhren auch wir zum Verwandten Besuch nach Kiel, Lepahn .Die Rohdes hatten ein wunderschönes Giebelhaus, aber den großen Schäferhund hatten sie ins benachbarte Roggenfeld hinausgejagt und Heike schien mit der Riemenpeitsche bereit zu stehen. Sie hatte ausgesorgt. In der ersten Etage tischten die Frauen Essen auf, es gab Gulasch mit Erbsen und Kartoffeln und Soße dazu:"Wir machen uns die Mühe, wenn ihr kommt, ihr esst ja meistens Hausmannskost, aber wie ihr wisst, halten wir uns lieber an die Torten:""Darum seid ihr auch so prall und rund und Herbert, Gerhard und Ich sind mager wie die Heringe," viel mein Vater da ein. Im Keller standen Heimtrainer. Verächtlich blickte Tante Adah zu den Geräten hinüber:"Da steige ich nicht drauf, Ilse, da bin ich viel zu faul zu!" Wir besuchten sie hin und wieder, aber da wir große Tierfreunde waren, gefiel es uns nicht, wie Kusine Heike mit den Hunden umging und der Dackel war hier der ausgesprochene Liebling, der andere ein

Stückchen Dreck für sie, wie das ?

Warten ohne Ende war damals nicht angesagt, als ich eine meiner Re Ha Kuren von der Krankenkasse DAK verordnet verschrieben bekam, das ging damals Ruck, zuck. Wer in Stellung wie ich im Einzelhandel war, wurde alle zwei bis drei Jahre verschickt, ob mit oder ohne Beschwerden. Das war denn so, einmal jährlich hatte ich vier Wochen Urlaub und alle zwei Jahre ging ich zur Kur. Ein Herren Leben, meine Eltern waren da beileibe bescheidener. Kein Vergleich mit heute. Man ist zwar älter und das alter macht sich auch nicht immer angenehm bemerkbar, aber was da alles verlangt wird, bevor die Genehmigung von den Kassen erlaubt wird, die Vielen Behandlungen und Arztbesuche, die frühen Morgentermine und immer wieder hin, ein Jahr lang Augen Operationen am Stück, das quält und denn noch ist der Sache nicht genüge getan, nun habe ich auch noch Arthrose in der rechten Schulter vom vielen Schreiben und schwimmen und was nicht alles, doch damals war es leicht zur Kur zu fahren. Ich sollte in den Schwarzwald nach Lützenhardt in eine Kurklinik, die gar keine war, das war eher ein tolles Hotel mit Unterhaltungswert und wunderbarem Essen und trinken. Der Wagen blieb zu Hause, ich fuhr mit der Bahn, ich hatte aber in meinem roten Koffer mein Tarzan Fachbuch eingepackt weil ich vorhatte, in der Gegend einen Verleger dafür ausfindig zu machen.

In diesen frühen Tagen muss damals meine Kuchen süchtige, die aus gesorgte Kusine Kusine Heike nicht untätig gewesen sein. Nachdem ich mich in der Hotel Kuranstalt schnell akklimatisiert hatte saß ich eines Tages beim essen, da kam die Heimleitung hinzu und holte mich vom Mittag Essen weg:"Ein Anruf aus Kiel für Sie, Herr Fischer !" Ich war eigentlich recht ungehalten, das man mich beim Essen in der Mittagsstunde störte, es hatte zu gut geschmeckt, dazu kam, das ich beim

84

Aufstehen das Tischtuch in meiner Hosennaht verwickelte, da
riss ich es in der Hast das halbe Tischtuch mit Speise und Trank
vom Mittagstisch der Kuranstalt, einige Leute neben mir riss es
von den Stühlen, die anderen wurden mit Soße aus den
Schalen, Kartoffeln, Salat und Pudding über und über
bekleckert, es gab wütende Rufe (PASSEN SIE DOCH AUF
WO SIE HINTRETEN; SIE) und wer nicht mit dem Essen
über und über am Boden bekleckert lag und sich fassen musste,
wie das denn nur passieren konnte, da musste die Heimleitung
eingreifen und beruhigen. Die Rechnung für das Tischtuch und
die Reinigung der Bekleidung der Kurgäste musste ich
natürlich aus freien Stücken bald darauf selber entrichten.
Bestürzt von diesem Vorfall und aufgebracht eilte ich mit der
letzten Kartoffel im Munde kauend zum Telefon:"Hier ist deine
Kusine Heike!" „Ich bin beim Essen, Heike, rufe mich doch
später in einer Stunde wieder an!" „Es ist wichtig und geht
gang schnell, Gerhard, ich habe einen Verleger für dich
gefunden, er kommt nach Lützenhardt und Du hast ja dein
Tarzanfachbuch dabei, er will es sehen und verlegen, dann habe
ich noch den NDR Rundfunk angeschrieben und dem WDR
Fernsehen Bescheid gegeben, sie kommen alle, um dein
Wunderwerk zu bestaunen und um dich zu interviewen!" „Ja,
Moment mal, Heikle, das kommt alles so plötzlich, Du stellst
mich einfach ohne mich zu fragen ob ich diesen Rummel will
vor vollendete Tatsachen, ich suche mir meinen Verleger selber
aus !!" „Noch hast Du ja keinen Gerhard. Sei froh und
glücklich, das ich dir einen besorgt habe, es ist der Schöner
Verlag in der Eifel, die machen Mode, Modebücher!" „Ja was
habe ich denn mit Mode am Hut,m ich will mein historisches
Tarzan Fach Buch verlegen, aber keine Mode mit einem Tarzan
Schurz und einem Dolch im Gurt einführen!""Jedenfalls habe
ich mit Herrn Schöner gesprochen, er meldet sich bei dir und

was ist mit den Lesungen, den öffentlichen Beiträgen in Rundfunk und Fernsehen mit deinen Werken, ich will fünfzig Prozent Beteiligung, das bist Du mir schuldig!" „Ich bin dir gar nichts schuldig, Heike. Erst informiert man einen Menschen, bevor man mit diesen Dingen an die Öffentlichkeit geht, das hätte Zeit gehabt, bis ich wieder zu Hause bin, aber mich hier einfach überfallen während des Essens, jetzt stehe ich mit leerem Magen da!" „Das sage ich alles Deiner Mutter wie Du mich am Telefon herab Kanzelln tust, das lasse ich mir nicht gefallen, die wird vielleicht mit dir Schlitten fahren und zum Rechtsanwalt gehe ich auch. Ich bin der Auftraggeber!" Heike knallte den Hörer auf die Gabel und ließ mich wie einen begossenen Pudel zurück. Einige Tage später rief Schöner bei mir an, wir machten einen Termin, denn natürlich war es mir wichtig, ihm mein Foto Manuskript zu zeigen, natürlich unter anderen Umständen.

Ich holte mein Tarzan Fachbuch aus dem roten Koffer und legte es Herrn Schöner und seiner Frau vor, nachdem sich die beiden liebenswerten gestalten bei mir vorgestellt hatten. Vom Zerwürfnis mit der Kusine erwähnte ich nichts, ließ ihn nicht durchblicken. Wir setzten uns sodann an einen Tisch und er berichtete mir von seinem Verlag:"Sie müssen wissen und werden sich wundern, was ein Mode Verleger, also ich meine Damen und Herrenmode denn mit einem Kinofachbuch, einem Tarzan Fachbuch anfangen will!" „Das gehört ja eigentlich gar nicht in Ihr Programm, Herr Schöner!" „Sp ist es , Herr Fischer, aber wie sie wissen gibt es auf der ganzen Welt Millionen begeisterte Fans von Tarzan Filmen , ich und meine Frau sind einige davon, besonders begeistert von Johnny Weissmüller, dem Österreicher, der einstmals Schwimmen Weltmeister gewesen war, sein schwer verdientes Geld für Makler und Hausspekulationen zum Fenster hinaus geworfen hatte, mit Geld nicht umgehen konnte und auch die Dschungel Jim Serie, die er nur notgedrungen machte, da er an den Bettelstab geraten war. Verdienst zwanzig Millionen an den Tarzan und den späteren Dschungel Jim Filmen, verspekuliert sich an den betrügerischen Maklern und muss im Alter noch in München neben einem Hausmeister Job noch den Schwimmlehrer in einem Schwimmbad spielen, um sich und seine Familie über Wasser halten zu können!" Schöner und Frau besahen sich mein Buch, das ich aus der Taufe des roten Koffers herausholte, Seite für Seite umblätterte und die Augen der Verleger wurden größer und größer:"Sieh mal Martha, so stelle ich mir ein komplettes, wunderschönes Tarzan Fachbuch vor, mein Hobby, mein Traum so was zu verlegen!" „Woher haben sie die schönen Orrginal Fotos in s/ w und in Farbe und dann die gezeichneten Film Plakate und erst mal die von Gordon Scott TARZAN AND THE LOST SAFARI und dann die des Nachfolgers LEX BARKER; der deutsche OLD SATTERHAND. Ralf Wolter, der damalige Hadschi Halef Omar rieb sich freudig die Hände zu dieser lapidaren Rolle, die aber unbedingt notwendig war, denn ohne den SIDI keinen Karl May Film. Er wurde Millionär (war nicht mehr aufzuhalten wegen dem Geld Verdienen) und damit nicht genug, er fährt noch als Film Greis mit seinem Mercedes über Land um Lesungen abzuhalten, denn er bekommt den Rachen nicht voll genug. In der Hetze nach Terminen und dem Geld kehrt er auf der Autobahn und tötet einen Menschen, kommt wieder frei. Einen Namen musste man haben und Geld um sich frei zu kaufen." Der Verleger überlegt:" Das verlege ich, allerdings mit der Einschränkung nur 250 Seiten davon zu veröffentlichen. Sie haben tausend Seiten, also achthundert Seiten Fotos, Film Plakate und Illustrierte Film Kuriere, dann zweihundert Seiten Text als Autor. Ich mache ein Tarzan Buch von 250 Seiten, mehr geht nicht, die Unkosten!" „Ich lehne ab," meinte ich erschrocken, brüskiert," wenn die Fans in Euroopa es kaufen muss es komplett sein und zwar nicht mehr und nicht weniger als tausend Seiten, sonst ist es unkomplett und unvollständig, das kauft ihnen keiner ab!" „Dann muss ich verneinen, ich kann mir nur ein Fachbuch von 250 Seiten leisten, die Unkosten, wie ich es Ihnen schon sagte Herr Fischer, die wichtigsten Filme nehme ich darin auf und auch Johnny Weissmüller und Lex Barker ganz besonders !" „Wie wäre es denn," erklärte ich Schöner enthusiastisch, weil ich einsah, das mir die Felle wegschwammen," wie wäre es denn, wenn sie in einem zwei Jahres Zyklus drei oder vier Bände in der Folge hintereinander herausbringen, damit ist mir und den Fans geholfen und auch der vierfache verdienst für sie?!" „ !Ich weiß ja nicht wie der Bild Band anläuft, Herr Fischer. Ich bleibe dabei, nur einen Band und nicht mehr, dann bekommen sie auch von mir einhundert Bände Gratis zum Privat verkaufen und an ihre Freunde!" „Trotzdem, Tarzan geht immer!" „Nicht bei mir, schade, so ein schönes Buch, doch unter diesen Umstanden, sie sind der Autor, haben das sagen, kann ich es nicht verlegen!" Wir verabschiedeten uns voneinander und ich nahm Schöner noch einmal beiseite:"Meine Kusine hatte sie ja wegen meines Buches angerufen, was hat sie ihnen gesagt?!" Er schmunzelte:"Nur das es ihr Buch wäre, aber sie wollte eine Vermittlungsgebühr von fünfzig Prozent kassieren, das sollte ich in den Buch Vertrag mit aufnehmen und der Vertrag sollte in ihrem Beisein zusammmen mit ihnen unterschrieben werden!" „Das bedeutet, auch am Verkauf der Bücher wäre sie dann zur Hälfte beteiligt, na gut, das wir uns nicht geeinigt haben!"Für Herrn Schöner danke ich heute noch für seine Offenheit mir gegen+über, das Tarzan Fach Buch ist auch im Jahre 2018 noch nicht veröffentlicht worden, weil ein neuer Verleger, von dem ich schon einiges halte erst einmal die Film Bücher von Jack Arnold und Ray Harryhausen herausbringen möchte, das muss man verstehen, sie bringen weltweit viel Geld und er hat zur Zeit keinen Tarzan Autor, er will einen jungen Mann wie üblich , doch ich bot ihm schon meinen Text an:"Das ist Zukunfts Musik und Tarzan geht immer!" Warten bis der Arzt kommt, das kann noch ein Jahr dauern, aber mein Fachbuch liegt schon bei ihm in Kopien bereit. Warten bis der Arzt kommt muss ich so oder so, ich habe noch andere Bücher beim Verleger. Darüber wird nicht gesprochen. Warten bis der Arzt kommt, das wusste auch meine Kusine Heike Rohde aus Lepahn, denn sie hatte ja das Nachsehen, wird noch lange über Ihre Schlappe nachzudenken haben. Das vergisst man nicht so schnell und es kann unter Umständen Jahre beanspruchen, bis sie diesen versuch auf unlautere Art Geld zu verdienen überwunden hat, auch eine weitere Wartezeit ohne Ende.Geht es mir nicht anders, der Ärger hält noch eine Weile an , doch meine Mutter stand mir in dieser Hinsicht zur Seite,war enttäuscht von den Machenschaften der Verwandten, es ist kein Zerwürfnis zwischen uns und dem Buch gewesen, denn Heike und ihre Familie haben sich zurückgezogen. Ich schreibe diese Geschichte nach 38 Jahren, so lange ist das her. Bei mir hat sie sich nie mehr gemeldet, ausgesprochen nachtragend, sie muss inzwischen auch eben über die sechzig sein, zehn Jahre jünger als ich. Ob sie ausgesorgt hat, das bezweifle ich sehr, denn über ihr persönliches Schicksal hat sie sich nie ausgesprochen, ebenso wenig ihre abgeschotteten, verschwiegenen Brüder und überhaupt die lieben Verwandten sind doch ein Kapitel für sich. Auch meine Eltern sind zwischenzeitlich verstorben, ich bin ledig und schreibe meine Buch Werke in Einsamkeit. Hoffentlich gibt diese mein Agent bald frei, sie sind mein geistiges Eigentum und ein unwiderbringlicher Gedankenschatz aus vergangenen Tagen, die damals besser waren als heute.

Die Rohdes sind unwiderbringlich aus meinem Leben verschwunden, Onkel herbert und meine Tante Adeh sollen das zeitliche gesegnet haben, meine Kusengs habe ich nie kennengelernt, vielleicht wohnt Heike ja noch in Kiel Lepahn oder auch nicht, vielleicht hatte sie trotz des Aussorgens und ihrer kariere als Bankkauffrau ja doch ausgesorgt, eine Familie gegründet oder ist in einem Alters Heim für Obdachlose untergetaucht, wer weiß. Seit unsere lieben Eltern aus unser aller Leben verschwunden ist, geht es und dreckig, worauf warten wir also alle noch, auf ein Nichtwiedersehen und auf die Leute, denen wir unsere Bücher anvertraut haben und auf die, die uns bis in alle Ewigkeit warten lassen, die haben noch nicht einmal ein schlechtes Gewissen, denn wer die Fäden in der Hand weiß, der kann wenn keine Verträge existieren mit den Mitmenschen machen was er will, da gehört nicht viel dazu...

4.   Selbst der größte Gauner und hat alle anderen Komplizen schamlos hereingelegt

„Ich bin doch nicht so verrückt , arbeite den ganzen Monat für ein Taschengeld von 1.800 Euro für so einen Ausnutzer von Chef. A usnutzer sind die Geschäftsleute doch schließlich alle. Sie arbeiten, lassen ihre Arbeitssklaven für einen Appel und ein Ei schuften, die Einnahmen wandern bei denen in die eigenen Taschen, dann werden am Jahresende die Bücher von Helfershelfern frisiert und uns normal Sterblichen nehmen sie die Butter vom Brot.

Deie Wohnungsmieten, die Nebenkosten von Strom und
Wassergeld, dann die Lebenshaltungskosten und die Busfahrten
zur Arbeitsstelle, das kostet keine Kleinigkeit, was bleibt am
Monatsende übrig.Nicht einmal Reisegeld für den
Urlaubsmonat kann man sparen. Ich bleibe arm und die Bonzen
verstehen es immer reicher zu werden!" Ede Sparbier drückt
seine Zigarette im Aschenbecher aus, in der Kneipe neben ihm
sitzen seine Dutz Freunde, seine Kumpane und rauchen und
saufen mit ihm um die Wette, stimmen ihm mit nachdenklichen
Gesichtern zu, kloppen die Spielkarten mit Wucht auf den Bier
nassen Tisch und lassen sich von der Wut von Ede anstecken.
„Nee, nee, für die par Pelunzen arbeite ich nicht, da könnt ihr
euch auf den Kopf stellen Leute.Lieber mache ich ein krummes
Ding das sich lohnt und wenn sie mich erwischen, halb so
schlimm. Dann gehe ich eben für einige Jährchen in den Knast,
dort werde ich noch beköstigt, habe Essen und Trinken
umsonst, ein bett unter dem Hintern. Brauche keine Miete
bezahlen, habe freien Ausgang bei vater Staat und kann sogar
noch einen Nebenjob ausüben, wenn man mich lässt!" „An was
denkst Du denn da!" „Na was schon, überlegt man mal. Ich
gehe ja bei denen nicht gleich auf die Schreibstube, es gibt in
der Wäscherei und Büglerei im Knast immer zu tun. Du wirst
für diese Arbeiten eingeteilt, oder Du wischt die Zellenböden
jeden Tag sauber Feudeln kann schließlich jedermann, wirst
vielleicht bei guter Führung mit dem Sortieren der Gefängnis
Bibliothek beauftragt oder darfst bei der Essens Ausgebe
helfen, das Geschirr verteilen, abwaschen und abtrocknen!"
„Und das ist dein Leben, damit kannst Du umgehen!2 „Ich
unterstütze diesen Beamten und Arbeitgeber Ausnutzer Staat
nicht. Ich habe euch Mittel und Wege aufgezeichnet, wie man
ein sorgenfreies Leben begehen kann.Ich tue jedenfalls mein
bestes, mich selber zu bereichern.Brauche es ja nicht

91

jedermann auf die Nase zu binden. Die Polizei verdient ebenfalls gut an uns Schlitzohren. Die Beamten können sich schicke Häuser für sich und ihre Familien kaufen, aber was soll ich damit, die raten müssen schließlich bezahlt werden viele Jahrzehnte lang und vielleicht gelingt mir ja mal so ein prächtiges Ding, das ich ausgesorgt habe. Wenn nicht, kommt Zeit kommt Rat, dann probiere ich es eben wieder!" „Na Du musst es ja wissen," meint ein Skat Bruder von ihm, der auch Dreck am Stecken hat, dies aber für sich behält," wie oft bist Du eigentlich schon vorbestraft mit deinen fünfzig Lenzen, willst Du uns das nicht einmal verraten?" Die Skatbrüder lachen schmierig zu diesen Worten, die ganze Sippschaft ist verraucht und man bestellt eine neue Runde Bier und Köm, kneift die Augen zu, wartet auf eine Antwort!"
Ede Sparbier hat genug, rückt seinen Stuhl zurecht und geht, tippt noch einmal fröhlich an seine Mütze:" Wohin so schnell, Ede. Du hast doch alle Zeit der Welt!" „Muss zur Arbeit, bis dann..." Na, was wird das denn wohl schon für eine Arbeit sein," die Kumpane lachen gehässig und wenden sich wieder dem Spieltrieb zu. Die Türklingel geht, die Tür fällt krachend ins Schloss. Ede wird abgeholt mit einem wagen, sie fahren in die nächste Stadt, fahren auf ein Fabrikgelände:"Du wartest hier, Manfred," befiehlt Ede," ich habe mein Handy dabei. Wenn die Luft rein ist, die Waffe hast du ja dabei und vielen Dank noch für den tip mit dem Rauschgift.Ich rufe gleich an, dann holen wir uns die Beute!" „halbe halbe!2 !Halbe halbe!" Ede Sparbier lässt sich zeit, dreht um die Ecke, geht schnurstracks in den Lagerraum, zieht seine Waffe, vorher hat er sich maskiert. Da stehen Ausländer mit dreckigen Fressen und Deutsche um einen Tisch und stapeln Pakete mit Haschisch, schon in Staniolfolie verpackt"Alles in die Toiletten," brüllt Ede," und nicht gemuckst,"Hände weg von

der Hosennaht, sonst gibt es Saures, da rüber!" Vom plötzlichen Auftauchen des Ganoven erschrocken, heben die Gauner die Hände und lassen sich von dem bewaffneten Ede folgsam in die Toiletten sperren, der zieht in aller Gemütsruhe die Türschlüssel, wirft sie in die Ecken, packt seinen Koffer voll von dem teuren Zeug, geht damit vor die Tür, ruft mit dem Handy die Polizei:" Mein Name spielt keine Rolle, kommt schnell zum Lagerschuppen 61 der Firma Bleib Immer Treu, die handeln mit Rauschgift und vergesst nicht den Chef in seinem schwarzen Mercedes vor dem Lagerschuppen, er wartet schon ahnungslos auf euch!" Ehe sich die Polizei nun freundlich für die nette Information des Ede Sparbier bedanken kann, sucht der das Weite. „TATÜ TATA, TATÜ,TATA, die Polizei ist da," meint er belustigt," da kommt sie schon, ist nicht zu überhören. Seinen Kumpanen ruft Ede nicht an, er verschwindet um die Ecken mit seinem bereitstehenden Auto, sein Plan geht auf, er macht den ganzen Reibach, kassiert voll ab und der gelackmeierte wartende Gauner versucht zu entkommen, vergebens, die Beamten sind zu schnell, wenn es um Rauschgift geht und die in den Toiletten eingeschlossenen Rauschgiftsünder in der Scheinfirma kassieren sie gleich mit. Ede Sparbier wird unter der Hand in den nächsten Tagen klammheimlich sein Rauschgift verkaufen, dann hat er sich einen Urlaub an der Riviera in Italien verdient und es wird für ihn auch zeit, er ist schließlich nicht mehr der Jüngste. Früher war er öfter im Gefängnis, als er noch nicht so ausgebufft wie heute war, aber auch da hat sich Ede zu helfen gewusst. Seine Einnahmen hatte er im Knast geplant, denn er kannte Mittelsmänner, die noch in Freiheit waren. Sie kamen ihn und andere Häftlinge besuchen, brachten im Beisein mit den kontrollierenden Beamten Nachrichten verschlüsselt in Zigaretten Packungen, Im Brot oder Kuchen, brachten hohle

Bücher mit Zigaretten und im Gefängnis entstand nach für nach ein organisierter Handel von Glimm Stengeln aller Art.Gut Ding will Weile haben, es brauchte Zeit bis Ede sich einen Namen in Gangster Kreisen gemacht hatte. Die Wartezeiten musste er aushalten, aber er war damals jung und zäh wie Leder, hatte alle Zeit der Welt, bestellte sich einmal in der Woche bei der Gefängnis Polizei Lachs und Beluga Kaviar, Fischplatten mit Stör und Hecht vom Besten, las die besten Magazine, machte aus seinem Gefängnisaufenthalt von fünf Jahren aus seinem Gefängnis eine Luxuswohnung mit allem Komfort. Da gab es Fernseher, DVD Geräte mit Leinwänden vom Feinsten, Radios, Getränkeschränke, eine komplette schicke Wohnzimmer Einrichtung, dann schrieb er auch einen Bestseller für seinen Verleger, kam nach dem Knast ins Fernsehen und musste berichten, wie es ihm ergangen war, denn sein Buch war bekannt, machte Kasse und wer Geld und Macht besitzt kommt in die höchsten Kreise. Ja, sein Bhuch...WIE WERDE ICH MILLIONAR OHNE VIEL FAXEN" sprach sich herum, war in Europa ein Bestseller, Ede gab mit vollen Händen, kaufte sich drei Villen. Eins ind Deutschland, zwei in Italien und Spanien, kaufte sich Luxuskarossen und ließ sich leider mit raffinierten Huren ein, die ihm um Geld und Gut brachten. Eines Tages als er kein Geld her in der Hosentasche hatte, vergingen Jahre, warten ohne Ende bis er wieder im Rauschgeschäft tätig wurde.Diesmal wurde er mit vierzig geschnappt und bekam zehn Jahre Knast. Eine Wartezeit zwar ohne Ende bis er sie abgesessen hatte, er war aber nicht untätig gewesen, hatte mit Schmuck und Juwelen gehandelt, jetzt war er entlassen worden, hatte den Dihl mit den Rauschgift hinter sich gebracht, hatte es verstanden, das die Polizei nicht ihn sondern seinen Kumpan und die wirklichen Verbrecher und Drahtzieher an die

94

Angel bekamen und nun war er auf dem Wege, das Rauschgift im Koffer über die Landesgrenze der Schweiz, Deutschland Schweiz hinüber zu schmuggeln und die in Stanniol verpackten Rauschgiftstücke hatte er mit Fischöl und stinkendem Tran eingesprüht, dann in die Autoreifen gepackt und abgebraust. Da er kein Kind und kein Kegel hatte, sich um niemand kümmern musste, war er in zwei Tagen schon an den Grenzposten. Da kamen die Zöllner von beiden Seiten mit ihren Schäfer Hunden daher, kontrollierten seine Papiere, strenge Blicke."Steigen Sie mal aus, Sie haben also nichts zu verzollen, wir werden ja sehen!"

Nicht mit Ede Sparbier, er lachte sich einen Kringel an den Bauch, als er sah, das die scharfen Hunde ihre Spürnasen bei dem Fisch Öl Geruch einzogen der ihnen aus den Auto Reifen entgegenkam. Die Verantwortlichen Beamten schüttelten so verdutzt und widerwillig zwar die Köpfe, denn aus seinem Pass war ersichtlich, das Ede drei mal vorbestraft war, sie konnten ihm aber nichts nachweisen und durfte weiterfahren. Bald war er in der Schweiz und wurde schon erwartet.

„Allerbeste Ware," rief er den Mittelsmännern über den schmalen Gebirgspass zu, denn die Autos standen sich nun in Abständen von vielleicht hundert Metern gegenüber. Einer misstrauischer als der andere und bewaffnet waren nur die informierten Abnehmer, denn Ede hatte keine Waffe dabei, er war auf gut Glück und seiner Spürnase gekommen, aber die hatten Maschinen Pistolen dabei, waren in schwarze Leder Mäntekl gekleidet, hatten Sonnenbrillen und kleine Hüte auf dem Kopf. Ede wusste um ihre Gefährlichkeit, doch er hatte das Rauschgift dabei und nicht nur das, auch weißes Wasch Pulver vom weisen Riesen. In zwei der Reifen befand sich also das Rauschgift, in den anderen das Wasch Pulver mit einigen wenigen Päckchen Rauschgift, falls einer der Herren daran riechen wollte, hoffte Ede auf seinen Trick, sie alle reinzulegen und die Million zu kassieren.

Das Wasch Pulver tat gar nichts zur Sache, die Reifen waren schnell abmontiert und das sogenannte Rauschgift übergeben, in den Päckchen befanden sich außer dem Wasch Pulver einige wenige markierte Päckchen mit echtem Rauschgift denn es war ihm klar, das die Gangster eine Probe ziehen würden. Sie befanden die Ware für gut und rein, Ede bekam sein Geld und einen Streifschuss in den rechten Oberschenkel, denn die Gauner versuchten ihm das Geld wieder abzunehmen, als er das Weite suchen wollte. Er entkam mit dem vielen Geld, musste aber einen Arzt aufsuchen, der behandelte ihn zwar etwas oberflächlich, weil Ede das ganze Bargeld im Kofferraum seines Autos verstaut hatte und nur wenig Bargeld in Der Börse hatte. Der Arzt aber roch Lunte, den er kannte den Geruch von Marihuana und den hatte sein Patient an den Fingern gehabt. Ede empfahl er ein Krankenbett zum Ausruhen und als Ede fest und tief eingeschlafen war, stahl ihm der Arzt die Autoschlüssel, fand das Rauschgift und den Batzen Geld, rief die Polizei. Das Rauschgift beschlagnahmte die Polizei, das Geld aber hatte der Arzt in sicheren Gewahrsam genommen und Ede sich versah gings mit ihm TATÜ TATA auf die Wache, dort stellte man seinen Steckbrief fest. Ede wurde an Deutschland ausgeliefert, da musste er nicht lange warten. Der gefällige, listige Arzt brachte sein Geld in Sicherheit. Das war es dann gewesen. So sah sich Ede bald wieder in seiner alten Zelle in Hamburg Altona wieder zu den früheren Bedingungen. Der Staat nahm ihn für viele Jahre wieder in Gewahrsam, bezahlte seine Unterbringung, die Nebenkosten, seine Verpflegung ganz so wie es dem Ede recht war, aber bald schon fasste er einen neuen Plan mit den Anstaltsinsassen, denn er befand sich immer noch im

Rauschringgeschäft, handelte nun erneut mit verdeckten
Karten. Wenn er und seine Kumpane Ausgang hatten, hatten sie
die Erlaubnis bekommen Fuß Ball im Gefängnishof zu spielen,
dann war Ede immer der erste an der Spitze, der seine Fußbälle
über die Gefängnismauern hinausschoss, es waren ja genügend
Fuß Bälle da und Schiedsrichter waren auch oft die
kontrollierenden Beamten,m doch sie konnten natürlich ahnen,
das außerhalb des Gefängnisses die alten Kumpane aus der
Altonaer Kneipe die Fußbälle auffingen, dann schossen sie
diese zurück, gefällt mit Rauschgift der übelsten Sorten, die
nahm Ede dann wieder in Beschlag als sie über die Gefängnis
Mauern zurückgeschossen wurden. Später auf den Toiletten
wurden dann die Bälle aufgerissen, die Päckchen mit dem
Rauschgift unter den zahlenden Gefängnis Insasssen verteilt.
Ede kassierte viele Jahre lang fürstlich ohne das seine Masche
auffiel und mitunter war dann auch Geld in den Fußbällen, die
Ede über die Mauern hinaus schoss, dann kassierten erst einmal
seine alten Kumpane, ohne Schweiß keinen Preis, ohne geld
kein Rauschgift und ohne Fußbälle kein Diehl. Doch als eines
Tages ein neuer Anstaltsleiter das Fußballspielen verbot und
statt dessen Leibesübungen, Gewichtheben, Dauerlauf um das
Gefängnis herum und des weiteren Liegestütze empfahl, da
war das einträchtige Geschäft geplatzt und Ede konnte nun
lange warten bis ein neuer Fuß Ball mit bezahlbarem Inhalt
über die Mauern kam. Die Jahre vergingen für ihn immer wie
im Flug, inzwischen hatte er sich nicht mehr rasiert, der Bart
kam schneller als erwartet, auf den brauchte er zumindest nicht
lange warten, aber auf seine Entlassung schon. Nun hatte er
nichts mehr zu verlieren, da stand er nun vor dem Gefängnistor,
der Beamte öffnete ihm das Tor und warnte ihn vor:"Wir
wollen Sie hier nicht mehr wiedersehen, Ede. Sie fischten
gerne im Trüben und die Polizei hat es Ihnen ausgetrieben.

Gehen Sie in sich und machen Sie das beste draus, haben sie Verwandte ?" Ja ich habe eine Tante, dort könnte ich unterkommen!" Bald darauf klingelte die rostige Türklingel bei Tante Almas Asyl in Altona, die Kusine öffnete ohne ein Wort zu sagen und führte Ede in die gute Stube, da waren die beiden Erbschleicher schon versammelt.Die beiden weit entfernten Verwandten beachteten Ede nicht, ließen ihn links liegen. Tante Alma war fast hundert Jahre alt und erhob sich, als sie ihren Neffen erblickte:"Na das ich dich mal wiedersehe nach all den Jahren, man hört ja nicht die besten Nachrichten von dir und ich stehe wie Du siehst auf dem Abstellgleis. Kusine Dora und der Schiffer Reinhold habe ich heute zu meinem 98 Namenstag eingeladen, nimm Platz, Du bist eingeladen! „Tante Alma," erwiderte der scheinheilige, dicke Schiffer, ergriff seine blaue, zerknautschte Schiffers Mütze und stammelte die Worte hervor, von der Kusine mit dem Ellenbogen in die Seite gestoßen:"Was ich noch sagen wollte, Tante Alma, wir übernehmen von nun an deine Pflege, Zeit wäre ja, wir sind beide in Rente, wir passen auf dich und deine Gesundheit auf.Wir regeln deine Haus und Bankgeschäfte und beziehen Dir, damit wir immer in deiner Nähe sind, wenn Du uns benötigst Quartier!" „Beziehen bei Dir Quartier," murmelte Ede tonlos, schüttelte Fassungslos den Kopf dem müden Schiffer mit dem Seehunds Bart nach. Da saßen sie nun zu viert alle am langen Geburtstagstisch und sprachen kein Wort miteinander. Tante Alma aber hatte wohl auf Grund des hohen Alters längst die Fassung verloren, sie bemerkte nicht die eisige Stille, die sich im Wohnzimmer um ihre bucklige Verwandtschaft ausgebreitet hatte. Sie sprach mit vollem Mund, achtete nicht darauf, das es keine Erwiderung gab und einer um den anderen bestrebt war ihm in der kommenden Erbschaftsangelegenheit auszustechen. „Das sind so liebe

Menschen und sie wollen nur mein bestes," raunte Tante Alma
dem Neffen vor Weihnachtstag zu, dann griff sie zur Kaffee
Tasse und füllte in den heißen Kaffee einige Schluck Rum
nach."Und warum sind sie so lieb und nett zu Dir? Nicht weil
sie gerade wirklich gute Menschen sind, die sind schon betucht
und bekommen den Kras nicht voll.Was soll ich denn sagen,"
meinte Ede betreten und weinte heiße Tränen."Nun
Erbschleicher sind es beileibe nicht," meinte die Tante und bot
Ede einen Torten Keks an. „Das sind meine nächsten
Verwandten, Dora ist meine Kusine und ihr Mann hat
eingeheiratet, das sind meine kommenden Erben, das ist ja so
gesetzlich geregelt worden, da kümmere ich mich nicht darum.
Du bist ja nur der Neffe, Du kriegst nichts!" Ede fuhr
erschrocken aus dem alten Plüschsofa hervor, aus dem die
Spiralfedern durch ausgefranste Löcher hervorblickten
auf:"Ich brauche nur ein Bett und einen Tisch und einen Stuhl
und eine Kammer in deinem Haus, vielleicht hast Du noch
etwas Geld auf der Kante, das Du mir leihen kannst, ich will
wieder ins Rauschmittelgeschäft...äh, ich habe mich
versprochen, ich meine ich will wieder ins betten. Ins Bettfeder
Geschäft einsteigen, ich verkaufe Daunen und Halbdaunen,
eben Kopfkissen und Betten, die Leute reißen sich darum, ich
brauche nur ein Anfangs Kapital!" Tante Alma schien zu
überlegen und besann sich, dann wandte sie sich entschlossen
an ihren Neffen, von dessen Lebenslauf sie keine Ahnung
hatte:"Du kannst hier die Bodenkammer beziehen und deiner
Tätigkeit im Betten Handel nachgehen. Wenn unsere
Verwandten kommen, dann kommst Du zu Kaffee und Kuchen,
das stelle ich zur Bedingung, das hier in meinem Hause kein
böses Wort fällt, verstanden. Ich habe mein Testament längst
gemacht und Geld bekommst Du anfangs tausend Mark, dann
ist aber Schluss und sehe zu, wie Du damit zurecht kommst!"

„Das wird ja immer schöner hier im Hause," erklärte sich Ede
widerwillig, als er in den nächsten Wochen bemerkte, das jeden
Tag wertvolle Gegenstände aus dem Haus der reichen Witwe,
seiner Tante verschwand, das sagte er ganz offen seiner
Verwandten Dora:" Erst sind es die kostbaren Gemälde aus der
Oma Zeit, dann plötzlich die uralte Standuhr, aus der Bieder
Meier Zeit die die Tante jeden Tag viermal aufziehen musste,
dann das Silber und das Goldbesteck, das Kaffee Geschirr mit
dem Ätzgold und jetzt noch die wertvolle Briefmarken und die
Geldmünzensammlung aus Kasers Zeiten, was hast Du damit
gemacht, du Luder!" Ede packte die Dora am Schlawittchen
und wollte die Kusine zwingen ihr die ganze Wahrheit zu
sagen, als sie um Hilfe rief, kam der scheinheilige Gatte aus
der Küche, der gerade eingekauft hatte, dem die Tante den
Einkaufszettel unterschrieben hatte und noch mehr als das,
denn gemein wie er war, war er nicht zum Aldi und zur Edeka
gegangen sondern schnurstracks zur Deutschen Bank, hatte
Einhundert Tausend Mark abgehoben (Geben sie dem Mann
meiner Kusine alles was er verlangt, ich bin mit allem
einverstanden.) Dann schrieb sie noch unter den
Einkaufszettel." Sie werden sehen, meine Verwandten, das sind
so liebe Menschen und ich werde hundert Jahre alt). Jedenfalls
war der Kerl beim Geldzählen, die Hälfte der Geldscheine viel
ihm gerade in den Ausguss, wo er Kartoffel geschält hatte, das
Wasser ergoss sich also über Kartoffel Schalen, die geschälten
Erdäpfel und die Scheine, doch er achtete nicht darauf, ein
neuer erstickter Schreckensschrei ertönte. Tante Alma konnte
ihn weder hören und sehen konnte sie auch nicht, weil sie blind
und taub war. Der Schiffer packte fest das Kartoffel
Schälmesser, stürzte sich in die Stube, wo Dora gerade die
Briefmarkensammlung unter ihrem Rock verbarg, die Ede ihr
jedoch entrissen hatte und sie ins Sofa drückte und Anstalten

machte sie zu erwürgen. Doras Arme reckten sich verzweifelt dem hinzu stürzenden Gatten entgegen, ihre Lippen waren verzerrt, die Augen in Todesangst und ihr schlanker Körper wand sich verzweifelt unter dem eisernen Griff des Ede. Der Schiffer stieß einmal, zweimal, dreimal zu, immer in den Rücken. Ede stieß Schmerzensschreie aus, ließ den Hals von Dora los, taumelte auf den Schiffer zu und entriss ihm das Messer, blutend stürzten die beiden kämpfenden Männer zu Boden, die Briefmarkensammlung löste sich in Luft auf, denn durch den Aufprall der beiden Männerkörper flogen die leichten Briefmarken zu tausenden durch die Luft. Dora röchelte immer noch, schnappe mit weit geöffnetem Mund nach Luft, denn Ede hätte sie fast erwürgt gehabt, die Briefmarken flatterten durch die Luft auf sie herunter, vielen ihr in den Mund, nahmen ihr den Atem, sie rang erneut nach Luft und erstickte in Sekundenschnelle an den klebrigen Dingers. Die beiden kämpfenden Männer rangen auf dem Teppichboden immer noch miteinander:"Was habt ihr mit der alten Standuhr und der Münzsammlung von Tante Alma gemacht," fuhr Ede auf, packte den verdutzten kleinen Schiffer am Kragen und würgte nun diesen in umgekehrter Welt:"Heraus damit Du widerlicher, schleimiger Erbschleicher, die Münzen alleine stellen schon ein Vermögen dar. Der Schiffer in seiner Not griff eine alte, kostbare Vase und warf das Riesending dem Anverwandten den Kopf, verfehlte ihn aber und traf den riesigen Deckenlüster, staubbedeckt und vor Kristall glänzend oder nicht in der mitten, der stürzte zu Boden, der Putz der Stuben Decke brach auf und beides begrub und erschlug die beiden kämpfenden Männer Ede wäre sowieso Sieger geblieben, er war der stärkere und dennoch kein Seemann wie sein Schwager, der nur lotse bei Blohm und Voss gewesen war und nicht mit den Muskeln wie Ede sondern mit

dem Kopf seinen Broterwerb verdient hatte. Na und erst die
Tante erst einmal, da sie blind und Taub war hatte sie den
Kampf und die heraus stürzende Decke nicht vernommen, aber
der Taxifahrer, der bei ihr zur Untermiete wohnte und jede
Woche für tausend DM einkaufen tat um die Alte zu ernähren
und den Rest bei der Bank einstrich mit fingierten Einkaufs
Quittungen versehen, der rief die Polizei, den Maurer, den
Tapezierer und den Elektriker aus Sterup. Die alte Frau wurde
vom Arzt und der Kranken Schwester ins Bett gebracht, nicht
das sie vorhatte zu sterben, beileibe nicht, aber der Schock,
woher nun die Erben nehmen wenn nicht stehlen. Und noch
was kam hinzu, der Taxifahrer brauchte nicht lange warten. Die
Gefängnis Beamten klingelten eines Tages an seiner
Wohnungstür, als die bucklige Verwandtschaft längst begraben
unter der Erde lag und die alte Tante die saftige Rechnung von
Begräbnis und Kirchen Gemeinde im Null Komma nichts
beglichen hatte.

„Wohnt hier ein Ede Sparbier. Er hatte seine Adresse
hinterlassen, als er uns verließ," fragte einer der Beamten den
Taxifahrer, der konterte zurück:" Sparbier ist tot, es hat einen
Kampf gegeben, der liegt unter der Erde!" Wir haben eine
Hinterlassenschaft von ihm aus dem Gefängnis," murmelte der
Beamte. „Hinterlassenschaft, Gefängnis, nun verstehe ich gar
nichts mehr," erklärte sich der Taxifahrer," hier muss es sich
doch wohl um einen Irrtum handeln, denn die Herrin des
Hauses ist eine uralte Frau und weder sie noch ich haben von
einer Hinterlassenschaft eine Ahnung!" Doch dann schleppten
die Männer aus den TATÜ TATA TATÜTATA Polizeiautos in
großen Kartons hunderte von Lederfußbällen herbei mit den
Worten:" Die lagen bei uns im Gefängnishof, stand kein Name
dran, aber der Ede Sparbier hat ja früher bei uns Fußball
Turniere mit unseren Insassen veranstaltet und diese Bälle

kamen von außen nach innen geschossen. Wir wissen damit
nichts anzufangen, hier übernehmen Sie!" Der Taxifahrer
kratzte sich den Kopf, die Bälle kamen ihm recht schwer vor.Er
packte einen nach den anderen besah sie sich, brachte sie
schließlich auf den Boden und nahm einen Ball mit in sein
Zimmer weil er ihm doch zu sonderbar vorkam, so schnitt er
ihn auf und das Rauschgift kam Päckchen weise zum
Vorschein,. Das hat der Untermieter dann vorsichtig dann und
wann auf den Schulhöfen der Schulen in und um Hamburg
veräußert. Seinen Taxiberuf hat er aufgegeben, weil er von dem
Erlös gut leben konnte, er brauchte auf seine mickrige Rente
nicht mehr zu warten. Der alten Tante ging es bald wieder gut
und wenn sie nicht gestorben sind, dann leben sie noch heute
und warten auf ihr seliges Ende. EPILOG... Ede fischt gern im
Trüben, die Tante und die Polizei treiben es ihm aus, hier in
meiner kriminellen Geschichte...

5. SO WAR DAS MIT DER SCHULE, DEN KOMISCHEN LEHRERN UND MEINEN KLASSENKAMERADEN.

Lange ist es her, einfach zu lange, das wir älteren Menschen
unter den jungen die Schulbank Anfangs in der Grundschule
gedrückt haben. Wo ist die Zeit geblieben, das werden sich
viele unter euch fragen bei mir ist das nun schon 66 Jahre her.
Damals waren wir klein und hatten noch jede zeit der Welt.
Einmal konnten wir Schüler es gar nicht abwarten wenn unsere
Lieblingsstunden anbrachen, ich meine damit in erster Linie
das wofür sich alle begeistern, die Musikstunden, das Singen,
vielleicht ein gut gelerntes Gedicht vor versammelter
Mannschaft vortragen, dann die schönen Ausflüge von

Flensburg nach Glücksburg, nach Schleswig und Haithabu, nach dem Hamburger Tierpark Hagenbeck, darauf freute man sich, endlich einmal nicht die Schulbank dtrücken müssen, einmal hinaus in die Natur fahren, frische Luft für die Brust tanken und dann die sportlichen Stunden das Fußballspielen vielleicht, aber das war nichts für die unsportlichen Lehrer, die gab es auch, das machte Herr Thaysen mit uns in der Turnhalle, später dann die schönen Sportfeste auf dem Stadion, die alljährlich mit den Schulklassen vorgenommen werden und nicht zu vergessen die Fahrten mit dem Dampfer Alex nach Glücksburg, auch zum Wandern mit Herrn Pflughaupt , wer konnte durfte Schwimmen, doch bloß nicht zu weit hinausschwimmen und als Abschluss ein Fußballspielen. Wo ist die Zeit geblieben, der Mensch verändert sich, er wird älter, er macht was oder er macht nichts aus seinem Leben das eines Tages endlich sein wird. Als Kind denkt man darüber noch nicht nach.Das Leben ist herrlich, die Osterferien, die Sommer und die Herbstferien sind herrlich, man ist frei und ungebunden, die Eltern passen auf ihre kinder auf, das Spielen im Hof mit anderen erst fremden, dann befreundeten Kindern nachdem die Schulaufgaben gemacht und kontrolliert worden sind. Ja die Zeit, diese zu beschreiben wie sie sich stets wandelt, sich ändert, wie der Mensch sich ändert wie er angetrieben und getrieben wird, das macht wohl die Zeit. Der Mensch denkt, er lernt jeden Tag neues hinzu. Das denken verändert sich in den kommenden Schuljahren schlagartig, man denkt nicht darüber nach.Die Zeit ist ein Begriff, der nicht zu greifen ist, der wohl existent t ist, aber den Begriff man schlecht in Worte fassen kann. Die Armbanduhr spricht für sich. Die Rechenstunde nimmt kein Ende, das Nachdenken und die Lösungen fallen schwer, wenn das warten doch nur ein Ende nähme, am besten die Klassenarbeit als letzter abgeben, da ist ein Diktat schon schneller geschrieben, das sitzt, ebenso Erdkunde, Geschichte und der Religions Unterricht, aber die Mathematik.Ich bin zwar nicht von gestern, aber es geht auch gut so ohne. Die Toleranzgrenzen werden erreicht. Jeden Tag das Frühstück einnehmen, das Mittagessen, das Abendbrot, wie die Alten sungen, so singen und auch die Jungen. Ein Lebenskreislauf ohne Ende, das Leben wiederholt sich ständig und jedermann versucht für sich etwas daraus zu machen, Geld und Umsatz zu machen, in jungen Jahren noch nicht, Atem holen und durch. Der Mensch wird nicht alt, siebzig, achtzig, neunzig Jahre, das ist schon hoch gegriffen, wie ernährt sich der Mensch, ernährt er sich richtig, was trinkt er, welchen Umgang hat er, die Krankheiten stellen sich mit der zeit schon ein, wozu gibt es Ärzte, auch Schulärzte kommen regelmäßig in die Schulen um die Gesundheit, das Herz und den Körperbau zu studieren, den Geist kontrollieren sie nicht, das ist die Sache der Lehrkräfte und der Stock steht daneben, jedenfalls war das damals so. Du spürst nicht einmal, wie das Leben an Dir vorüber gleitet, die Natur hat den menschlichen Körper so eingestellt und das gilt auch für die Tiere, die Insekten, jedes Ding hat seine Zeit. Man rechnet damit so alt wie die Eltern, die Großeltern zu werden, aber das trifft nicht immer zu, wenn sich plötzlich Krankheiten einstellen, aber was mich betrifft, ich ging gesund und auch einmal mit Galgen Humor durch die Zeiten, Gott sei gedankt waren es keine Kriegszeiten mehr die die Eltern erleben mussten und Juden waren wir auch nicht.Wir waren echte, kernige, deutsche Menschen mit klarem, wachem Verstand, daraus sollte man etwas machen können und nicht zögerlich sein. Kein Mensch kennt genau seine Lebenszeit, aber wenn ich daran denke, wer von den unsrigen in den letzten Jahren so alles von uns gegangen ist. Nun auch ich habe mich stets bemüht auch bleibende Lebenswerke zu schaffen, das kostet Zeit,nicht die Zeit aller Welt, aber manchmal fällt dann das ewige warten schwer wenn man wie ich ein Buch nach dem anderen schreibt und doch kein Ende findet, es gibt immer wieder einen Anfang, zur Ruhe setzen, nein, vorläufig nicht. Ich hatte als Kind das Leben angenommen und das war gut so.Wir waren eine Mittel Klasse Familie, es fehlte mir außer am Taschengeld an nichts, nur wenn ich spürte, wenn die körperliche, geistige Freiheit eingeschränkt wurde, sei es durch die Schule, sei es durch das Elternhaus, sei es durch unliebsame Erlebnisse mit den Verwandten oder den Freunden.Wenn es langweilig wurde ging ich ins Kino, auch ins Theater mit den Eltern, oder mit dem Schiff unterwegs nach Dänemark oder nach Kappeln. Eingeschränkt werden bedeutet Unwohlsein, schlechte Laune, folgt Krankheit und... ich will es nicht aussprechen, aber ich brauche Bewegungs und Ellbogenfreiheit, man zwängt mich in keine aufgezwungenen Schablonen und wenn doch reagiere ich mit Spaziergängen an die frische Luft, so schnell lasse ich mich nicht unterkriegen. Man lebt nur einmal und das leben ist ein warten ohne Ende. Ich hatte das Gefühl als Kind, das die Kindheit einfach nicht weichen wollte, sie nahm kein Ende. Schuljahre können auch ein Warten ohne Ende sein und woran liegt das. An den Lehrern, den Zensuren, an Klassenkameraden, an Undank und Lügen, an Streit und Missgunst unter den Menschen. Die Natur des Menschen ist keine friedliche, das liest man schon in der Bibel und nicht immer gelingt es in gutem Einklang mit den Menschen zu leben und auszukommen, da gibt es die Religionsfreiheit, die Ellenbogen Freiheit, die Meinungs Freiheit, die Lernmittelfreiheiten, die eigenen Meinungen, doch in der Schulzeit bemühte ich mich und was da so einiges dabei heraus kam, soweit ich mich noch erinnern kann, ich lese es euch vor.

106

Die Schulzeit war die schönste Zeit in meinem Kinderleben
gewesen, ich erinnere mich gern, zwar nicht an jede Einzelheit,
es ging ja auch einmal drunter und drüber, das würde wohl
auch das Maß übersteigen, aber ich hatte viele Freiheiten als
Kind genössen und das verdanke ich nicht zuletzt nicht nur
meinen Eltern, sondern auch den Lehrern der St. Jürgen
Knaben Schule in Flensburg auf Jürgensby, wo ich ganze zehn
Jahre Schüler gewesen bin, in der Grundschule, später habe ich
dann in meiner Kaufmannslehre in Hamburg im Reformhaus
eine kaufmännische Lehre absolviert gehabt, aber in dieser Zeit
in der Abendschule die Mittlere Reife nachgeholt. Hamburg
war herrlich., was gab es da alles zu sehen. Aber wir wollen
jetzt nicht vorweg greifen, denn die Zeiten ändern sich rapide
und meistens werden sie mit zunehmendem Alter nicht besser,
sondern schlechter, wenn man nicht aufpasst. Die Welt kann
Kopf stehen, Kriege Mord und Totschlag wird es wohl immer
geben und die Verwandtschaften, wenn man denn welche hat
zeigen sich im schlechten licht und machen auch vor den
Kindern nicht halt, doch damals in den Anfängen der 50 ger
Jahre war für mich als Erstklässler alles Gold was glänzt. Ich
war eigentlich ein glückliches, rechtschaffenes und zufriedenes
Kind, wurde von meinen Eltern verwöhnt nach Strich und
Faden, damals führten alle Wege nicht gerade nach Rom, nein,
sie führten außer zu den Onkels, den wunderlichen Tanten und
der Großmutter, die in Stadtmitte wohnten und Onkel Günther
Hinrichs ein zahntechnisches Labor in Südergraben betrieb
auch auf die Schulbank der Jürgen Schule. Ich muss sechs
Jahre alt gewesen sein, ein fröhliches, aber zurückhaltendes
Kind.Wir wohnten in der Rivesell Straße vor der
Mädchenschule und der Turnhalle auf Jürgensby. Zu Ostern
bekam ich die größte bunte Schultüte, die mir je vor Augen
gekommen war, denn kam hatte ich diese zu Boden gesetzt und

den Inhalt besichtigt, da wollte ich auch schon daran naschen. Alle die bunten Osterhasen mit den Zuckereiern in den Schulterlangen Körben, die Marzipanbrote und die Spiegeleier, die hartgekochten, bunt angemalten Hühner Liner, die Tafel Schokoladen, aber auch Imitationen waren darunter. Vater war wohl Sparkassen Beamter, aber so viel verdiente er damals nicht, höchstens wenn er an den Sonnabenden in die Stadt zur Unterhaltung der jungen Menschen ging, dann war er im Borgerforeningen, im Gnomen Keller, in der Theaterklause und auch im Stadttheater, wo er am Klavier die Jugend bei Tanz und Musik unterhielt. Ich habe noch ein altes Bild von ihm wo er am Klavier sitzt und ein Bier steht neben ihm, dann setzt er zum spielen an, er hatte auch eine schöne Tenorstimme, aber er spielte lieber fröhliche Lieder und bekam für so einen bunten Abend immer einen 50 DM Schein, sein Nebenverdienst, den ihm niemand streitig machte. Es gab auch zu Essen und zu trinken. Warten die ganze Woche in der Bank auf diese Abende, ich kann mich heute gut in meinen Vater hineinversetzen, wie ihm dabei zumute gewesen ist und er der städtischen Wohnung einmal den Rücken zudrehen und aufatmen konnte, niemand quälte ihn mit Fragen, dem Kindergeschrei und den Alltags Sorgen was weiß ich noch, wir hatten auch Untermieter in den drei zimmer Wohnungen und in der Rivesell Straße war es wohl der Leiter eines der ersten Lebensmittel Konsume am Hafermarkt gewesen, der im Nebenzimmer wohnte, seine Freundin kam an den Wochenenden zu Besuch, sie waren still und nett. Meine Mutter hatte nichts dagegen. Vater war nicht nur ein guter Beamter, er war auch ein guter Klavierspieler, so war er zweimal, vielleicht auch öfter auf der Bühne im Deutschen Haus und begleitete Peter Frankenfeld den Tausendsassa und Hans Joachim Kulenkampf auf dem Klavier. Heute sind sie alle

Legende, doch davon bekamen ich und meine Mutter nicht viel mit. Vater war bescheiden, er redete nicht viel über diese Ereignisse und in den fünfzigern hatte keiner einen Fernseher, aber wir hörten ihm im Radio spielen und die Showmaster waren seine Freunde und überschütteten ihn mit Lob. Eine schöne Zeit. Nun war ich dran. Ostern 1953, wenn mein Langzeit Gedächtnis noch mitspielt wurde ich also eingeschult, der weg zur Schule war kurz, zehn Minuten zu Fuß vielleicht. Viele jungen warteten schon mit ihren Eltern, den Schultüten und Geschwistern, Verwandten und Anverwandten auf dem großen Schulhof um Einlass in die Schule zu bekommen. Sicherlich muss ich sehr aufgeregt gewesen sein, die vielen neuen Gesichter von Jung und alt, manche ängstlich, zurückhaltend, andere wieder zeigten keine Gefühle, wirkten verschlossen und kniffen die Lippen zu und andere jungen stanken nach Scheiße, einfach nach Scheiße, das war der Zwerg von Günther Grützig mit dem Kopf ohne Hals gewesen, ich hatte für so etwas einen siebten Sinn, das merkte ich mir. Wir kamen einzeln mit den Eltern an der Hand in den Klassenraum. Klassenlehrerin in der ersten Klasse war Fräulein Dora Locher, eine ältere Person, vielleicht damals so um die 60 sind sie vor uns auf der Empore des hohen Pultes und vor uns die hölzernen Schulbänke mit den abgewetzten Bänken, den Tintenfässern und den Schreibgriffeln aus Schiefer im Podest. Nein, Schreibzeug hatte ich schon im Ranzen, dazu die Schreibtafeln aus Schiefer und die dazu passenden Griffel. Es gab Rangordnung. Die größten Schüler nach vorn, die kleineren nach hinten, vielleicht waren wir dreißig Schüler, ich kann es nicht mehr sagen. Fräulein Locher, streng aber freundlich hatte liebenswerte Augen, ein geblümtes Kleid und schwarze Schuhe, fand für jeden Knaben die passenden Worte der Aufmunterung und hatte auf die große, schwenkbare

Schiefertafel gezeichnet, und zwar mit allerbuntester Kreide, das konnte sie, das machte ihr keiner nach. Hänsel und Gretel und die böse Hexe im Wald. Die Farben waren toll, der Wald war dunkel, die Gesichter der Kinder lieblich, der Mond , die blitzenden Sterne beschien die Lichtung mit dem Hexen Lebkuchen Pfefferhaus und die böse Hexe mit Buckel, Katze und krummer Nase hatte eine schöne krumme Nase, ähnelte ihr in etwa selber, noch besser war der lange Stock und die knochigen Finger, mit denen sie die unschuldigen Kinderlein in ihr Haus lockte. Ja so eine schöne Zeichnung hatte ich außer in den Kinderbüchern der Märchen noch nie gesehen. Allgemeine Anerkennung und Wohlwollen. Später zeichnete sie viele Märchenfiguren der Gebrüder auf die Schiefertafel, wenn die Zeichenstunde kam. Aus dem Kopf. Wir Kinder wurden nun aufgefordert, uns mit Namen und Adresse vorzustellen, dann kamen die Schullehrer in den Klassenraum und auch sie stellten sich den Eltern und uns Kindern vor. Da war der lustige, füllige Herr Möller mit der blanken Glatze und frl. Locher verriet uns, er wäre der beste Märchenerzähler, denen wir uns nur vorstellen könnten und wenn zeit wäre, würde er mit den Gebrüdern Grimm und seinem Märchenbuch kommen und uns unterhalten, im übrigen war er für Physik, Chemie und Werk Unterricht, was Geschicklichkeit erforderte zuständig, aber darüber machten wir unbescholtene Knaben uns keine Gedanken, wir hatten keine Ahnung. Dann kam Lackner, der Mann für Erdkunde, Geschichte und Musik, er spielte die Geige, doch er hatte wohl einen Herzfehler, denn sein Gesicht sah nicht gerade gesund aus. Frau Erna Kallsen mit dem Schmollmund , eine korpulente, vollschlanke Madam und den lebhaften Äuglein und dem gütigen Blick stellten sich vor, sie machten alles.Von Deutsch und Rechnen bis zum ein mal eins des guten Tones, von Musik und Singen und der Heimatkunde.

110

Das waren alles Könner und Klavier spielen, da war die Kallsen in ihrem Element. Sie wusste sich auch in einer Jungen Klasse durchzusetzen, denn sie war eine Autoritäts Person. Auch der Lehrer Riedel, der stolze, eingebildete Rechenkünstler unter den Lehrern, wie es sich später heraus stellen sollte und rechnen war gar nicht mein Fall und Raumlehre schon gar nicht, aber damit werden Erst Schulen Klässler in den ersten Jahren ja nicht konfrontiert. Zeichnen konnte ich gut und bewunderte Frl. Dora Lochers Mal und Zeichen Künste, ihr Talent, die Eltern übrigens auch. Dann kam der Turnlehrer Thaysen, der in jungem Alter sterben sollte und der später viel von meinen Kraftübungen und den Klimmzügen hielt, das machte mir wohl niemand nach. „Ja, der Gerhard bekommt auch immer Milchsuppen, die geben Kraft," jammerten später die Klassenkameraden. Ich war anfangs ein ängstliches Kind und mich vertobackten sie immer, doch eines Tages war ich wirklich der stärkste unter allen, als ich feststellte, die jungen Klassen Kameraden nur ein großes Maul und nichts in den Mukis, aber der große Mund war anfangs schon ausschlaggebend gewesen und ich wollte auch niemand wehtun. Doch wo waren wir stehen geblieben. Die Lehrkräfte waren komisch anzusehen, natürlich wirkten Pflughaupt und Hamgarth energischer, klüger, dann der kleine Landes mit dem Taktstock, der immer lächelnd auf die Finger Spitzen schlug, aber nicht doll, sie waren ja Erziehungsberechtigte,aber es gab damals Lehrer die noch größere Reth Stöcke hinter ihren Schulzimmerschränken vor unseren Kinderaugen verbargen und wer seine Schulaufgaben nicht gemacht hatte, mit mir mitnichten als Ausnahme (nur einmal in zehn Jahren hatte ich meine Schulaufgaben vergessen gehabt) da holten sie den Knüppel bei dem Hund aus dem Sack und schlugen zu und die Schläge auf Handrücken und dem Gesäß waren nicht von schlechten Eltern. Mit einem mal stank es fürchterlich hinter der Wandtafel nach Scheiße, die Lehr Kräftze und der Rektor drehten sich aprupt erstaunt danach um, die tafel schwenkte zur Seite, da stand der kleine Zwerg von Günther Grützig , der alte verschrumpelte Eltern hatte, ganz allein mit der Schultüte auf einem Hocker, verlor im Augenblick des Entdeckens seine Schultüte, schüttete sie auf die Lehrkräfte hinunter, die sich die Nasen von dem scharfen Geruch zuhielten. Günther hatte in seine Lederhose geschissen, das tat er dann später bis in die dritte Klasse öfter, denn immer wenn er nachdachte oder Angst bekam, vielleicht vor den unterschiedlichen Zu Hau Stöcken der Lehrmeister, ging es ihm schlecht und Fräulein Locher geistesgegenwärtig klappte die Tafel dann schnell wieder um, denn aus Günthers Hosen quoll die Scheiße dampfend und spritzend heraus und er wurde von Lehrkräften und uralten Eltern schnell aus der Klasse entfernt. Fräulein Locher winkte ab und erklärte den Eltern nach dem persönlichen vorstellen, wo wir Knaben aun den Klassentischen aufzustehen hatten:" Heute liebe Kinder ist die Schule für euch beendet, ihr habt euch vorgestellt, jeder von euch ist nun in der Lage seinen Namen und die Adresse aufzusagen und morgen früh um acht Uhr geht der Ernst des Lebens los, in den Pausen bekommt ihr Milch und Kakao und eure Eltern müssen euch für die Schulzeit belegte Brote mitgeben. Ein Apfel wäre auch nicht schlecht. Wer etwas vergisst, für den gibt es auch Kuchen Schmull beim Bäcker Hecker um die Ecke und ich kann euch versichern, in den großen Tüten zu 19 Pfennig befinden sich große Wiener Brote drin. Zum Schluss noch dieses," Locher drehte die Drehtafel um , griff in einen letzten Scheissklecks am Tafelrand des Günther Grützig Knaben, wischte sich sofort die Hand sauber und deutete auf drei Buchstaben auf der Tafel, die in Weiß, rot und grün sich über die Schiefertafel verliefen:"Wer kann mir diese Buchstaben vorlesen?" Ich meldete mich dazu nicht, ich war ja scheu und niedlich anzusehen, das mich die Klassen Kameraden und nicht nur die, auch die Lehrer und die Eltern bewunderten und anlächelten, nein, der mit der größten Klappe, der schreckliche Bernd Bothge, der kleine freche Bengel mit dem gehässigen Gesicht, dessen Vater die Soldaten Kantine in Flensburg Weiche bewirtschaftete und der später in der Liebig Straße den großen BEG MACK eröffnen und zum Millionär avancieren sollte, der hatte das größte Maul, ohne Scheu, der mich später auch tyrannisieren sollte, ich komme noch dazu der schrie"Das sind A, B, C," Setzen, eine Eins, Bernd", Fräulein Locher freute sich über Bernds Aüßerung und ich freute mich nach Hause zu gehen, sein freches Äußere für heute zu vergessen, für heute war es genug. Die Belehrungen der Klassen Lehrerin Locher:" Wenn der Lehrer in die Klasse kommt ruft ihr alle aus GUTEN MORGEN HERR LEHRER ODER FRAU LEHRERIN, dann heißt es Setzen und abzuwarten, dann beim Nach Hause gehen heißt es AUF WIEDERSEHEN HERR ODER FRAU, dann macht ihr nach dem Mittag Essen eure Schulaufgaben und vergesst sie am nächsten Tag nicht, denn dann gibt es was mit dem Stock und noch was, wir Lehrer sehen es gerne, wenn ihr uns für die Schultage immer eine Birne, einen roten Apfel oder eine Banane auf das Lehrer Pult legt, wir fragen nicht nach dem Namen. Das gebietet einfach der Anstand!"

Morgens holte mich meine Mutter immer in letzter Minute spät aus dem Bett. Vater musste in die Bank, Mutter war Hausfrau und es gab dann, ich weiß es noch 20 Minuten vor acht Uhr, vor Schulbeginn immer stärkende Milchsuppen und wenn ich dann nicht mehr konnte, gab es trotzdem immer noch einen

Nachschlag und der musste aufgegessen werden. Es gab einen roten Apfel , den ich selber gerne aß, lass doch die anderen den Lehrern etwas mitbringen, dachte ich und Schulbrot mit auf den kurzen Weg (die Schulbrote wurden dann später unter den Klassenkameraden ausgetauscht, denn es möchte nicht jeder Käse, Wurst und Quark auf dem Brot) dann hieß es die Beine in die Hand nehmen, denn Punkt acht Uhr musste man auf der Schulbank sitzen und das mit oft drückendem Magen, denn die Milchsuppen kullerten im Magen unangenehm herum. das musste man mit roten Ohren und aufsteigender Hitze manchmal ertragen. Bernd Bothge saß neben mir und ärgerte mich, er war ein hässlicher, niederträchtiger Knabe, hatte einen bösen Charakter, war eifersüchtig auf meine Schönheit als Knabe mit lockigen Haaren und rosa Wangen, er selbst hatte hässliche, braune Augen und wenn er seinen Mund aufmachen tat, wollte ich weglaufen, konnte nicht. Er sparkte mich in die Wade, goss mir gehässig sein Tintenfass ins Rechenheft, das gab schon mal eine fünf, zupfte mir in die Haare und niemand der Erstklässler wagte sich an ihn heran. Kraft hatte er nicht, klug war er schon, aber sein zynisches, großes Maul, das er noch heute unverändert beansprucht , davor hatten wir alle einfach Respekt,vor bösen Wortklaubereien, nur keinen Streit anfangen. Ich bat die Klassenlehrerin, mir jemand anderen in die Schulbank zu setzen, mit einem hämischen Grinsen ging er zwei Bänke zurück zu Ernst Peter Lenz und Wolfgang Richter, die drei galten auch als stark, denn wenn sie ihr Maul in den Schulhof Pausen aufmachen, ließ man sich von ihnen verhauen, so groß war der Respekt. Günther Grützig kam neben mich, er war wohl ein liebenswerter Knabe, und er hatte mich die ganze Schulzeit hindurch bewundert. Aber er machte öfters in die Leder Hosen und das machte sich in meiner Nase scharf breit. Einmal brachte ich ein Micky Maus Comic Heft in

114

die Schule mit, es steckte zwar im Ranzen, doch die strenge Frl. Locher entdeckte es beim Herausfallen und warf es konsequent Schnur Stracks aus dem Fenster. Ich berichtete meinen Eltern davon, aber sie nahmen wenig Notiz. Am nächsten Tage hatte ich eine Wasser Pistole im Ranzen um Bernd Bothge nass zu spritzen, auch diese wanderte unversehens aus dem Fenster des Klassen Zimmers:"Was bringst Du in den nächsten Tagen mit, Gerhard,"fragte Locher grimmig. Ich ließ es dabei bewenden. Mit dem Auswendig Lernen hatte ich es Anfangs schwer, mit dem Gedichte Lernen, ich redete irgend einen Blödsinn, wenn ich dazu aufgefordert wurde, denn das richtige auswendig lernen war mir noch nicht eingefallen, doch das kam später. Frl Locher brachte uns mit kernigen Worten das A B C, dann das ein mal eins im Rechnen bei und ich war froh, wenn zum Ende des Tages der dicke Herr Möller ohne Hals mit der Baskenmütze aus seiner Physik Stunde zu uns in die Klasse trat, das Märchenbuch hervorholte und vorlas, dann waren wir immer traurig, wenn er das Schulbuch zuschlug, über den Rand seines halbierten Brillengestells aus blankpoliertem Nickel uns Knaben zulächelte und versprach wiederzukommen, wenn es an der Zeit wäre. Dann knurrte der Magen, die Schulglocke schellte die Beendigung des Unterrichtes und die Mittagszeit ein, der Hunger trieb uns nach Hause.

Ich wurde alsbald zurückversetzt, war wohl noch zu jung, klein und zu zurückgeblieben, wie Frl, Locher in einer Elternstunde meinen Eltern erklärte:"Er kann nicht rechnen, er lernt Geschichte schlecht, die Bibel kennt er fast auswendig, er ist mir zu ruhig und zu unaufmerksam,lassen sie ihn noch das Jahr bis zum nächsten Frühjahr zu Hause und schulen sie ihn erneut dann im kommenden Frühjahr ein, alles wird gut!" „Er hat

Angst vor Bernd Bothge, seinen Gehässigkeiten und vor ihrem ihrem großen Stock!" Frl. Locher lächelte das Lächeln einer zwar strengen, aber Verständnis vollen Lehrkörpers:"Nun Gerhard ist der hübscheste, der artigste Schüler von allen, die bekommen nichts mit dem Stock, nur Richter, Lenz, Wiese und Bothge haben es nötig, da muss ich mit den Eltern reden, die setzen sich zu sehr durch und lassen sich von mir nichts sagen!"

Ein Klassenfoto mit dem Frl. Locher wurde noch gemacht, da kam der Fotograf noch mit einer uralten Kamera, die wurde vor uns Kindern im Schulhof aufgestellt, dann sortierte Frl,. Locher sich ihre Schüler zurecht, wer wohl zu jedem passen konnte, stellte sich rechts im geblümten Kleid daneben, der Fotograf drückte einfach auf den Auslöser und dieses erste Klassenfoto könnt ihr auf der Vorderseite meines neuen Buches sehen, ich bin der Lockenkopf ganz unten rechts in der zweiten Reihe.

Die nochmalige Einschulung 1953 ging rasant vonstatten, mit sieben bekam ich nochmals eine spitze, bunte Ostertüte bis zum Rand voll mit Schokolade und Negerküssen, die hatte Vater von der Bretag iSCHOKOLADEN UND SPIRITOUOSEN EN GRO n der Angelburger Straße geholt. Er verkaufte auf der Sparkasse unter dem Tresen ihre Schoko Sachen, auch Pralinen und Spirituosen, so was gab es damals und nebenbei führte er den Kontokorrent und vergab auch Kredite. Jedenfalls gingen wir Bretag ANGRO auch einmal besuchen, denn dieser Besuch versprach günstige Schokolade. Die Bretag war ein kleines, dürres, lustiges Weiblein, sie wirkte auf mich wie eine Zauberfee und hatte kolossale Ähnlichkeit mit der Film Schauspielerin Lilian Harvey, so zerbrechlich kam sie mir vor, so zart war sie äußerlich, doch zart beseitet war sie weiß Gott nicht. Vater kaufte in ihrem Hinterhofgeschäft für die Bank und sein Geschäft ein, ich bekam meine Ostereier von einer, klitzekleinen, filigranen Hand in die meine, da flüsterte ich meiner Mutter zu: „Das ist keine Schokoladenfrau, sie muss Balletttänzerin beim Stadttheater sein, du wirst sehen Mamma, wann gehen wir wieder einmal ins Theater, da ist es immer so lustig!" Vater wurde auch oft für das Stadttheater geholt, wenn der dortige Pianist krank war, dann spielte er zu Operetten und zu den Plattdeutschen Stücken zu Fiedde Bartelmann, der Opa mit dem Hörrohr und die jungen Wempners Fritz und Irgdard und Frau schrieben auch Drehbücher und wir saßen ganz oben im dritten Rang und sahen nach unter zu, wie sie auf der Bühne in plattdeutscher Sprache agierten. Dabei musste man aufpassen nicht hinunterzufallen, schon gar nicht hinunter blicken, da konnte es einem ganz schön schwindelig werden, doch wir hatten Freikarten und konnten uns die Plätze nicht aussuchen. Die Wempners veröffentlichten Stücke, die später vom Ohnsorg Theater Hamburg von Heidi Kabel und Erna Raupach Petersen übernommen wurden und die beiden haben dann auch ein Leben lang Theater gespielt und sind alt geworden. Das waren Stücke wie KEIN AUSKOMMEN MIT DEM EINKOMMEN...UND OBEN WOHNEN ENGELS, GRO? VATER WIRD VERKAUFT und nicht zu vergessen...DAS HOHRROHR...Ins Kino durfte ich nicht, 1954 war ich dazu noch zu klein. Die erneute Einschulung war beim Klassenlehrer Günther Pflughaupt und der den er in Vertretung hatte war Hamgarth, ich erinnere mich noch gut an den, der sprach so schnell, das man nicht folgen konnte, besonders das Tieetsch im englischen bleibt mir unvergessen, doch das war später. Pflughaupt hat uns viel beigebracht und ich glaube, er war die nächsten drei Jahre unser Klassenlehrer, der verlangte aber viel im Rechnen von uns und da ich in diesem Fach schlecht war, schlechte Noten nach Hause brachte, bestellte er meine Eltern und die einigten sich auf einen Extra Nachhilfe Unterricht, wie sagt man, auf Gedeih und Verderb. Denn muss ist eine harte Nuss. Er wohnte mit Frau und zwei Söhnen in der Brix Straße auf Jürgensby in unserer Nähe. Ich erinnere mich gut, wie ich des öfteren nach dem Essen und den Schulaufgaben zu ihm antraben musste, er wohnte in einer Kellerwohnung und kam meist im Morgenmantel vor die Tür und hieß mich willkommen. Das rechnen blieb schlecht, ich musste viel Zeit dafür aufwenden und hatte es von da an nicht leicht, aber sonst war ich in allen Fächern gut, im Sport war ich der Beste, auch im Musik und singen, im Deutschen und im Diktat tat ich mich hervor mit wenigen Fehlern, ich schrieb die besten Aufsätze, mir viel viel dabei ein, weil ich schon immer viel Phantasie und guten Einblick in die Bücher hatte, aus denen wir unsere Aufsätze zu übernehmen hatten. Ich erinnere mich gut, als Pfflughaupt einmal krank war, sprang Frl. Locher für ihn ein. Nun kam es zum Gedichte lernen und sie gab uns das lange, schwierige Gedicht für den nächsten Tag zum Auswendiglernen auf, was war es denn noch gleich, HERR RIBBECK AUF RIBBEK IM HAVELLAND,m EIN BIRNBAUM IN SEINEM GARTEN STAND, UND KAM DIE GOLDENE HERBSTESZEIT UND DIE BIRNEN LEUCHTETEN WEIT UND BREIT usw. das geviel mir, das hatte ich in einer Stunde im Kopf und meldete mich am nächsten morgen in der Deutschstunde bei ihr. Sie hatte nichts dagegen, ich durfte es aufsagen und weil ich mich sicher fühlte und zwischendurch mahnte sie freundlich:"Etwas mehr Betonung zwischen den Zeilen Gerhard wenn ich bitten darf!" Und das gelang mir vortrefflich gespannt hörten die Klassenkameraden mir zu, Bernd Bothge warf mir einen neidischen, hämischen Blick zu, Ernst Peter Lenz pulte in der

Nase, Hans Schlegel lümmelte auf seiner Bank herum, Heinz Zaschket träumte still vor sich hin und Günther Grützig stank wieder einmal aus allen Knopflöchern und machte dazu noch schlechte Luft. Frl Locher:"Vielen Dank, Gerhard, setzen, eine Eins Plus!" Sie trug die Zensur ins Klassenbuch ein und nach der Stunde, ich erinnere mich gut, kam sie zu mir auf den Platz und fasste mich liebevoll an die Schulter:"Nun, wie gefällt es Dir bei uns in der Schule!" „Schon besser Frl. Locher, aber der Bernd Bothge und die anderen ?" „Ich weiß, gar nicht drum kümmern, Gerhard, wenn es zu schlimm wird, komm zu mir rüber, ich habe einen Rohrstock und werde ihm seinen Hintern damit versohlen!" Wir Schüler hatten es uns zur Gewohnheit gemacht, wenn wir auf Lehrer gut zu sprechen waren, begleiteten wir sie nach der Schule nach Hause, sozusagen ein Unterjochungs, Anerkennungs und Ehren Geleit zu ihrer Wohnung und wenn ich heute so darüber nachdenke, anstatt das sie uns nach Hause zum Mittagessen schickten, wo sie doch wussten, das das Mittagessen pünktlich auf dem Tisch stand, da kam nie was rüber und das Mittagessen bei den Eltern wurde kalt. Sie hatten sich nichts vorzuwerfen, das war ein Schülerentscheid schlechthin gewesen. Frl. Locher wohnte an der Ecke Husumer Straße, dort wo der schlimmste Straßenverkehr hinauf zur Papiermühle hinauf braust. Die Frl. Kallsen, die lebte mit ihrem erblindeten Bruder in der Neustadt am Flensburger Hafen im Hause Uldall, das war in den Zeiten, wo es noch nicht da draußen so viele ausländische Familien gab, es viel nicht auf. Heutzutage laufen dort draußen in der Ausländergegend so viele herum, das man ihre Zahl nicht sehen kann. Den Herrn Otte, auch ein Lehrer, ein weiterer Märchenerzähler, denn das konnten sie alle am besten, der aussah wie der Tod persönlich und ein langes, langweiliges Hemd von Mensch war, den begleiteten wir auch oft und

119

einmal petzte Peter Neumann und meinte auf mich gezielt: „Der Gerhard hat einen Spitznahmen für sie, sie gebärden sich uns Schülern gegenüber mit Langeweile und reden immer UAH, UAH, UAH ,UAH, das hat für ihn keinen Sinn und Verstand und weil sie immer so erbärmlich drein gucken erfindet er den Namen TOD TODD für Sie!" Dieser langweilige Lehrer nahm ihn aber nicht für bare Münze, schüttelte seine graue Mähne und den Kopf dazu und meinte freundlich und gleichmütig :"Jedes Ding muss ja auch seinen Namen haben!" Er zwinkerte mir freundlich zu, denn auch bei ihm bekam ich auf anraten der Lehrer den Rechnen Nachhilfe Unterricht und ich weiß es noch wie heute, wenn ich lange gewartet hatte in der Klasse auf sein Erscheinen, dann musste ich noch länger warten, bis er zum Ende kam und anstatt mir das Rechnen nun beizubringen, holte er ein Märchenbuch hervor und las mir daraus vor, dabei nahm er mich auf sein Knie und wippte mich in den Schlaf, das war Otte, dann hatten wir den lustigen, kleinen Landes mit dem winzigen Zeigestock, er wirkte aber auf mich wie ein chinesischer Pirat mit kleinen Schlitz Augen und so wurde sein Spitznahme Li Pirat, denn er hatte wirklich Schlitzaugen. Die Bick und die Locher hatten spitze Nasen, sie waren die Schulhexen, der Lackner kochte ungeniert, wenn es Mittag wurde vor unseren Augen auf einem Schemel seine Suppe, oder sein Schnitzel, je nachdem und ass gerne viel Kuchen, eingepackt in dickes Zeitungs Papier, das war der Fresi Fresssack, den hatten wir in Biologie und der vertrimmte einmal den Bernd Bothge ganz schlimm, weil der mich öfters geärgert und beleidigt hatte, das erzählte ich ihm auch und die Tracht Prügel wird der schlimme Bernd wohl nie vergessen haben. Der Turnlehrer Thaysen starb dann später, er wa4r ganz jung. Doch so weit sind wir noch gar nicht. Wir hatten auch einen Hausmeister, den Ohnhold, den nannten wir den Unhold, weil der sich immer so künstlich über jede Kleinigkeit aufregen konnte. Vor allem, wenn die Toiletten Spülungen kaputt und der Keller unter Wasser stand, wo meine Klassen Kameraden nicht so ganz unbeteiligt dran waren. Den Hosen Schisser Günther Grützig haben sie auch öfters auf der Toilette eingeschlossen gehabt, damit er sich aus scheissen konnte. Nun zu den beiden Söhnen von Günther Pflughaupt, meinem damaligen Klassen Lehrer, der eine war jünger, aber der Knut Pflughaupt drückte mit mir zusammen die Schulbank und den Günther Grützig haten sie auf die letzte Bank ganz nach hinten alleine gesetzt, dort war er sich selbst ausgesetzt gewesen. In den Nachkriegszeiten, es muss so um 1956 gewesen sein fing ich an mich für die bunten Comichefte, die es in Flensburg an den vielen Zeitungs Kiosken zu kaufen gab für Micky Maus, Akim, Tarzan, Fix und Foxi, Kunterbunt, Robinson, Sigurd und für Nick und Kinowa zu interessieren. Tarzan und Akim ware meine Lieblings Lektüren, das waren bunte Abenteuergeschichten, toll gezeichnet und in Szene gesetzt, sie kosteten aber Geld und alle vierzehn Tage hatten die Kioske neue Bilder Heftchen im verkauf. Vater gab mir kein Taschengeld, also wie zu den lese Abenteuern kommen? Es gab in der Angelburger Straße den Kramer Laden, der von der Ost Preußin Frau Emma Voss, einer komischen Heiligen betrieben wurde. Sie besaß allerlei Krims Krams gebraucht, das sie in schmutzigen Fensterläden zum Kauf anbot, vom staubigen Kitsch Gemälde über die Kaffeekanne, vom Essgeschirr bis zu Petroleumlampen und sie nahm gebrauchte Comichefte, zerfetzt, zerfleddert oder neuwertig aller Sorten in Kommission, die kosteten nur einen Bruchteil vom Neuwert, einen Groschen und da mir meine Mutter und auch meine Oma ab und an einen Groschen in die Hand für Eis oder Schokolade in die Hand drückten, gab ich das Geld lieber für

die lusigen Heftchen aus, bekam auch eine ganze Menge dafür.
Frau Voss, ganz in schwarzem Seiden Kittel bedankte sich stets
für die karge Bezahlung, ihre kleinen Äuglein funkelten lustig
über die Nickel Brille hinweg, dann machte sie bei Barzahlung
auch jedesmal einen Knicks, das war lustig anzusehen. Meine
Favoriten damals wie heute waren die TARZANHEFTCHEN
Anfang der 50 ger Jahre, Akim und Micky Maus, Fix und Foxi,
ich sammelte, las viel anstatt in die Schulbücher zu gucken.
Mit der Zeit hatte ich ganz passable Heftchen gesammelt,
tauschte auch mit der Händlerin. Durch Zufall brachte ich nun
in meinem Schul Rantzen einige Tarzan Heftchen mit in die
Schule, das sah Knut Pflughaupt, wenn ich in der Pause Tarzan
las fragte mich danach ganz ungeniert und ob ich ihm mal was
ausleihen würde, ausleihen versteht sich. Und was jetzt
geschah, vergesse ich niemals wieder. Mittags nahm ich ihn
gutmütig wie ich war nach Hause und wie er den Tarzan Stapel
sah, packte er zu und versprach mir das Ausgeliehene bald
wiederzubringen. Ich hatte vor ihm Respekt, denn er war ja ein
Lehrers Sohn, Respekt auch vor Lehrer Pflughaupt und ging
leider darauf ein. Auf die Rückgabe konnte ich lange warten.
Die innere Verzweiflung wuchs ins Unmenschliche, ich wagte
den Knut noch nicht Einma Voss um die Rückgabe bitten, es
müssen Monate ins Land gekommen sein, wir hatten Erna
Kallsen als Klassenlehrerin, die war nett, doch streng.
Trotzdem vertraute ich mich ihr an. Sie blickte erstaunt über
ihrer Brille auf, weil sie gerade Diktate kontrollierte,auf:" Was
sind das für Hefte, die Du Knut ausgeliehen hast, Gerhard ?"
„Nun, Frau Kallssen, es sind bunte Comichefte, die ich gerne
lese, aber er bringt sie mir nicht freiwillig zurück!" „Hast du
mit ihm darüber gesprochen?" Nein, das bringe ich nicht fertig.
Er tut nicht dergleichen !" „Nun wenn es die bunten
Schundhefte sind, die man überall kaufen kann, dann hat das

keine Wichtigkeit. Das müsst ihr unter euch abmachen, Gerhard!" Damit war sie fertig und ich stand da wie ein begossener Pudel und mir war elend zumute. Schundhefte, die so herrlich gezeichnet waren, das können doch keine Schundhefte sei. Ich fraß es in mich hinein und das war es schon gewesen, ich habe sie nie wieder zurück erhalten. Es müssen fünfzig Stück gewesen sein, die werden heute zu fünfhundert bis tausend Euro das Stück in einwandfreiem Zustand gehandelt, die Tarzan Heftchen aus den fünfzigern, wer hätte das damals geahnt, das wusste damals keiner auch Knut Pflughaupt nicht und es gab ja keine Beweise. Er konnte sich entweder dumm stellen, doch es passierte gar nichts. Die Eltern hatten zwar gesehen, wie Knut mit den Heften unter dem Arm verschwunden war, aber, das mussten wir ja unter uns abmachen. Dann war da der verlogene Gert Schenk, die damals mit seinen Geschwistern und der Mutter in dem Mietshaus mit uns Parterre lebte. Da passierte mir erneut ein Missgeschick, Gert war umgänglich und nett und auch ihm lieh ich einen Stapel mit Micks Maus Heftchen aus. Ich konnte nie NEIN sagen, so war das. Als ich ihn danach nach vierzehn Tagen WARTEZEIT fragte, meinte er todernst, das müsse wohl ein Irrtum sein „Ich habe keine Heftchen von Dir ausgeliehen!" Auch ein Gespräch mit der Mutter brachte mir nichts ein. Große Hilfe von meinen Eltern hatte ich auch in diesem Falle nicht, Mickymaus Hefte, was war das denn schon, hier rein und da raus, das es sich erneut um eine Lügengeschichte und somit um Betrug von Klassenkameraden handelte begriffen sie einfach nicht, es war ihnen nicht wichtig. Irgend wie konnte ich diese Dinge bis heute nicht verarbeiten, den Knut Pflughaupt werde ich in späteren Jahren wohl nie begegnen. In diesem Sinne denke ich, sie können sich alle die Hand reichen, die Eltern und unbedarften Lehrer, sowie die Unschuldslämmer von Klassen Kameraden, die sich gern in solchen Dingen in ihr Schnecken Haus zurückzogen.

Nun traten jedes Jahr die Bundes Jugend Wett Spiele in mein Leben, da konnten wir Jungs beweisen, was in uns steckte, auch von den beiden Klassenfahrten nach Sylt ins Landschulheim Rantum mit der Klasse und später ins Landschulheim Glücksburg will ich euch berichten, da trat denn der bekannte Schriftsteller Siegfried Lenz in mein Leben. Doch eines nach dem anderen. Ich blieb in der Schule, meine Eltern zogen zwar um in die Flensburger Bismarckstraße 67, die Hauswirtin war eine alte Frau Bertelsen, aber da war ich noch näher an der Jürgen Schule als vorher in der Rivesell Straße gewesen.
So schlecht ich auch in der Schulzeit mit dem Rechnen umgehen konnte, so sehr schätzten nicht nur meine Lehrer meine Leistungen in den Diktaten und den Aufsätzen, wo ich die besten Schüler weit hinter mich lies. Meine Leistungen im Sport besonders beim laufen konnten sich sehen lassen, auch war ich ein geschickter und kraftvoller Junge geworden und als Bernd Bothge einmal wieder zu meckern begann, wieder einmal Neid und Missgunst im Spiel waren, als ich in der Turnhalle am Reck Klimmzüge ohne Ende machen konnte, meinte Thaysen spöttisch mit umgedrehter Hand: „Das macht Gerdard keiner von euch nach und wenn Du noch so sehr meckerst Bernd, wenn Du einen Klimmzug machst, dann will ich mit dir zufrieden sein, aber nimm Dich in acht, der Gerhard setzt dich mit einer Hand in die Ecke, das Dir das Meckern vergehen wird!" „Ach der," schimpfte Ernst Peter Lenz," der bekommt jeden Morgen seine Milchsuppen, daher ist der so stark geworden und er hat die längsten Beine, unsere sind nur kurz, damit sind keine Schulfeste zu gewinnen, der läuft allen

davon!" Mit diesen Feststellungs Prognosen sollte Ernst Peter auch Recht behalten, denn in den ersten Klassenjahren räumte ich bei den sportlichen Festen im Sommer immer die Preise ab, dazu mussten die Besten einhundert Meter vor den Preisen antreten, in die Knie gehen und wenn die unbedarften Lehrer ...Achtung fertig, los, schrien, dann musste man in die Knie gehen, den Blick auf den Boden gerichtet, losrennen und wer von den Besten zuerst bei den ausgelegten Preisen ankam, im ersten Jahr bei Pflughaupt waren das ein herrlicher weißer elektrischer Dampfer, Modell Autos, Bücher und eine Taschenlampe, eine Stab Taschenlampe zu gewinnen, so war ich immer der erste an Ort und Stelle, dann holte ich mir auch den Dampfer!" „Was habe ich euch gesagt," heulte Bernd los," er hat nun mal die längeren Beine, dann werden wir immer das Nachsehen haben!" In den Schulhofpausen zeigten die Jungens ihre Kräfte.nun wollten sie sehen ob ich auch stark genug war, sie auf den Rücken zu legen und sie hatten sich nicht getäuscht, während sich Botghe, Lenz und Pflughaupt im Hintergrund aufhielten ergriff mich Günther Thomas bei den Armen, doch ich kam mühelos frei und legte ihn sofort auf den Rücken:"Ich muss mehr Milchsuppen essen, damit ich so stark wie Du werde," meinte er lachend und wir vertrugen uns wieder. Mit Wolfgang Richter hatte ich auch ein leichtes Spiel und es gab auch stärkere, doch immer blieb ich Sieger und sicherte mir den Respekt von allen, nur der Schadenfrohe Bernd Bothge machte mich hinter meinem Rücken bei den Klassenkameraden schlecht, dagegen kann sich keiner wehren, doch meine Chance sollte noch kommen. So gewann ich viele Jahre hintereinander die Klassenfeste, die mit dem 100 Meter Lauf, dem Weitspringen und dem Kugelstoßen zu tun hatten, nicht die Bundes Jugend Wettspiele von Flensburg, die Klassenfeste wurden ausgetragen, das genügte, später gewann ich einmal einen Staffellauf auf dem Stadion, als sämtliche Schulen der Stadt zum Einhundert Meter Lauf, dann zum Staffellauf antraten. Den Einhundert Meter Lauf gewann ich locker und beim Staffellauf gewann ich eine Silber Medalle. In Karl Hein Ratei hatte ich mich getäuscht, ich, der ich viele Jahre die Klassenfeste auf dem Stadion gewann, sollte in Karl Heinz meinen Meister finden. Thaysen rief zum einhundert Meter Lauf antreten wir traten gegeneinander an... Achtung fertig los... ich war schon weit voraus, als mich Karl Heinz plötzlich überholte, er hatte zum Spurt aufgeholt und überholte mich im letzten Augenblick. Ich fand keine Worte, war erstaunt, der Junge hatte ja Muskeln an den Beinen, das war mir früher gar nicht aufgefallen, na ja, er spielte ja auch schon im Fuß Ball Verein und ich setzte auf den zweiten Lauf, auch da überholte mich Karl Heinz wieder im letzten Augenblick. Thaysen überlegte plötzlich:" Ihr beide müsstet bei den Bundesjugendwettspielen als Staffel Läufer antreten, das Zeug dazu habt ihr, ich kann euch empfehlen, werdet Berufssportler !" Drei Tage später war Thaysen, den wir den Jumbo unter unseren komischen Lehrern benannten tot. Wir waren alle betroffen, so ein kerniger, gut aussehender, starker Mann noch in jungen Jahren. Todesursache Überanstrengung und Herzversagen, er musste sich wohl übernommen haben. . Die folgenden Jahre gewann ich im Stadion keine Klassenfeste mer, dafür hatte Frau Kallsen nicht nur gesorgt, der Bernd Botge und seine engsten Freunde hatten mich bei ihr und ihren Eltern verpetzt, weil sie wegen ihrer kurzen Beine und schwachen Arme gegen mich nie antreten und gewinnen konnten und fanden leider Beifall bei unserer langjährigen Klassenlehrerin. Sie forderte eine merkwürdige Gerechtigkeit und gleiche Chancen für uns alle. Nun erfand sie ein Spiel, wo auch die anderen Chancen zum Gewinn bekamen, das

Ringstechen auf dem Fahrrad, da war ich nicht so sicher, da musste man Ruhe bewahren können, nein Radfahren war nicht mein Fall. Ich stach beim Radeln oft daneben, die anderen waren besser. Ein sehr gutes Auge war hier gefordert. Da habe ich nicht lange warten müssen bis Bothge und Co. ihr hämisches, falsches Lachen aufsetzten. Später in den Sommermonaten des Jahres 1958 fuhren wir mit unserer Klassenlehrerin Erna Kallsen mit dem Schulbus bis Niebül, dann ging es über den Hindenburgdamm nach Westerland, Sylt ins Landschulheim nach Rantum, ich glaube es waren für uns Schüler zwei oder drei Wochen Luftveränderung angesagt und immer meine Feinde Bernd Bothge und Ernst Peter Lenz an meiner Seite, nun damit musste ich als Junge leben, nicht leicht. Die Betten übereinander wurden uns zugewiesen, ein Spind und Nachtschrank für unsere Utensilien auch, dann trat Frau Kallsen auf den Plan:" Eure Eltern haben mir für euch für jeden von euch Taschengeld mitgegeben, hört her, wer was haben will, muss zu mir kommen. Für Alkohol und Zigaretten bekommt ihr keinen Groschen von mir, wohl für Schokolade, Cola und Brausepulver und Kuchen richtet euch danach und nun gute Nacht ihr Rangen!" Ich wusste wohl um das Taschengeld und Vater hatte der Frau Kallsen 20 DM für mich in der Schulferien Zeit mitgegeben, doch meine Mutter war schlauer. Ich war wohl solide und Alkohol und Zigaretten verachte ich auch heute noch, zudem war ich noch ein Schul Junge, trotzdem drückte Mutter Ilse mir klammheimlich nochmals zwanzig DM in die Hand:"Hier Gerhard, damit Du sie nicht um dein Geld betteln musst!" Ich war schlau genug, mich nicht zu verraten und als Frau Kallsen nach der Klassenfahrt den Eltern das Taschengeld wieder aushändigte, sparte sie nicht mit Lob:"Ich muss Ihrem Sohn Gerhard ein Lob aussprechen, er hat außer einer Briefmarke und einem

Kartengruß an Sie als Eltern kein Geld ausgegeben, hat sich mit der Kost des Landschulheimes begnügt!" Meine Mutter hat mir dann zugezwinkert gehabt, wir haben uns beide bei ihren Worten umgedreht, unmerklich gelacht und ich zurück, denn sicher hatte ich das Extrageld für Schokolade und Haribo Konfekt, Eis und Nüsse ausgegeben, Coca Cola aber und alle Genussgifte verabscheute ich !" Bernd Bothge, der Schlaumeier hatte wahrscheinlich ebenfalls Geld genug in der Tasche gehabt, denn ich hatte die Bande heimlich still und leise beim Bier Trinken und Rauchen hundert Meter in den Dünen vom Landschulheim entdeckt, sie kamen sich mächtig wichtig vor, war auf den Ellenbogen zurück gerobbt und hatte die Sache für mich behalten. Ich war Kamerad, für mich war die Sache nicht so wichtig gewesen, doch vergessen hatte ich sie keineswegs gehabt. In der Freizeit spielten die unterschiedlichen Klassen Fußball und Faußtball, Tennis weniger, die Jungen kloppten sich, die Mädchen kicherten in jeder Ecke, das Schwimmen in der nahen Brandung in der Nordsee war verboten und auch in Begleitung der Lehrer, der elterlichen Vertreter gönnten sie uns den Spaß nicht, außerdem gab es wohl damals noch nicht so viele Schwimmer, eher Nichtschwimmer. In den Hörsälen wurden Vorträge über Nord und Ostsee gehalten, auch gab es Lesungen, da riskierten die Lehrkräfte selbst eine große Lippe. In Hörnum ließ die Frau Kallsen mich und die Klasse einmal eine Stunde in strömenden Regen warten, warten war wieder einmal angesagt, denn sie musste ja unbedingt in ein Kunstgewerbe Geschäft und sich eine Vase aus Steingut kaufen, da hat sie wohl lange ausgesucht, was ? Warten, bis sie fertig war, das war nicht ohne. Trotzdem kann ich mich an schöne, fröhliche Stunden und Tage in Rantum erinnern. Die Lehrer hielten damals wenig von meinen Fähigkeiten, aber die, die den Mund zu voll

nahmen, die sollten nun auch Theater spielen dürfen und zwar
DAS LEBENDE DENKMAHL und tatsächlich, auch für die
Lehrer waren diejenigen, die die größte Klappe hatten auch als
Schauspieler geeignet. Das lebende Denkmal war der frechste
von allen, der Henry, er hatte sich nur zu bewegen, wenn es
angebracht war, auch Bernd Bothge und Karl Heinz Ratei
Spitznahme RATZEPUTZ waren damals mit von der Partie.
Ich glaube es ging so. das Denk Mal war in Wirklichkeit ein
entflohener Sträfling aus dem Gefängnis, der zufällig im Stadt
Park (die Bühne war so umgebaut) auf einem Steinsockel
hinter einer Parkbank stand und nach Weibern Ausschau hielt,
da kamen denn die drei, Ernst Peter Lenz muss wohl auch
unter den Parkbesuchern gewesen sein, die auf der Bank Bier
und Essen verdrücken wollten. Indem sie nun abgelenkt
waren, miteinander sprachen und schönen, vorüber eilenden
Mädchen nachsahen, stibitzte die lebendige Figur das ganze
Bier und Essen, unbemerkt versteht sich und die Jungs mussten
sich nun gegenseitig beschuldigen, das einer vom anderen
seine Ration verputzt hatte, das gab einen Tumult, doch das
lebende Denk Mal muss wohl Sieger gewesen sein und dafür
mussten wir nach Ende der Vorstellung Beifall klatschen. Wir
Sieben Klässler waren nicht die einzigen Schüler im
Landschulheim, nein, von überall her, wohl auch von Kiel,
Hamburg und andere Klassen, wer weiß woher sahen damals
die Vorstellung und ich muss sagen, sie war doch gut gemacht.
Hut ab, die Lehrkräfte hatten sie eingeübt.
Eines Tages wurden viele Reisig Bündel an die Strände von
Rantum gebracht mit Pferde Fuhrwerken , es sollte für die
deutsche Jugend ein abendliches Freuden Feuer entstehen,
dann sollten Volkslieder gesungen werden bis spät in die in die
dunkle Nacht hinein, Freundschaften fürs Leben geschlossen
werden, dann ins Bett. In den Dünen spielten wir Fangspiele

miteinander, wer den schnelleren fangen konnte, hatte gewonnen, da nützten die kurzen Beine von Bothge, Lenz und Richter gar nicht, ich ergriff Heinz Zaschke, der ein Gesicht wie ein Mädchen besaß und furchtbar ängstlich war, ich packte ihn unversehens, küsste ihn mehrmals auf den Mund, er wollte sich von mir los reißen, rief um Hilfe, dann war ich hinter Ratai her. Wir waren zehn jährige Jungen und konnten laufen, ich also hinter ihm her, das ging so über eine Stunde lang keiner von uns konnte den anderen packen und einfangen, dann gingen wir zusammen freundschaftlich vereint zu den anderen Schulklassen am Strand, die hellen Flammen loderten schon in den dunkleren Abendhimmel, die Sterne kamen zum Vorschein. Es müssen hunderte von Jungen und Mädchen gewesen sein, die Lehrer dabei, wir sahen alle zum Abendhimmel empor, es war eine milde, warme Sommernacht, die großen Wellen von Sylt brausten nicht weit von uns entfernt und brachen den Strand, die Möwen schrien, in der Ferne kam ein Krabben Kutter in Sicht, so fassten wir uns bei den Armen und sangen aus voller Brust himmelwärts blickend hoch...FLAMME EMPOR... FLAMME EMPOR... Am nächsten Morgen durften wir alle eine Stunde länger in den Betten liegen, aber wozu waren wir denn nach Sylt gekommen. Frau Kallsen eine gute Klassenlehrerin ging mit uns auf Wanderschaft, kannte keinen Pardon, und das war anstrengend, doch sie war gut durchtrainiert, wir weniger. Damals durften wir noch zu Fuß die große Wanderdüne bei List durchqueren, wir fuhren bis dorthin mit dem Bus und das wurde dann auch ein anstrengender Trip, denn viele hatten die Getränkeflaschen vergessen und das in der Sommers Hitze, na ja. Heutzutage steht die große Wanderdüne unter Naturschutz, aber ich denke gerne daran zurück, denn damals, damals hatten wir diese Freiheit und heutzutage muss man zittern und bangen, das man

130

nicht in jeder Ecke und kante auf ein Vogelnest tritt. Der zweite große Ausflug an dem auch die Lehrer mehr oder weniger beteiligt waren war zum Landschulheim nach Glücksburg, das war viel später und muss so um 1962 gewesen sein. Das war bei unseren rechen Lehrer Genie Johannes Riedel der auch Klavier und Orgel spielen konnte und zwar stolz wie ein Gockel. Er hat es in den letzten Schuljahren, als er unser Klassenlehrer war nicht leicht mit mir gehabt und umgekehrt auch aber diesmal hatte ich den Termin verdreht, ich kam in die Schule, da war der Bus mit meinen Klassenkameraden schon abgebraust, ohne Gerhard Fischer, ich musste traurig in die Schule gehen, aber meine Eltern wollten das nicht, sie schickten mich anderntags nach, setzten mich in den Bus nach Glücksburg und alle schüttelten die Köpfe wie ich wie ei nasser Pudel vor ihnen stand. Da war damals viel los, es gab Jungens, die schlichen sich nächtens zum Mädchenschlafsaal, was sie da wollten, nun ja, ich war noch ein Junge Ich fühlte mich nicht mehr wohl unter meinen Kameraden, denn Bernd Bothge hatte es in all den Jahren geschafft die Jungs alle gegen mich aufzuhetzen. Die letzten zwei Jahre in der Schulzeit sprach niemand mehr mit mir, außer den Lehrkräften, ich war einfach für keinen Klassen Kamerad mehr, das hatte der schlechte Kerl tatsächlich durchgesetzt, und wer schlecht rechnen konnte, den hatte leider niemand auf Rechnung, an erster Stelle Lehrer Riedel, ich litt innerlich unter dieser Anspannung sehr, doch ich wollte die Schule ordentlich beenden und das tat ich denn auch. Von allen gemieden und wer auch große Schuld hatte, war eben der Riedel, denn wer nicht mit Zahlen umzugehen verstand, der war für ihn erledigt und das ließ er mich spüren. Siiegfried Lenz, der große Schriftsteller tauchte unversehens eines Tages auf, er suchte einen jungen Mann, der seine Werke in den Landschulheimen mit guter, klarer, Ausdrucks starker

Stimme ohne sich zu versprechen vorlesen konnte und das war
ich. Ich war nicht nur Feuer und Flamme, ich konnte auch was,
so las ich vor versammelter Mannschaft in seinem Beisein und
denen der Lehrer aus seinem Buch SO ZÄRTLICH WAR
SULEIKEN den ONKEL WAWRILA , bekam tosenden
Beifall, weil ich seit dem Gedicht aufsagen bei Mudder Locher
…HERR VON RIBBECK AUF RIBECK IM HAVELLAND,
ein Birnbaum in seinem Garten stand, die Betonung gelernt
hatte, da hatte ich nicht nur einen Stein im Brett beim Siegfried
Lenz, auch bei dem Riedel und bekam eine Auszeichnung. Von
da an dürfte ich Lesungen machen, damals war das noch nicht
so streng wie Heutzutage, da kann man auf eine LESUNG
warten bis man schwarz wird, da dürfen nur die bekanntesten,
klügsten und reichsten Autoren Lesen, wenn sie viele tausend
Bücher verkauft haben und das nicht nur im Fernsehen,
jedenfalls war die Sache mit dem Landschulheim noch nicht zu
Ende, dann kam noch ein Fiasko von dem Schüler Boisen
hinzu, denn zum Abschied packte jeder von uns seinen Koffer
und der Schul Bus fuhr uns dann nach Flensburg zurück, was
war das denn aber für ein Schreck, als ich meinen Koffer
auspackte, der sah äußerlich wie meiner aus, doch der Inhalt
war nicht der meine. Natürlich gehörte er Boysen und das
sprach sich auch in der Schule herum. Noch ein Vorfall kam
dazwischen den ich nie vergessen werde, denn eines Morgens
wachte ich unter einem enormen Druck auf der Brust auf,
schlug die Augen auf und zu meinem Entsetzen kniete der
schäbige Bernd Botghe auf meiner Brust, hatte meinen rechten
Arm auf den Rücken gedreht und meinte hämisch:" Nun sehe
man zu wie Du wieder aus dem Schlamassel loskommst, Du
Koffertrottel!" Er hatte einen Jijitschu Griff angewandt, und ich
sah nur noch seine grinsende Fresse, denn auch in der nähe
standen Lenz, Richter und Schlegel, seine Kumpane, da wurde

ich wütend, strengte mich so an, das ich los kam, den Unhold vom Bett warf, da riegf er erstaunt aus:" Gut, sehr gut, Gerhard, von so einem Griff kann sich sonst keiner befreien!" ich konnte es nicht erwarten,bis er das weite suchte, so hielt ich es noch zwei Jahre aus in der Volksschule, aber wir sprachen nie wieder miteinander. Bernd Bothge und seine Freunde sind für mich gestorben. Nun lassen sie mich in meinen weiteren Ausführungen aber fortfahren, denn auch im Schulischen gibt es außer den Abgründen auch schöne, vielleicht lustige Momente die man nicht missen will, da bin ich ganz ehrlich. Ich hatte im Zeichnen meistens eine Eins, ein sehr gut, eine Zensur die ich meiner Meinung nach aus heutiger Sicht kaum verdient hatte. Wenn ich einen Gegenstand abzeichnen sollte, einen Gegenstand, ein Bild, ein Foto, einen Menschen dann war ich gut, das gelang mir, aber ohne Vorlage aus dem Kopf zu zeichnen ohne einen Anhaltspunkt, da war ich eigentlich schlecht. Hier einige Beispiele zur Kurzweil, was so alles geschah. Unsere Lehrer hatten so alle ihre komischen Marotten, einer verrückter als der andere. Der Fresi Fresssack, er sonst ein liebenswürdiger, netter Mensch war, wenn ihm aber irgend etwas nicht in den Kram passte, dann hatte er sogleich schweinische Ausdrücke zur Hand, um Kinder und Erwachsene vor den Kopf zu stoßen. Er kochte gegen Mittag vor versammelter Klassen Mannschaft auf dem Pult in seinem Spirituskocher Mahlzeiten und einmal kochte ihm sogar die Suppe über, lief ihm über die Schuhe. Da kam der Rektor herein und sah die Bescherung. Der Johannes Riedel prahlte mit seinen Rechenkünsten und lief nur mit stolz erhobenem Kopf über Klassenzimmer und Flure, dann schlug er erbärmlich die Klassentüren auf und zu, wenn der Unterricht begann, das schreckliche an ihm"Freut euch, ich verlängere heute unsere Rechenstunde um das dreifache, denn das wichtigste im Leben ist Rechnen, ihr werdet es bald in euren späteren berufen zu spüren bekommen," dabei funkelte er wild mit seinen Augen und mich mochte er nicht, rief mich nie an die Tafel, weil ich ein schlechter Rechner war, das hat sich dann später gebessert. Unsere junge Englisch Lehrerin, der Name ist mir leider nach den vielen Jahren entfallen, musste oft fluchtartig den Klassenraum mit hochrotem Kopf verlassen, weil Bothge und seine Kumpane Lenz, Richter und Schlegel viel Krakehl und Lärm veranstalteten, so dass sie nicht zum Zug kam und laut schreien musste, um sich durchzusetze, Gehör zu verschaffen. Sie setzte sich aber schließlich doch nicht durch. Sie holte zur Unterstützung Lehrer und Rektor, schließlich platzte ihr wohl der Kragen, sie gab auf. Englisch haben wir in den Anfangsstadien, das TIEETSCH bei Lehrer Hamgarth gelernt, wie gesagt nur die Grundzüge, der wurde dann später Rektor zweier Schulen und war mit Günther Pflughaupt befreundet. Der Landes, den wir Li Pirat titulierten war der Verrückteste, still in sich gekehrter Mensch, er konnte gar nicht mit seiner piepsigen Stimme unterrichten, wir hatten ihn in Biologie. Er fuchtelte immer mit einem winzigen Rockstock zu seinen Belehrungen herum und war vollkommen harmlos, einmal mussten wir mit ihm auf den Schulhof, er wollte um die Bäume und ihre Namen erklären. Keiner außer mir hörte ihm zu, alle hielten ihn für für einen Trottel, und so benahm er sich denn auch. Er war mit dem Tod Todd befreundet und so gebärdeten sich denn auch die zwei, einer konnte besser als der andere Märchen Geschichten vorlesen, die Stimmen der beiden waren entsetzlich langweilig, zum einschlafen. Die Mudder (Mutter) Hexe, und so sah sie denn auch aus. Die Locher war mit der Erna Kallsen befreundet, sie spielten beide famos Klavier, das muss man ihnen lassen (sie haben auch öfters vierhändig am Klassen Klavier zusammen gesessen) aber wenn sie sangen, konnte man die Wände hoch laufen. Koloratur Stimmen hatten sie beileibe nicht. Dann war da noch der dicke Physik Lehrer Möller, der auch Werk Unterricht erteilte mit den lustigen, kleinen Schweins Äuglein, dem durchgehenden, bösen Blick, der gar keiner war. Er war so dick, das er sich kaum bewegen konnte. Lachen verboten, die waren streng, das gab denn gleich eine Verwarnung ins Klassenbuch, wer sich von uns das Lachen nicht verbeißen konnte. Alle hatten damals ihre Zuhaue Stöcke, Reth Stöcke parat, die schlugen selten, aber wenn einer von uns die Schulaufgaben nicht gemacht hatte, dann setzte es was und die konnten zuschlagen,die waren nicht von gestern. Zwei bis drei Schläge auf den Allerwertesten reichten aus, das man sie nicht wieder vergaß. Ein stets furchtbar aufgeregter Geselle war der Hausmeister Namens Ohnhold, den wir , das heißt in erster Linie den Unhold titulierten, er sah nicht nur fürchterlich aus und machte stets große Augen, denn überall witterte er Ärger und Verrat von uns Jungens und seine Toiletten waren immer verstopft mit Toiletten Papier, dann lag die ganze Toilette unter Wasser und die Scheiße schwamm mittendrin, der aber nicht faul, griff herzhaft zu, so weit , so weit ich das heute noch beurteilen kann und fuhr sogar mit dem Arm ins Toiletten Loch, um es zu reinigen mit Schmerz und Wut verzerrtem Gesicht, kann ich euch sagen. Eines Tages hatte unsere spätere Klassen Lehrerin Frau Erna Kallssen rohe Eier für ihr Frühstück mitgenommen, sie pflegte nicht im Lehrerzimmer wie vorgegeben mit den Kollegen zu frühstücken, ganz im Gegenteil, sie war ihres eigenen Glückes Schmied, saß wie gewöhnlich am Pult vor uns Jungens, griff sich beherzt die Eier, bohrte ungeniert vor aller Augen unten an der Spitze ein Loch und saugte den Inhalt ins Halsloch, da war Bernd Botthge frech genug ihr kichernd zuzurufen:" Würden sie das auch vor

135

versammelter Klassenmannschaft tun, damit wir wissen, wie es geht und wir es ihnen nachmachen können?" „Sie blickte sich verdutzt in der Klasse um, aber dann stand sieschmunzelnd vor uns auf, war gar nicht bange, stellte sich breitbeinig vor dem Lehrer Pult auf, spitzte den Mund, bohrte wieder ein Loch in das unschuldige weiße Hühner Ei, setzte es an die Lippen und schlürfte es in einem Zuge aus:"Zufrieden, Jungs?!" Da brüllte die ganze Klasse, bis auf mich:"Noch einmal das ganze von vorne Frau Kalllsen!" „Rohe Eier sind gesund Jungs, na denn weil ihr so schön bittet!" Wieder setzte sie ein Ei an die Lippen und wollte es in einem Zuge aussaugen, da ging die Klassentür auf, der Rektor Hartmann erschien mit dem Schulrat, sie schrak zusammen, der Rest der schlammigen Eier Schale spritzte zu Boden und wir feixten uns was !" „Was machen Sie denn da Frau Kallsen, erklären sie sich. „Erklären sie sich!" Frau Kallssen war wortgewandt und gar nicht dumm, schnell hatte sie sich wieder in der Gewalt t und hielt es dem Direx und dem Schulrat vor die Nase:"Das ist das Ei des Kolumbus," erklärte sie lakonisch," ich trinke den Inhalt, damit es nicht umkippt, wenn ich es auf den Tisch stelle, denn es darf ja in keinem Fall liegen und nicht um kippen.! „Famos wie sie ihren Unterricht gestalten, Frau Kallsen," erklärte der Schulrat," das Ei des Kolumbus, so, so, so kippt es nicht und sie haben ihren Schülern einen schönen Anschauungs Unterricht erteilt!" Wir klopften anerkennend auf die Schultische, der Schulrat war eine Stunde bei uns, um den Unterricht bei Kallssen zu teilen und brachte Studentinnen, angehende Lehrerinnen mit, die sich an uns üben sollten. Zuletzt kam ein Fräulein Feder an die Reihe und als sie so vor versammelter Mannschaft stand, viel sie auch sogleich in Ohnmacht, das war zu viel für sie gewesen. Die Lehrer und Kallsen griffen helfend ein. Wenig später saß Frau Kallsen in der Musikstunde am Klavier, wir sollten lustige Volkslieder mitsingen. Sie klimperte am Klavier und sang dazu so komisch, das ich und Peter Neumann sich das Lachen nicht halten konnten, wie die alte Matrone so kerzengerade auf dem Klavierhocker saß, in die Tasten haute und mit Inbrunst sang. Sie schlug den Klavierdeckel nieder, wurde wütend:"Peter und Gerhard vor die Tür, aber sofort..." Ihr Gesicht war krebsrot angelaufen und sie zeigte streng mit dem Zeigefinger zur Klassentür und diesmal kam uns weder ein Schulrat, noch ein Lehrer, noch einer angehende Studentin zur Hilfe, beschämt senkten wir die Köpfe, schlichen im Schnecken Tempo zur Tür und standen nun im Flur wie die begossenen Pudel ."Wenn Du nicht zuerst gelacht hättest über Ernas komische Gewalt Stimme, damit hast Du mich angesteckt, Gerhard, du kennst doch ihren Stock und ihr Klassenheft, mit der ist beileibe nicht zu spaßen!" Das Lachen war uns zwar vergangen, dann fingen wir aber doch wieder an zu grinsen an über beide Ohren, als wir uns beschämt in die Gesichter blickten!" „Der komischte Lehrer unserer Schule ist der lange Schnösel von Otte, den Du als den Tod Todd , weil er genau so aussieht bezeichnest, das ist kein Lehrer, das ist der lange, alternde Schnösel von Märchenerzähler mit der schrecklich langweiligen Uah, Uah, Uah Stimme!" Wir steigerten uns im überlegen, wer denn nun von den Lehrkörpern der komischte Kerl unter den Komischten sei. „Die Locher ist die Mudder Hexe, der Landes, der Li Pirat, der immer so hin und her fuchtelt, als ob er im Zweikampf stände!" Der dicke Physik Lehrer Möller ist der Moli Kühle, dem müssen wir mal wieder Nies Pulver auf sein Pult legen!" „Der ist zu schlau, der fällt darauf nicht mehr herein!" Ich erinnere mich dunkel, wenn Möller mich aufrief, eine Frage und Antwort verlangte, dann stand ich stumm von meinem Platz auf und setzte mich wieder stumm. „Der Günther Lackner ist

137

zwar ein Pfunds Kerl, er lässt nichts auf dich kommen und musiziert mit deinem Vater am Klavier, er spielt die Geige, aber wenn Bernd wieder frech geworden ist, kann er lachend zuhauen, den Bernd am Schlawittchen packen, ihm den bösen Hintern versohlen, er hat ihn im Visier. Wie gesagt, Lehrer Lackner war auf meiner Seite, er und mein Vater musizierten oft zusammen in ihrer Freizeit bei Klavier und Geige, dann erfuhr er von meinen Eltern, das der Schüler Bernd Bothge ständig dabei wa,r mich zu hänseln. Es gelang Lackner für kurze Zeit, dem Bothge einen Strich durch die Rechnung zu machen und ich sehe noch, wie er die Lederhose des Bösewichtes lächelnd packte und mit seinem zwei Meter ellenlangen Stock kräftig auf sein Hinterteil losdrosch, doch das musste er leider wider holen, denn Bothge war aus der Art geschlagen. Eine weitere, sehr schöne Tages und Klassen Fahrt machten wir eines Tages in den Raum Angeln über die Nordstraße nach dem Scheersberg, wo auch Bundesjugend Wettbewerbe jedes Jahr ausgetragen wurden. Dort besichtigten wir den Scheersberg Turm, der 57 m weit ins Land Angeln hineinreicht, wir Schüler standen neben dem Lehrer ganz oben auf der Zinne des Turmes, blickten ins Himmel blaue, Sommer durchflutete Land, sahen in der Ferne die Schlei, die alten Wind Mühlen sich im Winde die Flügel drehen, dann mussten wir wieder hinunter zu den sich aufstellenden Klassen, die Turnhemden anziehen, denn ein Wettlauf war angesagt zwischen verschiedenen Schulen aus dem alten und dem neuen Land. Den einhundert Meter Lauf gewann ich tatsächlich, wie gesagt vielleicht schon wegen meiner langen Beine, aber ich konnte was, ohne vorher geübt zu haben, danach im Staffellauf gewann meine Klasse die bronzene Nadel, das Eichenlaub, weil die meisten Jungen zu kurze Beine und keine Ausdauer wie ich hatten (ich ging dazu immer viel in der Förde schwimmen) gab es immerhin den dritten Platz aber für den einhundert Meter Lauf wurde ich mit goldenem Eichen Laub ausgezeichnet und vor allen Klassen ein Lob auf dem Scheersberg Hof aus gesptochen. Unser damaliger unsportlicher, steifer Lehrer der Riedel, der nur eines beherrschte, nämlich das Rechnen in allen Kategorien, worunter ich wirklich in den letzten Klassen seelisch gelitten hatte, der nahm mich danach auch nicht ernst und zur Kenntnis. Schlechte Rechner waren keine Mitmenschen für ihn, wie ich schon erwähnt hatte und er hatte die Frechheit, überall und auch an meine Eltern herum zu posaunen"IHR SOHN KANN NICHTS IM LEBEN WERDEN, DER BLEIBT AUF DER STRECKE ALS SCHLECHTER RECHNER, SOWOHL ICH RIEDEL HEISSE!" Nun, ich habe ihn eines besseren belehrt, doch er starb vor einigen Jahren und das stand in der Zeitung, wir hatten keinen Kontakt nach der Schule gehabt, aber immerhin hatte ich es ihm zu verdanken, das die ganze Schulklasse die letzten zwei Jahre kein Wort mit mir gesprochen hatte, so was vergisst man nicht und Bernd Bothge hatte alles erreicht, weil er eben besser rechnete, hatte bei Lehrer Riedel ein Stein im Brett gehabt, daran denke ich noch ungern heute zurück. Aber so kann es im Leben kommen. Das Können ist typisch in Deutschland und ausschlaggebend, aber der Mensch kommt manches Mal schlecht dabei weg.

Eine Klassenfahrt müssen wir gegen 1960 von der Jürgen Knaben Schule in Flensburg mit Frau Kallsen unternommen haben, es ging nach Schleswig mit dem Schul Bus an der Schlei und dann in die Nähe nach Fahrdorf, weiter unterhalb der Straße lag Haithabu, dort hielt der Bus. Damals gab es dort noch kein Wikinger Museum, das heutzutage aus etlichen Holz Häusern und einem kleinen Dorf zusammengebaut worden war und wo nun auch in Handarbeit ein Handelsschiff, ein Knorr und ein Kriegsschiff, ein Skuldelev erbaut werden. Damals aber standen wir in freier Fläche einem riesigen Runenstein gegenüber, den hatte der Wikinger König Harald Blauzahn um die Jahrtausend Wende für einen seiner Gefolgsleute den Skartie errichten lassen. Dann wurde uns erklärt, das dort in Runen Schrift stand, das die beiden Wikinger zusammen viele Abenteuer erlebt hatten, befreundet gewesen waren und das man die Runen Schrift der dänischen Wikinger von rechts nach links zu lesen habe. Da aber niemand Runen entziffern konnte, auch die Lehrerin nicht, was kein Wunder war, so befahl sie uns hier also an Ort und Stelle auszuharren, sie würde mit einer anderen Klasse und dem Lehrkörper gegenüber ins Restaurant gehen und frühstücken, und zwar ausgiebig und wir hätten dort beim Runenstein im freien Feld vor dem Ringwall des Dänenkönigs , dem Dannewerk so lange auszuharren, bis sie zurück steilen und die Führung weiter ginge. Die ließen sich aber Zeit, es muss wohl ein warmer Sommers Tag gewesen sein. Wir aßen unsere Frühstücksbrote, saßen im Gras um den Runenstein herum, futterten unsere Äpfel, was meine Mutter aber vergessen hatte, mir mit zugegeben, nämlich meine Thermoskanne voll Tee. Es dauerte nicht lange, da bekam ich schrecklichen Durst, muckte zwar nicht auf, weil ich es mir vor den Schülern nicht merken lassen wollte, aber auch andere Schüler hatten kein Getränk dabei und keiner von uns wagte es, hinüber ins Gasthaus zu laufen und die Lehrerschaft beim ausgiebigem Frühstück zu stören, denn wir kanten sie zur genüge, die Sonnenkönige der Jürgen Schule. Peter Ankersen hatte noch eine dreiviertel Flasche voll Zitronen Brause, ich bat ihn einmal trinken zu dürfen:"Nur drei Schlucke Gerhard, dann absetzen, aber dafür bekomme ich morgen um zehn Uhr in der Schul Pause deine Milch!" „Gemacht!" Ja, so einen Durst, den habe ich nicht vergessen, ich war tatsächlich fast verdurstet, dann kamen Spaziergänger, vielleicht Kurgäste oder Wanderer mit ihren Hunden, die hielten sie an langen Leinen, die liefen an uns vorüber und pissten und kackten ungeniert vor unseren Kinderaugen den Runenstein von unten bis oben voll, das war den Leuten damals schnuppe. Ich schwieg still, doch mir gefiel das ganze nicht und die Lehrerschaft ließ sich überhaupt nicht mehr blicken. Wir warteten, bis der Arzt kam, aber er kam nicht und auch nicht die Lehrer, die schienen sich im Lokal an der Schlei zu vergnügen. Ich sah zu den Hundehaltern und den Hunden, was sie anrichteten, da stand ich kurz entschlossen aus dem Kreis auf, blickte noch einmal hinüber zum Lokal"Da können wir noch lange warten Gerhard," meinte Ankersen," die haben uns nicht nur vergessen, die trödeln und uns ermahnen sie immer nicht zu trödeln!" Ich lief zur Bushaltestelle, ausreichend Fahrgeld hatte ich noch, stieg ein, Fragte nach dem Schloss Gotttorp und fuhr auch hin, ging da in die Nydam Halle und sollte teuren Eintritt bezahlen."Ich will hier nichts besichtigen, ich will nur den Anstalts den Museums Leiter sprechen, es ist wichtig!" Die Angestellten wunderten sich über mich, aber sie holten Professor so und so, der Name ist mir nicht mehr geläufig, jedenfalls war das ein hohes Tier, denn Schloss Gotttorp war ja schlichtweg das Landes Museum der Vor und Frühgeschichte von der Steinzeit bis ins späte Mittelalter hinein, und dem höchst erstaunten Mann berichtete ich, was beim Runenstein vorgefallen war und das die Lehrer sich nicht mehr blicken ließen. Er fragte auch sofort nach meinem Namen und in welcher Schule ich denn wäre und wer meine Klassenlehrerin denn wäre. „Ich die sitzen nun im Fährhaus zu Haithabu, lassen sich Zeit und ihr müsst Durst leiden, na, das ist ja allerhand, warte mal hier einen Augenblick, Gerhard, das werden wir gleich haben!" Fünf Minuten später kam der Museumsleiter

mit einer großen Flasche Milch und einer Tafel
Nussschokolade zurück, gab es mir in die Hand:"So, hier
HAST Du drei Eintrittskarten für die Nydam Halle und die
Moorleichen für dich und deine Eltern, da könnt ihr mal zu den
Öffnungszeiten kommen, ich möchte mit deinen Eltern
sprechen, jetzt fahren wir zusammen nach Haithabu und holen
die Lehrer aus dem Fährhaus!" Ich durfte in seinem Wagen mit
Schaffner mitfahren, das ging schnell, dann waren wir schon
wieder zurück bei den Klassenkameraden und die Lehrkräfte
vergnügten sich noch immer im gegenüber im Lokal. Die
Angestellten und der Museums Leiter gingen mit mir zum
Runenstein und sahen das Maleur, jagten die Leute fort, dann
gingen sie mit mir, Ankersen und noch einem
Klassenkameraden zu den Lehrern ins Lokal, dort gab es nicht
wenig Krach und die Kallssen, die Bik und die Locher kamen
mit hochroten Gesichtern gelaufen und fuchtelten mit den
Armen, hatten Tränen in den Augen. Nicht viel später erfuhr
ich von meinen Eltern, das die Lehrer eine heftige Abmahnung
von der Landesregierung wegen Unterlassung der
Aufsichtspflicht bekommen hatten, weil ihnen das leibliche
Wohl und die Abschottung von diesen Dingen ich aber wurde
mit den Eltern ins Schloss geladen, der Direktor führte uns zum
Nydam Boot, dann ging es zu den Moorleichen. Er streichelte
mir den Kopf, die Eltern waren stolz auf mich, als wir
vernehmen, der Runen Stein käme nun unter Verschluss in die
Nydam Halle, ein Duplikat würde in Haithabu aufgestellt und
geschützt werden vor den Hunden der Wanderer und dann
bekam ich eine Zeitung in die Hand, wo ich auf der Titelseite
mit den Eltern und dem Runen Stein von Harald Blauzahn
abgebildet wurde. In dem Artikel drehte sich alles um den alten
Königsstein, ich hätte für den Schutz des Findlings Steines den
Ausschlag gegeben und in Zukunft würde man dort im alten

Land und an den Schlei Ufern Grabungen ansetzen, auch ein
Fischers und Jägers Dorf sei dort geplant und ein Wald
Museum würde in späteren Jahren gebaut werden. Heute ist das
alles so geschehen, wie das 1963 verkündet wurde durch das
Schlei Blatt, ich bin älter geworden, die Lehrer sind nicht mehr,
die Klassenkameraden vergessen, aber so lange auf die Lehrer
gewartet, Teufel noch einmal, brauchen wir von da an nicht
mehr, denn man hat den Schlafmützen eine gründliche Lehre
erteilt. Und noch ein Kalauer von meiner Lieblings Lehrerin
Erna Kallssen. Wie ich schon sagte, hatten die Lehrer unserer
Jürgen Schule im Nachsinnen alle einen an der Klatsche und
die Kallssen musste jeden Morgen einen frischen Blumen
Strauss auf dem Lehrer Pult haben, das brachte sie dann in
Stimmung uns das Rechnen, das Schreiben und das Lesen
beizubringen. Wie das. Ich meine im Nachhinein, so eine
Lehrkraft hat für so einen Feldblumen Strauss, geschweige
denn einen Fleurop strauss oder einen besseren Rosenstrauß
selbst Sorge zu tragen, dem war aber nicht so. In den
Elternabenden erfuhren dann unsere Eltern, was sie für ein
Faibel hatte und berichtete, so einen Blumenstrauß bringe sie
selbst jeden Tag in Wallung, das hebe die Kräfte, gebe einen
Freude und Schaffenskraft, die benötige sie, um uns Kinder zu
unterrichten. Auch andere Lehrkräfte hatten Blumen Sträuße in
den Vasen, dafür war aber der unholdige Hausmeister Ohnhold
zuständig, denn er war vom Schul Direktor beauftragt worden,
die Blumensträuße auszuwechseln, wenn die Blumen verblüht
und welk wurden. Das nahm der aber nicht so ernst, so dass
die Frau Kallssen sich oft über ihn beschwert haben muss, und
so was bleibt den spitzbübischen Kinderohren nicht verborgen.
Jedenfalls schienen ihr die ausgewechselten Blumen, was also
nicht oft vorkam nicht in den Kram und in ihren Geschmack zu
passen, da beauftragte sie also jede Woche einen von uns

143

Kindern, wo die Eltern wie es damals üblich war, einen Schrebergarten bei den Ballast, den sogenannten Teufelsbrücken gepachtet hatten, den Gartentor Schlüssel bei den Eltern zu holen und einen Strauss Blumen für sie abzupflücken. Ich durfte nie Blumen holen, ich musste morgens in der Schule bleiben, denn ausgerechnet in den ersten Stunden bis halb 11 Uhr war rechnen angesagt, was ich wohl bitter nötig hatte. Diesmal aber hatte ich mich durchgesetzt und weil Frau Kallssen tags zuvor uns wieder einmal eine schöne Geschichte mit Fortsetzung vorgelesen hatte hieß es:"Gerhard, du darfst ihn begleiten, denn diesmal hast Du deine Rechen Aufgaben richtig gemacht!" Wir zogen also los, es war Schlegel, die wohnten bei der Schule um die Ecke. Schlegels Vater war, wie er immer wieder wichtige U Boot Kommandant im zweiten Weltkrieg gewesen, wohl noch am Leben, sonst hätte er seinen Sohnemann wohl nicht zeugen können, na jedenfalls holten wir erst einen Blumenstrauß von Schlegels Mutter ab, dann folgte er mir unauffällig zu unserem Garten an der Teufelsbrücke, da wo der Birnbaum mit den Kaiserkronen gerade reif war. Wir kletterten in den Baum und aßen die großen harten, aber sehr süßen Früchte, bis wir Bauchschmerzen bekamen und mit den Bauchschmerzen pflückten wir einen Strauß Krisanthemen. Ich weiß es noch wie heute und sehe es bildlich vor mir, dann schlossen wir die Garten Pforte zu, im Mund noch jeder eine von den köstlichen Birnen... ich erinnere an das sagenhafte Gedicht von Ribbeck auf Ribbeck im Havelland, ein Birnbaum in seinem Garten stand... nun in unserem Garten stand er zwar auch noch, aber er war nicht mehr so voll wie vordem, jedenfalls liefen wir mit Magengrimmen zurück zur Schule und überreichten der Frau Kallssen den riesigsten Blumen Strauß, den sie je zu Gesicht bekommen hatte: „Gerhard und Peter, hatte ich euch nicht gesagt, ein Blumen Strauß langt mir, geht das in eure Ohren nicht hinein?" „Gerhard vor die Tür"... das war mir nur recht, denn ich musste auf Toilette, der Druck im Magen war unerträglich und ich wollte nicht als Günther Grützig vor versammelter Klasse enden, gleich darauf kam Schlegel auch um seine Last der verdrückten Birnen los zu werden!" Frau Erna Kallssen hat in ihrem Leben noch viele Blumensträuße erhalten, auch als sie in Ruhestand Jahre später ging, bekam sie vom Direx sogar Orchideen, Begonien und von uns Schülern einen Kaktus.. Rechen Arbeiten waren ja öfter als ich erfreut war bei ihr angesagt und da waren für die kommende Klassenarbeit am nächsten Morgen Aufgaben angesagt, die wir Kinder zwar vor geübt hatten, die aber wohl nicht ganz mein Verständnis gefunden haben mussten, denn am nächsten Morgen, wir wohnten schon in der Flensburger Bismarckstraße 67 bei Bertelsen bekam ich es ganz schön mit der Angst zu tun, die bekam ich eigentlich öfters, wenn eine Rechen Arbeit im Anzug war. Jedenfalls verdrückte ich wie gewöhnlich meine Milchsuppe, meine Mutter warf mir den Schul Ranzen mit den Schulbüchern und den Hausaufgaben auf den Rücken, dann schlich ich mich aus dem Hause hinüber zu Möbel Staats, denn den Hof des Möbel Unternehmers, ein Umzugsunternehmen musste ich tagtäglich überqueren, wenn ich zur Schulen ging. Dort standen verhinderte, abgewrackte Möbelwagen, Anhänger reihenweise herum. Staats war damals in den fünfziger Jahren in Flensburg das bekannteste Umzugsunternehmen überhaupt. Ich brauchte nicht lange suchen, noch ein scheeler Blick zurück auf unser Etagenhaus hinauf in die dritte Etage zum Balkon in die dritte Etage hinauf, ob Mutter nicht hinter mir her guckte. Sie guckte nicht, sie hatte große Wäsche. Ich rein in einen leerstehenden Möbelwagen, die Türen zu, ein wenig noch geöffnet ob keiner kam, es kam niemand. Ich fing nun an die

145

Minuten zu zählen und blieb bei, denn ich hatte noch keine Armband Uhr, richtete mich nach der Turm Uhr der Jürgen Kirche, die gegenüber von unserer Schule lag und 1906 gebaut worden war, das war übrigens das Geburts Jahr meines Vaters Rolf Fischer gewesen. Er wurde in der Flensburger Marien Hölzung zusammen mit seinem Bruder Kurt Fischer groß und ich war ein Stadtkind geworden vom Scheitel bis zur Sohle. Nun ich hatte große Angst vor der angesagten rechen Arbeit und da ich nicht die Zeit kontrollieren konnte, hörte ich auf zwei Dinge, das war in erster Linie auf mich selbst, wie ich die Sekunden vor mich hin sprach, dazu brauchte ich, es ist unvergessen Geduld, Spucke und noch mehr Wartezeit, aber es kam kein Arzt, es kamen Möbel Packer, die aber den Möbel Wagen ungeschoren ließen, in den ich mich Mucks Mäuschen Still verkrochen hatte. Nach einer unendlich langen Wartezeit schlug die Turmuhr die Mittagsstunde an, da atmete ich auf, denn nun konnte ich mich langsam wieder auf den Weg zurück machen, es war ja nicht weit. Vater kam zum Mittagessen, man wartete auf mich. Das ging so einige Tage lang, auch die nächsten tage fürchtete ich noch immer die Rechen Arbeit, denn es kam vor, das Frau Kallssen die Arbeit verschob, wenn ein Schüler plötzlich krank wurde, ein Schüler wie der Gerhard Fischer, dem man das rechnen mit dem löffel beibringen musste. Ich hielt Zähne knirschend durch, ob nun die Arbeit durch wäre. Freitag Vormittag schickte die Frau Kallssen zwei Klassen Kameraden zu uns Nach Hause, zum Glück war Vater noch nicht da, meine Mutter muss sehr verwundert gewesen sein, als die ihr sagten:"Frau Kallssen schickt uns. Gerhard ist die ganze Woche nicht in der Schule gewesen, ist er krank, dann schreiben Sie bitte für unsere Lehrerin eine Entschuldigung (das war damals so üblich)!" Meine Mutter muss sich damals wohl schnell gefasst haben, sie warf mir einen undefinierbaren, bösen Blick zu, denn ich saß bereits beim Mittagessen, weil ich die Vormittage vor Angst nichts zu mir genommen hatte, die Frühstücksbrote den Hunden und Katzen geopfert hatte, die auf dem Umzugshof herumstrolchten, dann hörte wie sie sagte:" Wartet ein wenig, ich schreibe euch einen Zettel und schöne Grüße an Frau Kallssen, er kommt am Montag wieder in die Schule. Wann schreibt ihr denn eure Rechenarbeit?! „Die hat Frau Kallssen am Montag angesagt!" Mutter nahm mich ins Gebet, Vater sagte sie nichts, aber beide übten mit mir am Wochenende die Rechen Aufgaben und immerhin, dann schrieb ich eine drei bis vier und hatte erst einmal Ruhe vor dem weiteren Sturm. So war das mit dem Rechnen. Nicht meine Schuld. Die Jungens standen dann oft in den großen Schulhof Pausen auch um die Büsche bei Möbel Staats herum, rauchten eine Zigarette nach der anderen, tranken auch Alkohol, diese Taschen Fläschchen , woran ich mich nicht ein einziges mal beteiligt hatte, ich kaufte mir als Kind im Konsum lieber eine Tafel Nuss Schokolade oder Negerküsse, mit Alkohol und Zigaretten habe ich mein Leben lang nichts am Hut gehabt. Und wieder war es Bernd Botge, der Ernst Peter Lenz oder der Wolfgang Richter, die mir verächtlich nachriefen, wenn ich sie beim rauchen und trinken erwischt hatte:"Kostverächter, Feigling, Mutter Söhnchen. Du weißt gar nicht, was Dir da entgeht!" Ich achtete nicht auf diese Worte und was meine lieben Eltern betrifft, Alkohol und Zigaretten waren damals bei den Erwachsenen Gang und Gäbe, das konsumieren Zeug gehörte in den 50 ger Jahren zum guten Ton der Gesellschaft, was dabei später heraus kam, darüber dachte niemand damals nach. Aber meine Eltern waren im Grunde ge4nommen solide und hielten diesen Konsum in Grenzen. Das Zigaretten Rauchen meines Vatters, na es ging so. Als Bank Beamter brauchte er Nerven Nahrung, das holte er sich wie alle anderen auch aus dem Nikotin. Onkel Kurt Fischer war der schlimmste Kettenraucher, der mir je untergekommen ist. Er konsumierte eine Zigaretten Packung nach der anderen den ganzen lieben, langen Tag, sogar im Betrieb bei Möbel Harms in der Roten Straße. man hat ihn nie ohne Zigarette gesehen. Guckten wir vorbei, war der ganze Möbel Laden und sämtliche Schaufenster zur Straße hinaus voll gequalmt. Auch der Schauspieler Hans Söhnker, der dort eine Möbel Lehre absolvierte und mit Kurt Fischer befreundet gewesen war, hatte seinen Anteil daran. und später, weil er Kurt Fischer Quartal Raucher gewesen sein soll, bekam er sein Raucher Bein und die Tanten hatten ihre liebe Not mit ihm, seinen Schmerzen und den Wund Verbänden gehabt. Wir machten an den Wochenenden viele Butterfahrten auf der Flensburger Förde mit der Alex, der Libelle. Da ging es nach Krusau, wo es das schöne Sahne Eis mit einem Klecks Marmelade darauf gab, die Sex Buden am Strand mit den schweinischen Nacktfotos, den Porno Heftchen und den Schund Filmen auf Super 8 gab. Wir kauften Butter, Käse, Zucker, Schinken und Wurst, Kuchen und Kaffee nicht zu vergessen, wir waren eine intakte Familie und ich denke gerne an diese Zeiten zurück.

So gingen die Jahre dahin, ich wurde von einer zur anderen Klasse bis in die letzte versetzt, zwischendurch gingen die besseren Schüler, die besser Rechnen und nicht nur das konnten auf die höheren Schulen, da war auch Helge Andersen dabei, mit dem ich befreundet gewesen bin. Der Mann, der später das Spiel mit der SCHWARZWALD KLINIK ENTWICKELTE und das Buch dazu wurde dann verfilmt. Auf dem Schulwege nach Hause, er wohnte mit seiner Mutter damals in der Brix Straße auf Jürgensby wollte er mich für

148

seine Spielfreude gewinnen, mich war zwar von ihm angetan, doch wir spielten wenig, ich mit den Eltern, was so der Mode entsprach, was sie alle damals spielten, als es noch keine Fernsehgeräte und wenig Unterhaltung gab, das war in erster Linie Mühle, Halma, Ecks, Mensch ärgere dich nicht, Lotto Toto und das war es denn schon gewesen. Helge spielte alles, was er in die Hände bekommen konnte. Er kam in die Goethe Schule am Bremer Platz und später zog er als Lehrer wie ich es spät von ihm selbst erfuhr wieder dort ein, als Lehrkraft. Er hat heutzutage den Kellerraum voller Spiele, es müssen wohl tausende von Gesellschaftsspielen sein, auch mich hat die Sammelwut des Lebens gepackt, es sind Filme geworden, internationale Filme auf VHS, auf Super 8 und später auf DVD, außerdem leise ich gute Film Buch Literatur und habe bisher Film Plakate und Fotosätze von Spielfilmen gesammelt. Leider ist jetzt alles ONLINE, es gibt keine FILM PLAKATE mehr in den Kinos und die drei Ausstellungs Stücke müssen an den Verleiher zurück. Was man gesammelt hat, behält man auch, es ist unwiderbringlich. Ich traf Helge nach vielen Jahren wieder, es mag wohl 2008 im Postamt zu Flensburg am Bahnhof gewesen sein, dort stand er mit seiner Klasse und sah zu mir hinüber. Wir sind pensioniert, er macht Kurse und Werbung für seine Spiele und erklärt sie dem Laien, selbst hatte er wohl das Spiel der Schwarzwald Klinik erdacht und erfunden, was ja verfilmt wurde und hat ja wohl auch ein Buch darüber verfasst, aber er ist kein so gewaltiger Historien Autor wie ich geworden. Nun, wir haben wohl beide unsere Lebenswerke vollendet und versuchen daraus zu machen. Die St. Jürgen Knaben Schule ist die alte geblieben, im Mauerwerk und auch sonst so erhalten, wie sie damals gewesen, als wir noch unbedarfte Kinder gewesen, die unschuldig mit großen Kindes Augen in die Welt geblickt haben. In den Räumen der

Schule hat sich nichts verändert, der Rundfunk ist in Parterre eingezogen. Ich fahre oft daran vorüber, wenn ich meine Freunde in der Caritas am Hafen besuchen komme und es kommt mir vor, als wäre es gestern erst gewesen, als ich nach langem Warten die Schulzeit beendet hatte. Die letzten zwei schweigsamen Jahre müssen schrecklich für mich als heranwachsender, jugendlicher gewesen sein, so sehr kann der Einfluss eines gehässigen Menschen die Mitmenschen, damals Schul Kameraden beeinflussen und ich wollte danach mit niemandem von ihnen jemals etwas wieder zu tun haben. Fräulein Dora Locher sah ich eines Tages plötzlich und unerwartet wieder. Ich war Foto Abteilungs Leiter beim Kaufhaus Quelle Flensburg, Südermarkt, da stand sie vor mir, die ältliche Jungfer und brachte Negative zum Entwickeln, dann kam sie noch einmal, sie muss da 85 Jahre alt gewesen sein, holte die fertigen Fotos ab, besah sie sich lange, ich erkannte sie sofort wieder, da meinte sie ernst:"Das sind Fotos aus meiner Jugendzeit,als ich noch ein junges Mädchen war," dann war sie fort und ich wusste nicht, ob ich sie ansprechen sollte, oder nicht. ich unterlies das, heute bereue ich das, war ich doch einst der kleine Knabe gewesen, der von ihr eine eins Plus für das Gedicht VON RIBBECK AUF RIBBECK IM HAVELLAND bekommen hatte.

Erwähnenswert wäre es noch zu berichten, da ich auch heute noch ein großer Kino Gänger, ein Film Freund bin, das wir oft im PALAST LICHTSPIELE nicht weit von der Schule auf Jürgensby gewesen sind, die Lehrer kauften für uns die Sonderkarten und auch privat bin ich dort oft gewesen. Unvergessen die großen Monumentalfilme der Welt SALOMON UND DIE KÖNIGIN VON SABA...BEN HUR... KÖNIG DER KÖNIGE... SODOM UND GOMORRHA... BLUT ÜBER JERUSALEM...EL CID ....IN ACHTIG

TAGEN UM DIE WELT...SAMSON UND DELILAH... DIE
NIBELUNGEN, SIEGFRIEDS TOD... DER SCHWARZE
PRINZ::: QUO VADIS... DIE WIKINGER...
ZWANZIGTAUSEND MEILEN UNTER DEM MEER mit
Kitrk Douglas und James Mason, dann in den
Jugendvorstellungen PAT UND PATACHON, LAUREL UND
HARDY, CHARLIE CHAPLIN, BUSTER KEATON,
ABBOTT AND COSTELLO, HARALD LLOYD und nicht zu
vergessen die TARZAN FILME mit LEX BARKER UND
JOHNNY WEISSMÜLLER, die drei MUSKETIERE, DIE
MANTEL UND DEGEN FILME MIT EROLL FLYNN UND
DOUGLAS FAIRBANKS und die schönen deutschen
MÄRCHENFILME, die KARL MAY FILME MIT BRICE
UND BARKER, an die endlosen Wiederholungen der
MÄRCHENFILME IM FERNSEHEN GAR NICHT ZU
DENKEN. DAS WAR ES DANN GEWESEN.

PS. Zum Schluss einsetzen... Was die ganze Schulgeschichte
mit dem Warten zu tun hat, da habe ich auch ernsthaft darüber
nachgedacht und ich sage Ihnen. Eine ganze Menge ist mit dem
Thema des Wartens verbunden. Die Kindheit kann eine
entsetzlich lange Zeit ohne Ende sein, es geht ja um das alte
Thema Menschwerdung und die Schule bereitet uns auf den
ernst des Lebens vor. Bis wir fit sind, das kann ein
dornenreicher Weg sein, bis die Routine eines Tages alles
ausgleicht. Menschwerdung, sich selbst finden, was erwartet
man eigentlich vom Leben, schließlich muss sich jeder Mensch
in die Zeitschleife einreihen, denn nach der Schule erwartet uns
gleich ein neuer Lebensabschnitt und da kann man am Anfang
sehr schnell ins kalte Wasser geworfen werden. Der junge

Mensch muss sich erst einmal an die Zeit gewöhnen, es ist ein langsamer Prozess, denn Zeit ist unendlich. Zehn Jahre Grundschule kann für manchen von uns ein warten ohne Ende bedeuten, nur die Ferien zum verschnaufen lockern den Disziplin ein wenig auf. Das Leben geht schneller zu Ende als mann es sich in den jungen Jahren vergegenwärtigen kann, plötzlich ist man älter, also alt geworden und das ist nicht so wie man es sich vorgestellt hat, eine Jahreszahl zum Beispiel über siebzig und achtzig Jahre erreichen, das Alter ist zumeist mit Krankheit verbunden, schlechte Augen, Schulterschmerzen und Arthrose, Schmerzen in den Gelenken, in den Füßen, die Zähne lockern sich, sie brechen, Zahnersatz, Kronen müssen sie ersetzen, Rückenschmerzen, Herz und Kreislauf Beschwerden. Das kann mit den Jahren schlimmer werden und es geht nicht immer um anfängliche Weh Wehchen. Wer sportlich bleibt, gesund lebt, isst und trinkt und auch mal ein gutes Buch zum lesen in die Hand nimmt wir nicht Demenz krank, wir wollen es hoffen.
Als ich meinen alten Schulkameraden Bernd Bothge gezwungener weise in der Lise Meitner Straße in seinem protzigen BEG MAC Restaurant besuchte um vergebend nach einer Anstellung zu fragen, wusste ich gleich bei seinem Anblick, woran ich war, er hatte sich nicht verändert, ich erkenne das auf den ersten Blick, dafür besitze ich das passende Einfühlungs Vermögen, ganz im Gegenteil, von ihm war keine Hilfe für seinen älteren Schulkameraden zu erwarten (Wir haben einen Sozialstaat, der kommt für dich auf und ein Abschreibe Brief)wir können leider nichts für sie tun...Punkttum , und das bei meinen drei erlernten Berufen) Seine Zeitangestellten in der Küche waren Chinesen mit überlangen Fingernägeln, die damit wohl die Kartoffeln schälen mussten, ernn sie scharf und spitz genug sind, dann die

Japanerinnen immer höflich, doch gezwungener Maßen höflich, dann schwarze Weiber, die die Dreckarbeit in der Küche, abwaschen und abtrocknen mussten, kleine, dahin huschenden und parierenden Ausländer,n die für ihn die Beg Mäcks und die Bratwürste aus dem Feuer holen mussten. Er hatte einst in Flensburg Weiche die Kantine seines verstorbenen Vaters weitergeführt, da muss er gut verdient haben, so das er sich diesen Fressens Palast in Flensburg leisten konnte und sieht man einmal von der sündhaft teuren Reklame im Fernsehen ab, wo er und seine anderen Chef Kollegen die grinsenden Sklaven Darsteller zwingt, mit großer gespielter Lebensfreude in die Hamburger zu beißen, das ihnen der Senf, der Ketchup und die Zwiebeln nur so über Mund und Wangen laufen, so hat er sich zum Beg May Millionär gemausert, ob er Familie hat, bei diesem Charakter, ich weiß es nicht und wünsche ja keinem Menschen etwas schlechtes, aber ich befand, die Nichthilfe war der Abschluss der Schlechtigkeit, denn hier im beginnenden Alter so um die 60 Jahre hätte er Gelegenheit gehabt, seine bösen Schultaten mir gegenüber wieder gut zu machen. Selbstverliebt, gehässig, neidisch und missgünstig, Geld versessen wie viele Menschen sind wünschen sie keine Veränderung, Sodom und Gomorrha. Eines Tages wollte er nun spät abends nach dem vielen Geld zählen noch zur Bank und zur Handelskammer, um ein Referat zu halten, stieg in seinen Wagen und packte ihn mit den Geldkassetten voll, er kam nicht weit, denn die Stunde des Schicksals hatte geschlagen. Eine Windbö fegte über seinen Glas Palast hinweg, die schwere Beg MACK KRONE, die diese Restaurants auf dem Dach haben kippte vornüber, die schweren Befestigungsseile, die Halteketten rissen, das Mordsding viel zu Boden und erschlug den alten Bösewicht in seinem Gefährt. Ich habe nicht in der Zeitung gelesen, das ein

153

Hahn nach seinem unseligen Ende krähte, eins weiß ich aber genau, wenn es eine Schicksalsgöttin gibt, dann hat sie seine Absage an mich und mein Leben bitter gerächt. Das war das eigentliche Ende der Schulzeit, das Ende des Bösen und sie hat eine Wartezeit von sage und schreibe 56 Lebensjahren in Anspruch genommen, wenn das keine Wartezeit ist bis der Arzt kommt, ist wo einem das Hören und das Sehen vergeht, dann weiß ich es auch nicht.

6. DIE ZWEI SPIELFILME auf SUPER 8, DIE ICH UND MEIN FREUND ERWIN IN FLENSBURG DREHTEN.

Ich lernte Erwin Kobarg im Kaufhaus Hertie kennen. Ich war damals kaufmännischer Angestellter in der Autozubehör und Camping Abteilung und er einfacher Waren Auffüller in der Parfümerie Abteilung. Der musste ran, ich weniger. Peter Bierfreund, mit dem ich in der selben Abteilung arbeitete stellte mir Erwin einmal währen der Mittagspause vor, wir kamen schnell ins Gespräch, denn Erwin und ich hatte beide ein Hobby, das Filme sammeln und nicht nur das. Wir beide waren von lustigen Horrorfilmen, überhaupt von Spapstick Filmen wie von Laurel und Hardy und Charles Chaplin höchst angetan. Ich lud beide Freunde zu meinen Super 8 Vorstellungen ins Haus nach Adelbylund ein. Ich wohnte damals in den 70 ger jahren noch in Flensburg im Angelsunder Weg und da nahmen meine Filmbestände stetig zu. Man musste aber aufpassen, denn Super 8 war ein teures Hobby und später kam auch noch das Filmen mit der eigenen Filmkamera dazu. Wir verabredeten uns viele Male, einmal bei mir, einmal bei ihm und erzählte beiden von meinen Plänen Drehbücher zu schreiben und selbst Hand anzulegen, Spielfilme zu drehen.

154

Erwin war ein lustiger mann, er hatte seine Fehler, die hat wohl jeder und sein komischer Freund hieß Herrman Nobis, er war ein einfacher Handlanger, eine ungelernte Kraft wie Erwin Kobarg .Waren Auffüller im Erdgeschoss von Hertie in der Lebens Mittel Abteilung, ein kleines, flinkes, hässliches Wiesel von Gestalt wie der Zwerg Nase höchstpersönlich aus dem gleichnamigen Grimmschen Märchen mit einer schrecklich rauhen Stimme, aber ängstlich darauf versessen seine Arbeit so gut wie möglich zu machen, so rauschte er wie ein kleiner Zwergen Wirbel Wind durch die Jahre hindurch, immer fleißig und treu, nie krank, aber er ließ sich auch nie einladen, denn die Kollegen wollten ihn verlachen schon alleine wegen seines grimmigen Aussehens, dabei war er harmlos wie ein kleines Kind. Erwin und Hermann, das war vielleicht ein Gespann.Ich hatte Glück, das waren zwei Typen wie aus dem Bilder Buch und sie würden mitmachen meinen Drehbuch Film Wirklichkeit werden lassen, einen Schmalfilm auf Super 8, für den ich eines Tages drei Tausend Dm hinblättern sollte für Drehorte, Kulissen und Kostüme in dem Dick und Doof Lachschlager...DICK UND DOOF, RINDVIECHER IN TAUSEND NÖTEN" den ich 1974 in Flensburg produzierte, mit viel Aufwand muss ich sagen, aber auch mit viel Liebe zum Detai. Nun spielte Herrman Nobis zwar nicht den Doofen, den Stan Laurel wie vorgesehen,, dazu hatte ich in der Auto Abteilung einen dämlich aussehenden Bauern aus Bärenshöft, das lag auf der Strecke nach Schafflund angesprochen, der eigentlich kam, um ein Auto Lade gerät bei mir zu kaufen. Wir hatten eigentlich zwei Typen im Auge für den Staun Laurel, aber Hermann Nobis viel aus, kam nur für lustige Nebenrollen in Betracht, weil er zu meinem Erstaunen ungeschickt und zu dumm war eine für uns so wichtige Rolle auszuüben, denn zu einer lustigen Slapstick Type gehört was,

155

nämlich Überlegung und Einfühlungsvermögen, Sachverstand,
beides brachte der Zwerg Nase nicht fertig, er sagte immer
nur :"KANN ICH NICHT!" „KANN ICH NICHT!"
„KANN Ich nicht!" Er konnte weder dies nicht das, der konnte
weder eine Türklingel betätigen, noch seinen Fuß über eine
Türschwelle ziehen, er hatte keine Kraft, er konnte nichts
behalten und schon gar nicht seine viel zu große Hose, da
rutschten ihm immer wieder die Hosenträger weg, dazu komme
ich noch später, dann sprach ich in der Auto Abteilung einen
hässlichen Kerl an, der ein übergroßes Kinn und dazu Glubsch
Augen besaß, er hatte eine selten dämliche Aussprache, war
aber von meinem Vorhaben sehr angetan. Wir verabredeten uns
in seiner Wohnung, die lag in der Bahnhofsstraße in Flensburg
und war ärmlich eingerichtet. Mc Hänsel wie wir ihn nannten
war ein einfacher Mann, genau so dumm wie Hermann Nobis
und ungeschickt konnte man sagen war er zwar nicht, aber er
war arbeitslos und wollte unbedingt mitmachen, das sei besser
als in der Wohnung zu hocken. Wir probten eine Weile hin und
her, er sollte ein weinerliches Gesicht ziehen, dazu sagen „Ich
kann doch nichts dafür, Ollie, es ist so über mich gekommen!"
Er sollte in Tränen ausbrechen und er sollte wütend werden,
wenn Ollie (Oliver Hardy ihm mal wieder unrecht getan hatte)
beide sollten sich gegenseitig auf die Füße treten und Mc
Hänsel sollte dem dicken Ollie nicht nur Nasenstüber
verpassen können, sondern ihn auch unsanft die Gurgel am
Hals drücken, so wie das eben in den Dick und Doof Filmen
vor geklommen war. Das ging alles recht gut und wir
verabredeten uns mit diesem Mc Hänsel, den Namen hatte er
nun für alle Zeiten weg für weitere Übungen zu unserem Film,
nebenbei mussten Erwin und ich unsere Arbeitsplätze in Hertie
passen und wegen unseres Filmvorhabens unsere Aufgaben als
Verkäufer und Substitut nicht vernachlässigen, das ging so

zwei Wochen. Ich ging mit Erwin an den Wochenenden zu Mc Hänsel, wir probten Szenen und Stücke ein zum Klaviertransport, beim Zahnarzt, im Krankenhaus usw., doch eines Tages kam mein Kollege Erwin aufgeregt in meine Abteilung: Er wäre außer Planmäßig abends mal zu Mc Hänsel in die Wohnung gegangen, die wäre voll von Polizei gewesen und der Doofe Star vor seinen Augen in Handfesseln verhaftet. Erwin berichtete, er hätte nur mit den Schultern gezuckt, den Blick zu Boden gerichtet, wo das längliche Kinn fasst ebenso den Fuß Boden berührte und kein Wort gesagt. Man hätte Erwin nach seinen Personalien gefragt und ihm erzählt, der Mc Hänsel hätte in Flensburg ein Niegel Nagel neues Motorrad gestohlen und müsse jetzt ins Gefängnis. Da war guter Rat teuer. „Der hatte die größten Glubsch Augen und das größte spitze Kinn, das wir je gesehen hatten, dazu die lasche, ungeschickte Haltung genau so wie bei Stan Laurel, was nun?" Erwin sackte ab:"Das wäre für mich der richtige Partner gewesen, da hätte die Leinwand gewackelt!" „Wir müssen uns einen anderen zweiten Mann besorgen, es hilft alles nichts," erwiderte ich brüsk," wir können nicht jahrelang warten, bis der Kerl aus der Haft wieder entlassen wird. Er war zwar unwiederbringlich in seinem dämlichen Gehabe und in seinem ganzen Äußeren, aber es hilft nichts, wir brauchen einen neuen Mann, der auch an den Wochenenden Zeit hat wenn wir drehen werden!" Nun kam in den nächsten Tagen wieder dieser Kunde zu mir, dem ich schon einmal begegnet war, der Bauer vom Lande, der aus der Gegend von Schafflund, aus Bärenshöft her kam. Ich sprach ihn im Kaufhaus an, der überlegte nicht lange, war Feuer und Flamme für mein Vorhaben:" Ich wollte schon immer zum Theater, aber wenn sich nichts anderes ergibt, spiele ich gerne in eurem Film mit und den Stan Laurel werde ich schon zu imitieren lernen!" Wir verabredeten uns also auf seinem Bauernhof in Bärenshöft, das ist die Strecke zwischen Schafflund und Niebüll wieder am Wochenende. Er schien mir in seinen Bewegungen und seiner Handhabung recht tapsig und unmöglich zu sein, wie man eben den Bauern von früher so einschätzt, dazu wollte er noch ein Auto Ladegerät von 10 Volt kaufen, doch wie ich den Preis kassieren wollte, war der Kerl unser nächster Kaniddat mit dem Ladegerät schon verschwunden, die Rolltreppe ins Erdgeschoss hinunter und über alle Berge. Ich sah mir die Augen nach dem Typen aus, da kam Werner Baumann zu mir und drohte mir mit dem Finger:"Ich habe genau gesehen wie Du ihm das Auto Ladegerät in die Hand gedrückt hast, du hast nicht kassiert und der Kerl ist über alle Berge!" „Das war keine Absicht Werner. Ich habe mich mit dem Mann unterhalten, ganz harmlos, dann drehte ich mich um um die Summe in die Kasse einzugeben, da war er schon mit dem Artikel über alle Berge!" „Gleich läufst Du hinter ihm her und nimmst ihm das Ladegerät wieder ab, ansonsten melde ich das unserem Abteilungsleiter Herrn Nickel, das kann unangenehm für dich ausgehen. Nun los, ich passe inzwischen auf deine Kasse auf!" Ich die Rolltreppe hinunter und erwische den Bauern noch eben am Ausgang unseres Kaufhauses, erkläre mich ihm, er kommt mit mir mit hoch rotemn Kopf zurück in die Abteilung, Werner schmunzelt:"Alles Gut!" Ich kassiere:"Alles bleibt aber beim Alten, wir treffen uns auf deinem Bauernhof am Wochenende!" „Wie abgesprochen. Den Bauern, der Name ist mir entfallen habe ich zwar im Kaufhaus nie wieder gesehen, doch Erwin und ich fuhren am kommenden Wochenende nach Bärenshöft hinaus und Erwin war schon sehr gespannt auf den Komplizen, der an seiner Seite den Doofen markieren sollte. Es ist von Schafflund aus nicht weit bis nach Bärenshöft, nach einigen Kilometerchen biegt man rechts bei dem Bundesstraßenschild

Bärenshöft einen Kilometer ab und fragt sich im Ort herum, wo
der und der wohl wohnen kann:"Ach der, ja der ist bekannt er
wollte immer in plattdeutschen Stücken auftreten und der Film,
der kommt ihm wohl wie gerufen," meinten die Anwohner in
Bärenshöft, dann kommen wir bald darauf auf einen etwas
entlegenen Bauernhof zu einer großen Scheune, wo Kinder
spielen:"Ich stelle den Wagen hier ab, Erwin, warte mal auf
mich und verlasse den Wagen nicht, der Schlüssel steckt!" Ich
gehe zu einer riesigen Holztonne vor der Scheune, ein kleiner
Junge und ein Mädchen haben riesige Milchbecher in Händen
und füllen sich daraus Buttermilch ab, aber was für Butter
Milch, sie ist dreckig und voller dicker Fliegen, die kommen
mit ins Glas und die beiden trinken das Gesöff mit allem drin
und drum den Hals hinunter:"Wo finde ich eure Eltern, ich bin
mit eurem Vater verabredet?! Die sind im Haus. Du brauchst
nur durch den Stall zu gehen, dann die Tür geradeaus!" Ich
gehe durch die stinkende Scheune, alles voller Heu, es stinkt
erbärmlich. Einige Kühe kacken und urinieren ins Heu. ich
finde in der Dunkelheit die Scheune, öffne die Tür, komme in
die Küche, kein Mensch, gehe ins Haus und öffne vorsichtig
eine Tür, da bin ich richtig, richtig, Zeit wäre es ja, ich sehe auf
meine Armbanduhr:"Drei Uhr nachmittags, der
Übungstermin!" In bin in der Wohnstube, auf dem großen Sofa
liegen die Eheleute und machen eine Nummer zu viel, der
Bauer blickt kurz bei der Arbeit auf, zieht seine Hose und sein
doofes Gesicht hoch, schlackert mit Mund und Augen:"Herr
Fischer, gehe doch schon mal vor auf die Weise, ich bin gleich
fertig, komme gleich nach!" Zieht seine Cordhose hoch und ich
verschwinde schnurstracks durch die Scheune zurück zum
Wagen. Erwin steht verdutzt vor meinem Auto, war
ausgestiegen, hat die Wagentür zugeballert, der Schlüssel steckt
im Schloss und ich bemühe mich vergebend, die Wagentür

wieder auf zu bekommen. Ich werfe Erwin ein wütendes Gesicht zu:"Wir brauchen ein Telefon, ich muss meinen Vater anrufen, kriege die Autotür nicht auf, er muss mir den Extra Schlüssel bringen. Wie kannst Du nur die Tür zuwerfen, wo der Schlüssel im Schloss steckt, nun ist guter Rat teuer!" Erwin spielt das Unschuldslamm und zuckt die Achseln:"Ich kann doch nichts dafür, Gerhard, das hättest Du mir doch sagen können!" Spieß umgedreht, ist Erwin alias Oliver Hardy so dumm wie Stan Laurel es war, es ist anzunehmen. Der Bauer kommt zum Übungsplatz mit hochgezogener Hose, die Hose rutscht, seine Hosenträger knallen über seine knöchernen Schulter Blätter hinweg. Sein Blick kommt wie aus einer anderen Welt, verschwiert, Traum verloren, , verschlafen, verständnislos. „Ich muss telefonieren, dein Filmkollege hat mir die Wagentür zugeballert, nun muss ich meinen Vater anrufen, er muss meinen zweiten Schlüssel bringen, sonst kommen wir hier nicht weg.Ich darf in der Bauern Stube telefonieren, die Bauernfrau wirft mir einen scheuen Blick zu, zieht ihre Schürze hoch und macht ins in der Küche einen starken Kaffee:"Hier ist Gerhard, Erwin hat versehentlich die Autotür zugeschlagen, der Schlüssel steckt und guter Rat ist teuer!" Nun soll ich die Sache ausbaden und euch wohl den Autoschlüssel bringen!" Vater ist wütend, aber ich erkläre ihm die Situation noch einmal und wie er uns erreichen kann. Es dauert eine geschlagene Stunde und mehr, der Bauer, ich und Erwin sind nicht in der Lage zu üben, der Bauer läuft mit den Händen in den Hosentaschen um seine Heuhaufen herum und sieht auf die Uhr:"Ich will um 18 Uhr Fußball gucken, wo bleibt denn dein Vater, soll er denn auch mitspielen?!" Erwin raunt mir unter der Hand zu:"Ob dein Vater mitspielen soll, der ist ganz schön Plemm Plemm,was. Sollen wir ihn üben lassen, wo hast du unsere Perücken? „Ich habe aber keine Lust zu

160

üben. Sitze in Angst und Schrecken". Da kommt die Bauernfrau mit den Getränken, aber sie hatte den Kaffee mit der Buttermilch und den Fliegen darin verwechselt. Ein schlimmer Fehler. Erwin und ich schütten das garstige Getränk ungesehen und ungenossen in die Brennesseln und verabreden uns eine Woche später. Mein Vater kommt mit seinem Wagen und dem Zweitschlüssel, blickt von einem zum anderen, schüttelt verständnislos mit dem Kopf, packt Erwins rechtes Ohr und dreht es um. Dann ab die Post, wir fahren hinter meinem Vater her nach Hause. Ich bringe Erwin in die Bach Straße, dort wohnt er im Dachgeschoss juchhe. „Also dann bis Montag, Gerhard, fahren wir wirklich am Wochenende wieder nach Bärenshöft zum Bauern, wenn der man nicht zu faul zum Grimassen schneiden ist. Hast Du gesehen, wie er mit den Händen in den Hosentaschen herumläuft, nichts mit sich und uns anzufangen weiß!" „Jetzt spielt er mit und Basta, Erwin, ich habe keine Lust mehr einen neuen Stan Laurel zu suchen. Er ist doof genug für die Rolle wie Du gesehen hast. Er und Du, ihr müsst tun, was mein Drehbuch euch vorschreiben, ich lese es euch vor und ihr habt diese Szenenfolge nach zuspielen und schließlich spielt der kleine scheue Herrman, unser schnelles Wiesel ja auch noch mit und viele andere Laiendarsteller!" Nun will ich kurz und schmerzlos beschreiben wie es weiter ging, ich musste ha auch noch für den Klaviertransport ein Pferd mit wagen beschaffen und das bekam ich in Husby, das dauerte bis ich es besorgt hatte und muße die Ausleihe bezahlen. Nun ging es los. DER KLAVIERTRANSPORT also. Baron Zwinkcer Auge (ein sehr großer Junge, der den Baron verkleidet spielte) hatte ein Klavier bestellt und Erwin und der Bauer fuhren mit der Kutsche und vier ineinander verschachtelten Fernsehkartons, die ich verschnürt auf meinem Auto daher bringen musste zu den großen Treppen Flensburgs in der Jürgen Straße. Erwin war zu dumm, das Gefährt zu lenken, das musste der Bauer übernehmen mit Zügel und Peitsche ging es zu den großen Treppen, wo wir ganz oben ein en Springbrunnen aus Plastik aufstellten, doch nun fehlte das Wasser dazu, das bekamen wir vom Kindergarten in einem großen Wasserschlauch serviert, der sich ständig selbstständig machen wollte. Der Kindergarten, der links oben neben den Treppen lag und mit dem Wasserschlauch füllten wir das Becken voll. Große Schwierigkeiten beim abladen des Klaviers, der Doofe zieht seine Schuhe am Kantstein hoch, dann die Treppe hinauf, wo Baron Zwinker Auge schon wartet"Beeilt euch, ich will Klavierspielen, wozu bezahle ich euch denn?" Weiter oben fällt Erwin rückwärts laufend schließlich in das Plastik Plantschbecken , dazu hatten wir ihn unter der Verkleidung in Plastik gepackt, das er nicht nass werden konnte. Ein Mordsspaß, leider konnte ich mit der Kamera im Anschlag nach der Szene nicht verhindern, das die ganze Gegend oberhalb der Treppe voll von Jugendlichen waren, die kamen danach und schlitzten mit Messern grinsend einer nach dem anderen den Plastikbrunnen auf, das Wasser lief die Treppen hinunter und Erwin hinter dem Klavier her, das ebenfalls die Treppen anstatt nach oben nun nach unten rutschte, da zog ein Konmparse unsichtbar die vier Papp Kartons, also das angebliche Klavier die Treppe hinunter, nun kam die Szene mit der Villa dran, mit der Leiter hinauf, denn am Balkon sollte ein Seilzug angebracht werden, das das Klavier hinauf befördert. Vorher versuchen die beiden vergeblich, der Bauer immer mit den Händen in den Hosentaschen und höchst dümmlich dreinblickend die Tür Klingel des Barons zu betätigen, es kommt keiner, der Baron ist ausgegangen. Der Bauer zieht das Klavier hinauf, der Seilzug reißt und fällt auf Erwin, der zappelt unter den Papp Kartons hilflos hin und her, der Baron kehrt heim, nimmt eine Axt und zerschlägt seine Bestellung, ruft die Gendarmerie und die verfolgen nun das dümmliche Paar Erwin und Bauer die Straße hinunter und aus dem Blickfeld. Eine andere Szene spielt in der Wohnung bei Dick und Doof, also in Erwins Wohnung, wo Erwin Geburtstag hat, da steht eine Torte auf dem Stuben Tisch, die ist voller Fliegen, der Bauer greift zur Klatsche und erschlägt die Torte mit den Fliegen, der Kuchen spritzt und die Sahne landet auf dem Jacket und Gesicht des Dicken. Eine andere Szene spielt im Treppenhaus, Erwins Treppenhaus, sie sind Staubsaugervertreter und wollen Herrman Nobis, dem wilden Boxer, das kleine Lebens Mittel Waren Auffüller Wiesel von Hertie einen Staubsauger verkaufen, der wehrt sich aber, bekommt einen Faust Schlag auf die Nase, Erwin alias Dick taumelt die Treppen hinunter. Eine andere Szene spielt beim Zahnarzt in der Lise Meitner Straße, wo den Patienten die Hosen von den beiden herunter gerissen werden. Hermam Nobis erscheint nun mit grauer Perücke und roter Nase, wäscht sich die Hände und zieht Zähne, einen Riesenzahn erwischt er bei Erwin und zeigt diesen auch dümmlich drei schauend dem Publikum. Dann spielt Hermann Nobis ein Bauernmädchen, verkleidet mit rotem Kopftuch und Rock, das auf dem Felde einen Blumen Strauss pflückt, läuft vorbei an den Landarbeitern Erwin und Bauer (Dick und Doof) die gerade große Pfähle mit Gummy Hämmern in den Boden schlagen, um den Acker zu umzäunen. Herrmann als Bauernmagd foppt den Dicken, der läuft hinterher um das angebliche Mädchen zu fangen, stolpert dabei über einen Baumstamm und fällt dabei ungeschickt in eine Schlammpfütze.Ende gut, alles gut. Dann entliehen wir uns vom Autohandel Nehrkorn einen Oldtimer, damit geht es ins

Krankenhaus, denn Erwin alias Ollie ist krank, er hat ein riesiges, gebrochenes Gipsbein und liegt im Krankenzimmer, das Bein am Galgen vom Krankenbett. Der Bauer will ihm eine Tüte mit rohen Eiern und Nüssen bringen, obwohl er weiß, das sein Freund beides nicht mag, dann sieht man die beiden im Wagen davon rauschen, eine riesige Staubwolke hinterlassend, die die ganze Klinik einhüllte. Ich war der Übertäter, der unter dem Wagen lag mit einem Feuerlöscher. Danach gaben wir die Filmarbeiten auf, weil uns das Gehabe und die Faulheit des Bauern aus Bärenshöft nicht gefiel, sie passte nicht in die Filmszenen und wir gaben den Film verloren. Dreitausend DM hatten Film Material, Kulissen, vor allem das Pferd Fritzke gekostet, die Nebendarsteller mit eingerechnet, das war verlorene Zeit ein Warten ohne Ende auf den Schluss der Dreharbeiten gerechnet. Der Arzt kam zwar erst später bei Erwin Kobarg, als wir viel später es muss 1974 einen lustigen Horrorfilm bei der Getreude Mühle in Adelby fix und Fertig abgedreht hatten. Es ging auch hier um das Wiedererwachen des Grafen Dracula, der seine Monster von Frankenstein, Werwolf, Munie und den Ghoul aus den Särgen herbeiruft um die Welt Herrschaft über die Menschen zu übernehmen. Die Dreharbeiten waren gelungen, wir drehten in der Wanderdüne in Westerland Sylt, wo wohl heute noch im Wüstensand vergraben unsere hölzernen Pyramiden Platten vergraben sein müssen, wir drehten im Walde bei Krusau, in einer Gastwirtschaft und schließlich in der Mühle in oberen Stockwerk selbst, wo Dr. Dracula sein Labor hat, das ich eingerichtet hatte und das Frankenstein Ungeheuer zum Leben erweckt.Werwolf und Dracula geraten aneinander , dann gibt es noch einen deftigen Zweikampf zwischen Munie und Frankenstein und die Männerwehr ist schließlich wegen der grausamen Bluttaten informiert, kommt mit fackeln daher, steckt die Mühle in Brand. Da sieht man am Schluss die Miniatur Mühle brennen und Erwin als Gendarm verkleidet wird nicht müde, seine Fackeln in jede Mauerritze zu stecken. Wie ich schon andeutete, wir beide blieben ein Leben lang Freunde, doch Erwin war ein Vielfraß sonders gleichen, er holte sich bis zu sechs Nachschläge in der früheren Kantine von Hertie und dann kamen die Kollegen immer um ihn beim Essen über den Tisch zu sehen und zu bestaunen. „Was tue ich am liebsten, essen, essen, essen,! Prahlte er vor Jahren bei meinem Besuch in seiner Junggesellen Bude!" ich hatte ihn noch gewarnt. Er musste wegen seiner Fettleibigkeit ins Krankenhaus und dort wurde dann sein fett vom Bauch abgesaugt. Der Arzt hatte ihn vorgewarnt nicht mehr sondern weniger ist mehr zu essen und obwohl er nun wusste, was so ein Krankenhaus Besuch bringt und er eine schlimme Operation hinter sich gebracht hatte, fraß er sich tot. Er hatte auch zwei Schwestern, die sich nie um ihn bekümmert hatten, die ihn nun beerben sollten. Als ich nach Monaten wieder besuchen wollte, um ihn zur Flensburger Tafel nach Duborg zu fahren, berichteten mir die Nachbarn im Hause von seinem Todeskampf eines Nachts im Mietshaus, da schrie er mitten in der Nacht Schmerzen und Herztod laut hinaus, so fand ihn dann schließlich der Arzt, berichtete mir der Nachbar.Splitternackt neben dem Bett liegend, die Bettdecke verkrampft im Mund mit offenen, Angst geweiteten Augen, die Arme weit von sich getreckt und rings ums Bett verteilt Kartoffelsalat und Knackwürste in rauhen Mengen. Warten bis der Arzt kommt, sein bitterster Alptraum war wahr geworden. Unsere Traum Spielfilme auf Super 8 zu drehen hatten wir teils teils erreicht, lustige Foto Alben gefüllt, aber viel Zeit war auch zwischen den Spielfilmen verstrichen, die sind in den Jahren 1972 bis 1974 von mir selbst in Flensburg abgedreht

worden. Erwin Kobargs Hinterlassenschaften sollen zwei
Zentner grüner Tee in Säcken gewesen sein, die ich ihm einmal
geschenkt habe, denn ich war auf einem Teelager bei Fahrdorf
viele Jahre gewesen und das war sozusagen ein Abfall Produkt
gewesen. Er trank auch nebenher Unmengen von Tee in seinem
geliebten Keller den er mit teuren Karara Marmor Kacheln
ausstaffiert hatte, wo er gelegentlich einen sein Bett aufschlug
und fern sah, ein alter, vermuggelter Keller Raum von
vielleicht fünf Quadrat Metern. . Er hatte eines Tages fünfzehn
Tausend DM aus seiner langjährigen Lebensversicherung
ausbezahlt bekommen, , hatte er das ganze schöne Geld in die
Verputzung seines kleinen Kellerraumes gesteckt, anstatt sich
einmal im Leben oder drei mal schöne Reisen zu genehmigen,
oder in eine bessere, geräumigere Wohnung umzuziehen, saß er
lieber in seinem dunklen, feuchten Keller bei Wasser und Brot,
denn er besaß nur eine kleine Rente. Der Personalchef von
Hertie hatte ihn nach 2o Dienstjahren entlassen aus irgend
einem unersichtlichen Vorwand, wie er mir später berichtete,
sie wollten ihn einfach loswerden. Das Erwin in dieser Zeit
seiner Tätigkeit auch Seife, Parfün und Toiletten Artikel, auch
Toiletten Papier aus seiner Auffüll Abteilung geklaut hatte,
hatte wohl ich, aber sonst niemand anderes mitbekommen.
Seine unbedarften Schwestern müssen seine kleine Wohnung
wohl leer geräumt haben, er sammelte in seinen letzten Jahren
tausende von schmutzigen Puppen, die er in den Straßen von
Flensburg suchte und fand, die fanden dann Platz in seinem
Stuben Sofa, da war dann selbst für ihn kein Platz mehr frei,
selbst auf dem Fuß Boden und in der Fensterbank lagen die
Puppen verstreut umher, er griff dafür auch ungeniert in die
Müll Tonnen und die Papier Körbe ungeniert, einmal sah ich
ihn in Straßen mitten der Nikolai Straße auf dem Pflaster
sitzen und ausruhen und neben dem fotografieren, was er

glänzend konnte sammelte er Porno Filme, möglichst dänische und Super 8 Filme, jedoch in geringeren Ausmaßen , denn ich hatte ja mehr Geld als er gehabt. Ich hätte nun zu den Schwestern fahren können und sie um Super 8 Filme und Fotos aus Erinnerungen unserer Arbeitszeit in Hertie und aus unseren Spielfilmen bitten können, er hatte auch fünfzig Schellack Platten gesammelt, wollte jedoch mit den alten Geschichten nichts mehr zu tun haben und ließ den ganzen Kram sausen. Erwin hat nie darauf gewartet, bis der Arzt kam, der Arzt kam zu ihm, dann kam er auf Grund seines Übergewichtes ins Krankenhaus, dann wieder nach Hause um seinen alten Gewohnheiten nachzukommen und die drehten sich nur um das Fressen, aber ich will gerecht sein, nicht um das saufen.

Er hatte seine Zeit gehabt, denn vierzig Jahre hatte er in der Bachstraße gewohnt, den ganzen lieben Tag lang auf dem Sofa mit den aus allen Flensburger Straßen gesammelten, schmutzigen Puppen im Morgen Mantel herumgelungert und die Wohnung verwohnt, besonders der Elektro Herd war gellblich dreckverkrustet und nicht wieder blank zu putzen, das war denn auch das ungenießbare Fett von Fleisch Rückständen gewesen, das er täglich verputzt hatte, es kümmerte sich niemand um ihn und da hat er sich dann zu Tode gefressen gehabt.

7. ZUR MANGA FILM BÖRSE NACH HAMBURG EIMSBÜTTEL

Im Leben haben wir alle so unsere Freunde und meinen Freund aus Hamburg dessen Namen hier nichts zur Sache tut hatte ich durch einen Zufall kennengelernt. Ich kaufte damals bei der ATLAS FILM Super 8 Komplette Spielfilme von Charles

Chaplin, darunter waren THE KID, ZIRKUS, MODERNE ZEITEN, GOLDRAUSCH, LICHTER DER GRO?STADT, DER GROSSE DIKTATOR UND MODERNEV ZEITEN, meistens waren die Super 8 Filme auf 120 m Rollen und so ein Spielfilm war dann 4 – 5 Mal 120 m lang mit der Tonspur, die waren teuer, da konntest Du bei so einem Film mit fünfhundert bis leicht tausend DM rechnen. Das lag am Film Material, denn so ein Acetat oder POLYESTER STREIFEN von einem Meter kostetet sage und schreibe 1 DM, da kamen dann bei einer Spule von 120 Metern leicht 150 DM zusammen.

Nun, mir fehlte der vierte und letzte Teil von MODERNE ZEITEN, denn Atlas Film hatte nur noch Rest Bestände und meinte, sie können sich ja Mal um bekannten Kreis erkundigen, da tauchen denn auch einzelne Teile auf. Und tatsächlich ich bekam einen Tip und mein Freund hatte gerade den fehlenden Teil doppelt , ich zahlte und bekam den teil prompt geliefert, den ich heute noch im Besitz habe, denn CHARLES CHAPLIN komplett Filme verkauft man nicht, die werden Sammlungen einverleibt.

Früher gab es in Hamburg am Besenbinder Hof jedes Jahr ein Film Sammler Treffen und der Eintritt kostete pro Person 10 Euro, aber da konntest Du auch alles bekommen, was man so als Film Samlmer gerne sein eigen nennen möchte. Vom tollen Film Buch über die VHS Kassetten, von alten, wertvollen Film Plakaten bis zu Kino Aushang Fotos, vom Projektor Birnen Zubehör bis zur Leinwand, von seltenen kompletten Super 8 und Normal 8 Spielfilmen bis zu den DVD'S und das waren Anfang des Jahres 2000 noch nicht viele Titel, wenn ich überlege, heutzutage gibt es tausende davon im Verkauf. Es war eigentlich ein ständiges Warten von einer Film Börse bis zur nächsten, früher traf man sich am Hamburger Hauptbahnhof zu jeder Börse, das war zwei bis drei mal im

168

Jahr, wir gingen am Hauptbahnhof schick essen, hatten viel Zeit und einmal war auch unser Vielfraß Erwin Kobarg dabei, den ich wegen seines Mitspielens im Film Titel geadelt hatte, von nun an nannten wir ihn alle von Kobarg."Gerhard erwähnte, du bist sehr freigiebig und würdest das Mittagessen für für ausgeben," meinte Erwin anzüglich zu meinem Film Freund, aber das hatte er sich erstaunt angehört, nichts erwidert. Jedenfalls waren das herrliche Zeiten gewesen, nicht wie heutzutage, wo man wegen der Bauarbeiten vor Stellungen stundenlang im Stau im Auto sitzen muss, nein damals war es noch gemäßigt, dann schon von Hagenbecks Tierpark aus mit der U Bahn in die Innenstadt und da war auf der Mönckeberg Straße was los, denn später kam noch das Kaufhaus saturn mit den vielen Etagen und den Filmabteilungen hinzu, da gab es nach der Börse noch viel zu entdecken. Heutzutage ist Besen Binder Hof gänzlich aufgelöst, schon seit Jahren, man fährt nach Hamburg Eimsbüttel einmal im Jahr reicht, ich hauptsächlich nicht, um mich nach DVD Filmen zu erkundigen, sondern um alte Comics von TARZAN aus den fünfziger Jahren zu erwerben, denn die habe ich als Kind gern gelesen und sie waren nie Schund Comics gewesen, denn die Zeichner der Comics waren Künstler ersten Ranges, das waren professionelle Kräfte aus USA wie Russ Manning, Elliot Celardo, Rubimor, Burne Hogarth gewesen (Tarzan Weekly Comic Pages...Edgar Rice Burroughs)das konnte man in hen bunten Seiten schnell erkennen. Damals 50 Pfennig ist ihr Sammlerwert ins unermessliche gestiegen, ich habe noch einige schöne aufbewahrt. Das jedoch beste Comic Anfang 1950 ist im Bilderrahmen verewigt und zeigt als Titel Comic Tarzan im wilden Kampf mit einem riesengroßen Löwenmann. Es gibt auch aus diesen Zeiten AKIM und TIBOR Comics im Groß und Kleinformat, das jedoch ist meiner Meinung nach ein müder Abklatsch zu den Tarzan Abenteuern von Edgar Rice Burroughs der insgesamt 24 Tarzan Romane geschrieben haben soll. Diese klassischen Romane wurden immer wieder zögerlich z.b. vom Heyne verlag herausgebracht, zudem waren es meist die ersten drei bis fünf Bände, mehr kannte man in Deutschland nicht, weil die Rechte daran wohl in den USA und zu teuer für deutsche Verleger war. Dann hatte aber doch ein Verleger aus Mecklenburg Vorpommern die Gelegenheit gehabt, sich die Rechte wohl nur für kurze Zeit zu besorgen, ich hatte zugegriffen und habe die Werke heute noch, schon säuberlich in Plastik verpackt, das war der Kranichborn Verlag. Bis jetzt bin ich nie zum Lesen gekommen, weil ich meine Historien Werke über viele Jahre hinweg geschrieben habe und hatte kaum die Luft in dieser zeit zum Atmen gehabt, nun da ich fertig bin werden immer wieder neue Wartezeiten durch Agent und Verleger eingeräumt sei es durch blöde Vergesslichkeit werden Akkaunts vergessen, der Datenschutz gilt auch leider für Autoren und die Agenten, die die schweren Aufgaben der Verleger übernommen haben, weil dadurch die Bücher wesentlich billiger veröffentlicht und gedruckt werden verschieben die Veröffentlichungen und die Freigabe, weil sie nicht einmal Zeit für zwei Minuten haben, Auftragserfüllung und Druckfreigabe dem Verleger mitzuteilen.Warten ohne Ende für mich als Autoren wieder einmal bis der Schmerz, dann erst der Arzt kommt, unendliche Wartezeiten sind angesagt. Unnütze Lügen schützen die vollen Auftragsbücher und meine Sache ist schließlich nicht so wichtig das ich nicht noch weiter warten kann, bis es dem Agenten in den Kram passt. Wie gesagt nur zwei Minuten am Leptop. Ich bin über siebzig, jeder Tag bis zum achtzigsten Lebens Jahr, so sehe ich das, ist kostbar wie Gold. Keiner weiß genau, wie alt er werden kann. Auch die Warte Zeiten von einer zur anderen Filmbörse ob es sich nun um die am Besenbinderhof oder die späteren in Hamburg Eimsbüttel handelt. Mein Fotoapparat wartet schon fast ein Jahr mit 36 Fotos darauf entwickelt zu werden, doch alles zieht sich derart in die Länge, ich habe erst dreißig Fotos und Rest sechs Fotos, das ich um die letzten Fotos fürchte, denn da will ich gerne mit meiner Zeichnerin im Bilde stehen, wie wir die Historien Werke veröffentlicht vom Verleger in Händen halten, mit aschfahlen Gesichtern ? Man wird sehen Auf der Filmbörse am Besenbinderhof war viel los, sie befand sich in vielen Räumen und sogar CDs mit berühmter Film Musik konnte man kaufen, auch gab es damals vor dem Jahre 2000 noch Super 8 Spielfilme, wenig Komplettfassungen, die konnte kaum jemand kaufen, aber es gab ein, zwei, dreiteiler allen Genres vom Abenteuer bis zum Dokumentarfilm, vom Western bis zum Slapstik Film, vom phantastischen bis zum Horrorfilm,die einfachen rot stichtig in schlechter Bild Qualität und wer Geld hatte wie ich damals kaufte sich auch noch komplette Fassungen dazu, die dezimierten zwar den Geldbeutel, aber das waren erstklassige Filme, klar und deutlich, wenn ich an die Hammer Filme von Rainer Stefan mit Christopher Lee, der eigentlich mal Opernsänger werden wollte, verklannt wurde und dann den Dracula spielte und Peter Cushing, den Altmeister des monumental Films. Es kam schon vor das es Händler gab, die auf ihren Tischen teure Video Filme in VHS anboten, die selten waren, so suche ich heute noch den Atlas Film der nur in geringer Stücklage vor vielen Jahren auf VHS angeboten wurde, den Lachschlager DIE FROMME HELENE mit Simone rethel, Theo Lingen in den Hauptrollen und die Regie führte Axel von Ambesser, gedreht so in den fünfziger Jahren. Was gab es da am Besenbinderhof nicht alles zu sehen, auch lebensgroße Papp Aufsteller aus allen Film Gattungen, Plastik Spielzeug aus STAR WARS FILMEN,

Gesellschaftsspiele, schönen Film Foto Sätze, echte Fotos und die Film Plakate aus den Kino Jahren der 40, 50, 60 ger Jahre, von denen nur wenig Exemplare übrig blieben, weil sie in Unkenntnis in die Mülleimer wanderten waren wohl sündhaft teuer. Wenn man wie ich und mein damaliger Hamburger Filmfreund Super 8 Filme, VHS Videofilme und teure Film Bücher sammelt, bleibt wenig Geld für Aushang Material übrig, es sei denn, das man noch heute alte Spielfilme auf DVD erwirbt, da kann es passieren, das die alten Plakate im Piccolo Format noch als Cover noch dabei in den Schachteln liegen. Was konnte man damals alles an schönen Film Büchern erwerben, da waren die Abenteuer Filme von Eroll Flynn und Douglas an erster Stelle, gebraucht waren sie im Preis erschwinglich oder Bücher über Monumentalfilme mit Tyrone Power, John Barrymoore, Yul Brynner, Charlton Heston, Kirk Douglas, John Wayne, Charles Bronson oder Horror Bücher mit Vincent Price, Boris Karloff, Lon Chaney Senior und Junior, Boris Karloff das Frankenstein Ungeheuer und Peter Lorre in unvergesslichen Rollen. Es gab Möglichkeiten durch Handeln die Preise zu senken, das ist auch heutzutage noch so. Einmal brachte ich von meiner Flugreise nach Italien aus Neapel, wo ich zwei mal gewesen bin mit dem Flieger Filme mit Bud Spencer und Terence Hill mit, die hatten unmöglichen, italienischen Ton und die habe ich dann auf einem eigenen Stand günstig veräußern können. Auf diesen Filmbörsen tummeln sich Sammler aus allen deutschen Landen herum das sind Leute, die keine Anfahrt scheuen und kommen sie noch so weit her. Es ist ja nicht jeden Tag Börse, da liegen Warte Zeiten von einem viertel bis zu einem halben Jahr dazwischen und in Eimsbüttel traf ich 2028 einen Comic Tarzan Sammler, selbst schon ein vergammelter, alter Mann, der mir auf meine Frage gewissenhaft antwortete und einen Preis Katalog vor die Nase

hielt, das die Tarzan hefte der 50 ger Jahre jetzt schon einen
Sammlerwert von bis zu tausend Euro besäßen wenn sie in
gutem Zustand wären und die früheren Herren und Eigentümer
nicht dummer und schändlicher Weise ihre Namens Initialen
auf die Titelseite verewigt hätten, dann kann man sie
schlichtweg vergessen. Jedenfalls hörte er sich meine Wünsche
freundlich an und erzählte, er hätte noch so einhundert alte
Comichefte aus den Anfängen der 50 ger Jahre in seinem
Besitz, nie abgegeben und wenn ich Anfang Dezember 2018
wieder zur Eimsbütteler Börse käme könne es wohl sein, das
er mir Hefte zwischen zehn und fünfzehn Euro abtreten würde,
den er stellte fest, das ich früher schon als Kind ein begeisterter
Tarzan Sammler gewesen war und auf meine Erzählung hin,
das mir als Kind zwei Schulkameraden einige Stapel der alten
Hefte ausgeliehen und nie wieder zurückgaben hüllte er sich in
Schweigen. Er hätte seine Hefte jedenfalls nie aus den Händen
gegeben. Auch muss man sich in acht geben mit dem
Fotografieren auf Film Börsen, egal, ob es nun früher im
Besenbinderhof oder heutzutage in Eimsbüttel der Fall ist. Es
sind zwar keine Verbots Tafeln vor den Eintrittshallen
angebracht, die gab es nie, aber wenn einer schreit, der hat
mich fotografiert zwischen all den Sammelleuten und hole
sofort den Film aus der Kamera damit ich ihn unbrauchbar
mache, da muss man sich wütend schnell verdrücken, denn die
bösen Saal Ordner sind nicht weit und drohen mit der Polizei,
die sie schon alarmiert haben. Überempfindliche, aggressive,
schweigsame, großmäulige, beschwingte, poltrige, ernste,
drängelnde mit Ellen Bogen Freiheiten, anmaßende, ängstliche,
wütende Personen, alles was keinen rang und Namen hat ist
vertreten, das hatte ich schnell heraus. Was gibt es noch für
schöne Sammel Objekte auf den Film Börsen, zum Beispiel
Sammel und Verkaufs Kataloge, der don Rohr Film Klassiker

aus der Schweiz mit den Super 8 und den Normal 8 Spielfilm Angeboten aus den 60 ger Jahren ist der schönste. Was wurde da nicht alles an Klassiker angeboten und da Geld genug da war, die waren teuer konnte man dieses und jenes erwerben.da waren die Klassiker von Laurel und Hardy, Haraold Lloyd, Chaplin, Buster Keaton, Abott und Costello, die drei Stooges, Pat und Patachon waren selten, alte Tarzan Filme von bis...Kriminalfilme, Heimatfilme, Horror Klassiker, Melodramen, Klassik, meist alles in schwarz weiß, Historien Filme, Liebes Filme, Abenteuer, Wild West mit Hoppalong Cassidy, Stummfilme mit Douglas Fairbanks und Mary Pickford, aber so ein kompletter Film auf Super 8 konnte schon tausend Dm vereinnahmen. Jedenfalls waren diese Kataloge sehr umfangreich und spannend durchzulesen und die kosten heute weil sie eben selten sind auch viel Sammlergeld, überhaupt, es gibt wohl nichts auf der Welt was nicht gesammelt wird, da haben wir noch viel zu tun, alles verschwindet sozusagen sang und klanglos in bundesdeutschen Archiven, so wie ich das heutzutage sehe. Von den alten Märchen Büchern von Grimm, Bechstein Märchen, Knaurs Buch der Schwänke, Tausend und einer Nacht über Hans Christian Andersen dänische Märchen, Karl May Romane, Bomba und Tarzan Bücher,dann die vielen Comic Hefte Robinson, Mosaik, Fix und Foxi, Micky Maus scheint unsterblich zu sein, denn alle Generationen haben die Comics schon ausgelesen, Fulgur, Nick, Kinowa, Sigurd, was gibt und gab es denn da noch u.a. Felix, Silberpfeil, Bessy, Perry, Ralf, Falk, Doktor Strange, Jerry Cotton, Professor Zamora, John Sinlclair, Perry Rhodan, Illustrierte Klassiker, Tex, Batman, Batman und Batgirl, die phantastischen Vier, Gespenster, Horror Schocker, Winnetou, Mad, Marvel Comics, Phantom und Popeye, dann natürlich Briefmarken, Münzsammlungen,

Gemälde, Aquarelle, Skizzen, Schmuck, edle Steine, selbst abgetragene Kleidung von Film und Song Stars, Musik Instrumente, ja auch Autos, gebraucht, Fahrräder, Waffen aller Art siehe DMA? Im Fernsehen, schnelle Schiffe, Ritter Rüstungen, Schwerter, ausgestopfte Tiere, Uhren, Film Kulissen unter dem Sand von Ägypten, wobei letztere Dinge natürlich und niemals auf Filmbörsen wie beim Besen Binder Hof und jetzt in den kommenden Jahren in Hamburg Eimsbüttel angeboten werden. In Hamburg Eimsbüttel sieht die Reklame wie folgt aus... Comic und Manga Markt Hamburg – Foyer HH Haus Eimsbüttel vom 02.06.18 und 01.12.18...freier Eintritt. Retro Game Börse am 24.03.18 Hannover FZH Dören am o6.10.18 Hamburg Haus Eimsbüttel, dann Blue Ray und DVD Märkte über Sex, Gewalt und Aliens, Sammler, Labels, Großhändler, Fans und Gäste sind vertreten und Angebote gibt es auf über einhundert Tische zu inspizieren. Na denn mal los. Da kannst Du ja verrückt werden bei so viel schönen Angeboten die sich hier auf den Sammler Börsen vor deinen erstaunten Augen ausbreiten. Übrigens, der Eintritt in den Saal, wo die Händler ihre DVD und Blue Ray Filme veräußern kostet sage und schreibe für jeden fünf Euro. Da so viele Menschen die Tische nach Sammler Objekten abgrasen ist es dort auch stickig heiß. Der Mensch sondert nicht wenig Wärme ab und vor der Tür steht immer ein Notarztwagen bereit, einen zusammengebrochenen in sicheren Gewahrsam zu nehmen. Wie gesagt, früher bis zum Jahre 2000 gab es die Film Börse in Hamburg nur am Besenbinderhof und jetzt wer weiß wie lange noch in Hamburg Eimsbüttel am Doormanns Weg. Ich treffe dort auf alte Bekannte und Händler von damals, die Leute sind irgendwie jung geblieben. Liegt es an der gesunden Ernährung, an der Freude am sammeln, am Autofahren vor Ort oder einfach nur am Geldverdienen. Die

Möglichkeiten sind unerschöpflich. Mein früherer Bekannter, von dem ich den ersten Teil auf Super 8 des Chaplin Filmes MODERNE ZEITEN erhielt, den hielt in Hamburg nach seiner Pensionierung nichts und niemand mehr.er hatte die Eigentums Wohnung seines verstorbenen Vaters, der in Lübeck wohnhaft gewesen war veräußert und der war wie er mir berichtete am Fernseher gestorben. Wie er zu Besuch kam bemerkte er Leichengeruch und da lag der Vater denn bei ausgestrahltem Fernseh Programm auf dem Teppich,Schlaganfall und auf der Stelle tot, der Fernseher flimmerte zuverlässig einige Wochen weiter bis zum auffinden. Hamburg ist schon ein schönes Fleckchen, wenn ich da nur an die Alster und die vielen Möglichkeiten rund um die Alster denke die sich einem bieten, dann Planten un Blomen, der Hamburger Hafen ist immer einen Bummel wert, vielleicht auch eine Schiffsfahrt nach Blankenese, dann lohnt auch ein Besuch im Hansa Theater am Steindamm oder im sündteuren Alsterhaus und natürlich Sankt Pauli, die große Freiheit, wo Hans Albers seine berühmten Spielfilme gedreht hat, zuletzt sogar im Krieg. Hans Söhnker, der andere bekannte Film Schauspieler, der übrigens ein Freund meines Onkels Kurt Fischer in Flensburg gewesen ist, hat mit ihm eine Möbellehre in der Roten Straße absolviert gehabt. Die Innenstadt Hamburg muss man gesehen haben und vor allem im SATURN mit seinen vielen Abteilungen gewesen sein.In den oberen Etagen gibt es riesige Abteilungen, die rund um die Uhr nicht nur DVD Spielfilme aus aller Welt anbieten, dort im Inneren gibt es auch ein Kino für Gäste mit vielen Sitz Plätzen. Die vielen Angebote habe ich mir auch immer wieder angesehen, da muss man schon viel Zeit mitbringen und ohne einen Film in der Hand geht man dort nicht wieder hinaus, das könnt ihr mir glauben. Besonders attraktiv sind natürlich die älteren Spielfilme aus der Stummfilmzeit, die nach und nach in den Handel gelangen, dann die Filme aus den Anfängen der Stummfilmzeit, dann die ersten Spielfilme mit Ton aus den dreißiger Jahren z.b. mit Hans Albers DER DRAUFGÄNGER und DER GRIEFER, wovon es dann später in den 50 ger Jahren Remakes gab.

Es gibt in solchen Kaufhäusern nicht nur alles was das Herz begehrt sondern das sind auch Einladungen für Diebe, die das alles gebrauchen können und so mir nichts dir nichts mal einen Film Klassiker unter dem Jackett verschwinden lassen können. Ich habe so einen Fall erlebt als ein älterer Herr, dem man es nicht ansah von einem Laden Detektiv angehalten wurde, ganz unauffällig versteht sich und der dann ins Büro gebeten wurde.

Nun die Wünsche der Menschen nach Film und Geld bleiben dieselben und so was wird immer wieder vorkommen, auch auf den Hamburger Büchermessen ist was gefällig und wenn die Betreiber abgelenkt sind, dann wird zugegriffen.

Ein kleines Restaurant befindet sich auch dort in den Ausstellungs Hallen und lädt zu einem Kaffee und Kuchen oder zu einem Schnell Imbiss ein, man kann dort auch Bier, einen Likör oder einen Sprudel zu sich nehmen, Hauptsache ist, das es schnell geht, denn wie wir wissen findet die Filmbörse nur alle viertel Jahr statt, beginnt am frühen Morgen und gegen früh Nachmittag ist Schluss.

Ich war zuletzt Ende März 2018 über die Autobahn nach Hamburg unterwegs, aber einmal und nie wieder, denn je weiter man nach Hamburg hineinfährt, desto unsicherer wird es. Es wird wohl noch lange an den vierspurigen Autobahnen gebaut werden und die sind kriminell schmal gebaut, das man mit dem Wagen kaum am Gegenverkehr vorbeifahren kann, das ist ja nicht das schlimmste. Ich fuhr in den tagen los, als die diese Fahrzeuge überall kontrolliert wurden nach den Abgasen.Zum Glück fahre ich noch einen alten VW Golf,

einen Benziner, jedenfalls fahre ich immer nur bis Hamburg
Stellungen über Hagenbecks Tierpark und biege in der Schleife
ab, weil ich mit der U bahzn entweder erst in die Stadt, dann
zur Film Börse fahre, an diesem besagten Tag ein Sonnabend
war ein gewaltiger Verkehr und ehe ich nun von der Autobahn
in die Schleife hineinfahren konnte stand ich in einem
geschlossenem Stau genau zwei Stunden lang, dazu kam die
anfängliche Sommers Hitze und selbst beim Scheiben hinunter
kurbeln lief mir der Schweiß von der Stirn. Die Polizei
kontrollierte in der Gegend die Diesel Fahrzeuge, aber das
Weiter Fahren ging nur im Schneckentempo, selbst in die
Innenstadt nach Hagenbeck hinein wurde langsam aber sicher
zum Problem. Auf die Rückfahrt freute ich mich schon und
promt hatte ich mich dann auch noch verfahren und das bei den
Autoschlangen. Wenn die Tankstellen nicht wären, sie zeigen
den schnellsten Weg zur Autobahn auf. Wie gesagt, sollte ich
am ersten Dezember noch einmal zur Film Börse fahren, dann
mit dem Zug von Flensburg nach Hamburg, das ist erst einmall
halb so teuer und viel weniger kriminell, denn D Züge kommen
in keinen Stau. Was wurde geschimpft und geflucht, die
Autoscheiben hinunter gekurbelt und geschrien, jedermann
solle schneller fahren, doch es ging nur Zentimeter um
Zentimeter weiter und man musste natürlich sehr auf der Hut
sein, das Fahrzeuig vor sich nicht anzufahren und das galt dann
auch für die Fahrzeuge, die hinter mir fuhren, doch sobald die
Polizei Kontrollen einen an den Straßenrand hinzu winken,
verhalten sich die meisten Verkehrsteilnehmer Mucks
Mäuschen Still. Das sind nicht mehr die freundlichen
Aufpasser von früher und schon gar nicht mehr dein Freund
und Helfer, es sind Geschäfts Leute die für den kleinsten
Schnitzer kassieren wollen und mit den Punkten sind auch
schnell die Führerscheine einbehalten. Der Bücher Bock war

übrigens auch wieder zur Stelle, er hatte gerade seinen Stand eingeräumt, er verkauft Film Bücher und dazu keine schlechten, doch ist er ein grantiger, unangenehmer Mensch. Ich ging an seinem Stand vorbei und bat ihn sich eben einmal meinen neuen Flensburg Krimi DER FILMSAMMLER zu betrachten und fragte ihn bescheiden wie es meine Art ist, ob er nicht einmal ein Foto von mir und meinem neuen Buch knipsen könne. „Sie sehen doch, das ich zu tun habe, kommen sie später wieder ,wenn ich fertig bin!" Sogleich legte er sein letztes Filmbuch zu den anderen auf den Tisch, da war er fertig und ich war es dann auch.Man kann es kaum glauben was für viele Horror und phantastische DVD Filme bei solchen Börsen angeboten werden, hier kann wirklich die Rede von Schund sein, aber sie würzen ja wohl den tristen Alltag mit Mord und Totschlag auf, die gehören zu den beiden Wichtigtuern im Fernsehen von Schle Fatz, dort stellen sie die Filme an den Wochenenden meistens an Freitagen ganz spät den Filmfreunden mit Sprechblasen vor, doch ehe der eigentliche Film überhaupt erst zum tragen kommt, haben die beiden lustigen Herren uns Zuschauern eine Menge zum erzählen über den Film der gleich kommen soll und das muss ich schon sagen, das ist schon kriminell, denn hier an dieser Stelle setzt wieder das lange W A R T E N ein, bis die beiden aus gesabbelt hatten und was noch krimineller ist, scheint mir die FERNSEH REKLAME zu sein, die alle viertel Stunde eingeblendet wird, dann heißt es erneut warten, bis es wieder weiter geht und ich schalte schnell zu anderen Programmen um und dann kann es passieren, und das fürchte ich sehr, das die Partnersuche kommt, ich Parschippe jetzt und dann muss man schnell ausblenden, denn dann heißt es spöttisch PARTNERSUCHE FÜR LEUTE MIT NIVEAU und ich frage mich jedes Mal, ob ich das Niveau auch besitze, das in solchen

Sets verlangt wird. Das tut richtig weh, das zu hören. Auch wenn ich keine Partnerin über das Fernsehen suchen will, aber ich fühle mich dann immer so ganz klein und in meiner Ehre gekränkt. Ich gehe dann in die seriöseren Programme, wie das Erste und Zweite Fernsehen oder gern in das ARTE, die haben Reklame nicht nötig, die haben genügend Mittel und Wege die nach Rom führen und können ihre Sendungen und Spielfilme selber finanzieren, sparen mit Beleidigungen, aber nicht mit guten Spielfilmen, Dokumentationen und Porträts von Filmschauspielern. Ich habe immer das Gefühl wenn sich die übertriebene, fröhliche Fernsehen Reklame mit Gewalt einblendet, das ich nicht lange zu warten habe, bis der Arzt kommt. Überhaupt finde ich es auch schrecklich, das die jungen Leute faulen und die weniger faulen Bundesbürger am Leptop sitzen und sich ihre Wünsche über das Internet und dann auch über Facebook holen, sie überweisen ihr Geld mit ONLINEBANKING und das über viele Jahrzehnte, das ist doch faul, anstatt so wie früher in die deutschen Kaufhäuser zu marschieren und die Kleidung von der Stange zu kaufen, die Haushalts Artikel, die Bücher, die Foto Artikel, die Kameras, die Süßigkeiten und den teuren Schmuck in den Kaufhaus Abteilungen selbst zu kaufen und was passiert, wenn man so etwas böses tut, es setzt ein langsames Kaufhaus sterben ein, es gibt wohl nur noch einige Karstadt Kaufhäuser und die Kaufhalle, die wollen sich ja wohl zu einer Fusion zusammenschließen. Na dann bleiben die uns wenigstens erhalten, fragt sich nur wie lange noch. Aber ganz klar, das Kaufhaussterben kommt doch nur, weil die Leute zu faul geworden sind vom Fernsehsessel und vom Schreib mit dem Computer wegzukommen. Wenn sie viel weniger imk Computer konsumieren würden und statt dessen in die Kaufhäuser gingen, dann leben die guten alten Läden wieder

180

auf. Man kann doch schick und gefällig mit den Nobelkarossen in die Parkhäuser fahren, gewiss, das kostet auch Geld, aber wo kann man noch umsonst parken, da wüsste ich schon viele Lösungen. Also, der Kunde ist König, er entscheidet über Sieg und Niederlagen der restlichen kaufhäuser Deutschlands und die mit dem Wohlstands Bauch wollen davon nichts wissen, die haben sich festgebissen, woran wohl. Mich kümmert das ganze Gehabe wenig, ich gehe in kein Kaufhaus, schon lange nicht mehr, ich hole meine günstigen Lebensmittel bei der Ein Euro Tafel, den Rest hole ich bei Aldi, zum Beispiel die Getränke und wenn ich Kleidung und Schuhe benötige, gehe ich zur Kleiderkammer oder zur Caritas, da kostet es gar nichts, das soll mir mal einer nachmachen. Aber auch hier kommen Sie nicht ohne Wartezeiten aus, wenn ich nur zur Börse will muss ich dafür auch etwas tun, in erster Linie viel Geld einstecken, mit dem Bank Automaten klar kommen, die lange Suche bis zur Autobahn, die ermüdende Fahrt und das erneute warten bis man am Ziel ankommt und da beginnt das warten erneut wenn man im Stau gefangen steht, dann das warten auf die U Bahn, die kommt aber meistens sehr schnell, der lange warte Weg von der u bahn bis zur Börse, das stundenlange Schnüffeln und Suchen nach den richtigen Objekten, in diesem falle nach meinen Tarzan Heften, denn die Filme hängen mit allmählich zum Halse heraus.Einmal sehen gut, zwei Mal sehen nie im Leben und warten das ein neuer Film auf der Blue Ray Leinwand meine langweiligen Abendstunden versüßt, zwischendurch wieder warten bis man mit dem Abendbrot fertig wird und dann ist der Film auch schon zu Ende.Ende gut alles gut, nächste kriminelle Geschichte, krimineller geht's gar nicht.

8. ALS DER ARZT NUN WIRKLICH KAM...

Doktor Willms kam wirklich einmal zu mir in meine Platz Angst Wohnung zum Hausbesuch um festzustellen, ob ich wirklich so schrecklich beengt in meinen zwei Zimmern auf dem Lande wohnte, wie ich es ihm in langen Sitzungen berichtet hatte. Er befand, aus jeder Situation solle man das beste machen und immer am Ball bleiben, den Auszug immer im Kopfe und eine größere Wohnung anpeilen, aber woher nehmen wenn nicht stehlen. Durch den schrecklichen Flüchtlings Zuzug die uns Deutschen langsam aber sicher die Wohnungen weg nehmen, dank Merkel bekommt die Angst allmählich die Oberhand, man zieht sich in seine kleinen Kämmerlein zurück, richtet sich ein und fühlt sich von morgens bis abends unwohl. Auf was warte ich da eigentlich noch, das ich gute Geschichten schreibe, die mir das Leben und den Alltag versüßt, auf meine ständigen Einfälle vom Mittelmäßigen bis zum Kuriosum, auf den nächsten Arztbesuch mit dem Blutdruckmessen und der Blutabnahme, auf das warten bis der zu hohe Blutdruck und die Ängste sinken, auf den kleinen Spaziergang nach dem Schreiben, da kann man lange warten, denn wenn ich viele Einfälle habe, komme ich erst gar nicht aus dem Hause, auf die Stunde, wo der Wasserhahn zu tropfen aufhört, bis die Milch überkocht, bis der NDR wieder aus dem Ausland von Mord und Totschlag berichtet,ich warte bis der Elektromeister den Zweitfernseher anschließt, den DVD Recorder repariert hat, das Ersatzteil besorgt und den Musik Sound so einstellt, das der Film nicht nur auf die Leinwand kommt, sondern auch im Fernseher gesehen werden kann, ich warte auf die Zeiten, bis die Fernseh Reklame der Vergangenheit angehört, da kann ich, da können Sie alle lange warten. Das Warten hat nie ein Ende, es gibt

182

immer einen Anfang und kein Ende in Sicht.Ich warte auf den Briefträger das er Rechnungen bringt, ich warte auf den Buch Händler, das mein bestelltes Buch endlich greifbar ist oder auf die Veröffentlichung des Verlegers, der mein neues Buch herausbringen soll. Wer schreibt da alles, viele, viel mehr als früher und man versucht immer besser zu sein als die anderen. Versuche einmal einen guten Kriminal Roman zu schreiben, die Leute lesen Krimis, wer liest die denn, welche Generationen, die Jungen, die Alten, so, so, so... Warum stellen die Buch Händler nur die Bekannten Bücher von bekannten betuchten Autoren in ihre Schaufenster denn nicht so bekannte Autoren wie ich schreiben auch nicht schlecht, aber die bringen ihm nun mal kein Geld ein und Lesungen bekommt nur der, der unentwegt schreibt, der sich die Veröffentlichungen leisten kann und der Buchhändler handelt eigenmächtig, spricht nicht darüber und lässt sich nicht in Diskussionen mit uns ein. Warten bis seine Kunden kommen und die Kassen klingeln, schon wieder ein Bestseller, nur meine Bücher nicht, weil ich so schnell keine Sponsoren finde. Erst einmal müssen die Bücher frei gegeben werden und vom Verleger veröffentlicht, dann geht das große Rennen los.Wir haben viele Adressen parat, nur was stellen sie für Bedingungen, können sie erfüllt werden ? Tausende von Buchwerken unter die Leute bringen, wenn und aber. Hat man denn überhaupt den langen Atem dafür, das als älterer Mann auf die Dauer durchzuhalten. Lest die Inhalte, verguckt euch in die Exposees, sie zeigen euch auf worauf ihr gewartet habt. Auch das Buch ist nur in deutscher Sprache geschrieben worden, denn in englischer Sprache liest es schon fast die ganze Welt, also einen Übersetzer finden und weitere Wartezeiten in Kauf nehmen. Zehn Jahre lang feste Schreiben, sich nichts gönnen außer ein gutes Mittagessen, einen guten Wein, ein Spaziergang in frischer Luft, der wieder

183

neu inspiziert, der den Geist beflügelt und ihn zu neuen Taten
anstachelt. Ruhig bleiben, wie das ? Wenn wieder nichts
passiert und es ein Warten ohne Ende gibt schreibt man ein
neues Buch um sich abzulenken, um sich die inneren Werte
nach außen zu kehren. Die Sinne werden beflügelt, doch der
Geist ist schwach und man zweifelt zuletzt an sich selbst. Es
gibt so viele Geschichten auf dieser Welt und von dieser Welt
zu erzählen, gerade bin ich dabei und schreibe euch eine.
Vielleicht diese. Ich gehe jede Woche einmal Mittwochs oder
Freitags zu meinem alten Hausarzt Dr. Willms, warte unendlich
lange in seinem Wartezimmer, das Warten nimmt kein Ende,
denn das WARTEZIMMER sitzt immer voll von Patienten, die
Schnupfen, Halsschmerzen, Krampfadern, Heimweh wie ich
nach Flensburg, eine Staublunge vielleicht, eine Fußverletzung,
einen Hautausschlag, einen Zeckenbiss der behandelt werden
muss, eine Grippespritze wirkt Wunder, Wunder über Wunder,
die Kinder werfen mit den Bauklötzchen und schreien Mord.
Schreien ist auch eine Krankheit, wenn es beliebt. Die Alten
haben Arthrose und Arteriosklerose, sie haben Haarausfall und
Darmbeschwerden, sie wollen zur Vorsorge oder RE HA Kur,
doch die Krankenkassen haben den längeren Arm. Was wären
wir ohne Sie, Herr Fischer schreiben sie mir, sie sind seit
fünfzig Jahren Mitglied. Herzlichen Glückwunsch, dafür kann
ich mir auch nichts kaufen. Mein Blutdruck schwankt hin und
her, ist das ein Wunder bei diesen aufgezwungenen
Lebensumständen einfach eine Wohnung fern der Heimat unter
bäuerlichen Fremden zugewiesen zu bekommen, der ständige
Kampf um die Gesundheit, die Augen haben Makula. „Das
sind die Sehnen, sie laufen zu viel," meint der Arzt, dabei muss
der Mensch täglich an die frische Luft. Stuben Luft verdirbt
den Charakter und macht schlechte Laune. Wenn es nur das
wäre. Ich muss warten, bis alle Patienten behandelt worden

sind, mit einem Klistier, mit einer Spritze, mit guten
Ratschlägen, mit einem Verband, mit Mundschutz und
Überweisungsscheinen, mit Rezepten über teuren Salben die
bis zu 20 Euro das Stück kosten, woher nehmen wenn nicht
stehlen, aber das paradoxe daran ist doch, wenn wir eine
Befreiung der Zuzahlungen erhalten und nun wird es schon
wieder kriminell, dann sind unter diesen Arzneien nur wenige
Tabletten und Salben die nicht bezahlt werden müssen, das
meiste kostet weiterhin viel Geld und zum Jahresende muss die
Befreiung wieder erneuert werden, sonst gibt es keine
Befreiung, sondern dann regiert die Unfreiheit. Wider das
vergessen, also nicht vergessen, die Befreiung zu erneuern,
sonst verfällt sie. Nach drei bis vier Stunden Wartezeit sind erst
einmal alle Micky Maus Comic Hefte verschwunden, die für
die Kleinkinder ausgelegt wurden:"Haben Sie eine Ahnung, wo
die Hefte hin sind. Hier sitzen von morgens bis abends viele
Patienten mit Kindern herum, da könnte es doch sein, da ich sie
immer zuletzt hereinrufe, damit wir die Zeit nutzen, um alles
zu besprechen was Sie auf dem Herzen haben, das sie hier eine
Unregelmäßigkeit bemerkt haben. Die Hefte sind teuer, ich
muss sie bezahlen?" befragt mich Dr. Willms."Ich weiß es
wirklich nicht, niemand lässt sich etwas anmerken," „Dann
kommen sie mit, jetzt habe ich Zeit für sie!""Gehen Sie vor, in
das erste Sprechzimmer, komme gleich nach!" Im Vorflur der
Arzt Praxis steht ein Glasschrank mit den Sammlungen des Dr.
Willms, darin hat er aus der Steinzeit u.a. seine Funde im In
und Ausland ausgestellt, da sind Steinbeile, Feuersteine und
Pfeilspitzen von Steinzeit und Neandertaler zu bestaunen, dazu
hat er versteinerte See Igel und versteinerte Fische gelegt, die
ich bewundere. Dr. Willms folgt nach, schließt die Tür:"Lassen
Sie uns erst einmal den Blutdruck prüfen!" Und der liegt
zwischen 130 und meist über 150 zu 90. Das kommt vom

vielen Schreiben am Computer, weil ich gerade die Dinge des Lebens und eben meine Lebenswerke selbst in den Computer eingebe und seit ich zwangs umgezogen bin haben sich durch die schlechte Wohnlage, erst im eigenen Haus auf dem Lande, dann in der kleinen Platz Angst Wohnung gesundheitliche Veränderungen zum schlechten eingestellt. Es juckt überall an allen Ecken und Enden, zwischen den Beinen, zwischen den Fußzehen, die Haut auf den Händen bricht auf, sie ist plötzlich pergamentartig knisternd, es blutet stark und Frau Dr. Blanke Röscher, die Flensburger Hautärztin hat extra eine Heilsalbe für die Heilung gemischt. Jedoch solange ich schreibe, hilft alles nichts, jetzt im Jahre 2018 wo ich fertig bin heilt die Haut, also liegt es am Leptop und das dauernde heben und Senken des rechten Armes bewirkt, das ich Arthrose bekommen habe. Sie ist zwar noch nicht operierbar, so der Orthopäde Dr. Wygand aus Kappeln, aber er gibt mir ein Massage Rezept mit, es lindert ein wenig, dann kommen die fortgeschrittenen Jahre hinzu, das ist und bleibt ein unaufhaltsamer Alterungs Prozess, dann dürfte man ja gar nichts mehr überlege ich. Weder Laufen, noch Schwimmen, noch Auto fahren und schon gar nicht die Gartenhecke beschneiden und Rasen mähen, denn da ist der rechte Arm ständig gefordert und das macht sich nicht gerade in Schmerzen, sondern im Ziehen bemerkbar. Plötzlich machen sich auch noch die Krampfadern im linken Unterschenkel bemerkbar, die Herzseite. Der Gummystrumpf sitzt einfach zu stramm, ich nehme ihn vom Bein, versuche ihn zu tolerieren und es gelingt mit einer Träne im Knopfloch.

„Wie weit sind sie denn nun mit Ihrem Pharaonen Werk gekommen, wie viel Seiten schreiben Sie am Tag und in welcher Zeit," fragt Dr.

Willms. „ Na, wenn ich da so an meinen Pharaonen Historien Roman denke. Ich habe am Schluss 305 Seiten Seiten zu

Werke gebracht, doch mein Agent meint, Sie schreiben ja DIN
A 4 Seiten, das umgerechnet sind 620 Seiten gesamt gesehen,
dazu kommen noch die Erklärungen, die Inhalte, die Expose.
Um auf Ihre Frage zu antworten zu welchen Zeiten ich
schreibe, die Vormittage nicht, die gehen rum mit Haus Arbeit,
Wohnung putzen und das Vogel Bauer meines Grau Papageis
säubern, in Ordnung bringen, nein, ich fange meist eben nach
14 Uhr an mit dem Denken und höre gegen 19 Uhr dreißig auf,
dann ist der Tag gelaufen!" „Und das jetzt über zehn Jahre mit
kleinen Spaziergängen um den Häuserblock, richtig, der
Mensch braucht nach den Denkaufgaben, die er in den
Computer aus freien Stücken eingibt frische Luft und die Beine
vertreten!"
„Die schlimmste Wartephase steht ja noch an," meine ich.
„Wieso das, auch so, sie haben ja für sich eine Vorsorge Kur,
die nennt man Modell 61 bei der DAK eingereicht, ja das kann
dauern, die lassen sich Zeit.Ob es ihnen gesundheitlich oder
seelisch nicht besonders geht, da kennen die kein Pardon!" „Ja
früher zu meinen Arbeitszeiten reichte man alle zwei bis drei
Jahre seine RE HA Kur ein und wurde promt verschickt, wenn
ich daran noch denke wo ich überall in Deutschland gewesen
bin!" „Zeigen Sie mir doch einmal das Schreiben vor, das Sie
von der DAK GESUNDHEIT aus Hamburg jüngst erhalten
haben, was wollen die nun alles wissen, mal sehen!" „Aha, so
sieht also das Schreiben aus.RE HABILITATIONS
MAßNAHME. Sehr geehrter Herr, Sie haben sich mit Ihrem
behandelnden Arzt über eine Rehabilitationsmaßnahme (KUR
) unterhalten. Wir möchten Sie zu dieser Thematik beraten. Vor
der Einladung zu Rehabilitationsmaßnahmen (auf das
Schreiben wollen Sie also ein ganzes Jahr schon gewartet
haben) ist zu prüfen, ob die ambulante Behandlung
einschließlich fachärztlicher Therapie Heil und gegebenenfalls

Hilfsmitteln nicht mehr ausreicht.

Dadurch ergeben sich folgende Fragen... a) Liegt Ihre letzte Rehabilitationsmaßnahme mindestens vier Jahre zurück ?° „Die liegt 18 Jahre zurück, die letzte war in Plön bei der vier Seen Platte!" Gut, nächste Frage. Sind die ärztlichen und medizinischen Behandlungen am Wohnort ausgeschöpft ?" „Das kann ich mit Fug und Recht behaupten !" Weiter... haben Sie in den letzten 12 Monaten fachärztliche Behandlungen erhalten ?" „Ja, bei Dr. Paul in Kappeln. Er hatte Makula im linken Auge festgestellt, fortschreitend und hatte mich sofort an die Augen Klinik in Eckernförde überwiesen. Dort hatte ich in den letzten 12 Monaten in Abständen von 6 Wochen Spritzen in die Augenhöhlen erhalten und die Abstände waren nötig, das sich das Auge an die Behandlungen gewohnt und sich darauf umstellt, dann war ich beim Kardiologen in Flensburg Mürwik um das Herz zu überprüfen. Ich bekam ein Herzgerät über Nacht auf die Brust gelegt um Herztöne und Zustand zu überprüfen und hatte Glück, es war alles in Ordnung, danach ging ich zu Dr. Wygand nach kappeln, er ist ein Spezialist für die Orthopädie. Ich habe seit vielen Jahren Schmerzen und Ziehen im linken Schulter Bereich. Man bewegt die Arme ein Leben lang, ob es beim Rasenmähen, beim Schwimmen, beim Kartoffelschälen, beim Autofahren und beim Rasieren ist, der rechte Arm ist bei mir immer in Anspruch genommen worden und wenn ich mein Unter und Oberhemd, aber auch mein Jackett hochziehe, schmerzt es. Dr. Wygand hatte eine Röntgenaufnahme vom Arm gemacht und mir gesagt, ich hätte eine Arthrose im rechten Schulterbereich und da könne man nichts gegen tun, das wären normale Abnutzungs und Altersbeschwerden.Sie sind 72 Jahre alt, da stellt sich das ein, aber so schlimm ist es nun auch wieder nicht das ich zu einer Operation rate. Ich verschreibe Ihnen Massagen!" „Wie viele

Massagen und Kranken Gymnastik haben Sie schon erhalten?"
„Ein Dutzend sind voll, davon muss ich noch vier am Stück
machen und dann zu Hause weiter trainieren!" „Na, da haben
Sie ja etwas vor. Nun weiter im Thema. Da steht, haben Sie
sportliche Aktivitäten durchgeführt?" „Ich habe den ganzen
Sommer in der Flensburger Förde bei Wassersleben
durchgeschwommen, privat versteht sich, nicht auf Rezept!"
Haben Si an Maßnahmen zur Prävention teilgenommen !"
„Das habe ich Ihnen ja soeben berichtet !""Schreibt die DAK
u.a. weiter. Wenn Sie diese Fragen für sich selbst mit JA
beantworten können, besprechen Sie das weitere Vorgehen bitte
mit Ihrem behandelnden Arzt, also mit mir. Dieses Schreiben
ist nur als Information für Sie gedacht. Wir benötigen Ihre
Antworten nicht, wir schauen in unseren Computer. Wir haben
heute die Versicherungsrechtlichen Voraussetzungen geprüft.
Ansprechpartner für eine Rehabilitationsmaßnahme ist Ihre
DAK. Das wars, Herr Fischer, ich fülle nun die Fragebogen
Ihrer Krankenkasse aus und befürworte das, dann sehen wir
weiter!"Also Dr. Willms und Ich, wir haben gemeinsam
gewartet, das meine Buch Werke endlich nach zwei Jahren
veröffentlicht werden, warten bis der Arzt kommt ist weiter
angesagt, inzwischen ist Dr. Willms pensioniert und die
Kurmaßnahme wird von meinem früheren Hausarzt Dr. Köppel
in Flensburg geprüft, für gut befunden und neu eingereicht."
Bei den Ärzten herrscht jetzt Zeitmangel, sie haben neue
Verordnungen erhalten, das sie sich mit den Patienten kurz
befassen sollen, denn die nächsten warten schon stundenlang
und ehe man sich versieht, wird man mit den höflichen
Worten"Alles Gute" und einem Händedruck entlassen und das
war es dann wieder. Die verschreibungspflichtigen Salben und
Medikamente kann kein Mensch mehr bezahlen und das
wenige, was man kostenlos erhält, ich habe darüber schon

189

einmal gesprochen kann man getrost vergessen. Was man früher für 2b Euro auf Rezeptgebühr bekam, dafür muss man heute das zehnfache zwanzig Euro hin blättern und wer es nicht bezahlen kann bleibt krank, dann bleiben nur noch für das leibliche Wohl Kamillen, Hagebutte und Pfefferminz Tee... das hilft immer gegen alles und ein warmer Wickel gegen Magenschmerzen ist die beste Medizin. Er hatte mir sehr bei meinem Pharaonen Buch geholfen, eine Kräuterheilkunde aus dem alten Ägypten für mich ausgedruckt gehabt und siehe da, das sind alles Heilkräuter Extrakte, Früchte, Tees und Mittel, die in ganz Europa verbreitet sind, am besten ist der Akazien Honig, denn die klebrige Masse auf blutende Wunden , auf Ausschlag und Geschwüre aufgetragen, tragen zur Heilung bei. Am wenigsten kann ich es vertragen, wenn die besagten Ärzte mehrmals im Jahr in Urlaub gehen, die haben es ja und müssen auch auf Ihre Gesundheit achten und die es nicht haben machen Urlaub in den eigenen vier Wänden, das ist schrecklich zu der erschreckenden Erkenntnis zu gelangen, die eigenen vier Wände von morgens bis abends zu betrachten, keiner fragt danach und wenn die letzte RE HA Maßnahme auch 18 Jahre zurück liegt, eintönig war es trotzdem, denn wer kein Taschengeld mit hat einmal zum Essen, ins Kaffee oder ins Kino zu gehen, auch der muss sich anstrengen zu warten bis der Arzt kommt. Aber auch in den Arzt Praxen gibt es ein Malör nach dem anderen und vor allem die popeligen Wartezonen erst einmal bis man an die Reihe kommt. Da gehen die Rotlichtlampen entzwei, da muss der Arzt zu einem Notfall und seine eigenen Patienten in Stich lassen, oder warten, bis er zurück ist und das kann dauern. Dann haben die Ausländer bei unseren Ärzten Vortritt, denn die nimmt er als erste ran und wir müssen uns gedulden. Mein Hausarzt ist im Treppenhaus ausgerutscht und hat sich das Nasenbein gestoßen. Die

Comichefte werden geklaut und aus den Lesemappen reißt man die Kreuzworträtsel heraus. Es darf in den Wartesälen nicht geraucht werden, statt dessen werden die Wurstbrote verzehrt, Alkohol getrunken, es wird geforzt, es stinkt meilenweit gegen den Wind, das Toiletten Papier wird geklaut und die Seife dazu. Die Glühbirnen werden aus den Wandleuchten entfernt, beim EKG muss die Luft angehalten werden, da kann man im Gesicht blau anlaufen, der Ohrenschmalz aus den Ohren nimmt einem das Hörvermögen, aber nur für kurze Zeit, manche bekannte treffen sich beim Arzt im Wartezimmer und unterhalten sich gegenseitig so lautstark, das das ein Ärgernis bedeutet und vor allem über Dinge, die einem nichts angehen. Dieses Jahr habe ich keine Grippe Spritze bekommen, der Zulauf der Flüchtlinge ließ es nicht zu. „Es zieht", der eine öffnet das Fenster, der andere verschließt es wieder wieder ohne sich um die anderen Patienten zu kümmern, ich vergesse immer meinen Regenschirm mitzunehmen und komme ich zurück um ihn zu holen, da ist die Praxis geschlossen. Die Kleinkinder schreien stundenlang um die Wette und werfen uns Erwachsene das Spielzeug um die Ohren. Im Schnee glitscht eine ältere Frau im Glatteis vor der Arztpraxis aus und bricht sich ein Bein, da ist sie gleich an der richtigen Stelle gelandet. Im Herbst kommen die Schulklassen zu Dr.Willms, da kann er wegen der anstehenden Grippe Impfung stundenlang die Nadel setzen. Es gab nicht nur Auto Karambolagen auf dem Parkplatz sondern es passierte auch, das ein Autofahrer zwischen zwei Fahrzeugen links und rechts ihn beim aussteigen blockierten, er könnte nicht aussteigen und schon gar nicht rückwärts zurück setzen, dann wären Auto Rück Spiegel abgebrochen und im Lack wären lange Schrammen entstanden. Sein Hup Konzert war umsonst, denn die Auito Besitzer die ihn blockierten wurden gerade behandelt. Es gab schon einmal totalen

191

Stromausfall in der Praxis, da konnte nur mit guten Worten nachgeholfen und behandelt werden, im übrigen konnte mein Hausarzt Dr, Willms vor Arbeit und Ärger nicht zur Ruhe kommen. Die ständigen Hausbesuche, die Hitze von einem zum anderen wo alle auf ihn warten mussten bis er kam, die Praxis daheim voller quengelnder, schreiender und hüstelnder Patienten, der Druck der Krankenkassen, die ewigen Überweisungen, der Ausfall der Rotlicht Bestrahlung Lampen und das einfach zu warme Rotlicht hatten meinen alten Arzt mit der zeit so mürbe gemacht das er sich eines Tages meine Telefon Nummer aufschrieb , bis auf weiteres und in Ruhestand zu gehen. Wir wünschten uns gegenseitig alles Gute, aber da bei noch so geflissentlichen Worten nichts dabei herauskommt kommen gleich meine nächsten. Ärztlichen Geschichten die das Leben schrieb. In diesem falle berichte ich Ihnen aus den Film Inhalten von berühmten phantastischen Filmen, wo die Ärzte mit ihren Patienten lieblos umgehen, nur sich selbst gegenüber verantwortlich sind, na, sonst wären es ja auch keine spannenden Geschichten. Legen wir also los und warten wir ab, bis die Mediziner oder selbsternannte Mediziner in diesen Erzählungen auftauchen und ihr grausames Werk beginnen einen neuen Menschentyp unter ihrer Fuchtel zu erschaffen, ein Monster zum Leben erwecken und selbst vor unsäglichen Bluttaten schrecken Vampir Ärzte und ihresgleichen nicht zurück.

Bekannt sind die frühen Abbot und Costello lustigen Gruselfilme aus den USA aus den 40 ger und 50 ger Jahren. In dem Film Abbot und Costello gegen Mr. Yekyll und Mr. Hyde Abbot und Costello Meets Dr. Jekyll and Mr. Hyde) mit Boris Karloff Neben Darsteller in höchster Vollendung, spielt der Film um die Jahrhundertwende so um 1900. Es geht hier um zwei beknackte, total bescheuerte Polizisten aus den USA und so werden sie in London in England wie zufällig in die Geheimnisse um Dr. Jekyll und Dr. Hyde verwickelt. Boris Karloff spielt hier im Gruselklamauk durch seine Schauspielkunst glatt an die Wand, auch das Frankenstein Monster wird durch sein entwickeltes Serum zum Leben erweckt, in seinem Grusel Kabinett zahlenden Gästen zur Schau gestellt und durch die Tölpelhaftigkeit von Abbot und Costello verwandeln sie sich schließlich in Werwölfe und nicht nur das, das ganze Polizei Revier hat das Serum inhaliert und nun versetzen sie als erschreckende Wolfsmenschen ihr Revier und die Mitmenschen in Angst und Schrecken.

In ABBOT UND COSTELLO TREFFEN FRANKENSTEIN (Abbot and Costello Meets Frankenstein) aus den USA von 1948 mit Lon Chaney Jr. Als Werwolf, dann Bela Lugosi als Dracula und Glen Strange als Frabnkensteins Monster geht es um zwei Transportarbeiter namens Wilbur und Chick. Sie sollen Graf Dracula und Frankensteins Monster fein säuberlich in zwei großen Kisten verpackt an ein Grusel Kabinett liefern. Die angeblich verstorbenen Horror Gestalten erheben sich um die Mitternachts Stunde aus ihren Kisten und machen sich auf und davon. Die beiden dümmlichen Gestalten von Wilbur und Chick , auch eine Versicherung Agentin Joan nehmen die Spur und die Verfolgung auf. Dazu gesellt sich der hilfreiche Mr. Talbot der sich am Telefon in seinem Hotelzimmer ganz schlimm in einen wilden Werwolf verwandelt, seinen Sessel, auf dem er sitzt in hundert Fetzen zerreißt und davon nicht genug, denn, denn in weiteren Vollmondnächten verwandelt er sich erneut bei Vollmond in den berüchtigten Wolfsmenschen. Seine Absichten und Erklärungen gegenüber den beiden Transport Arbeitern sind jedoch vernünftig und verständig, jagt er doch schon durch ganz Europa hinter dem berüchtigten Vampir Grafen Dracula her, um ihn daran zu hindern,

Frankensteins künstlichen Menschen ein vernünftiges Gehirn einzupflanzen. Das Gehirn des kleinen dicken Wilburs scheint ihm attraktiv genug für seine Pläne zu sein. Die Freunde können nicht verhindern, das Wilbur auf eine unheimliche Wald Insel nach einem Maskenball verschleppt wird, wo in einem alten Schloss und ganz oben in der Turmstube alles für eine Gehirn Operation vorbereitet wird. Doch im letzten Augenblick kann die Operation verhindert werden. Graf Dracula und der verwandelte Werwolf liefern sich eine Verfolgungs Jagd durch die Schlosssäle. Graf Dracula droht zu entkommen, doch der Zufall will es das gerade der Vollmond am Himmel erscheint. Talbot verwandelt sich in den blutgierigen Wolfsmenschen. Rund um das Schloss brandet das Meer auf. Dracula und seine wahnwitzigen Pläne fallen buchstäblich ins Meer, aber auch Werwolf Talbot segnet in den Fluten das Zeitliche. Verfolgt von Frankensteins Ungeheuer retten sich die Freunde Wilbur und Chuck im letzten Moment auf ein Boot am Anlagesteg.

Eine für damalige Verhältnisse hochgradige Besetzung. Hervorragende Trick Spezialisten und ein routinierter Regisseur garantierten den Erfolg für diesen besten aller Horror Lustspiel Filme. Bela Lugosi erhielt eine Wochengage von immerhin 1500 Dollar, wurde mit einer zehn Wochen Garantie ausgestattet, der beste Vampir Arzt aller Zeiten. Er wollte seine Star Rolle richtig und gewissenhaft ausspielen, so versuchte er stets die Szene zu beherrschen, was insbesondere bei der Zusammenarbeit mit Abbot und Costello zu inneren Spannungen führte weil er ihnen berichtete, er sei in Wirklichkeit selbst ein Vampir. Diese sehr guten Film Szenen waren ihm wohl doch zu Kopf gestiegen, sie waren echt gespielt wie es nur Lugosi vermochte. Doch gerade diese umwerfenden Szenen wurden zu den wichtigsten aller Abbot und Costello Filme. Eine, verrückte, schwindelerregende Show, die Spannung, Grusel und Lachen in sich vereint. Abbot und Costello zogen hier alle Register Ihres Könnens In dem Streifen ARZT UND DÄMON (Dr. Jekyll and Mr. Hyde) USA 1941 von Victor Fleminng und mit Spencer Tracy und Ingrid Bergmann in den Hauptrollen geht es um den jungen Arzt Dr. Harry Jekyll. Der Film spielt ebenfalls in London gegen Ende des 19.00 Jahrhunderts. Dr. Jekyll jagt hier wie ein besessener einer Theorie nach, die es zu beweisen gilt. Er glaubt denn er glaubt, das in jedem Menschen ein gutes und ein böses Ich existieren. Auf chemisch, biologischer Basis will er ein Elexier herstellen, mit dessen Hilfe er die beiden gegensätzlichen Eigenschaften des Menschen trennen will. Solch ein wissenschaftlicher Hokuspokus ist seinem Schwiegervater nicht ganz geheuer. Um Jekyll seine Tochter Beatrix zu entfremden, geht er mit ihr auf eine ausgedehnte Reise. Eines Abends rettet Jekyll das Bauernmädchen Ivy Petersen vor einem allzu zudringlichen Unhold. Ivy will sich bei Dr. Jekyll in üblicher Form bedanken und nimm, t ihn in üblicher Form mit sich in ihre Wohnung, doch Jekylls Charakter ist noch stark genug sich zu widersetzen mit Rücksicht auf seine Verlobte. Doch die Situation bestärkt ihn , sein seit langem vorbereitetes Expiriment endlich an sich selbst auszuprobieren. Mittels Drogen Elexier verwandelt er sich in einer fürchterlichen Szene in die Kreatur eines Unmenschen, den bösartigen, skrupellosen, den hinterhältigen Mr, Hyde. Später erinnert er sich an Ivy. Als Hyde knüpft er neue Beziehungen zu ihr, besorgt ihr eine luxeriöse Wohnung. Dort lebt Ivi von nun an in ständiger Angst vor Hyde, , der ihr sogar verboten hat, das Haus zu verlassen. Er, der hochgradig eifersüchtige misshandelt und quält sie, bis Ivi Hilfe und Rat bei dem gutherzigen Dr. Jekyll sucht. Dabei hat sie natürlich nicht die geringste Ahnung, das die beiden ein und dieselbe Person sind. Jekyll verspricht Abhilfe, doch stellt er kurz darauf fest, das er keine Kontrolle mehr über sich selbst hat. Ohne es zu wollen, verwandelt er sich immer wieder in Hyde. Beatrix ist inzwischen nach London zurückgekehrt.Ihr Vater ist bestrebt, die Hochzeit vorzubereiten. Auf dem Weg zu ihr verwandelt sich Jekyll in Hyde. Er kehrt um. Als Hyde geht er in die Wohnung zu Ivy. In einem Wutanfall ermordet er sie. Der Polizei kann er entkommen. Er findet kurz darauf die Tür zu seinem Labor, die er als Hyde benutzt hat, verschlossen vor. Der Diener, der in ihm nicht den Hausherrn erkennt, verweigert ihm den Zutritt zur Wohnung. In seiner Verzweiflung wendet er sich an seinen Freund Lanjon. Da er ihn aber in seinem Haus nicht anuftritt, bittet er ihn in einem Brief, die entsprechenden Chemikalien in seinem häuslichen Labor holen zu lassen. Die Zurück Verwandlung vollzieht sich vor den Augen des Freundes Lanjons. Und als Jekyll seinem Freund den wahren Sachverhalt beichtet, fordert dieser ihn auf, seiner Braut Beatrix die Wahrheit zu gestehen, und sie freizugeben. Während des Gespräches mit Beatrix verwandelt sich Jekyll erneut in Hyde. Entsetzt schreit sie um Hilfe. Ihr Vater stellt sich dem Monster in den Weg. Hyde tötet Sir Charles und flieht. Hyde alarmiert die Polizei und führt sie in Jekylls Labor. Als sie eintreffen, ist Jekyll auch dort, doch die Angst als Mörder verhaftet zu werden, verwandelt ihn plötzlich erneut in Hyde. Er stürzt sich auf seinen Freund, um auch ihn umzubringen, Lanjon wehrt sich erbittert und tötet Hyde. Sterbend erlangt Hyde die Gesichtszüge Jekylls. Ausschlaggebend für den Selbstmordversuch des Dr. Jekylls ist letzlich nicht die wissenschaftliche Neugier, sondern der Trieb sich in einem anderen Ich sexuelle Befriedigung zu erlangen, ohne nach außen hin seinen gutbürgerlichen Ruf zu verlieren. Die sexuelle Komponente wurde jedoch nur zart angedeutet. So konnte Flemmings Film trotz Starbesetzung und durchaus schlüssiger Inszenierung, das Vorbild, das die Produktionsgesellschaft MGM in weiser Vorsicht zuvor aufgekauft und eingenommen hatte, nicht erreichen, geschweige denn übertreffen. Das lag zum großen Teil an der Fehlbesetzung des Titelhelden Spencer Tracy, der nach Meinung der Kritiker ungeeignet für die Rolle gewesen war. . Als Henry Jekyll, anders als vor ihm Barrymoore 1930 und Martsch 1931 war Tracy nicht ansehnlich genug und als Hyde war sein Make Up, obwohl es ihn im Gesichtsausdruck ziemlich verfremdete am Ende in den Schlüsselszenen nicht bizarr genug. Einzig Ingrid Bergmann, die zutiefst ihrem Image entsprechend die Rolle der Beatrix spielen sollte, , dann aber auf ihren persönlichen Wunsch hin die Rolle mit Lana Turner tauschen durfte, verdiente sich damit gute Noten und spielte alle anderen an die Wand. Trotzdem ein bedeutender Film, der sich sehen lassen kann.

In dem Film DER ARZT UND DIE TEUFEL (The Flesh and the Fiends) der im Jahre 1959 von John Gilling in den Hammer Studios produziert wurde, spielte Peter Cushing die Hauptrolle des Dr. Knox. Der Arzt Dr. Knox ist der Meinung, das das Gesetz, laut den er nur an Leichen gehenkter Krimineller herum expirimemtieren darf. Den Bestrebungen der Wissenschaft im Wege steht. So verbündet er sich mit zwei lichtscheuen Iren namens Burke und Hare, die sich als Leichendiebe betätigen, und ihn mit Forschungsmaterialien versorgen. Für Burke und hare zu einem guten Geschäft, aber dann fangen sie aus reiner Geldgier an, Trunkenbolde zu ermorden. Man legt ihnen das Handwerk, nachdem sie die Prostituierte Mary und den Studenten Chris getötet haben. Es kommt zu einem Skandal und Hare stellt sich frech wie er ist als Kronzeuge zur Verfügung,m um nicht am Galgen zu enden. Als er jedoch aus dem Gefängnis entlassen wird, erwartet ihn eine wütende Menschenmenge, die ihm die Augen ausbrennt. Dr. Knox sieht nun ein, das seine Ansicht, der Zweck heilige die Mittel, falsch ist. Obwohl ihm die Bevölkerung der Stadt mit Ablehnung begegnet, kommt er als Wissenschaftler weiter voran. Dieser Fall basiert auf einer authentischen Geschichte, eine frühere Verfilmung des gleichnamigen Themas von Robert Wieses... DER LEICHENDIEB von 19345. Dieser Gruselfilm stellt ein Gemisch von ehrlich gemeinten und auch gekonnt gemachten Passagen dar und anderen, in denen die Spekulation auf den Nervenkitzel unverkennbar ist. Peter Cushing, der den Dr, Knox spielt ist Experte dieser Art, da er weiß, das sich solche Übertreibung fatal auswirkt, spielt er seinen Part mit soviel ehrlichem ernst und , so viel Würde und Autorität, den er auch in Theater rollen als Hamlet auszuspielen wusste. Das Ergebnis ist eine äußerst effektive Studie in Sachen aufrichtiger Lauterkeit, die aus dem Film und nicht zuletzt auch aus dem Arzt ein bewundernswertes ganzes zu machen imstande sind.

Der Film ASYLUm, aus Groß Bruitannien von 1972 , Regie führte Roy Ward und ebenfalls mit Peter Cushing als Professor Smith in der Hauptrolle spielt in einer Nervenheilanstalt in einem wunderschön gelegenen, englischen Park. Der junge Arzt Dr. Martin will hier als Facharzt seine ersten Sporen verdienen. Seltsam sind nicht nur die Patienten dieses Asyls, seltsam sind auch die Haus Faktotums und der Anstaltsleiter, die den Betrieb des Hauses organisieren. Um seine fachliche Qualifikation unter Beweis zu stellen, soll Dr. Martin auf Veranlassung des gegenwärtigen Leiters Dr. Rutherford unter den Insassen des früheren, eigentlichen Anstaltsleiters finden, der in einem Anfall von Besessenheit zu seinen eigenen

Patienten gesperrt werden musste. Vier Patienten stellt Dr.
Rutherford zur Verfügung und jeder von ihnen soll seine eigene
Geschichte erzählen.
Im ersten Trakt trifft Dr. Martin eine junge Frau, die zusammen
mit ihrem geliebten den Mord an dessen Scheidungs unwilliger
Ehefrau plante. Diese jedoch war vertraut mit afrikanischen
Voodu Kulten, und über ihren Tod hinaus kann die zerstückelte
und eingefrorene Leiche an ihrem Ehemann Rache nehmen,
ihn töten und die Rivalin zu Selbstverstümmelung und
Wahnsinn treiben. Die zweite Geschichte erzählt ein armer
Schneider, er solle an einem bestimmten, merkwürdigen
Zeitplan einen geheimnisvollem Besucher einen Anzug
schneidern, Als er nun diese Ware überbringt, entdeckt er
zufällig das Geheimnis dieses Kleidungsstücks, das einen
Toten wieder zum Leben zurückholen kann. Doch der Fremde
will das Geheimnis nicht teilen, es kommt zum Handgemenge,
der Schneider tötet seinen Kunden. Als er nun diesen Anzug
einer Schaufenster Puppe überzieht, erwacht diese zum Leben.
Im dritten Raum sitzt wiederum eine Frau, die im Spiegel mit
ihrem zweiten Ich spricht. Sie, ihr böses Alter Ego hatte ihren
Bruder umgebracht. Im vierten Raum sitzt. Im vierten Raum
stößt Dr. Martin auf einen verkannten Wissenschaftler, der an
menschlichen Figuren schnitzt, deren Gesichtern er sich nach
lebenden Vorbildern gestaltet, und deren er seinen
unumstößlichen Willen einverleiben will. Diese Miniatur
Puppen können sich eigenhändig vorwärtsbewegen und sogar
eigenhändig bestimmte Befehle ausführen. Beim Abschluss
Gespräch zwischen dem jungen Arzt und Dr. Rutherford
überschlagen sich die Ereignisse. Der verkannte
Wissenschaftler, natürlich der ehemalige Anstaltsleiter Smit.
Sendet einen Miniatur Roboter aus, der Dr. Rutherford
umbringt. Dr. Martin springt auf und zertritt die Figur. Aus dem

kleinen Brustkorb quillt Menschenblut. Im ersten Stock findet Dr. Martin endlich den Erfinder mit eingedrücktem Leib. Zu spät erkennt er die Zusammenhänge. Als er im Zimmer eines der Krankenwärter eine Leiche auffindet, die mit einem Tuch abgedeckt ist...und sieht sich selbst.... stranguliert. Ein Episodenfilm mit knapper rahmen Handlung, die sich sorgsam und organisch ineinander einfügen, so dass der Film nicht in sich selbst und in einzelne teile zerfällt. Treffliche Charakterdarsteller, sie lehren den Zuschauer sich auf treffliche und wohlige Art zu gruseln. Ein geistreiches, brilliantes Spiel, mit skurrilem Witz und guter englischer Horror Menthalität, ein englischer Horror Film aus dem Jahre 1967 DIE BESTIE MIT DEM SCALPELL (CORRUPTION) und wieder mit Peter Cushing als Sir John Rowan in der Hauptrolle. Der bekannte Chirurg Sir John Rowan will das Fotomodell Lynn Nolan heiraten. Geld zu Geld macht auch glücklich. Als sie an einer Studiio Partie teilnehmen erweckt die attraktive Liynn das Interesse des Fotografen Orme. Zwischen Rowen und Orme kommt es zu einer Auseinandersetzung, wobei ein Studio Scheinwerfer umkippt und Lynn das Gesicht böse verletzt. Rowen nimmt eine Hauttransplantation vor, die Haut beschafft er sich von einer Leiche. Lynn ist wie neu, aber das Glück ist nur von kurzer Dauer. Rowan sieht ein, das er die haut von Menschen benötigt, die noch nicht lange tot sind. So wird er zum Killer und bringt mehrere Frauen ums Leben. Als er die halbwüchsige Terry heranmacht, gerät er an die Falsche. Sie ist mit einer halbstarken Bande befreundet, die in Rowansn Haus eindringen. Rowans Haupt Operations Instrument , ein Laserstrahl gerät außer Kontrolle und richtet unter sämtlichen Akteuren ein Blutbad an. Und dann wacht Sir John aus einem Alptraum auf und schickt sich erleichtert an, auf eine Studio Party zu gehen, wo er sich mit seiner Verlobten Lynn Nollan

200

treffen wird., doch alsbald kommt es dort zu einem Handgemenge... Als Peter Cushing beispielsweise entdeckt, das er lebende Opfer benötigt, hat man den Eindruck, er ginge hinaus, um eine Scheibe Brot abzuschneiden...

Ein weiterer Film aus dem viktorianischen England aus dem Jahre 1965 BLUT FÜR DRACULA (DRACULA, PRINCE OF DARKNESS) mit Christopher Lee als Dracula, Barbara Shelley als helen Kent und vielen anderen aus der berühmten Hammer Film Werkstatt. Der Film spielt im 19. Jahrhundert. Während einer Reise nach Böhmen übernachten die Brüder Charles und Alan Kent mit ihren Frauen Diana und Helen auf dem Schloss des verstorbenen Grafen Dracula. Alan wird vom unheimlich wirkenden Schloss Verwalter umgebracht, und sein Blut dient dazu, den Grafen in seinem Sarg wieder lebendig zu machen. Danach stillt der wieder erweckte, adelige Vampir seinen Blut Durst an der rassigen Helen. Charles und Diana fliehen in das Kloster des Abtes Shandor aber Draculas Blutdurst ist so groß, das er ihnen nachfolgt und zu allem Übel hat er überall seine Lakaien im Einsatz. Natürlich muss er am Ende daran glauben. Christopher Lee als vampirischer Graf spricht in diesem Streifen kein einziges Wort. Der Höhepunkt der Grusel Effekte ist wohl der Mord an dem Engländer, aus dessen Kopf nach unten hängenden, abgestorbenem Körper das Blut in den Dracula Sarg abgelassen wird.

Ein weiterer Horror Film , diesmal aus Spanien aus dem Jahre 1972 ist BLUTMESSE FÜR DEN TEUFEL (ES ESPANTO SURGE DE LA TUMBA) mit Paul Naschy in der Hauptrolle. Ein Ritter, ein Angehöriger des Ordens der Templer wird während des Mittel Alters der Hexerei bezichtigt und geköpft. Vorher schwört er noch seinem Henker blutige Rache. Einer seiner Nachkommen trifft in der Gegenwart auf einen Abkömmling des Henkers. Als die beiden eine Reise nach

Frankreich antreten, um Ahnenforschung zu betreiben, schickt sich der Nachfahre an, Vorfahrens schreckliche Drohung wahr zu machen. Jacinto Molina, der unter dem Pseudonym Paul Naschy in Charlos Aureds erstem Film die Hauptrolle spielt, berichtet über die Entstehung seines Drehbuches:" Ich lernte einen spanischen Produzenten kennen, der mir das Angebot unterbreitete, in einer ganzen Reihe von Filmen seiner Firma mitzuspielen, vorausgesetzt, wir brächten einen winzigen Erstling mit winzigem Budget zustande. Die Unterhaltung zwischen uns fand in einem Kaffee statt und um vier Uhr nachmittags fragte er mich, ob ich ein Drehbuch auf Lager hätte. Meine negative Antwort einfach ignorierend, sagte er ohne rot zu werden, ich solle am nächsten Morgen eines bereit halten, damit er seine Bosse dazu bringen könne, mich sofort unter Vertrag zu nehmen. Auf dem Nachhausewege überlegte ich mir ein Thema. Dabei viel mir ein Geköpfter ein, der plötzlich auf unsinnige Art und Weise zu neuem Leben erwacht. Ich warf ein paar Pillen ein und arbeitete die ganze Nacht durch. Am nächsten Morgen kam Charles Aured tatsächlich vor bei und nahm das Drehbuch mit. Der Film würde größtenteils in meinem eigenen Haus aufgenommen, um Kosten zu senken. Unglaublich aber wahr, so also werden in Spanien Filme gedreht. Warten bis der Arzt kommt ist hier nicht das Thema, eher warten bis der Henker kommt und der Ritter ihm den Garaus gibt. Blut fließt auf beiden Seiten, ob es beim Arztbesuch ist oder im Horror Film. Beim Arzt ist das Blut echt, im Film verwendet man Filmblut.

Im nächsten Gruselfilm des englischen Hammerfilmes DIE BRENNENDEN AUGEN VON SCHLOSS BARTIMOORE (THE GORGON) aus dem Jahre 1963 von John Gilling spielen wieder Peter Cushing und Christopher Lee Seite an Seite, Cushing spielt den Professor Namaroff und Christopher

Lee den Professor Meister.

Hier geht es um den Fluch der Medusa. Eine befallene, junge Frau verwandelt sich in Vollmond Nächten in ein Schlangen köpfiges Ungeheuer und lässt jene, die sie in dieser Gestalt erblicken zu Stein erstarren Mutige Wissenschaftler, dien im Gegensatz zu abergläubischen Bauern nicht an schwarze Magie glauben, lösen des Rätsels Lösung mittels Hypnose.

Terence Fishers Film besticht durch das stimmungsvolle Dekor und die atmussphärische Dichte der gut aufgebauten, mit passenden Dialogen versehenen Story, mit tragischem, unkonventionellem Schluss. Warten bis der Arzt kommt.

In dem Streifen DER FLUCH VON SINIESTRO (THE CURSE OF THE WEREWOLF) aus den berühmten Hammer Studios aus dem Jahre 1961, wo übrigens Terence Fisher wieder die Regie führte und der englische Schauspieler Oliver Reed den Werwolf geht es diesmal nach Spanien, irgendwo im 18. Jahrhundert. Als sich ein Servier Mädchen in seine Gemächer verirrt und und sich seiner Zudringlichkeit widersetzt, lässt Graf Siniestro sie in ein finsteres Verlies sperren in dem bereits ein irrer, stark behaarter Landstreicher einsitzt. Der Gefangene vergewaltigt das hilflose Mädchen, das später entkommen kann, den sadistischen Edelmann umbringt und später nach einem fehlgeschlagenen Selbstmordversuch vonn einem angehenden Arzt namens Caredo angenommen wird. Als sie einem Knaben das Leben schenkt, stirbt sie bald darauf. Der Knabe wird auf den Namen Leon getauft und als Leon erwachsen wird, zeigt sich jedoch, das er äußerst unmenschliche Neigungen hat und verspürt. Bei Vollmond verwandelt er sich in ein gefährliches, haariges Ungetüm, in einen Werwolf, der blindwütig Menschen umbringt. Leon vermutet nichts von seinen nächtlichen Streifzügen, doch dann dämmert ihm allmählich die Wahrheit. So bittet er seinen

Adoptivvater, ihn bei der nächstbesten Gelegenheit zu töten. Der Arzt Caldo jedoch lässt Leon zu seiner eigenen Sicherheit in ein Kloster bringen und in Eisen legen. Leon entkommt jedoch. Die dortige Polizei fängt ihn ein und bringt ihn in eine Gefängniszelle, wo er sich beim nächsten Vollmond in eine Bestie verwandelt, einen Mithäftling umbringt, und über die Dächer der Stadt Siniestro tobt. Das Volk ist ihm auf den Fersen und treibt ihn mit brennenden Fackeln in die Enge Doktor Carido erschießt seinen Pflegesohn über den Dächern der Stadt mit einer Silberkugel, um zu verhindern, das er dem Mob in die Hände fällt, die ihn zu zerreißen drohen.

Werwölfe haben es meiner Meinung nach stets leichter gehabt als die Vampire mit den ausufernden Fangzähnen. Während letztere nicht nur vom Bösen besessen sind, sondern ihrer blutsaugenden Tätigkeit mit Freuden nachgehen, so sieht es wenigstens auf der Leinwand aus, so sind die heulenden Bestien der Nacht zumeist tragische Figuren. Die unter einem Fluch leiden, den sie sich selbst nie aufgeladen haben. Auch Leon ist ein Opfer, kein Täter im klassischen Sinne gesehen. Er ist ein intelligenter, junger Mann der in aufrichtiger Liebe zu einem Mädchen entbrannt und von den Neigungen seines Unterbewusstseins ehrlich entsetzt ist. Die Macht, die ihn beherrscht und ihn zu dem nächtlichen Wüten treibt, hat er nicht selbst verschuldet. Das Niveau dieser Darstellung ist für einen Film dieses Charakters außergewöhnlich. Besonders überzeugende Figuren spielen Oliver Reed als Werwolf, Clifford Evans als Arzt Carrido, Anthony Dawson als Graf von Sicniestro. Richard Wordsworth als inhaftierter Bettler und Martin Matthews als Jose. Vor allem ist der Film als Triumph von sämtlichen, beteiligten Handwerkers anzusehen. Unter der Regie von Terence Fishers unverkennbarer, kluger Leitung haben diese Handwerker eine stimmungsvolle Produktion und

Kulisse auf die Beine gestellt, die rein visuell zum Besten gehört, was der Horrorfilm aufzuweisen hat. Doch nun zu den wirklich guten, sehr gelungenen Hammer Gruselfilmen in denen die Ärzte, vielmehr Dr. Frankenstein das Sagen hat. Warten wir also auf die nächsten Titel, bis der Arzt kommt und uns seine Machenschaften kredenzt , die uns wirklich das Blut in den Adern gefrieren lassen . In FRANKENSTEIN MUSS STERBEN (FRANKENSTEIN MUST BE DESTROYED) Großbritannien 1969 führt wieder der Regisseur Terence Fisher die Regie. Und Peter Cushing mimt den Baron Frankenstein. Doktor Brandt ist es unter der Assistenz Dr. Frankensteins gelungen, den Weg zur Gehirntransplantation zu ebnen. Sein Wissen aber raubt ihm den Verstand. Er wird in eine geschlossene Anstalt bei Altenberg eingeliefert. Doktor Frankenstein, der nicht in alle Geheimnisse eingeweiht ist, will sich Klarheit verschaffen. Er will Dr. Brandt von seiner Geisteskrankheit heilen, doch Brandt ist tot krank, doch Frankenstein weiß sich und ihm zu helfen. Er pflanzt das kranke gehirn Brandts dem verhassten Anstaltsleiter Professor Richter ein. Doch der Patient wendet sich nach überstandener Operation gegen Frankenstein und lockt ihn in eine falle. Beide Ärzte kommen in einem brennenden Haus elendig um. Dies ist der vierte Frankenstein Film aus der Hammer Werkstatt mit nur wenigen Grusel Überraschungen, die aber an die Nieren gehen. FRANKENSTEIN SCHUF EIN WEIB (FRANKENSTEIN CREATED WOMEN)von Großbritannien 1969 wieder mit Regisseur Terence Fisher und erneut Peter Cushing als Baron Frankenstein. Hans, der Sohn eines Mörders liebt Christina, die von schweren Körperschäden entstellte Tochter eines Schankwirtes. Dieser ist gegen die Verbindung. Als er von drei stadtbekannten Taugenichsen ermordet wird, fällt der Verdacht auf den Freier. Alle Indizien sprechen gegen ihn. Er wird zum

Tode verurteilt. Nach seiner Hinrichtung geht seine Geliebte ins Wasser. Baron und Arzt Frankenstein, Spezialist für obskure Expirimente kommen ihm die frischen Leichen gerade recht. Assistiert von dem ihm ergebenen Dr. Hertz gelingt es ihm, aus der Leiche Christinas ein wunderschönes Weib zu erschaffen, versehen mit Geist und Gehirn des unschuldig hingerichteten Hans. Körper und Geist locken nun die wahren Mörder aus der Reserve und töten einen nach dem anderen. Nach vollendeter Rache begeht die vollendete Schönheit Selbstmord. Terence Fisher versteht es in seiner dritten Frankenstein Hammer Film Produktion wieder auf dem Grad zwischen Horror und Nonsens zu balancieren, ohne in den absoluten Schwachsinn abzustürzen. Aus einer Art Sozialdrama gestaltet er ein Gruselmärchen, dessen Schockelemente zwar plüschig, aber trotzdem so dicht gesetzt sind, das Freunde der Gattung auf ihre Kosten kommen.

Es geht weiter mit dem Frankenstein Film FRANKENSTEINS FLUCH (THE CURSE OF FRANKENSTEIN) Großbritannien 1957 ebenfalls mit Terence Fisher ais Regisseur. Peter Cushing spielt den baron Frankenstein und Christopher Lee, der verkannte Opernstar ist das Monster. Baron Frankenstein will aus Teilen mehrerer Leichen mit physikalischer und chemischer Hilfe einen vollkommenen Menschen herstellen. So entsteht unter seinen geschickten Händen aus dem Körper eines Menschen , eines Gehenkten, den Händen eines Bildhauers, und dem Gehirn eines gelehrten ein grauenvolles Monster, das sich alsbald als krimineller Unhold entpuppt.

Versuche, dem Monster die kriminellen Eigenschaften durch chirurgische Eingriffe auszutreiben, misslingen. Das Monstrum kann aus Frankensteins Laboratorium entkommen und zieht mordend im Land umher.. Erst bei einem Anschlag auf

Frankensteins Braut Elisabeth kann der Arzt den Unhold so vernichten, das nichts mehr von ihm übrig bleibt. Unterdessen werden die Opfer des Unholdes gefunden. Der Verdacht fällt auf Victor Frankenstein. Es gelingt ihm nicht, den Beweis für die Existenz des Monstrums zu führen, So wird er angeklagt, für schuldig gesprochen und zum Tode verurteilt. Die Guillutine wartet bereits.

Die englische Produktions Gesellschaft Hammer Films begründete mit diesem Streifen ihren Ruf als Spezialist für gut gemachte Horrorfilme. Die Hammer Leute erkannten den Zeit Geist. Außerirdische Monster kamen beim Publikum an. Auf der Suche nach neuen Ungetümen entdeckten sie zwei Phänomene. Zum einen hatte es seit 20 Jahren keine klassischen Horror Verfilmungen mehr gegeben, zum anderen waren alle Filme bisher nur in schwarz weiß gefilmt worden. Eine Steigerung der Gruseleffekte auf der Grundlage von Licht und Schatten schien nicht mehr möglich, also musste Farbe her. So lautete denn auch der treffende Werbetext zu Frankensteins Fluch... In shocking Color. Von Anfang an zeichneten sich die Hammer Produktionen durch ihren eigenständigen Naturalismus aus und für besonders Horror gerecht empfand man das viktorianische Zeitalter, das dann in der Regel den zeitlichen Hintergrund abgab.

Mit dieser Detailgenauigkeit lenkte man die Aufmerksamkeit des Zuschauers auf die Ausstattung und die Person des verrückten Wissenschaftlers, weniger auf das Monstrum. Aus rechtlichen Gründen traute sich Hammer Produktion nicht, dem Monster das Karloffsche Aussehen zu verschaffen. Die Story selbst war urheberrechtlich frei, doch hatte die amerikanische Produktionsgesellschaft Universal durch ein ausgeklügeltes System von Copyright Bestimmungen das Erscheinungsbild ihrer Horror Creationen Frankenstein, Dracula, Werwolf, die

Mumie, das Phantom der Oper usw. schützen lassen. Das bezog sich nicht nur auf das Make Up und die Ausstrahlung, sondern sogar auf bestimmte Gesten. So mussten Hammer und ihr Regisseur Terence Fisher nicht nur einen bestimmten Stil, sondern auch andere Masken für ihre Horrorfilme finden. Das neue Monster hatte daher ein Gesicht aus einem Klumpen Fett Schminke, verkohltem und vernarbtem Muskelgewebe. Was der literarischen Vorlage eher entsprach als Karloffs Monster da auch Christopher Lee der Darsteller des Monsters so gut wie unbekannt war, man aber einen Darsteller herausstellen wollte schon alleine durch seinen Bekanntheitsgrad für Zugkraft sorgen sollte, konzentrierte sich Hammer im Gegensatz zu den alten Universalstreifen, auf den Arzt Frankenstein selbst und seinen Darsteller Peter Cushing.

Es folgt die FRANKENSTEIN PRODUKTION FRANKENSTEINS RACHE (THE REVENGE OF FRANKENSTEIN) Großbrittanien 1958 und wieder führt Terence Fisher die Regie und Peter Cushing den Arzt Dr. Viktor Stein / Frankenstein.

Aufgrund des außerordentlichen Erfolges von Frankensteins Fluch produziert Hammer Films den zweiten Film dieser Serie. Und das wieder im Stil der bewährten Vorlage. Wir erinnern uns. Baron Frankenstein sollte hingerichtet werden. Durch einen Trick wird jedoch seiner der bei der Hinrichtung der dort anwesende Priester geköpft. Doktor Stein Frankenstein flieht nach Paris und macht dort unter dem Pseudonym Dr. Stein eine Arzt Praxis auf. Gemeinsam mit seinem verkrüppeltem Retter bastelt er wieder an seinen Leichenteilen herum. S ein Assistent stellt sein Gehirn zur Verfügung mit dem festen Willen, endlich mit gutem Aussehen leben zu können. Nach gelungener Operation führen äußere Einflüsse zum Gehirndefekt. Ein neues Ungeheuer treibt alsbald mordend

sein Unwesen, was die Enttarnung Frankensteins zur Folge hat.
Nun wird der Baron erst recht gelyncht was zur Folge hat, das
sein Gehirn von einem neuen Mitarbeiter in ein zuvor zufällig
präpariertes Neu Ungetüm eingepflanzt wird. Der Geist des
Barons Frankenstein nimmt von seinem neuen Körper Besitz.
Als Doktor Frankenstein kehr er in seine alte Heimat London
zurück.
Es folgt noch ein Teil der Serie, der als der beste gilt
FRANKENSTEINS UNGEHEUER (EVIL OF
FRANKENSTEIN) Großbritannien 1964 diesmal führt
Freddie Francis die Regie und Peter Cushing mimt wieder den
Arzt und den Baron Frankenstein.
Nach Expirimenten mit Leichenteilen, die ihn in der Fremde
ins Gefängnis brachten kehrt Baron Frankenstein nach
Karlstadt an seinen romantischen Stammsitz zurück, den er
seinerzeit gezwungenermaßen wegen seiner
Forschungsarbeiten wieder fluchtartig verlassen musste. Sein
synthetisches Monster hatte sich damals selbstständig gemacht
und für Aufregung gesorgt. Es war in die Berge geflohen und
dort abgestürzt. In einem nahegelegenen Berggletscher zum
Eisblock gefroren, findet Frankenstein nicht viel später durch
einen Zufall sein Machwerk. Er taut es sodann in seinem
Laboratorium auf. Der Hypnotiseur Zoltan soll den Geistes
Funken ins zu Eis erstarrte Monster wieder beleben. Dieser
will jedoch die Gunst der Stunde nutzen, das künstliche Wesen
für seine eigenen Zwecke zu missbrauchen. Er schickt es auf
einen Raubzug in die Stadt. Doch später wendet sich das
Monstrum gegen seinen eigenen Ziehvater Zoltan und tötet ihn
daselbst. Später wird es mit Säure umgebracht. Und auch
Baron Frankenstein scheint eine gewaltige Explosion nicht
überlebt zu haben.
Im Gegensatz zu den anglo amerikanischen Vorläufern zeigt

Regisseur Francis seinen Frankenstein als einen von einer Idee
überzeugten, ernsthaft forschenden Wissenschaftler. Nicht
Frankenstein ist verrückt sondern diejenigen, die seine
Forschungen ausnutzen wollen. Dieser Film gilt, nicht nur
wegen der überzeugenden Leistung von Peter Cushing als der
beste der englischen Frankenstein Serie.
FRANKENSTEINS SCHRECKEN (THE HORROR OF
FRANKENSTEIN) Großbritannien 1970 und Regie führt in
diesem Horror Streifen Jimmy Sangster. In den Hauptrollen
sieht man Ralph Bates als Baron Dr. Victor Frankenstein und
Dave Prowse als das Monster.
Victor Frankenstein ist Medizin Student und er expirimentiert
aus Leidenschaft. Nachdem er eine tote Schildkröte zum Leben
erweckt hat, plant er größeres. So beauftragt er einen
Schwerverbrecher ihm Leichen zu besorgen denn als Baron
verfügt er über genügend geldliche Mittel diesen zu bezahlen,
der hält die Hand auf. Da er sehr wählerisch ist, nimmt er sich
von Dutzenden von Leichen passende Leichenteile ab. Der
Gehirnspender wird kurzerhand vergiftet. Bei der Operation
läuft etwas schief, das Gehirn das transplantiert werden soll,
läuft aus. So das es nicht verwundert, das dass Monster, ein
athletischer Muskelprotz mit genieteter Schädeldecke dem der
Kopf weh tut sich erst einmal an seinem Mörder rächen will.
Nach zwei bizarren Morden endet das Monster im schon
bekannten und berühmten Säurebad.
Regisseur Jimmy Sangster ist ein Eigenbrötler des Hammer
Films. Der 1935 geborene Autodidakt begann seine Karriere
bei Hammer als Klappen Boy, war mit 19 schon
Regieassistent, schrieb selbsttätig eine ganze Reihe von
Drehbüchern und gilt seitdem als anerkannter Horror
Spezialist. In FRANKENSTEINS SCHRECKEN hält er sich,
was den Inhalt betrifft an berühmte Vorbilder, Durch absurde

Übertreibungen macht er aus diesem bunten Film eine tiefschwarze Komödie

Nun zudem Film FRANKENSTEINS SOHN (SON OF FRANKENSTEIN) USA aus dem Jahre 1939 und die Regie führt Rowland v. Lee. In diesem Streifen geben sich die berühmtesten Horror Darsteller die Ehre, allen voran BORIS KARLOFF ALS DAS MONSTER, dann folgt auf dem Fuße BELA LUGOSI als Diener Ygor, Basil Rathbone als Baron von Frankenstein, Lionel Atwill als Inspektor Krogh, Josephine Hutchinson als Elsa von Frankenstein, nur um die berühmtesten Schauspieler zu benennen,

Viele Jahre nach dem Tode seines Vaters kehrt Baron Wolf von Frankenstein mit seiner Familie auf den Stammsitz seiner Vorfahren zurück. Inspektor Krogh fürchtet große Gefahren und bietet der Familie seine Unterstützung an. Die Gefahr scheint nicht ganz unbegründet, denn sechs unbescholtene Bürger aus der unmittelbaren Umgebung der Frankensteinschen Ländereien sind auf mysteriöse Art und Weise umgebracht worden. Bei der Besichtigung des väterlichen Laboratoriums begegnet der Baron dem verkrüppeltem Schäfer und Handlanger Ygor. Einem ehemaligen Schwerverbrecher, der einst seine Hinrichtung am Galgen auf wundersame Art und Weise überlebt hat. Dieser zeigt ihm willig die geheime Familiengruft in der das Monster aus vergangenen Tagen aufgebahrt in ständiger Bewußtlosigkeit liegt. Baron Frankenstein überlegt nicht lange, hält die Familientradition aufrecht und erweckt das Monstrum zu neuem Leben. Doch irgend etwas ist faul daran. Der Baron muss erkennen, das dass Monster unter dem Einfluss Ygors steht und bereits seine ehemaligen geschworenen, die das Urteil gegen Ygor ausgesprochen hatten, getötet hat. Der Baron ahnt Schlimmes und versucht das Monstrum zu töten, doch

Ygor stellt sich ihm in den Weg, zieht aber den kürzeren. Der Tod Ygors erweckt bei dem Monstrum tiefe Trauer, eine schauspielerische Glanzleistung von Boris Karloff, aber auch Rachegedanken. So entführt er Frankensteins Sohn Peter, doch im letzten Augenblick kann der Baron seinen Sohn retten. Er stößt das Monster von der Burg in die Tiefe in einen Bottich mit Schwefelsäure. Solche Behandlung hält auch das stärkste Monster nicht aus. Baron Frankenstein aber und seine Familie verlassen fluchtartig den Ort des Grauens.

1938 wurde die Wiederaufführung von FRANKENSTEIN noch einmal ein großer, finanzieller Erfolg, das veranlasste die Produktions Firma Universal noch einen dritten Frankenstein Film zu produzieren. Nicht zuletzt die Starbesetzung Karloff, Lugosi, Rathbone , aber auch die gleichbleibende Athmusphäre der Bedrohung und die stark stilisierten, an den deutschen, expressionistischen Film erinnernde Dekors verhalfen dem Film zu einem außergewöhnlichen Erfolg. FRANKENSTEINS SOHN war für damalige Verhältnisse ein äußerst grausamer Gruselfilm Beispiele hierfür sind die Film Szenen, in denen das Monster dem Inspektor den Arm ausreißt und im Schwefelbad den Tod findet. Alle drei Schauspieler Karloff, Lugosi und Rathbone, nicht zuletzt auch Atwill machen den Film äußerst sehenswert. Die Universal wollte den Film erst in Technicolor drehen, Testaufnahmen ergaben jedoch von Karloff als Monster, das seine Maske wirklichkeitsfremd und nicht stilistisch mit dem neuen Verfahren wiedergegeben werden konnte. So wurde der Film denn in schwarz weiß gedreht.

Der nächste Film ist betitelt mit FRANKENSTEINS SPUKSCHLOSS (in der Bundesrepublik Deutschland 1975 gedreht und die Akteure hießen Omar Sharif, Karen Black, Bernhard Wicki.

Ein gerissener Vermögensverwalter namens Andre hat seine geliebte Susan an den Multimillionär Kurt verschachert, weil er davon ausgeht, dies könne seiner Karriere dienlich sein. Doch als er im Schloss auftaucht, sieht er sich bald einer Anzahl von Mordanschlägen ausgesetzt. Abgesehen, das dies gar kein Horrorfilm ist und klappernde Ritter Rüstungen machen noch keinen Gruselfilm aus hätten die Hersteller dieses Streifens ihr Geld ebenso gleich aus dem Fenster werfen können. Ein absolut schwachsinniger Film in dem die Schauspieler, allen voran Omar Sharif nur aufgetreten sind um abzukassieren. Das tun Schauspieler ja alle, leicht verdientes Geld.

In dem Streifen FRANKENSTEINS TOCHTER (FRANKENSTEINS DAUGHTER) USA aus dem Jahre 1958 führt Richard E. Cunha die Regie und Sally Todd spielt das weibliche Monster, nicht schlecht gemacht.

Es geht hier um einen Nachwuchs Frankenstein namens Oliver Frank und unter deren Einfluss die Tochter seines Chefs mit grässlich entstelltem Gesicht des Nachts durch London geistert. Dann transplantiert er, Frank den Kopf seiner soeben ermordeten Freundin auf einen bulligen Männerkörper. Nach einigen skurrilen Morden wird das Monster zu Tode gebracht und mittels Säure Dusche ins Jensetis befördert. Das war Amerikas erbärmliche Antwort auf die überragenden, englischen Hammer Filme. Ein absoluter Blödsinn der den Namen FRANKENSTEIN nicht verdient hat.

Nun folgt der Inhalt angemessen zu DER FOLTERGARTEN DES DR: DIABOLO (TORTURE GARDEN) aus Großbritannien 1968 . Die Regie in diesem weiteren Hammerfilm führt Freddie Francis und bedeutende Darsteller spielen mit. Jack Palance ald Ronald Wyatt, Burgess Meredith als Dr. Diabolo, Peter Cushing als Lancelott Canning. Fünf Menschen besuchen die Showbude eines Rummelplatz

Besitzers. Er verspricht ihnen einen Einblick in die Zukunft.
Der erste neugierige sieht sich im Spiegel,, wie er seinen
eigenen Onkel ermordet, gerät schließlich selbst unter den
Einfluss einer schwarzen Katze und verliert schließlich sein
Leben. Ein ehrgeiziges Starlett entdeckt t das Geheimnis der
ewigen Jugend diverser Hollywood Filmstars. Sie existieren
nur noch jedes für sich als leblose, zuckende Masse. als
Gehirn, die in künstlichen Roboter Körpern die Straßen
bevölkern. Ein junges Mädchen, das in einen ebenfalls jungen
Pianisten verliebt ist, wird von seinem eifersüchtigen Klavier
in den Tod getrieben. Ein fanatischer Anhänger der
Gruselwerke Edgar Allan Poes tötet aus Habgier einen
Sammler Kollegen, um aus Habgier an dessen größten Schatz
heranzukommen... den Meister des gotischen Horrors selber,
der, zu ewigem Leben und Schreiben verflucht, in einem
finsteren Keller Verlies in seinem Sarg als lebender Toter
dahinvegetiert.
Der fünfte Besucher verzichtet jedoch auf einen Blick in seine
Zukunft, tötet in einem Handgemenge den Zauberer Doktor
Diabolo, woraufhin seine Leidensgenossen die schon alles
hinter sich gebracht haben in Panik fliehen. Der Film zeigt
außerordentlich vielseitige Charaktere. Den teilweise
hervorragenden Leistungen, besonders Jack Palance als halb
wahnsinniger Poe Fan und den liebevoll arrangierten Decors
stehen den Schauspielern in nichts nach.
Imm Gruselfilm HÄNDE VOLLER BLUT (HANDS Of THE
RIPER) aus Großbritannien 1971 mit Peter Sasdy als
Regisseur und Eric Porter als Dr, John Pritschard.-
London kurz nach der Jahrhundertwende. Anna, die illlegitime
Tochter des spurlos verschwundenen, unter dem Namen Jack
The Rippers bekannten Frauenmörder schlägt sich durchs
Leben in dem sie dem spirituistischem Medium Mrs, Golding

als Geist aus dem Jenseits ihre Stimme zur gefälligen
Verfügung stellt. Als sie Dysart, einen bekannten des
Psychaters Dr. Pritachard mi8t einem Schürhaken ersticht, als
dieser sie küssen will, nimmt Pritschard sie, schon um einen
Skandal zu vertuschen, unter seine Fittiche und versucht nach
der noch in den Kinderschuhen steckenden, Freudschen
Methode, in Annas Unter Bewusstsein vorzudringen. Doch der
Versuch ist umsonst.Was passiert dann. Anna ermordet zuerst
das Hausmädchen Dolly, danach die Prostuierte Liz. Erst als
sich das Medium Madamm Bullard des Mädchens annimmt,
gewinnt Dr. Pritschard Klarheit. Nachdem Jack the Ripper der
Friseur Annas Mutter erstochen hat, hat er auch noch das kleine
Mädchen geküsst. Und nun meuchelt Anna aus erklärlichen
Gründen jedermann, der sich ihr aus erklärlichen Gründen
nähert. Prichard versucht auch Anna zu küssen, um ihre
Reaktion zu testen, aber es geht daneben, denn sie rammt ihm
ein scharfes Schwert in die Brust. Obwohl der Psychater
unweigerlich dem Tode geweiht ist, kann er die unheilbat
kranke Wahnsinnige noch im letzten Moment daran hindern,
zudem noch seine blinde Schwiegertochter zu erdrosseln.
Dieses blutige, bunte Produkt aus der Horrorwerkstatt Hammer
besticht zwar durch entsprechendes Dekor und passender
Farbgebung, übertreibt jedoch im Inhalt, was die
Psychoanalyse betrifft. Jedoch gibt es auch bei Hammer keinen
Film ohne Makel. Der Film ist spannungsgeladen und logisch
aufgebaut worden.
DER KUSS DES VAMPIRES (Großbritannien 1963. Die
Regie führt Don Sharp. Clifford Evans ist Professor Zimmer,
ISS OF THE VAMPIRE) Novel Willmann ist Dr. Ravna
1910, irgendwo in einer ländlichen Gegend in Bayern. Geradr
Harcourt und seine junge Frau Marianne sind mit ihrem Wagen
unterwegs, als ihnen plötzlich das Benzin ausgeht. Während

sich Gerald sich um Hilfe bemüht lernt Marianne am Wege
einen Mann kennen, der sich als Professor Zimmer vorstellt.
Doch zugleich ängstigt er Marianne mit dem Bericht, ein in der
Nähe befindliches, abgelegenes Schloss werde von
blutsaugenden Vampiren bevölkert. Die Hardcourts finden
Unterkunft in der Nähe in einem ansprechenden Gasthof und
erhalten kurz darauf eine Einladung von Dr. Ravna, dem
Schlossbesitzer. Es ist eine Einladung zum Dinner. Sie nehmen
neugierig geworden die Einladung an und , lernen die Familie
Ravnas kennen, der sich ihnen als Wissenschaftler vorstellt, der
sich nach einem fehlgeschlagenen Expiriment in die
Einsamkeit zurückziehen musste. Ravnas Klavierspiel übt eine
hypnotische Wirkung auf Marianne aus. Am nächsten Tag wird
das Ehepaar zu einem Maskenball auf das Schloss eingeladen.
Während Gerald unfreiwillig unter Einwirkung von Drogen
einschläft ergreift Ravna mit gebleckten Vampir Zähnen
Marianne. Gerald erwacht am nächsten Tag mit einem
Brummschädel. Entsetzt stellt er fest, das die Schlossbesitzer
so tun, als hätten sie seine Gattin Marianne nie gesehen. Er
selbst wird ziemlich unsanft aus dem Schloss verwiesen. Auch
die Wirtsleute behaupten, seine Gattin Marianne nicht zu
kennen und ihr gemeinsames Gepäck ist wie vom Erdboden
verschwunden. Erst Professor Zimmer weiß Rat, denn er
beschäftigt sich seit langem mit der Erforschung des
Unwesens des Vampirismus. Sie machen einen gemeinsamen
Plan und als sie nun in Ravnas Schloss unaufgefordert
eindringen, werden sie von blutgierigen Vampiren bedroht, die
er jedoch, nachdem er sich mit seinem eigenen Blut ein Kreuz
auf die Brust malt, vertreiben kann. Er kann Marianne
ausfindig machen. Beide suchen schnurstracks das Weite.
Professor Zimmer schließt die Vampire in ihrem Schloss ein,
indem er sämtliche Ausgänge mit Knoblauch Zehen behängt.

Ein von ihm im letzten Moment ausgestoßener Zauberspruch führt letztendlich dazu, das sich tausende unbedarfte Vampire auf die Blutsauger stürzen und sie töten. Woher sie kommen, weil sie plötzlich aus dem Nichts auftauchen , weiß der Himmel. Abgesehen von dem originellen Schlussgag, die Vampire mit Hilfe von Knoblauchzehen von der Außenwelt abschneiden, bietet dieser Hammer Film unterhaltsame und spannende Unterhaltung.

JACK THE RIPPER, DER DIRNENMÖRDER VON LONDON Bundesrepublik Deutschland 1976) Die Regie führt hier Jess Franco. Klaus Kinsky spielt hier den wohlbekannten Dr. Orloff, Josephine Chaplin ist die Cynthia und Herbert Fux darf auch nicht fehlen, er ist der Charlie Fischer. London 1885. Dr. Orloff , ein unbescholtener, unauffälliger, stiller, bescheidener Arzt, der seine Heilkunde der armen Bevölkerung widmet, von jedermann unbekannter weise hoch geschätzt wird, verwandelt sich nächtens in eine Blut mordende Bestie, die sich in sadistischer Manier an Prostituierte heranwagt, um sie in irgendwelchen dunklen Ecken und unheimlichen Gassen in aller Ruhe unter schrecklichen Qualen mit dem Skalpell umzubringen und ihnen die Innereien aus dem Körper zu holen. Inspektor Selby von Scotland Yard steht vor einem Rätsel, , aber seine Braut Cynthia, die Orloff eines tages wie es der Zufall will auf der Straße begegnet, erkennt mit ihrem siebenten Sinn, das sie im Moment vor einem Mann steht, der ein entsetzliches Geheimnis mit sich herumträgt. Um Orloffs Spur, den vermeintlichen Mörder wieder aufzunehmen, verkleidet sie sich als vermeintliche Prostituierte, begibt sich in ein einschlägig bekanntes Lokal. Als sich ihre Wege erneut kreuzen, lässt sie sich von Orloff in seinem Hause einladen und eine schnell geschriebene Nachricht soll Selby über ihren

Aufenthalt informieren. Ein blinder Bettler kann Shelby den entsprechenden Hinweis geben. Buchstäblich in letzter Minute kann dieser seine Verlobte Cynthia aus den Krallen des Wahnsinnigen befreien.

In einem Interview erklärt Regisseur Franco... Es gibt ja nun viele Geschichten um den Frauenmörder von London Jack the Ripper, auf dieser Story basieren viele Kriminal Filme und wir Regisseure versuchen immer wieder, den richtigen Sachverhalt darzustellen was damals wirklich um 1899 in den dunklen Gassen von Londons Unterwelt geschah, denn den Ripper hat es wirklich gegeben. Eine Möglichkeit meint, das ein Mitglied des englischen Königshauses dafür in Frage kommt. Eine andere Möglichkeit wäre diese, es kann ein Friseur gewesen sein, ein einfacher Mann, ein Frauenhasser, der sein Rasiermesser scharf geschliffen hielt. Diese Version kommt der Wahrheit wahrscheinlich am nächsten. Für die letzte Möglichkeit besteht der Verdacht von Scotland Yard noch heute (denn Mord kennt ja keine Verjährung) das es ein argentinischer Arzt war, der in einem Londoner Vorort lebte, ein sehr einfaches, solides, unauffälliges Leben führte. Das sind die Schlimmsten. Der Frauen Mörder könnte Arzt gewesen sein, kannte die Anatomie sehr genau. Nachdem er seine Opfer getötet hatte, schnitt er sie in Einzelteilen auseinander. Für den Augenblick glaube ich, das dies mein bester Film war. So hatte ich während der Dreharbeiten Gelegenheit, in passender Atmusphäre zu arbeiten, meine Möglichkeiten waren zahlreich und nicht begrenzt. Außerdem war Klaus Kinsky ein großartiger Schauspieler, ein guter Kassenerfolg der von sich behauptet hatte, man soll es ihm nicht Übel nehmen, er hat nun einmal einen makabren Humor, wenn er nicht Schauspieler geworden wäre, wäre er Massenmörder geworden, denn die Hauptrolle hätte ihm gut zu Gesichte gestanden. Aber an liebsten würde er immer noch Frauen quälen, die den Weg in sein Bett fänden und das jeden Tag. Er würde sie gut entlohnen und weibliche Wesen seien für ihn wie eine Droge, hat man sie nicht, ist das Leben nicht lebenswert. In nur wenigen Tagen zusammengeschustert ist, bezeugt, das dieser dämliche Film zu nichts anderem dienlich ist, das sich im Laufe der Jahre nichts an der Talentlosigkeit des Herrn Franco verändert hat. Dieser hat sich vollends auf den Fähigkeiten seines bekannten Hauptdarstellers ausgeruht

DER JANUSKOPF - EINE TRAGÖDIE AM RANDE DER WIRKLICHKEIT. Deutschland 1920 und Regie führte kein geringerer führte Regie als Friedrich Wilhelm Murnau. Conrad Veit, sein Hauptdarsteller spielt den Dr. Warren.

Der Arzt Dr. Warren gerät unter den Einfluss einer Büste, die auf der einen Seite das Bildnis eines gütigen Gottes, auf der anderen Seite die Fratze eines Dämonen aufzeigt. Diese unheimliche Doppelgesichtigkeit prägt sein ganzes Verhalten. So erfindet er ein Elixier, das es ihm ermöglicht, die gute und die böse Seite des Menschen zu trennen. Er kann sich beliebig vom guten Waren in sein böses Ego O' Connor und zurück verwandeln. Als O' Connor treibt Warren dann ein verbrecherisches Spiel. Doch eines Tages gerät er in Not, denn es fehlt ihm die Möglichkeit der Rückverwandlung. Er muss in der ungeliebten Gestalt des O' Connor verweilen. Er kann zwar testamentarisch sein Vermögen als Dr. Warren auf O' Connor übertragen, doch bald kommt seine wahre Identität ans Licht. Von der Polizei verfolgt weiß er keinen Ausweg mehr, er bringt sich um.

Zunächst wollte Murnau den Sttevensen Stoff DR. YEKILL AND MR: HYDE ganz offiziell verfilmen, doch bemühte er sich um die Rechte des Stoffes vergeblich. Murnau ließ daraufhin das Drehbuch ändern, es umarbeiten,, die Namen der

Mitwirkenden ändern, so drehte er den Film trotzdem mit anderen Möglichkeiten ihn zur Entfaltung zu bringen. Genau so verhielt er sich, als man ihm 1922 die Filmrechte zum Gruselstoff DRACULA verwehrte, und er sein umgeändertes Drehbuch in NOSFERATU umänderte. Der Januskopf zählt zu den vielen Stummfilmen die unwiderbringlich verschollen sind, deren Qualität nur noch von Rezensionen rekonstruiert werden kann. Was die Verwandlungskunst betrifft, steht Conrad Veidt den drei anderen großen JEKYLL UND HYDE Darstellern Barrymoore, Frederic Marsch und Spencer Tracy in nichts nach. Die ganz auf Sensation ist atemberaubend vom Anfang bis zum Ende. Der Regisseur F.W. Murnau kam den stark phantastischen Ideen eines Autors gut entgegen. Die, wenn man so sagen kann, bei offener Szene eintretenden Verwandlungen sind ein technisches Meisterstück von vollendeter Glanzleistung. Conrad Veidt hat es in der Darstellung derartiger, bizarrer Gestalten zu einer fabelhaften Virituosität gebracht. BELA LUGOSI zum ersten Mal auf dem Wege nach Hollywood in einer kleinen Nebenrolle ohne Bedeutung.

DER HUND VON BASKERVILLE (THE HOUND OF THE BASKERVILLE) Großbritannien 1959 und wieder eine gute Hammer Produktion und die Regie führt erneut Terence Fisher. Peter Cushing ist Sherlock Holmes, Andre Morell Dr. Watson, Christopher Lee als Sir Henry Baskerville
England um die Jahrhundertwende. Auf der adeligen Familie Baskerville lastet ein Fluch. Seit Sir Hugo im 18. Jahrhundert eine junge Magd entleibte, die ihm nicht zu Willen sein wollte. Seitdem treibt sich jedesmal, wenn ein Baskervill das Zeitliche gesegnet hatte, ein unheimlicher, riesiger Hund im Moor herum, die dem Sitz der Familie angehören. Als Sir Charles Baskerville tot aufgefunden wird, und Sir Henry, der letzte

Überlebende des Clans um seine Zukunft und sein Leben , schaltet sich der Meister Dedektiv Sherlock Holmes ein, der daraufhin feststellt, das sich im umliegenden Moor nicht nur ein ehemaliger Knastbruder herumtreibt, sondern auch ein zwielichtiger Einheimischer namens Stapleton. Nachdem aber auch der Knastbruder dem mysteriösen Hund zum Opfer gefallen ist, spitzt sich die Lage dramatisch zu. Holmes stößt auf eine stillgelegte Zinkmine, in der er die Höhle des Löwen vermutet. Während er sie in Augenschein nimmt, begibt sich sein Schützling Sir Henry unwissentlich in die Gewalt der Tochter jenes schurkischen Elements, das seine Familie aus familiären gründen an die Gurgel will. Sir Henry kommt nur knapp mit dem Leben davon.

Wenn das dunkelrote Blut wie glänzender Nagellack vom Heidekraut zu Boden tropft, die unheimlichen weiß gräulichen Nebel wie der Qualm eines Waldbrandes aus den feuchtwarmen Mooren hinauf auf die Heide steigen, dann muss man vom Film schon eine ganze Menge verstehen, um seinen Verstand nicht zu verlieren. Was hier am Set geschieht ist so unglaublich, das ein solcher Kriminalfilm wie dieser zum Gruselfilm wird.

Wer auch immer von den Hammer Leuten die Entscheidung getroffen hat, den Hund von Baskerville in strahlenden Technicolor Farben in einem bestens ausgeleuchteten Studio zu verfilmen, das nicht die geringste Ähnlichkeit mit den dunklen, nebeligen Mooren aufweist, hat völlig außer acht gelassen, welche Atmusphäre eine uralte Mysterie Story wie diese bedarf. Darüber hinaus wird die für den Film lebenswichtige Bedrohung durch den draußen im Moor heulenden Hund beinahe völlig vergessen. Abgesehen von dem einen oder anderen Hinweis auf die Existenz des Hundes lässt sie sich bis zum Ende des Films gar nicht blicken.

SHERLOCK HOLMES UND DAS SPINNENNEST
(SHERLOCK HOLMES And the Spider Women) USA 1944.
Die Regie führt hier Roy William Neill. Die beiden
Hauptdarsteller sind Basil Rathbone und Nigel Bruce. Sherlock
Holmes und Dr. Watson klären eine merkwürdige Mordserie
auf bei der eine giftige Spinne in Gestalt einer hübschen jungen
Frau uhren Opfern per Biss solche Schmerzen zufügen, das
ihnen nichts anderes übrig bleibt als Selbstmord zu begehen.
SHERLOCK HOLMES GRÖßTER FALL (A STUDIE IN
TERROR) Großbritannien 1965. Regie führt James Hill. Die
Darsteller sind Johnn Neville als Sherlock Holmes und Donald
Housten als Dr. Watsen und Anthony Quale als Dr. Murray.
London in den achtziger Jahren des vorigen Jahrhunderts. Im
Stadtteil Whiteschapel herrschen Angst und Entsetzen, denn
ein brutaler Prostituierten Mörder get um. Den man im
Volksmund den Jack the Ripper nennt und diesmal ist es ganz
bestimmt nicht Klaus Kinsky, der sich selber spielt. Der
Meister Detektiv Sherlock Holmes. Der an der Aufklärung des
Falles arbeitet, erhält anonym ein Paket zugestellt. Es enthält
ein chirurgisches Besteck , ein Scalpell, möglicherweise die
Mordwaffe, fehlt. Holmes findet heraus, das dass Besteck
möglicherweise einem gewissen Michael Osborne gehört, dem
Sohn des Herzogs von Shires. Seit sein Vater ihn enterbt hat, ist
er verschwunden. Eine angebliche Angela Osborne, die im
Hause Dr. Murrays in Whiteschepel wohnt hat das Besteck
versetzt. Dr. Murray bestreitet beharrlich, eine Frau dieses
namens zu kennen, aber als Holmes seiner Angestellten Sally
heimlich hinterher schleicht, gerät er in das Haus von Lord
Carfax, der sich als Bruder von Michael Osborne entpuppt.
Der Lord erklärt nun auf befragen, das Angela die Gattin seines
Bruders, eine Prostituierte war. Er selbst habe, um die Familien
Ehre zu retten, an einen Kneipenwirt namens Steiner ein

ansehnliches Schweigegeld zahlen müssen. Als erneut zwei Prostituierte ermordet werden kann Holmes in einem Fall den Täter bis zum Hause des Dr. Murrays verfolgen. In die Enge getrieben gibt Dr. Murray nun offen zu, Michael Osborne sei ein hirnloser Idiot, den er in seiner Praxis beschäftigt hatte. Als er Angela mit ihrem Liebhaber erwischt hat, habe er ihr versehentlich eine Flasche mit Säure über den Kopf geschlagen. Holmes wird klar, dass Steiner ihr geliebter ist und das sie mit ihrem entsetzlich entstellten Gesicht nicht auf die Straße gehen kann, lässt sie Lord Carfax durch Steiner erpressen. Als Holmes genug erfahren hat, lauert er Angela in ihrem Zimmer in Steiners Kneipe auf, Dann erscheint auch der unheimliche Frauenmörder, dessen scheinbar sinnlose Taten ausschließlich auf Angela gemünzt war um endgültig Rache zu nehmen. Als Holmes mit ihm ringt, stößt er eine Lampe um. Das Haus geht in Flammen auf. Angela Steiner und Jack the Ripper kommen darin um. SHERLOCK HOLMES SIEHT DEM TOD INS GESICHT (SHERLOCK HOLMES FACE DEATH) USA 1963 und Regie führt wieder Roy William Neill. Basil Rathbone ist wieder Sherlock Holmes und Nigel Bruce der Dr. Watson.

Düster steigt die Nacht empor, das Moor schickt seine urtümlichen Nebel über Land, die Hausbodentreppe knarrt. Es ist wieder Jahrmarkts Zeit, die Clowns grinsen breit, schaurig klingt das Glocken Getös zur Mitternachtsstunde, und im nahen Gasthof sitzen verwegene Gestalten die sich zuprosten. Wir befinden uns ganz offensichtlich im stromsparenden Milieu eines Gruselkriminalfilmes. Meister Dedektiv Sherlock Holmes und sein Freund Dr. Watson werden nach dem kleinen Vorort Musgrave Manor gerufen, dessen Hausherr offensichtlich von einem Gespenst um die Ecke gebracht worden ist. Das behauptet zumindest Phillip Musgrave, der

Bruder des Verblichenen. Das er selbst bald darauf das Zeitliche segnet, macht den Fall nicht unkomplizierter. Holmes begibt sich um Mitternacht in das Schloss Gewölbe hinab, wo sich bald darauf etwas merkwürdiges tut. Der Film ist nicht ohne Humor gemacht und natürlich klärt der weltbekannte Detektiv seinen Fall mit kühler Logik und dem brillianten Sachverstand, der einem Weltmann wie ihm zu eigen ist. Und weiter geht es mit DEM SCHLOSS DES GRAUENS (LA VERGINE DE NORIMBERGA) Italien 1963 und Regie führt Anthony Dawson. In den Hauptrollen spielen Rosanna Podesta und Christopher Lee. Infolge von Kriegsverletzungen infolge von Gehirnschäden leidender Vater eines Schlossbesitzers schleicht er nächtens durch finstere Gewölbe und meuchelt sodann in der hauseigenen Folterkammer jeden, der ihm über den Weg läuft. Für die Schloss Herrin, die vor lauter Angst und Pein gar nicht mehr aus ihrem dünnen Nach Gewand gar nicht mehr herauskommt, mag dies wohl der pure Nervenkitzel sein, für den, der sehenden Auges durchs Leben geht ist das ganze Spiel eher eine durchschaubare Komödie. Christopher Lee, der in diesem Streifen wieder einmal ganz schön entstellt aussieht, gibt sich alle Mühe, den Verdacht des Zuschauers auf sich zu ziehen, was ihm aber nicht so ganz gelingen will. Entnommen aus einer der Schauergeschichten des Altmeisters Edgar Allan Poe.
NACHTS WENN DAS SKELETT ERWACHT (THE CREEPING FLESH) Großbritannien 1972. Regie in diesem Hammer Film führt wieder Freddie Francis. Die Hauptdarsteller sind wieder Christopher Lee und Peter Cushing. London, Ende des 19. Jahrhunderts. Aus Angst, seine Tochter Penelope könne ebenso enden wie seine im Irrenhaus seines Bruders verstorbene Frau sucht der Anthropologe Emmanuel Hildern nach einem Serum, das den bösen Geist

von Menschen bannen kann. Nachdem er bald darauf aus einer
Expedition von Neu Guinea zurückkehrt, von der er das Skelett
eines vorzeitlichen Riesen mitgebracht hat, das einer alten
Legende zu Folge durch simplen Regen zu neuem Leben
erweckt werden kann, entdeckt er eine Möglichkeit dazu. Er
löst einen Fingerknochen des Ungetüms und bringt diesen mit
Wasser in Berührung. Und siehe da, das Fleisch des Toten
wächst wieder nach. Mit einer Mixtur seines eigenen Blutes
und dem des Fingers entwickelt er ein Serum, das er Penelope
injiziert. Diese wird daraufhin im wahrsten Sinne des Wortes
von der spröden Jungfrau zur mordenden Nympho Bestie.
Hilders Bruder Jamnes, der von dem Expiriment erfahren hat,
selbst daran arbeitet, das Böse im Menschen zu isolieren,
stiehlt das Skelett aus dem Labor. Leider regnet es während der
Diebesaktion und so wird aus der alten Legende harte Realität.
Der riesige Knochenmann setzt sofort am ganzen Körper neues
Fleisch an, die Kutsche kippr in den Graben und der Vorzeit
Neu Guenianer kehrt zu seinem alten Herrn Emanuel zurück,
reißt ihm aus Rachen einen seiner Finger ab, verschwindet im
Dunkel der Nacht. Emmanuel landet in seines Bruders Klapps
Mühle, als er später seine Story zum besten gibt
NÄCHTE DES GRAUENS (THE PLAGUE OF THE
ZOMBIES) Großbritannien 1965 und Regie führt bei diesem
Hammerfilm wieder John Gilling. In den Hauptrollen Andre
Morell als Sir James Forbes und Brook Williams als Dr. Peter
Tompson.
Cornwall Mitte des 19. Jahrhunderts. Rätselhafte Morde
erwecken das Misstrauen des Landarztes Dr. Tompson. Er
bittet Sir James Forbes, seinen früheren Lehrer um Hilfe.
Gemeinsam kommen sie einem trefflich ausgeklügeltem,
kapitalistischem Ausbeutungsmodell auf Die Spur. Der
ehrenwerte Grundbesitzer Hamilton hat nämlich auf den

westindischen Inseln die Woodoo Zauberei erlernt, deren tricks dieser perfekt beherrscht. Um die Löhne für seine Lohnarbeiter einzusparen, sorgt er dafür, das sie allesamt umkommen, um dann als Untote wieder aufzuerstehen, und ohne zu murren und ohne einen Pieps in seinen Minen zu schuften. Der beträchtliche Aufwand, den man für diese abstruse, fantastische Story in Szene setzte, wäre wirklich einer besseren Sache wert gewesen. Man gab sich reichlich Mühe schon beim sorgfältig abgefassten Drehbuch . Der Hammer Spezialist und Kenner John Gilling führte Regie und die Schauspieler sind durchaus akzeptabel und Maskenbildner vollbrachten Meisterleistungen, aber was für ein Thema! Das der Film auch zwei Ärzte und einen Geistlichen im Banne dieses Blut und Zauberkultes zeigt, sie allen Ernstes an die Existenz dieses Zauber Spukes glauben, macht die Einfältigkeit deutlich, die hier am Werke sind....

DER TOD HAT SCHWARZE KRALLEN (I WAS A TEENAAGE WEREWOLF) USA 1957 und die Regie führt Gene Fowler. Michael Langdon spielt hier den Tony Rivers und Whit Bissell den Arzt Dr. Alfred Brandon. Der krankhafte Rüpel Tony, ist ein asssozialer Student , wird zur psychiatrischen Untersuchung zu Dr. Brandon geschickt, da er die Gewohnheit angenommen hat, große Mengen rohen Fleisches zu verzehren. Brandon ist jedoch der ungeeignetste Mann, um Tony wieder auf den rechten Weg zu Fleisch und Gemüse, zu normal Kost zurückführen kann, und auf rohes Fleisch mit Zwiebeln zu verzichten. Brandon ist Anhänger von einer von ihm entwickelten Theorie, das die Menschheit ihre totale Vernichtung durch den Atom Krieg nur vermeiden kann, wenn sie sich wieder in ein frühzeitliches Stadium zurückentwickelt. In welchem Stadium in unserer Evolution wir Werwölfe waren, offenbart er keinem. Brandon sieht in dem jungen Mann ein für ihn geeignetes Testobjekt, so injiziert

er ihm ein Serum und hypnotisiert ihn und dann geschieht folgendes. Hinter jedem Baum und Strauch , hinter jeder Hauswand lauert das Grauen. Der Schrecken schleicht durch Rock Dale. Schauderhafte Verbrechen, grausame Morde, vorwiegend an gutaussehenden Mädchen versetzen die ganze Stadt in Angst und Schrecken. Vom Täter fehlt jede Spur. Geheimnisvolle, unmöglich von Menschenhand stammende Würgegriffe bei den Opfern jagen allen kalte Scheuer der Angst über den Rücken. Nacht für Nacht schlagen sie zu, die schwarzen Krallen des Todes. Der Werwolf ist los, er meuchelt und mordet, dann besinnt sich Tony seines hilfreichen Arztes und begibt sich auf leisen Sohlen zu ihm zurück, der auch zugleich sein böses Spiel von vorne beginnt und Tony nicht zur Ruhe kommen lässt, um dann zum Schluss von seiner eigenen Schöpfung erbarmungslos gekillt zu werden, bevor der Scheriff und seine Gehilfen ein Sieb aus ihm machen können.
DIE TOTEN AUGEN DES DR: DRACULA (OPERAZIONE PAURA) Italien 1966. Regie führt Mario Bava. Giacomo Rossi Stuart als Dr. Paul Esswai. Ein Mädchen ist unter der Kirchenglocke verblutet, während die Dörfler ein Fest nach dem anderen feiern. Damals half ihr keiner, doch nun fühlt sich jeder am Tod der Kleinen mitschuldig. Unheil liegt über den Menschen und ihrem Dorf. Des Mädchens weiße Hand erscheint in den Fenstern. Ihr Spielball hüpft durch die Hausflure, ihr Lied erklingt. Dann sieht man plötzlich ihre toten weiße Gestalt in der Kirchen Tür, die Kirchenglocke erklingt. Es gibt Opfer, doch diese werden nicht von ihr, der Verkörperung des schlechten Gewissens gerichtet, sie richten sich vielmehr selbst. Das Wahre Geheimnis lüftet ein mutiger, junger Arzt, der der Mutter des Mädchens Baroness Graps das Handwerk legt.
Mario Bava löst sich in den Szenarien völlig von der

227

Geschichte des Drehbuches , so inszeniert er in wunderbaren
Bildern, in an die Stummfilmzeit erinnernden Horrorvisionen
und raffinierten Überblendungen konsequent einen Film über
Ängste und Bedrohungen. Plattitüden im Dialog stehen neben
einer unglaublich aufgebauten Horror Kulisse und optisch
gelingt es Bava, all jenen Klischees aus dem Wege zu gehen,
die das Genre langatmig und unansehnlich machen. Ein
Alptraum Film, der früher oder später seinen Ehrenplatz im
aufgeschlagenen Buch der Horror Geschichte finden wird.
DIE TODESKARTEN DES DR. SCHRECK (DR. TERRORS
HOUSE OF HORRORS) Großbritannien 1964. Regie in
diesem Hammerfilm führt Freddie Francis. Peter Cushing ist
hier der Dr. Schreck, Christopher Lee Franklyn March.
Gevatter Tod in der Maske des Unheimlichen mit dem
beziehungsreichen Namen Dr. Schreck lässt auf der Bahnfahrt
von London nach Bradley mittels eines simplen Kartenspiels
seine fünf Mitreisenden einen Blick in ihre Zukunft tun.
Danach steht jedem der Männer ein grausames Schicksal
bevor. Der erste, ein Architekt wird in den Fängen eines
Werwolfes gnadenlos zu Grunde gehen. Bill Rogers findet nach
seiner Rückreise sein Haus von einer merkwürdigen Pflanze
umwuchert, bei dem Versuch, das Weinlaub ähnliche Rank
Werk zu kappen, schnellt ihm die Heckenschere in den Rücken.
Das tödliche Grün, gegen das sein Flammenwerfer nichts
auszurichten vermag, überwuchert weiterhin sein Haus und
verschlingt zu guter letzt seine Bewohner. Jazz Star Bill Bailey
hat in West Indien die Kult Melodien einer blutrünstigen
Voodoo Sekte aufgezeichnet, um sie in einer Revue gegen viel
Geld zu vermarkten. Ein Rache Gott nimmt sich seiner an. Den
Kunstkritiker Franklyn March wird eine abgeschlagene Hand
quälen und überall hin verfolgen, das ihm der Tod wie eine
Erlösung erscheinen mag. Die Hand ist die eines unglücklichen

Künstlers, der Franklyn durch sein vernichtendes Urteil aus der Fassung brachte und der bei einem Autounfall dann seine Hand verlor. Der letzte, der amerikanische Arzt Dr. Caroll wird zum Tode verurteilt werden, weil er seine ungeliebte Braut töten wird. Der Anstifter, sein Partner Dr. Blake, ein Vampir , so war die Braut ebenfalls eine Vampirin ins blutsaugende Gehege gekommen. Doch wie sollte Bob Carroll das vor Gericht beweisen. Die von den Todeskarten des Dr. Schreck zum Tode Verurteilten bestürmen den Urheber dieser Geschichten mit Fragen, auf die er ihnen keine Antworten zu Teil werden lässt. Der aber zieht die letzte Karte, sie zeugt einen grinsenden Totenschädel auf, da donnert der Zug in einen Tunnel und als wieder Licht das Zugabteil erhellt, ist der Geheimnis volle Kartenleger spurlos verschwunden.

Der beste Episoden Fil der Hammer Studios den es je gab. DAS SCHWARZE MUSEUM (HORRORS OF THE BLACK MUSEUM) Großbritannien 1959 Regie führte bei diesem Hammer Film Arthur Crabtreeunjd die wichtigsten Hauptdarsteller waren Michael Gough als Edmund Bancroft, Juli Canningham als Mrs. Joan Berkley, Geoffrey Keen als Graham und Gerald Anderson als Dr. Ballan. Der verkrüppelte Kriminal Reporter Bancroft ein Psychopath erster Ordnung organisiert , um interessante Zeitungs Artikel schreiben zu können, abscheuliche Morde, die er möglichst originell von seinem hypnotisiertem und unter Drogeneinfluss stehenden Gehilfen Rick ausführen lässt. Dazu hat er sich wie zum Trotz ein schwarzes Museum geschaffen, das wie das Kriminal Museum von Scotland Yard allerhand Mordwerkzeuge enthält. Als er herausfindet, dass Ricks Freundin von seinen Untaten weiß, lässt er auch sie töten. Rick wird jedoch entdeckt und von den englischen Bobbys über ein Rummelplatz Gelände gejagt. Als er sofdann auf einem

Riesenrad Zuflucht sucht, wird er erschossen. Sein durch die Luft wirbelndes Messer trifft Bancroft tödlich in die Brust. DAS SCHWARZE REPTIL (THE REPTILE) Großbritannien 1965. Regie führt bei diesem Hammerfilm John Gilling. Noel Willman als Dr. Franklyn Jennifer Daniel als Valerie Spalding, Ray barret als Harry Spalding, Michael Ripper als Tom Bailey. Harry Spalding, ein Armee Hauptmann erbt um die Jahrhundertwende in einem kleinen Dorf in Cornwall das Häuschen seines verstorbenen Bruders. Die Menschen, die in dieser unheimlich wirkenden Moorlandschaft leben, sind Fremden gegenüber nicht sonderlich aufgeschlossen. Spalding erfährt von dem Kneipenwirt Bailey, das sie von einer rätselhaften Serie von ungewöhnlichen Todesfällen heimgesucht werden. Da geht etwas um, das seine Opfer mit seltsamen Bisswunden am Hals zurücklässt. Als Spalding nach dem nächsten nächtlichen Todesfall seinen Bruder auf dem Kirchhof ausgräbt, entdeckt er auch am Hals des Toten eine Bisswunde, und tippt auf eine Schlange. Später wird er von einem menschlichen Ungeheuer angefallen, und gebissen. Seine Frau Valerie rettet ihm das Leben, in dem sie die Bisswunde aufschneidet. Am nächsten Tage hat Spalding alles vergessen, aber dafür gerät Valerie in tödliche Gefahr, als sie im Hause des Geheimnis vollen Indien Fahrers Franklyn von einem aufrecht gehenden Schlangenmonster attakiert wird. Franklyns Tochter muss dafür büßen, dass Vater Weiland allzu tief in die magischen Geheimnisse einer indischen Sekte eingedrungen ist. Ein wirkungsvoller Fluch zwingt sie sich dann und wann in ein ekliges, mörderisches Scheusal zu verwandeln.
Das Ganze endet mit einem obligatorischem Hausbrand , in dem Vater und reptilische Tochter beide gleichermaßen umkommen. Diese einfache Geschichte wurde von Gilling

ungeheuer gekonnt in Bilder umgesetzt, und schon der Anfang beeindruckt. Ein Mann findet eine Nachricht vor, eilt in die Nacht hinaus auf ein Haus zu, sucht vergeblich nach den Bewohnern, geht zögerlich die Treppe hinauf. Jemand ruft ihm eine beschwörende Warnung zu, ein schemenhaftes Wesen, ein hastiger Biss von einem schemenhaften Kopf, die Spannung hat sich entladen, hat sich in Bewegung aufgelöst. Das Wesen ist davongeeilt, der Mann eilt mit schmerzverzerrtem Gesicht im Todeskampf und blauem Schaum vor dem Mund die Treppe hinunter, sein Wärter und ein Inder kommen hinzu, erbricht vor den beiden tot in sich zusammen. Der Film lebt vom Einfühlungsvermögen des R ein erotisches, wildes Lied spielt. Gilling übertrifft damit sich selbst. Da gibt es eine Schlüsselszene, wo die Tochter auf einem indischen Saiteninstrument spielt, die Leute trennen sich und einer von ihnen steigt in dem Haus, in dem der Zuschauer das Reptil weiß, die Treppe hinauf und man weiß auch, das dass Reptil im nächsten Augenblick zuschlagen wird und doch bricht es wie eine übermächtige Urgewalt über den armen, unbedarften Kerl her.

DAS SCHWARZE SCHLOSS (THE BLACK CASTLE) USA 1952 und Regie führt Nathan Juran. In den Hauptrollen Richard Greene als Sir Ronald Burton. Boris Karloff als Dr. Meissen, Lon Chaney Jr. als Gargon. Der britische Edelmann Sir Ronald Button hat berechtigte Annahme, daß der österreichische Graf von Bruno zwei seiner Freunde umgebracht hat. Er nimmt Kontakt mit ihm auf und besucht ihn auf seinem schwarzen Schloss, wo er dessen Frau kennen und lieben lernt und erfährt, das sie im Grunde die Gefangene ihres Gatten ist . Als der Graf bemerkt, welche Ziele Burton verfolgt, will er sich ihn auf mörderische Art und Weise vom Halse schaffen. Burton tut sich mit Brunos Leibarzt Meissen zusammen und kann dem grässlichen Lumpen mit Hilfe eines medizinischenn Tricks beikommen. Das ganze Machwerk mit finsteren Geheimgängen, Folterkammern, Alligatoren Gruben, wehenden Vorhängen, Käutzchen Schreien, knarrenden Fußböden, heulenden Winden und donnernden Gewittern garniert, aber von Gruselfilm keine Spur.

DAS SCHWARZE ZIMMER (THE BLACK ROOM) USA 1935. Regie führt Roy William Neill. Boris karloff als Gregor, Katherine De Mille als Maschka, Thursten Hall als Oberst Hassel, Eduard von Sloan als Arzt. Im frühen 18. Jahrhundert in der Tschechoslowakei. Eine Legende besagt, das die in einer abgelegenen Provinz herrschende Familie De Bergman untergehen wird, sollten ihr je Zwillinge geboren werden. Dies passiert. Während De Bergman über das Schloss und die Umgebung herrscht , geht Anton, sein Zwillingsbruder auf eine Weltreise. Als er zurückkehrt ist aus seinem Bruder eine sadistische Bestie geworden, denn im schwarzen Zimmer des Schlosses tötet er mit Vorliebe junge Bauernmädchen. Als die Bewohner des Landstriches Gregor auf die Schliche kommen, dankt er zugunsten seines Bruders ab, ermordet ihn jedoch heimlich, nimmt dessen Stelle ein, um weiter herrschen und Antons Braut Thea heiraten zu können. Dessen Vater kommt jedoch hinter das Geheimnis mit dem Resultat, das auch er im schwarzen Zimmer sterben soll. Gregor wird während der Trauung von Antons Hund angefallen. Er verrät sich, in dem er sich mit beiden Händen wehrt, denn Antons linker Arm war gelähmt. Auf der Flucht vor der aufgebrachten Menge zieht Gregor sich in das schwarze Zimmer zurück und stürzt unglücklich in das Messer, das ihm der steife Arm seines toten Bruders entgegenhält. Damit hat sich die Prophezeiung im letzten Akt des Dramas erfüllt. Mit seiner traditionellen, viktorianischen Geschichte der Prophezeiung verschlossenen

Räume, Familien Fluchten sowie den bitteren Gruselstoffschluss, Kirche und Friedhofsszenen, ist dies jene Art jenes gediegenen Melodrams, die es auf der Leinwand praktisch nicht mehr gibt ? Viele der Außendekorationen, gemalte, düstere Himmel, knorrige Bäume, wehende Büsche, auf und zu schwingende Scheunentore sind bewusst unrealistisch gestaltet. Ebenso wie die Wälder und die Felsenlandschaften in den ersten drei Frankenstein Filmen der Universal.

DIE VAMPIRE DES DOKTOR DRACULA (LA MARCA DEL HOMBRE LOBO) Spanien 1967. Regie führt Enrique L. Equielutz. Darsteller ist Paul Naschy als Graf Waldemar Daninsky. Ein von irgendwo dahergelaufener Tölpel, der sich Graf Wolfstein nennt, ist von einem Werwolf zu mitternächtlicher Stunde gebissen worden. Da er zum Schrecken seiner Umgebung wurde, des nachts seine Opfer umbringt, hat man ihm mit einem Silberkreuz, das jetzt tief in seiner Brust steckt in den ewigen Tiefschlaf versetzt. Als nächtens eine Zigeunersippe in der Wolfsteinschen Schlucht Zuflucht sucht, geschieht das, was wir alle vermuten. Eine gierige Hand streckt sich nach dem wertvollen Kreuz aus und da es Mitternacht ist, erwacht Wolfstein und bevor man ihm nun gänzlich das üble Handwerk legt, beißt er noch ganz schnell den Grafen Waldemar und so geht er nun Zähne bleckend, haarig und bissig umher. Die schöne Hyazinth, ruft einen Professor und Arzt nebst attraktiver Gattin zu Hilfe. Doch die beiden entpuppen sich als Vampire, die auch den toten Wolfstein Werwolf wieder zum Leben erwecken. Und bald darauf ist die schönste Balgerei und Beisserei zwischen Werwolf und Vampiren wieder in Gange. Solange, bis Hyazinth Waldemar von seinen Lei9den erlöst. Schocks auf Raten verspricht der Verleih und auch Entsetzen, das langsam den

Rücken hinunterkriecht und selten hat sich so ein Werbespruch als derart wahr erwiesen

LEBENDIG BEGRABEN (THE PREMATURE BURIAL)
USA 1962. Regie führt Roger Corman. Literaturvorlage Edgar Allan Poe. Ray Milland als Guy Carell, Hazel Court als Emily Gaut, Alan Napier als Dr. Gideon Gault, Brendan Dillon als Priester.

Panisches Entsetzen erfasst den Medizinstudenten Guy Carrekll, als er auf einem abgelegenen. Londoner Friedhof nächtens mutwillig einen Sarg aufbricht. Die zugesagte Leiche, die ihm zu Studienzwecken dienlich sein soll, ist offenbar lebendig begraben worden. Da Guy selbst an Katalepsie, ein krankhafter Spannungszustand der Muskeln leidet und er der festen Überzeugung ist, das man auch seinen Vater bei lebendigem Leibe beigesetzt hat, will er von seiner geplanten Hochzeit von Emily Gault, der Tochter seines Lehrers nichts mehr wissen. Emily überredet ihn jedoch, das es besser für ihn sei, wenn er sich nicht von der Welt abkapsle, aber ihre Hochzeit hat kaum stattgefunden, als Guy dessen Trauma es ist, in scheintotem Zustand eingesargt zu werden, plötzlich anfängt, hektische Aktivitäten zu entfalten. Bald darauf überrascht er seine Frau mit einem eigens für ihn ausgetüfteltem Spezialmausoleum, die ihm, sollte ihm das Unaussprechliche je widerfahren, das Überleben so lange gewährleisten soll, bis eilige Hilfe naht. Emily ist von Guys Besessenheit entsetzt, auch , auch Miles Archer, ein enger Freund der Familie, äußerst Bedenken. Er ist der Meinung, das Guy sich von seiner Neurose nur befreien kann, wenn er das Trauma seines Mausoleums aufgibt und zerstört bis auf die Grundmauern. Er ist es auch, der Guy auszureden versucht, sein Vater, so eine Schnapsidee sei lebendig begraben worden. Als man dessen Sarg jedoch öffnet, wird Guy eines Besseren belehrt. Seine Prognose war richtig und die Stellung in der das skeletierte Skelett seines Vaters im Sarg liegt, deutet darauf hin, das er nur scheintot war, mit aller Kraft versucht hat, den Sargdeckel, der auf ihm und seinem Leben lastete mit Gewalt zu öffnen. Dies kann an Kratzspuren von langen Fingernägeln rekonstruiertwerden, die rund um den Sargdeckel verlaufen und an denen Blut heruntergelaufen ist. Guy ist von dieser unumstößlichen Tatsache derart entsetzt das er nun mit aller Gewalt versucht ist, den Sargdeckel mit roher Gewalt zu öffnen. Dann fällt er in einem Anfall von Hilflosigkeit zu Boden, er lebt kann sich aber jetzt seinen Mitmenschen mit eigenen Worten nicht mehr verständlich machen. Panik erstarrt hört er mit, wie Dr. Gault und Miles seinen soeben festgestellten Tod feststellen und Vorbereitung für seine eigene Beerdigung treffen. Während Guy flugs darauf bestattet wird und er schon mit seinem Leben abgeschlossen hat, tauchen zwei Grabräuber auf, die im Auftrage von Dr. Gaults nach expirimentier freudigen Leichen Ausschau halten. Als sie den Sargdeckel öffnen springt Guy ihnen an den Hals und erschlägt sie beide. In einem anschließenden Wutrausch begibt er sich auf die Suche nach Dr. Gault und erschlägt auch ihn. Dann dringt er in Emilys Zimmer ein, schleift die sich verzweifelt wehrende Frau auf den Friedhof und begräbt sie bei lebendigem Leibe. Als Guy sich mit Miles in die Haare bekommt, wird er von seiner dazukommenden Schwester niedergeschossen, die die ganze Zeit gewusst hat, das Emily von Anfang an nur darauf aus war, Guys Wahnsinn auf die Spitze zu treiben, ihn so klammheimlich loszuwerden, um seine Erbschaft antreten zu können. Kates Schuss fällt zu Guys eigenem besten, denn die Niedertracht seiner Frau hatte ihn tatsächlich wahnsinnig gemacht gehabt. Dies war Roger Cormans dritter Film nach Motiven von Edgar Allan Poe. Und wie die anderen wurde auch dieser ein recht passabler Erfolg, weil er auch, aus rein vertraglichen Gründen ohne den gewohnten Poe Darsteller Vincent Price ausgeführt worden war. Zwar vielen die Kritiken diesmal etwas gemischter aus, aber Cormans Phantasie scheint bei dieser dritten Verfilmung an die literarische Vorlage etwas dünner geflossen zu sein und es gab sogar den einen oder anderen,ernsthaften Versuch, alles noch besser zu gestalten. Ein Übermaß an wabernden, schneeweißen Nebeln, Grüften, Sargtüren Geknarre, Spinnweben. Unbewegliche Leichen

DER WÜRGER VON BOMBAY (THE STRANGLERS OF BOMBAY) Großbritannien 1959. Ein weiterer Hammerfilm und die Regie führt Terence Fisher.

Guy Rolle als Captain Lewis. Indien im Jahre 1829. Die Ostindische Handelsgesellschaft hat mit einem großen Problem zu kämpfen. Zahlreiche Karawanen und zahlreiche Reisende verschwinden auf geheimnisvolle Weise. Als man den übereifrigen Beamten Connaught Smith auf den Fall ansetzt, obwohl Captain Lewis weitaus mehr Landeskenntnisse besitzt, quittiert letzterer den Dienst und macht sich privat an die Aufklärung des Falles. Nachdem unter rätselhaften Umständen Verschwinden seines Dieners gerät er auf die Spur einer fanatischen Kult Sekte, die Kali, die Göttin der Zerstörung anbetet. Sämtliche Fremden mit Seidenschalen erwürgt und sie in Massengräbern verscharrt. Smiths arrogante Sturheit, Lewis Erkenntnissen zu glauben, führt dazu, das er in die Hände der Würgesekte gerät und sein Leben lassen muss. Lewis deckt heimliche Verbindungen zwischen der Sekte, einem indischen Würdenträger und einem halb indischen Offizier auf, berichtet der englischen Handelsgesellschaft von seinen Erkenntnissen , startet einen Feldzug. Der zur Ausrottung der Sekte führen soll.

DER UNHEIMLICHE MR. SARDONICUS /(SARDONICUS

) USA 1961. Regie führt William Castle. Oskar Homolka ist
Krull. Ronald Lewis ist Sir Robert Cargrave. Audrey Dalton als
Maud und Guy Rolle als Sardonicus.
Der englische Mediziner Cargrave wird von seiner alten
Jugendfreundin Maud nach Böhmen gebeten. Sie ist mit dem
Geheimnis vollen Baron Sardonicus verheiratet. Einer
stattlichen, jedoch stets maskierten Erscheinung. Der um sich
nur Menschen mit entstellten Gesichtern duldet. Cargravve,
von Sardonicus Tischgesprächen leicht verunsichert, weil
dieser hauptsächlich nur über Grabschänder und
Leichenfledderer redet, erfährt nun zu später Stunde, warum
man ihn eingeladen hat. Der Baron hat angestachelt von seiner
ersten Frau als junger Mann das Grab seines gerade
verstorbenen Vaters geöffnet gehabt, weil sich in dessen Tasche
ein Lotterie Los befand, das ihm Millionen einbrachte. Der
Anblick seines teuflisch grinsenden Erzeugers hatte ihm jedoch
einen so starken Schiock versetzt gehabt, das er an einem
seelisch motiviertem Muskelstarrkrampf leidet und tatsächlich,
sein Gesicht sieht wie ein diabolisch grinsender Totenschädel
aus. Der Arzt Carggrave gibt sich alle Mühe, den Baron von
seinem Leiden zu heilen, aber umsonst. Als Sardonicus
erkennt, das ihm nicht zu helfen ist, will er auch Maud zu
einem entstellten Monstrum machen, denn so passen wir wohl
besser zusammen. Cargrave verfällt in seiner Verzweiflung auf
einen riskanten Versuch. Er findet ein noch im Stadium der
Entwicklung befindliches Präparat und versucht es mit einer
Schock Therapie. Die Behandlung ist von Erfolg gekrönt.
Sardinicus lässt Cargrave mit Maud von dannen ziehen. Doch
kaum haben die beiden das weite vgesucht, schlägt der
Muskelstarrkrampf wieder zu und zwar so, das der Baron seine
Zähne nicht mehr auseinander bekommt. Das bedeutet für ihn,
er muss elendig verhungern. Trotz zahlreicher Verrisse, die

dieses Produkt von William Castle sich einhandelte, wirkt der
Film schockierend auf den Zuschauer, am schlimmsten wird es,
in dem der junge Sardonicus sich als Grabschänder seines
eigenen Vaters betätigt.
DAS PHANTOM DER OPER (THE PHANTOM OF THE
OPERA) USA 1943 und Regie führt Arthur Lubin. Darsteller
sind Claude Rains als Enrique Claudin, Hume Cronyn als
Gerard, Fritz Leiber als Franz Liszt, Barbara Everest als Tante,
Susanna Foster als Christine.
Der Musiker und Komponist Enrique Claudin fühlt sich von
seinem Verleger betrogen. So tötet er ihn im Affekt. Dessen
Geliebte rächt sich an ihm. Säure entstellt sein Gesicht so
fürchterlich, das er sich hinter einer Maske verbergen muss.
Zusehends verfällt er dem Wahnsinn und um eine junge,
begabte Sängerin zu fördern, ist ihm jedes mittel recht. Durch
Anschläge in denen er auch nicht vor Mord zurückschreckt,
versetzt er das Publikum der Pariser Oper und seiner
Mitarbeiter in Angst und Schrecken. Langsam wird es ihm klar,
das die Sängerin keine andere als seine Tochter ist. Erst kurz
vor Schluss des Filmes kommt es zur Demaskierung. Ein
zusammenstürzendes Gewölbe begräbt das Phantom unter sich.
Bei der Würdigung der Filmmusik gehen die Meinungen weit
auseinander. So wird denn gesprochen von einem
geschmacklosen Ragout von Chopin und Tscheikowsky
Melodien, nach der schleimigen Machart der Amerikaner,
andere Kritiker vermerken ausgezeichnete Musik Partituren.
Bei der Beurteilung des Inhaltes scheiden sich die Geister,
Übersehen wird dabei leider die stimmungsvolle
Bildgestaltung, die den Kameraleuten des Oscar einbrachten.
Und die eindringliche Darstellung des Phantoms durch Claude
Rains. Obwohl kein ausgesprochener Spezialist für den
Horrorfilm, gelangen Rains doch einige sehr eindringliche

Darstellungen in diesem Genre. Niemand als er konnte so deutlich machen, das das Phantom selbst ein gezeichnetes, gehetztes Wesen ist. Seine schauspielerischen Schöpfungen waren die Karikaturen eines an Nietsche erinnernden, unabdingbaren Willens zur Macht, der keine Wahl in der Dinge seiner Grenzen erkennt. Da dieser Wille zur Macht immerdar verbunden ist mit der Form des Sendungs Bewusstseins, bleibt dem Scheitern des von Claude Rains dargestellten Verbrechens ein Hauch von Trauer und Einsamkeit zurück.

DAS GRAB DER LIGEIA (THE TOMB OF LIGEIA) USA 1964. Hier führte wieder Roger Corman die Regie und die Hauptdarsteller sind Vincent Price und Elisabeth Shepherd. Edgar Poes Erzählung von dem melancholischen Aristrokraten Verden Fell, der einst mit einer schwarzhaarigen Schönheit gleichen Namens verheiratet gewesen war, die auf mysteriöse Art und Weise mit dem Jenseits gestanden haben soll. Nach ihrem Tode flüchtet er sich in die Einsamkeit und dem Opium Rausch, heiratet später Rowena, die Tochter von Lord Trewanion. Auch sie erkrankt und behauptet, im düster, pompösen Schlafgemach seltsame Geräusche und Bewegungen wahrzunehmen. Der Gatte glaubt an Fieberträume, bis er eines Tages einen Schatten durchs Zimmer huschen und gleich darauf wie aus dem nichts heraus eine Rubin farbene Flüssigkeit in Lady Rowenas Wein Glas hinein tropfen sieht. Wie gelähmt lässt er zu, das die Kranke den Wein aus Geisterhand trinkt Drei Tage später stirbt sie. Während der nächtlichen Totenwache wird der vom Opium Berauschte heftiger als je von der Erinnerung an Ligeia heimgesucht. Plötzlich vernimmt er einen leichten Seufzer und sieht erstaunt, wie die Wangen des Leichnams sich zu röten beginnen. Alle Wiederbelebungsversuche sind umsonst und nach kurzer Zeit trifft die Leichenstarre wieder ein. Dieser Vorgang wiederholt

sich nächtens mehrmals, bis gegen Morgen sich die Tote schwankend aus ihrem Himmelbett aufrichtet, sich schwankend erhebt, durchs Zimmer wandelt. In ungläubigem Entsetzen wirft sich ihr Mann ihr zu Füßen, da lösen sich die Leichentücher wie von Geisterhand und und das rabenschwarze Haar des Leichnams der Ligeia wallt zu Boden. Ist Ligeia in Poes Erzählung eine mysteriöse Gestalt, die im Körper einer anderen aus dem Jenseits zurückkehrt, weil sie eine außergewöhnliche Liebe an ihren Mann bindet, so verhält sie sich in Roger Cormans Filmversion auf etwas ungebärdiger Art und Weise, was möglicherweise damit zu tun hat, dass sie ohne Christin zu sein, im geheiligten Boden bestattet wird. Zudem ist ihr Tod nicht registriert worden, weswegen sie vor dem Gesetz noch zu den Lebenden zählt. Als Verden Fell, der sich stark für den Messmerissmus interessiert, seine neue Frau spielerisch unter seine Kräfte zwingt, spricht sie plötzlich mit Ligeias Stimme zu ihm und eine geheimnisvolle Katze, die um Rowenas Grab herumstreicht, erweist sich Rowena gegenüber als äußerst unfreundlich. Fells Freund Christopher, dem die unheimlichen Erlebnisse zu denken geben, geht so weit, das er Ligeias Grab öffnet, zu seinem Entsetzen eine Wachspuppe darin vorfindet. Rowenas Geist wird von dem der angeblich Toten fortwährend unter Druck gesetzt, das wäre einmal eine Studie für Professor Freud gewesen, die Psychoanalyse einer Gehirntoten auf den Grund zu gehen.
Die schwarze Katze versucht sie in den Tod zu locken. Und dann kommt es vor, als Rowena plötzlich inn den Spiegel ihrer Seele schaut, blickt ihr Ligeias Antlitz entgegen. In einer finsteren Gruft stößt sie dann zu nächtlicher Stunde auf Fell, der neben dem einbalsamierten, unversehrten Leichnahm seiner ersten Frau sitzt. Er steht unter den hypnotischen Befehlen Ligeias, die ihn auf dem Totenbett angewiesen hat,

sie danach aufzubahren und bis zu ihrer Wiederkehr zu besuchen kommen. Rowena ist entsetzt und sie sieht nur einen Weg ihren Gatten von diesem Leid zu befreien, und so gibt sie sich sprichwörtlich als die wiedergekehrte Ligeia aus, das Fell ihr an die Gurgel geht und nur der rasch eingreifende Christopher, der sich im Kampfe gegen Fell wendet, sie vor ihrem Ende bewahren kann. Als die Gruft während des Kampfes unglücklicherweise auch noch Feuer fängt, erkennt fell plötzlich in einer lichten Sekunde, das Rowena selbst Ligeia ist, und in diesem Stadium vom bösen Geist Ligeias beherrscht wird. Und tötet sie. Nur Rowena gelingt in den Wirren des Kampfes die Flucht. Aus dem um sich greifenden Flammenmeer. Oder ist es doch Ligeia, die aus dem Jenseits kommt um sich eines fremden Körpers in teuflischen Absichten zu bedienen ? Dieser herrliche Dekor Film bietet eine interessante Wende in einer der besten Kurzgeschichten von Edgar Allan Poe. Aus der einzelne Passagen sprichwörtlich im Film verwendet werden. Die Erzählung der Geschichte wird rein aus der Perspektive des übernatürlichen dargestellt, setzt eine mystische, psychoanalytische Absurdität in Gange.
Roger Corman über seine letzte Edgar Allan Ope Adaption meint dazu:" Ich hörte mit den unheimlichen Filmen ganz auf, weil ich sie allmählich alle wie sie da waren Leid wurde doch ich wollte diesen Film noch so gestalten, das er sich so weit als möglich von meinen Vorläufern unterschied. Es war quasi der erste Film, den ich außerhalb unserer Studios aufnahm. „ Die Kulisse war ein altes Kloster in Norfolk das im Film als Vincent Prices Heim vorgestellt wird. Bilder und Kameraführung sind auch hier wieder von hervorragender Qualität. Sagt selbst Siegmund, Freud, der Meister der Psychoanalyse :"Das Grauen, die existentielle Tiefe, auch die Blasphemie von Poes Vorlage bleiben leider nicht erhalten,

sondern auf der Strecke, machen dafür aber dem phantasievollen, pathetisch und ironisch überzogenem Spiel, den großartigen Kulissen, und einer schwelgerisch ausgestatteten Farbdramaturgie Platz. Man benötigt schon einen gewissermaßen ausgesprochenen Sinn für das ungewöhnliche Machwerk, für dekorative Veräußerlichung, und nicht zu vergessen ein gerütteltes Maß an ironischem Flair, wofür Price bekannt ist, gegenüber literarischen Übermenschen, um nicht nur den Film, sondern auch meine Erzählung genießen zu können. Wer jedoch Bereitschaft dazu mitbringt, und dazu sind sie ja wohl alle hergekommen, der wird nicht enttäuscht werden...

9. DER SCHRIFSTELLER, DER DIE MAKULA AUGENKRANKHEIT BEKAM UND AN BEIDEN AUGEN OPERIERT WURDE... (er schreibt heute noch)

Ich habe mir in dieser Angelegenheit keinen Zeitrahmen festgelegt, auch kann ich nicht mehr genau sagen, wann ich bemerkte, das was mit dem rechten Auge geschehen war, es muss jedoch seit dem Tode meiner Mutter ungefähr vier Jahre verstrichen sein, als ich über dem Computer saß und mein erstes Buch TAROONA VON DER DRACHENBAUMINSEL, die Region waren die canarischen Inseln einhundert Seemeilen vor Afrikas Küstengewässern nach der Rechtschreibung ins reine schrieb. Die Sehkraft schien geschwunden zu sein. Die Gesundheit ist und bleibt das höchste Gut des Menschen, das gilt auch für Schriftsteller und mein Hausarzt un Satrup, das war damals Dr, Diebold empfahl mir einen Kapazität von Mann, es war Professor Träumer, der Haus und Praxis gegenüber der Flensburger Diako hatte. Ich war damals nicht so alt, war aber höchst erschrocken, als mir der Professor

242

erklärte, zu dem auch meine Großeltern und später meine Eltern gegangen waren, weil sie meist den grauen Star behandelt haben wollten, der nicht so schwerwiegende Folgen hat, denn den haben die meisten älteren Leute (die Trübung des Augenlichtes im fortgeschrittenen Alter) das ich ja wohl doch zu alt für eine Operation wäre, denn die MAKULADE GENERATION muss in erster Linie frühzeitig erkannt und behandelt werden. Ich gab zu, zögerlich gehandelt zu haben, denn als Schriftsteller, der sein Hobby zu verteidigen hat und fertig schreiben will zieht man wichtige Angelegenheiten meist in die Länge. Ich fuhr also gedankenverloren Nach Hause, damals wohnte ich noch auf dem Lande unweit von Flensburg und wartete ab. Ich saß wieder Tags darauf vor dem Computer, damals war ich schon pensioniert und musste zu tun haben, ich schrieb also mein Werk zu Ende und noch eines, noch eines, machte Urlaub auf den canarischen Inseln, die ich inzwischen alle kennen und lieben gelernt hatte und das Augenlicht blieb mir so eine Zeit lang erhalten, dann aber , nachdem ich zwei jahre nicht mehr zur Untersuchung nach Flensburg gefahren war, merkte ich plötzlich eine Verschlechterung meines Auges, nahm mir ein Herz und meldete mich erneut in der Sprechstunde bei Professor Träumer an. Wie immer saß das Sprechzimmer und die Warteräume voll von Menschen aller Altersgruppen und es waren nicht nur ältere und gebrechliche Menschen beider Schattierungen die behindert und verworrenen Ausdruckes auf die Behandlung warteten.Zum ersten mal bekam ich auch scharfe Augentropfen, die zur Untersuchung nötig waren, dann begannen erneut die Voruntersuchungen und ich musste auf den Schrifttafeln die Buchstaben und Zahlen llesen. Zuerst ging das auch sehr gut, weil mein linkes Auge gesund war, damals noch, aber je kleiner das Schriftgut das Sichtfeld auf der Vorlese Tafel wurde, desto schlechter konnte ich es mit dem rechten Auge erkennen und nach stundenlangem Warten wurde ich endlich wieder zu Professor Träumer vorgelassen, der mich herzlich begrüßte und sich nun wieder einmal das rechte Auge vornahm :"Die Sehstärke ist zwar weniger geworden, aber sie sind ja noch nicht zu alt für eine Augen Operation, Herr Fischer. Die Makulade Regeneration ist eine heimtückische Krankheit, die auch jüngere Menschen wie sie befallen kann. Gut, wir versuchen es ,ihr Auge zu retten und ich werde sie operieren. Kommen Sie in vierzehn Tagen wieder zu mir und nehmen Sie sich viel Zeit mit. Ich habe viele Patienten, aber für Sie werde ich mir Zeit nehmen und nehmen Sie zwischendurch die Augen Tropfen, die ich Ihnen verschrieben habe!" „ Wie werden Sie vorgehen, Herr Professor, muss ich mich auf eine Bahre legen, auf einen Stuhl setzen? Greifen Sie zum Scalpel, lösen sie die Netzhaut des Augen und pflanzen Sie eine neue künstliche Netzhaut ein, man hört ja in letzter Zeit viel von Augenoperationen aus der Fachklinik in Kiel, muss ich anschließend zur Nachuntersuchung ins Universitäts Klinikum, wird Bettruhe verschrieben? Ich kann mein Haus nicht so lange alleine lassen?" „Nichts von alledem, Herr Fischer, ich werde ihr Auge mit dem Laser behandeln, dazu brauche ich nichts weiter als eine sehr ruhige Hand und bringen Sie Geduld und Spucke mit. Wird schon werden!" Ich nahm also beim Lesen weiter die verschriebenen Augen tropfen. Es ging sehr gut, denn mit dem linken Auge konnte ich jede Zeitung, jedes Buch und jeden Film im Fernsehen und auf meiner Super 8 Leinwand verfolgen, doch je näher die Stunde der Wahrheit kam, desto mulmiger wurde es mir, trotzdem aß und trank ich mit gutem Appetit, ging viel an die frische Luft, machte meine Liegestütze, mähte den Rasen und pflückte mir das Obst von den Bäumen, vermied weiterhin Alkohol und Zigaretten, die ich bis heute nicht anrühre, weil ich ja früher neben den kaufmännischen berufen auch den Ernährungs Berater Brief gemacht hatte, setzte mich, als meine Stunde geschlagen hatte mit gemischten Gefühlen ans Steuer und fuhr nach Flensburg zu Professor Träumer. Es dauerte wirklich geschlagene zwei Stunden, ich war früh dran, bis das OP vorbereitet war und ich saß nun in einer kleinen Kombüse Professor Träumer im weisen Kittel genau gegenüber „Nun beugen Sie sich ein wenig vor, pressen Sie das rechte Auge in die vorgeschriebene Kapsel und schließen das linke Auge, dann geht es auch schon los, nicht zittern bitte, sie sind doch ein Mann!" Ich sah ein striktes gewaltig helles Licht auf mich zukommen, das heller und heller wurde und schließlich war es unerträglich hell, aber es variierte ständig!" Das war der Laser, der Auge, Netzhaut und dergleichen behandelte und Träumer befahl mir mich wenig zu bewegen und meine momentane Sitzposition einzuhalten:"So ist es gut so!" Anfangs war die Operation die nur durch helles Licht durchgeführt werden konnte im Augapfel zu ertragen, doch je länger die Sitzung dauerte, desto unruhiger, nervöser wurde ich und schließlich musste ich mich bezwingen, nicht aufzuspringen und fortzulaufen, das linke Auge musste geschlossen bleiben. Professor Träumer erklärte mir zwischendurch was er nun am Auge unternahm, doch dann fing mein Kopf an zu wackeln und er riet mir"Beißen Sie die Zähne zusammen, sie sind doch ein ganzer Kerl, Herr Fischer, ein Mann der so was mit links aushalten kann!" Das Aushalten dauerte sage und schreibe zweieinhalb Stunden, dann war es geschafft:"Sofort nach Hause fahren, die dunkle Sonnenbrille aufsetzen, die ich Ihnen verschrieben habe, die behalten Sie drei Tage auf der Nase. Nicht fernsehen, nicht lesen und schon gar nicht ins Freie und an die Luft gehen, wenn Sie das beherzigen, dann dürfen sie am vierten Tage wieder wie gewohnt leben und kommen nach vier Wochen wieder zu mir in die Praxis. Ich muss feststellen, ob das Bindegewebe vernarbt und das Auge trocken ist, bleibt es feucht, müssen wir nochmals operieren!" Nach den verstrichenem Tzeitraum war ich pünktlich wieder in der Augenklinik von Professor Träumer und wieder Verstrich ein langer Zeitraum bis Träumer sich mein Auge unter dem Stettoskop betrachtete:" Trocken, herzlichen Glückwunsch, meine OP hat sich für Sie gelohnt, aber noch nicht zu früh freuen. Sie kommen alle vier Wochen zur Nachuntersuchung, dann sehen wir weiter und nun dürfen sie auch wieder an den Computer und schreiben, nehmen sie die Tropfen und gehen Sie mit Überlegenheit ans Werk, allzuviel Schreiben schadet dem Auge, diese verfluchte Makula. Es können viele Jahre vergehen, man wird sehen, wie sich ihre Sehstärke weiter entwickelt, das Alter haben sie wie alle Menschen noch vor sich. Nutzen Sie die Zeit!" Diesen gutgemeinten Ratschlag habe ich befolgt. Inzwischen bin ich umgezogen, wohne in einer Platzangstwohnung in Süderbrarup und durch die Verzweiflung in beengten Wohnräumen zu leben, zu wirken und zu schreiben habe ich nun 24 internationale Werke, historische Werke für ganz Europa fertiggebracht gehabt, wie gesagt, das gelang mir nur weil ich erstens sehr belesen bin Thema geschichtliche Werke nach Christus und zweitens, weil ich den Mut t aufgrund meines Wissen nicht verloren hatte und einen guten, willigen Leptop besitze. Leider bin ich einem Buch Agenten in die Hände gefallen, weil ich nicht alles bewältigen kann und doch die Inhalte, die Rechtschreibung und die Exposee ausgereift für die späteren Sponsoren und den Verleger schrieb, der sich leider zu viel Zeit für die Bearbeitung und die Veröffentlichung der Werke nimmt, weil ihm das Geldverdienen und die rührige Kundschaft und seine Termine wichtiger als ein Menschenleben sind, ich nenne

246

hier keine Namen, es dauert bereits zwei Jahre an die Warterei, inzwischen sind dadurch Krankheiten entstanden, die ich tapfer ertragen muss, wer weiß. Die Makula kehrte zurück in Gestalt des linken Auges, inzwischen ist man schließlich älter geworden und ich habe mein Augenlicht Leptop, Buch Werken und kostbare Lebensjahre geopfert, die nicht wieder gut zu machen sind, es sei denn... Dr. Paul in Kappeln schickte mich nach der Eckernförder Augen Klinik, dort bekam ich 2017 bis 2018 sieben starke Spritzen ins Rechte Auge verpasst, auf der Bahre liegend und ich vernahm von einem älteren Patienten, der mir die tröstenden Worte sagte:"Makula habe ich auch, doch, es wird besser!" Seine Worte gaben Kraft und es stimmte, die Sehstärke nahm wieder zu, wenn auch das rechte Auge und das Muskelgewebe nicht mehr zu retten war, aber durchaus kann ich damit auch noch viel erkkennen. Ich habe nun zwischen den Augen Operationen mit den Spritzen meine Lebenswerke zu Ende geschrieben, die umfangreichen WIKINGER SAGAS , den Pharaonen Historien Roman Mykerinos, die Flensburg Saga DAS KNIRSCHENDE GEBISS, dazu viele Satire Geschichten aus Flesburg und Süderbrarup,
die tatsächlich der Wahrheit entsprechen und nicht zuletzt die TAROONA Werke aus der Region der canarischen Inseln, meine zweite Heimat, doch die erste Heimat bleibt Flensburg, wo ich geboren, aufgewachsen bin. Die Augen Operationen ob mit Laser oder Spritze habe ich geschafft, wie die Zukunft aussieht, man muss gefasst sein, eine Vorsorge Kur Modell 21 ist bei der DAK eingereicht, dafür habe ich auch alles Menschenmögliche getan, nur die große Schwierigkeit liegt an der Veränderung der Wohnsituation, da bin ich sehr sensibel wenn ich sehe wie die Flüchtlinge mir in Flensburg mir Wohnung und Wohnraum streitig machen, wo ich Mitglied der

Gewoba bin und ich sage es ganz ehrlich und im Vertrauen auf diese Institution, ohne die Heimat lebt man sehr schlecht, jeden Tag Angst und Zweifel die es zu beherrschen geht. Die Zeit ist reif, ich habe etwas gewagt, ich bin noch nicht ganz am Ziel aber was sagte doch Professor Träumer:"Sie sind doch ein Mann, Herr Fischer!" Die Lebensjahre von siebzig auf achtzig sind allzu kostbare Jahre, man muss sie zu nutzen wissen, das geht nicht ohne Hilfe von Menschen, ob es nun Augenärzte, Sponsoren, gute Freunde, nicht Verwandte oder Wohnungsbaugesellschaften sind, ich höre bald mit dem ewigen Blinzeln vor dem Leptop auf, denn die Heimat Flensburg ruft mich in meinem Herzen, haltet mir die Türen weit, jetzt oder nie !?

10. WARTEN BIS MAN ZUM TIERARZT MUSS, MUSS ?

Tierfreunde waren wir immer, ich von klein auf an. Erst hatte ich einige Hamster in der Bismarckstraße, die im Tierrahmen verschwanden, nach tagen mit verklebten Augen wieder zu Vorschein kamen und ihren alten Platz im Aquarium mit der Drehrolle, der Hütte und der Holzwolle wieder einnahmen, auch wenn sie aus der dritten Etage auf die erste im Treppenhaus hinunter vielen, dann rappelten sie sich wieder auf und lebten noch eine Zeitlang weiter. Später kauften meine Eltern die beliebten Wellensittiche und einer von ihnen sprach so viel und so gut wie keiner wieder danach gesprochen hatte, doch sie vertrugen nicht viel Wärme und als meine Eltern eines guten Abens nach dem Theater Besuch wieder in die Wohnung kamen, lag der Wellensittich regungslos im Käfig, die Heizung wars, die Wärme, die Heizkörper waren zu weit aufgedreht worden. Später waren wir in Amrum bei einem Bauern in den ferien meines Vaters einquartiert gewesen. Im Stall bekam die

248

Katze junge und ich durfte mir eines aussuchen, Wir pebbelten die junge Katze mit Milch und Zwieback und ich weiß nicht mehr alles was sie noch bekam auf, sie wurde ein ansehnliches, freundliches Raubtier in unserer Etagenwohnung und es muss aber am Fressen gehapert haben, sie setzte überall ihre Haufen, zerkratzte mir Hände und Arme, aber als Kind nimmt man solches im kauf, da man ja einen netten Spielkameraden hat, der sich nach den Schulaufgaben intensiv mit ihnen beschäftigen kann. Eine alte Frau holte die Katze schließlich aus meinem kindlichen Leben hinweg und das war sehr, sehr bitter. Später bekamen wir im Angelsunder Weg sieben einen hübschen Pudel. Ob es nun am Verkaufspreis des Tieres oder an der Arbeit selbst lag, ich kann es nicht mehr sagen, wir gaben ihn in die Hände der Verkäufer wieder zurück, denn wir hatten uns ausbedungen, das Jungtier nur vier Wochen zur Probe zu behalten. Vögel hatten wir immer, einmal die unzertrennlichen zwei. Vater ließ das Fenster auf und schon waren sie entschwunden. In der Angelburger Straße in Flensburg gab es einen Tierladen und in seinem Käfig saß ein wunderschöner, kleiner lustiger Geselle von weißem Kakadou mit gelbem Kamm auf dem Kopf, den wir nach dem Sehen durch die Ladenscheiben sofort ins herzu geschlossen hjatten. Mit Bauer kostete er 1.200 DM und wir drei, ich, Vater, Mutter teilten uns den Preis, jeder von uns gab vierhundert DM in die Kasse und er gehörte von nun an zu uns. Es wurde ein lustiges, gelehriges Tier, der alles mit sich machen ließ, ich habe noch einen Super 8 Film mit ihm drehen können und ein kleines Drehbuch gestaltet, ob er sich nun auf unserer Schulter nieder ließen und unsere Haare zupfte, ob er auf dem Türgriff saß und die Schlüssel abzog, ob er hinter das Sofa Kuissen lief und sich mit dem löffel auf den Schnabel klopfen ließ, oder ob er das Rollo bis zum Anschlag bis zur Fensterbank hinunterzog oder

in die Badewanne zum duschen ging, es nahm kein Ende. Als
wir in unser Haus auf dem Lande umgezogen kam er mit, dort
haben wir weitere dreißig Jahre mit ihm verbracht. Meine
Eltern starben dort nacheinander. Vater hatte dem Jackolein
immer wieder Schokoladenkekse gegeben und sich nichts
dabei gedacht, auch nicht, als er auf seiner Schulter saß, sich
streicheln ließ und unbemerkt die Schranktür mit den Anzügen
anknabberte. Ich bemerkte dann, das er öfter nach Luft
schnappte, mir dämmerte das allmählich mit den Keksen, ich
ging zu Frau Dr. Gitzel in Satrup, sie gab mir Tabletten mit, die
ich im Wasser auflösen musste, aber es war zu spät, das
wunderschöne kluge Tier lebte nicht mehr lange. Sylvester
2005 kam ich vom Einkauf zurück, er flatterte mir mit letzter
Kraft entgegen, legte sein Köpfchen in meine Armbeuge,
erzählte mir etwas und nannte mich beim Namen, dann flog er
zum Bauer zurück, breitete seine herrlichen weißen Flügel
aus... und verschied. Ich weinte heiße Tränen, er war mein
Kind gewesen und nun war ich plötzlich alleine im Haus und
konnte mir nach all den Jahren die alten Super 8 Tonfilme nicht
mehr ansehen, das Ende war zu schmerzlich gewesen.
Einfuhrverbot von Vögeln, das kam dann, ich suchte viele
Jahre vergebens nach einem Züchter, der Kakadous verkauft,
aber die Witterung usw. machte nicht mit und niemand konnte
mir mehr einen Kakadou anbieten, denn so einen wie der
unsere, so denkt man, den kriegt man nie wieder. Heute habe
ich einen Grau Papagei, jetzt schon vierzehn Jahre, er ist leider
nicht so zahm wie der Kakadou, spricht auch nicht sehr gut und
ist nicht stubenrein, beißt gerne in die Finger, doch da gibt es
ein Ärgernis. Nicht, das ich ihn nicht mag, er ist auch nicht
stubenrein und das Vogelbauer muss alle zwei tage gereinigt
und Sonnenblumenkerne nachgefüllt werden.
Sonnenblumenkerne und Bananenscheiben isst er am liebsten,

nein das ist es nicht und im Hause im Dorf war alles in
Ordnung, aber hier in der kleinen Wohnung in Süderbrarup fing
nach meinem Einzug, nicht gleich, sondern einige Jahre danach
sein Schnabel an zu wachsen, der musste beschnitten werden
und die Tierärzte halten auch gleich mit lustigem Gesicht die
Hände auf. Der Tierarzt in Kappeln wollte zuerst sein Honorar,
die Rechnung bezahlen erst dann brachten seine Assistentinnen
Bauer und Vogel in den OP Raum um den Schnabel zu kürzen.
Ich nach draußen, denn das Tier schreit ja laut wenn man ihn
packt und dabei beißt er auch, aber der Arzt wird ja wohl
Handschuhe haben. Jedenfalls meinte der:"Auch meinte der
lachend:"Auch wenn Sie wieder nach Flensburg umziehen, ich
bin der einzige Tierarzt im ganzen Land, der seinen Schnabel
beschneiden kann, das kostet 58 Euro, dann müssen sie
herkommen, sonst stirbt er ihnen weg. Ich bin der billigste und
wenn Sie zur Kur wollen, hier in meinen freien Käfigen ist er
gut aufgehoben, der Preis und die Verpflegung pro Tag
betragen 9 Euro!"
Ich will nicht von der Gnade und der Ungnade des Tier Arztes
abhängig sein, denn die Schnabel Beschneidung und der Preis
sind nun mal Wucher, der Arzt nutzt die Not der Tierhalter
weidlich aus, sonst, habe beschossen zu einer Tierärztin in
Steinbergkirche bei der Apotheke zu gehen. Dort soll ich, wenn
einmal der Schnabel wieder zu lang gewachsen ist vorstellig
werden, ihn vorführen, dann bekomme ich einen Termin zur
erneuten Schnabel Beschneidung die höchstens 20 – 30 Euro
kosten darf . Es gibt keine Vergünstigungen, keinen
Sonderpreis und keine Rücksicht auf Verluste, schließlich
leidet der Vogel ja auch wenn es ihm flugs an den Kragen geht.
„Was meinen Sie, wer alles zu mir kommt," berichtet der
füllige, fröhliche Tierarzt, sie kommen alle von fern und nah
um ihre Vögel die Krallen beschneiden zu lassen. Wie wäre es

mit Ihnen, Herr Fischer, Krallen Beschneiden müssen sie auch, nur 20 Euro für einen Fuß, das ist doch kein Geld, ich bitte sie!" Zu dem gehe ich nie wieder und draußen vor der Tür hält ein eleganter Wagen mit einem noch eleganterem Herren, der einen kleinen Pappkarton aus seinem Kofferraum holt, darinnen kreischt sein Papagei."Die Behandlung passt ihm nicht, dabei ist es doch nicht der Rede wert," meint der Mann, der ebenfalls mit seinem Vogel zur Behandlung erscheint. Ich stoppe ihn, er hält erstaunt inne und fragt, was ich von ihm will:"Ganz im Ernst," erkläre ich ihm und ich sage es auch mit Nachdruck;" der Tierarzt nimmt es von den Lebendigen, das harte deutsche Tierschutzgesetz schreibt zwar per Gesetz die unmöglichen Preise vor und alle sind auf ihn angewiesen Behauptet der Arzt, aber machen sie doch das böse Spiel nicht mit, sondern geben sie ihm ihren langjährigen Tierarzt den Laufpass, gehen sie doch nach...!" Der Eitle und wichtigtuerische Mann unterbricht mich barsch bei meiner Volksrede, die verhindern soll, das der Tierarzt sich weiterhin dumm und dämlich an seinen Papagei Kunden verdient, aber sie scheinen alle genügend Zaster zu haben, Geld spielt wohl keine Rolle:"Das ist und bleibt mein lang jähriger Tierarzt, der Preis ist angemessen, den zahle ich seit Jahren und zahle ihn auch weiterhin. Gehen Sie doch woanders hin, wenn es und nach mir der gewisse Tierarzt...ihnen nicht passt!" So weit, so gut. Auch ich wünsche für mein Tier die bestmögliche Behandlung, also wenn es wieder so weit ist sieht man mich Steinbergkirche bei der Tierärztin wieder, bis dahin, gut Fuß und Schnabel,

11. UNSER HAUS AUF SYLT...

Ich war immer ein sensibler Mensch, die Kaufmannslehre in Hamburg hatte ich bereits vor 1970 abgeschlossen, doch in der ganzen Lehrzeit hatte ich Heimweh nach Flensburg, meiner Heimatstadt gehabt. Jetzt war es geschafft, ich hatte zwar noch keine Anstellung, aber meine Eltern rieten mir, erst einmal im Hause meiner Eltern früher Großeltern eine gewisse Zeit auszuspannen, die frische luft der Meeresinsel und das Bad außerhalb der Dünen im Meer zu genießen, abzuschalten, dann wollten sie schon sehen. Gesagt, getan. Ich wohnte damals in der Lehrzeit die drei Jahre in Hamburg Wandsbek auf der Wandsbecker Chaussee im Reformhaus Klich währte noch im Vorort in Bargteheide, musste zwei Jahre lang mit dem Moped meines verstorbenen Großvaters von Bargteheide nach der Bahnstation Hoisbüttel früh morgens zurücklegen, bewaffnet mit vegetarischen Brotschnitten und einer Thermoskanne voll heißen Tees, dann zu Fuß in die Lehre, darüber schweigt der Fachmann. Ich wusste nur, ich ging in dieser zeit nicht mit leeren Händen nach Hause, immer die besten Honige, die beste vegetarische Mahlzeit und die wertvollen Frucht und Mandelschnitten in der Aktentasche. Ich hatte als Lehrling ein Jahr lang die Reformhaus Filiale des Chefs in Marienthal alleine führen dürfen, bekam ein gutes Abschluss Zeugnis und war erst ein Jahr lang Fachverkäufer in Reformhaus Bein zu Hanburg Rahlstedt gewesen, wo die Söhne, die damals in Hamburg studierten immer kamen, in die Kasse griffen, um ihren Lebensunterhalt zu bestreiten. Es kam zu Zerwürfnissen , die Kinder, die schreckliche alte Chefin, ich dazwischen, die Kasse. Meine Mutter und mein Vater besuchten mich oft in Bargteheide, dort hatte ich in einem Einfamilienhaus eine große Etage ganz für mich allein mit einem 12 m langen Balkon, das waren noch Zeiten, die Mieten waren tragbar, sogar billig von jedermann zu bezahlen, die Hausvermieter nett, die konnte man sogar zu einem Super 8 Filmabend einladen, was ja heutzutage völlig abwegig und als absurd zu bezeichnen ist. Die Vermieter kassieren große Preise, immer mehr immer mehr, sie können tun und lassen was sie wollen, es ist ihr Eigentum und niemand sagt etwas geschweige denn greift in den Wahnsinn ein, die Menschen auszunutzen und das letzte Geld aus den Börsen zu pressen, wir feierten einige Jahre Weihnachten und Neujahr in Bargteheide, und dann kam 1970. Meine Eltern holten mich mit dem wagen ab, damals war es ein NSU Prinz Automatic nichts wie weg, auch wenn es eine schöne Zeit gewesen war, ich war in Abhängigkeit, hatte gezeigt was ich konnte und einmal musste Schluss sein. Die Möbel wurden von Hartmann, Lindewitt abgeholt, einem Händler aus Lindewitt bei Flensburg, der alles einkaufte und wieder teuer verkaufte was sich ihm anbot. Er war Kunde bei meinem Vater auf der Bank gewesen und sie hatten sich gegenseitig viele Gefallen getan. Jedenfalls fuhren wir vorweg, Hartmann in seinem schmutzigen Kittel, immer ein fröhliches Lied im Gepäck, Weintrauben und Äpfel in der einen Hand, in der anderen Kinder fuhren wir los zurück über die alte Autobahn und mit dem Bummelzug, dem Autozug von Niebüll aus rüber nach Sylt, dann nach Westerland, dann zum Ammsel Weg 1 das alte Haus der Großeltern erwartete uns mit frisch bezogenen Betten und trotzdem in einem schlechten Zustand. Darauf komme ich noch zu sprechen. So zog ich 1970 zusammen mit meinen Eltern ins frühere großväterliche Ferien Paradies ein, wo ich fast zwei Jahre bleiben sollte, denn damals war es schon schwer die passende Stellung zu finden, doch ich war jung, frei und ungebunden, was sollte es, außerdem musste ich noch meinen Führerschein der Klasse 3 erringen und meldete mich bei der damaligen Fahrschule Wolter zum fahren an, denn die Theorie hatte ich schon in Ahrensburg mit Null

254

Fehlern bestanden. Bald ging es los, die Fahrstunde war billig, nicht der Rede wert und zwischendurch übte ich heimlich in unserer Straße im Amselweg vor und zurück setzen, dann ging es in die Nähe in eine Tiefgarage, wo ich weiter fahren übte. Meine Mutter bekam eine Anstellung im Westerländer Kino Kapitol und Vater Rolf musste flugs nach Flensburg zurück, um seinen Beamtenposten nach 45 Jahren Zugehörigkeit nach seinem Urlaub mit uns wieder aufzunehmen. Er hatte nur noch einige Jahre um seine Berufstätigkeit in der Kreissparkasse abzuschließen und ich fuhr die ersten Stunden mit Wolter, leider flog ich zweimal beim Fahrprüfer durch, das zweite mal, ich erinnere mich gut, da war das Schild des Verbotes der Fahrtrichtung und der Einfahrt (eine Einbahnstraße) auf hölzernen Balken so hoch gewesen, das ich es vom Fahrersitz aus nicht erkennen konnte, trotzdem musste ich noch einmal fahren und in Westerland muss man mit rechts vor links in den Seitenstraßen gefährlich aufpassen:"Fahren Sie einmal auf einen Parkplatz da vor uns, dann setzen sie in eine Parklücke ein!" Das tat ich denn auch, denn der ganze Parkplatz war leer und ich konnte einen beliebigen Parkplatz auswählen, jeder andere wäre auch recht gewesen, da hatte ich bestanden.Der Fahrlehrer beglückwünschte mich, der Prüfer drückte mir lächelnd den Führerschein in die Hand:"So gut wie sie fahren hätte ich Ihnen schon beim letzten male den Schein der Klasse drei aushändigen sollen!" Das hatte er dann nachgeholt und das zu hoch gesetzte Schild mit dem Verbot der Einfahrtrichtung, vergeben und vergessen. Die Freude über das erreichte war wichtiger. Ich rannte nach Hause. Mutter umarmte mich und dann musste ich zum Vorstellgespräch nach Reformhaus Werner, denn um den Verkäufer Posten hatte ich mich ja bemüht. „Na, sie haben ja noch einen Fachschulkursus in Bad Homburg zu absolvieren, lernen Sie fleißig, Herr Fischer, vor

allem was über Algen Produkte und Yin und Jang, die Lehre über das ewige männlich und weibliche, das haben sie noch nicht drauf. Ich fahre mit der Familie jeden Winter nach Sankt Moritz zum Ski Laufen, dann müssen sie das Geschäft und den Post Versandt alleine passen !"
Es waren keine glücklichen Umstände, die mich und meine Mutter Ilse damals veranlasst hatten, ins Westerländer Haus zu den Werners zu kommen, um das Gehalt für die damalige Anstellung auszumachen und Werner war mir von Anfang an nicht sympatisch. Seine Frau war irgendwo Sekretärin in einem Sylter Bürohaus gewesen und die Kinder, so erklärten die beiden, junge und Mädchen wüchsen ohne Medien auf, keine Zeitung, kein Fernsehen, nicht einmal Bücher, doch Radio durften sie hören. Das kam uns merkwürdig vor, doch wir verhielten uns dementsprechend:"Sechs Hundert Mark (1970) zahle ich ihnen auch, keinen Pfennig mehr Gehalt," erklärte Werner, dazu müssen sie den Postversand über nehmen, die Kassenführung dazu und den Rudolf schock bediene ich alleine, wenn er mit seinem weißen Bademantel den Laden betritt.Er ist mit einem Diener zu begrüßen und dann müssen sie mich rufen!" „Und wenn der Opernstar, der hier ein Haus besitzt sie nicht antrifft, dann darf ich ihn bedienen, den können wir doch nicht warten lassen bis der Arzt kommt?"
„Egal," meinte er ernst;" wo ich auch bin, wenn er den Laden betritt und seine Tüten mit Smyrna Feigen, Manna und Muskat Datteln verlangt rufen sie mich an, wo ich mich auch befinde, ich komme!" „Auch wenn sie in Skt. Moritz sind?! Werner überlegte:!Dort bin ich nur im Winter, im Winter kommt Schock nicht nach Sylt, da kauft er in den Reformhäusern in der Stadt ein!" Wir kamen an dem Abend, der sich über Stunden hinzog mit meinem Gehalt nicht weiter. Ich hatte bei Bein sechshundert DM verdient und konnte mehr

Geld verlangen, doch er wollte nicht und aus der Anstellung wurde nichts draus. Rudolf Schock wird sich gefreut haben, oder etwa nicht...? In Westerland ga es Saisonarbeit in den wenigen Lebensmittel Kunden die damals existierten. Ich kann mich noch gut an Edeka im Stadtkern von Westerland erinnern, doch die Bezahlung war schlecht, das Arbeitsamt konnte mir keine Vollzeittätigkeit auf die Schnelle anbieten, so blieb ich erst einmal im Amsel Weg mit meinen wenigen Habseligkeiten wohnen, doch eine kleine Filmsammlung auf Super 8 hatte ich schon mit gebracht und wenn auch ohne Ton, es waren auch Chaplin Filme und Laurel und Hardy wer sonst dabei und so verlebten wir angenehme Tage, angenehme Wochen und Monate, dann wollte ich ins Elternhaus nach Flensburg in den Angelsunder Weg zurück, dort in Flensburg bekam ich beim Kaufhaus Hertie eine Anstellung und konnte sofort anfangen. Vater wurde von meiner Mutter ins Haus nach Sylt zurückgerufen, er musste sich um die Hausangelegenheit kümmern. Das Haus hatten einst die Großeltern gekauft, als sie noch die Gastwirtschaft in der Flensburger Marien Hölzung als Pächter bewirtschafteten, sie hatten in das Sylter Haus investiert, aber damals war es schon von außer marode und baufällig gewesenn und meine Eltern hatten ihre liebe Not damit gehabt. Solange wie es noch ging, fuhren ich und Vater Rolf jedes Wochenende, wo wir beide nicht arbeiten mussten über Dänemark zur Insel Röm mit den neuen Wagen, setzten mit der Auto Fähre hinüber nach Sylt, fuhren von List hinunter nach Westerland,dann zum Amsel Weg, wo meine Mutter uns schon erwartete. Sie kochte immer selber, wir waren eine gute Familie, solide, gingen nie aus, schliefen über das Wochenende dort im Haus und Montags früh ging es zurück wieder über List, Insel Röm, Nordsee, Dänemark und dann nach Flensburg. Um unsere Tätigkeiten wieder aufzunehmen, das war ein

Leben, zwar anstrengend, aber erholsam. Ich sammelte damals Film Plakate aus den Kinos. Mutter Ilse war im Capitol Kassiererin, Karten Abreisserrn und Frau für alle Fälle gewesen. Einmal erzählte sie uns, die Werners seien in einen Sexfilm gegangen und flugs darauf seien sie aus der Dunkelheit zurückgekehrtb und hätten sich im Foyer gezankt und sich böse Worte um die Ohren geschlagen:"Das wusste ich doch nicht, das Du mich in einen Sexfilm schleppst, dazu noch von der schlimmsten Sorte, den kannst du Dir alleine ansehen. Ich gehe nach Hause!" Dann folgte er mir erschlagen wie in braves Hündchen nach, das mit dem Schwanz wedelt, meinte meine Mutter lachend."Das war ein Bild für die Götter gewesen!" Als die JAMES BOND FILME mit Sean Connery und anderen Filmgrößen im Capitol liefen, ich erinnere mich auch an das grinsen von Gert Fröbe als GOLDFINGER, durfte ich klammheimlich eines Abends einmal in den Abstellraum, wo das Kino Material, die damals noch nicht so wertvollen Kino Plakate in Schubfächern lagerten, ich konnte mir das heraussuchen zwischen all dem Krimis Krams, den tollen Werbefotosätzen und Plakaten was ich mir so vorgestellt hatte, ich suchte lange:"Beeile dich, jeden Augenblick kann Kontrolle des Filmvorführers kommen, die brauchen die Fotos für den Aushang, wenn sie dich hier erwischen, dann ist der Teufel los und ich...!" Ich drängte Mutter zur Tür hinaus und suchte weiter, diesmal beeilte ich mich sehr, bald darauf verschwand ich mit einem großen Stapel Kino Material und Tags darauf berichtete mir meine Mutter, der Filmvorführer hatte sich die Haare gerauft und stundenlang nach den >Fotosätzen gesucht, nicht gefunden und so mussten sie den James Bond Film vom Programm nehmen und auf einen anderen zurückgreifen! Ich bin später, als wir wieder in Flensburg wohnten noch öfters im Kino gewesen, es ging aber , das waren schon die 9o ger Jahre

258

nur um das Karl May Material mit Lex Barker und Pierre
Brice, um Winnetou und Old Shatterhand, denn schon die
kleinsten Plakate brachten das Stück 50 Dm ein und ich hatte
einen Abnehmer dafür in München. Was nun das Haus im
Amselweg betrifft, Vater konnte die Rechnungen nicht mehr
ausgleichen, denn zudem musste auch unser Haus im
Angelsunder Weg in Flensburg bezahlt werden, die
Monatsmieten wurden monatlich angewiesen und die
Nebenkosten und wenn das Haus in Sylt auch nur die
Nebenkosten verschlang, die waren zu hoch für einen Bank
Beamten und da wollte keiner als Mieter drinnen wohnen, weil
die Heizungen undicht waren und des nachts zog es an allen
Ecklen und Kanten, daher wurde ein Makler beauftragt, der
Vater Achtzig tausend Dm auf die Hand blätterte und es
verstand zu sagen," mehr Geld ist da nicht drin und selbst wenn
sie einen Privatinteressenten finden sollten, der muss viel mehr
investieren als er bezahlen konnte!" Damals es waren andere
Zeiten, da konnten es die Grundstücksspekulanten mit den
Eigentümern so machen, heute besitzt unser ehemaliges
Grundstück alleine schon einen Wert von zwei Millionen, dazu
kommt der eigentliche Wert des Hauses, das wären dann sage
und schreibe vier Millionen Euro, viel mehr, als wir ausgeben
könnten, denn kein Mensch lebt ewig. Und auch Rudolf
Schock der Filmschauspieler und Kammersänger vom LAND
DES LÄCHELNS hat sein Haus längst verkauft, an den Mann
gebracht, denn wie ich einmal aus dem Radio erfuhr waren er
und seine Frau nach Spanien an die Riviera umgezogen weil
ihnen das raue Sylter Klima nicht bekäme, der harte
Nordseewind, die Herbst und die Winterstürme wären nicht ihr
Fall gewesen, aber Schock und sein familie sollen wohl nicht
lange im Ausland gelebt haben, sollen früh gestorben sein.
Reformhaus Werner und seine Frau sind natürlich längst

verstorben, die Kinder werden das Haus übernommen haben, ob sie inzwischen Fernsehen und Bücher lesen dürfen, sie brauchen ja nicht mehr zu fragen, das versteht sich ja von selbst.

Das Sylter Haus als Ferienhaus zu behalten würde mir jetzt in meinem fortgeschrittenem Alter gut tun, doch leider kommt es im Leben immer anders, als man denkt und meistens muss man in vielen Dingen so lange warten und noch mehr draufzahlen, bis eine Veränderung eintritt, geschweige denn, bis der Arzt kommt... wenn er denn kommt...

12. MEIN VATER, DER KLAVIERSPIELER...

Die Eltern meines Vaters, meine Großeltern hatten zwei Söhne und eine Tochter, die alle drei kein Interesse am Gastwirts Gewerbe hatte, Mein Vater wurde Bank Beamter mit den Ambitionen, die ihm die Eltern eingeprügelt hatten, das Klavierspielen zu erlernen, er spielte leidlich und er spielte nicht oft, dazu ließ ihm das Bankgewerbe und seine Familie keine Zeit, doch es sollte noch anders kommen. Onkel Kurt Fischer, mein späterer sogenannter Erbonkel, der mit den beiden Sass Schwestern aus der Flensburger St. Jürgen Straße im Hause Altona verheiratet war und mein leiblicher Erbonkel, dem die Erbschleicher aus Hamburg nach seinem und dem Tode von Tante Else alles wegnahmen was niet und nagelfest war und die Tante war so dumm gewesen mir zu erklären, Das geht nach der Reihe, erst kommt die Kusine, dann der Neffe, das bist Du!" Die Erbschleicher von Lembkes aus Hamburg bekamen alles, zwei Häuser, den Opel Wagen mit der halb Automatic, den roten Leder Sitze und die wertvolle, antike, alte Standuhr von Millionen wert und ich nur einen Haus Abtrag von 1.400 DM um mein Haus aufrecht zu erhalten. Wie gesagt, heute ist alles vorüber, die haben den Reibach gemacht, ich bin mein Haus an garstige, gemeine Jugendliche los geworden, ich sitze in der Platz Angst Wohnung um es euch zu berichten. Platz Angst spüre ich täglich aufs neue. Onkel Kurt Fischer hatte keine Hobbys so viel ich weiß, die drei waren völlig für sich gewesen, er war Möbelkaufmann bei Möbel Harms in Flensburg in der roten Straße gewesen, dort wo auch der berühmte Schauspieler Hans Söhnker eine Möbellehre abgeschlossen hatte, bevor er zum Theater nach Hamburg und Berlin zu Gustav Gründgens kam. So weit, so gut. Onkel Kurt ist genau wie mein Vater Rolf sein Leben lang beschäftigt gewesen, das waren fleißige Leute kann ich euch sagen, die haben auch kein Blatt vor den Mund genommen und von Stellung wechseln konnte bei den beiden nicht die Rede sein. Tante Adah Fischer heiratete Herbert Rohde, die hatten drei Kinder. Die Geschichte mit dem Tarzan Fachbuch und der Kusine Heike, die abkassieren wollte ist ja bekannt und die beiden Söhne mit ihren angeblichen Familien kümmern sich nicht, schon damals nicht als wir noch jung und knusprig waren um ihren Neffen, wir existieren gegenseitig nicht, doch unsere Väter und Mütter sind schon lange von uns gegangen. Mein Vater war ein fleißiger Bankbeamter, doch wenn es ihm zu bunt wurde, denn früher konnte sich niemand etwas leisten, dann krempelte er seine Hemdsärmel hoch, zig seinen besten Anzug an, ging ohne ein Wort zu sagen von dannen, aber wir wussten dennoch wohin es ihn trieb. Jeden Sonnabend Nachmittag ging er im besten Anzug an in die Stadt, dort erwarteten ihm ob es in der Theater Klause, im Gnomen Keller oder im Bürger Bräu Haus war schon die Gastwirtsleute, brachten ihm das Bier ans Klavier, dann legte er los und spielte überall auf zum Tanz und zur Unterhaltung. Ich habe heute noch ein Bild von ihm, wo er im Borgerforeningen Hof ,

nebenan war noch das Urania Kino mit den schönen Eroll
Flynn Filmen, wo er zur Unterhaltung aufspielte, er bekam pro
Abend 50 DM ausgezahlt, war wunschlos glücklich, denn die
Leute waren damals bescheidener als die heutigen, wenn ich da
so an mi9ch denke, was ich mir im Laufe der zeit alles
angeschafft hatte. Jedenfalls spielte er nie so lange, wie sagt
man so schön im Volksmund,bis der Arzt kommt, er kannte
seine Grenzen und ich und meine Mutter sind auch niemals
dabei gewesen und haben zugesehen, wie er die Sonnabend
Abende bei Klavierspiel und Gesang verbrachte. Er hatte auch
eine schöne Tenorstimme und den Text zu vielen Schlagern im
Kopf. „Zu Hause spielt er immer wieder nur das eine
Lied...MIT MUSIK GEHT ALLES BESSER..-.", quakte meine
Mutter, wir konnten das Lied schon nicht mehr hören, es hing
uns zum Halse heraus erinnere ich mich gut an die Melodie.
Dann bekamen sich die beiden nicht selten in die Wolle und
nicht nur an den tagen, wo er in Flensburg gute Stimmung
verbreiten konnte. Vater war ein bekannter Mann, wir wurden
von den Wempners, die die plattdeutschen Stücke auf die
Theater Bühne brachten oft eingeladen ins Theater, wer geht
heute noch ins Theater. Alles viel zu teuer, oder...? Nein, Vater
war so bekannt, das Die Show Größen Hans Joachim
Kulenkampf und Peter Frankenfeld ihn eines Tages
angagierten, sie auf der Bühne des DEUTSCHEN HAUSES zu
ihren Sketschen zu begleiten. Leider gab es in den fünfziger
Jahren also in der Nach Kriegszeit noch so gut wie keine
Fernsehgeräte, das erste soll mein Onkel Herbert Rohde
kunstfertig mit Röhren und Drähten zusammengebastelt haben,
die konntten alle was, das ist sicher. Aber wir hörten ihn im
Rundfunk aufspielen und die Stimmen von den bekannten
Show Mastern dazwischen, das war eine Wolke. Die
Schauspielerin, Kabaretistin und Petuh Tante Gerty Moltzen

262

war eine Schul Freundin, eine Mit Klässlerin gewesen. Gerty war für jeden Streich gut gewesen und dann kam der Höhepunkt zu Vaters Jubiläum dem 25. Arbeitsjubiläum bei seiner Bank. Das war, als wir noch in der Flensburger Rivesell Straße in der ersten Etage wohnten und ich ein kleiner, ruhiger Junge gewesen bin. Dann kamen sie alle, alle wollten sie dabei sein mit Ausnahme der Sass und Onkel Kurt Fischer, die hielten sich von sämtlichen Feierlichkeiten fern, wollten allein bleiben und Kontakt war nie dagewesen. Jedenfalls war der Gastwirt Fischer gestorben, an seiner Stelle kam seine Witwe, eine drastische, resolute Frau die überall zu sagen haben wollte, das Maul auf dem rechten Fleck besaß und die alle Verwandten fürchteten wie das Amen aus der Kirche. Sie und Adeh brachten Brot, Pumpernickel, Wurst und Käse mit um den Gästen von der Bank etwas anbieten zu können. Nun hatte ich mich als scheuer Knabe unter den Küchentisch verdrückt und Angst vor so viel Lärm um nichts gehabt, doch keiner von ihnen wusste das. Meine Mutter half nun bei den kalten Platten, meine Oma schenkte Bier in die großen Gläser und brachte sie in die Stube, wo die Gäste und die bekannten meines Vaters schon versammelt waren, Witze rissen und sich gut unterhielten. Viele Bekannte waren eingeladen aber das Beste sollte noch kommen und so warteten sie alle, nicht etwa darauf, das der Arzt kommen sollte. Nein, viel schlimmer, denn Vaters Jugendfreundin Gerty Moltzen, die Allerweltsdame hatte auch ihren Besuch angesagt, dann kam sie mit fliegenden Fahnen daher, klingelte Sturm an der Etagentür, angetan mit veinem riesigen schwarzen Hut, der mit einer Federboa ausstaffiert war. Sie war bekannt sich überall lieb Kind zu machen und umarmte dann stürmisch nur die Leute, die ihr zusagten, meine Mutter und ich, auch meine Oma wurden vollends übersehen. Vater Rolf holte also bei ihrem

Auftauchen sofort sein großes Akkordeon hervor. Gerty entblößte sich vollends vor staunenden, Beifall klatschenden Gästen und stand als Fischers Frau nur mit einem schwarzen Fischers Netz bekleidet, dazu frech wie Oskar vor den staunenden Besuchern und sang zu den Klängen von den Melodien auf Vaters Schiffers Klavier, die damals geläufig, ja gang und Gäbe waren, dann forderte sie die Männer auf in die Hocke zu gehen, die sollten dann auf ihrem bloßen Rücken die kleinen mitgebrachten Peitschen von ihr lustig knallen und mit ihr um den Stuben Tisch reiten. So lange bis der Arzt kam, keineswegs.

Meine Mutter hatte auch ihre damalige Schneiderin eingeladen, denn damals war es üblich, nicht so oft neue Kleider zu kaufen, die waren teuer und C & A gab es noch nicht in Flensburg der Angelburger Straße, sondern man verdingte so eine Matrone wie diese Schneiderin es gewesen, die nähte dann die Bekleidung um, natürlich in erster Linie die Kostüme der Frauen, die Männer hatten das Nachsehen und mussten ihre Hosen Knöpfe selbst mit Nadel und Faden annähen, Mutter hatte aber eine Singer Nähmaschine, die lief so leise und so präzise, das ich sie noch gut in Erinnerung habe. Diese Schneiderin nutzte nun die Stunde, als ale mit Gerty Moltzen und ihrem Petuh Vortrag zu tun hatten, muss zum Kleiderschrank der Eltern geschlichen sein und daraus Anzüge und Kostüme gestohlen haben, kurz darauf war sie aus unseren Gesichtskreis verschwunden, war in Luft aufgelöst und am tage danach sahen meine Mutter und die Oma die Bescherung, von da an nähtc Oma selbst. Mein Vater, der auch lustig sein könnte, holte Heftzwecken und ein weißes Bettlaken, dann brachte ich meine 35 mm Kinofilme, die im Schnitt nicht länger als 10 Minuten liefen, Vater steckte Kabel und Stecker in die Buchse, dann lief der Film DER ÜBERFALL AUF DEN

GOLDEXPRESS und im VORPROGRAMM DER KLABAUTERMANN, den ich später so oft gesehen habe, das er mir zum Hals hinaus hing, Tja, wir haben heute andere Zeiten, erst kamen die teuren Super 8 Spielfilme auf, die man auf 120 m Rollen sündhaft teuer erwerben konnte, ich habe viele davon noch im Archiv, dann gad es auch Normal 8 und Die VHS Kassetten mit den kompletten Spielfilmen, jedoch das Beste sind die DVD und die Blue Ray Kassetten, da braucht man nicht mehr ins Kino zu gehen, es genügt eine große Glasperl Leinwand und einen schönen Beamer.Fertig, aus, Schluss. Gerty Moltzen ist dann noch im hohen Alter da sie was konnte und die Leute vor ihrem großen Maul Respekt hatten sogar in den USA mit ihren Sketschen aufgetreten und konte wohl auch etwas vorweisen. Sie wohnte in Glücksburg im Eigenheim in der Waldes Höhe, wo wir sie einmal besucht hatten und ist dann im hohen Alter in ihrer Hamburger Eigentumswohnung gestorben.

Leider konnten wir das Klavier meines Vaters später in den Häusern, die wir allesamt bewohnten nicht unterbringen, komischerweise in den Wohnungen in der Rivesell Straße und später in der Bismarckstraße 67 ging das noch, wo der Korvetten Kapitän der Bismack, sein Unkel ihn einmal besucht hatte.

13. DIE VERRÜCKTHEITEN MEINES ALTEN VATERS... DER HILFERUF AUS DEM TOILETTENFENSTER... DAS ENDE VOM LIED...

Mutter Ilse hatte achtzig tausend DM bei Lotterie Faber gewonnen, das waren noch Zeiten wo das Wünschen noch half (ich meine weiter spielen bis der Arzt kommt war auch bei den Lottogesellschaften angebracht) uns kein Sterbenswörtchen

davon erzählt, das war so Ende der 70 ger Jahre in Flensburg gewesen. Wir waren es auch leid im Angelsunder Weg neben einer Nachbarin zu leben, mit der wir uns nicht verstanden und der Sohn, der immer arbeitslos war einen Banküberfall auf eine Sparkasse im Stadtteil Flensburg Mürwik verübt hatte , nun im Gefängnis ein sass. Vieles kam damals zusammen, so das wir schließlich froh waren, von dannen zu ziehen und das war schließlich der ganz große Fehler gewesen, denn ich sehe es ja jetzt selber und erfahre es schmerzhaft am eigenen Leibe, das ich in meiner Heimatstadt sozusagen als bekannter Sohn der Stadt Flensburg nicht einmal eine soziale Einlieferwohnung bekomme und wirklich warten muss, bis der Arzt kommt, doch vor dem kommt ja hoffentlich noch eine Vorsorge Kur, die nennt sich heutzutage Modell 21.
Jedenfalls heißt ein wahres Sprichwort, wer den Schaden hat, braucht nicht für den Spott zu sorgen. Ein großes Nachbarhaus wurde gebaut, dort zogen Familien der Post in Flensburg ein, nun kam e sso, das unter diesen Leuten sich auch Jungen befanden , die die Nachbarschaft terrorisierten. Einer der schlimmsten war ein Junge, der die Schlüssellöcher unserer Autogaragen deren zwei mit Sand und Steinen verstopften und weil das noch nicht genügend Unfug war, kamen sie vor die Haustüren, uns hatten sie im Visier, schlugen die Scheiben ein, traktierten meine Mutter mit bösen Worten und bei Spaziergängen, warfen sie meinen Eltern böse Schimpf Worte zu. Ich vernahm das, wurde eines Tages wütend, packte den Kopf des Schülers und zog ihn in den Haaren. Promtt kam bald darauf ein Schreiben vom Amtsgericht wegen Unterlassung und Schikane, also alles wurde umgedreht. Wir nahmen uns zusammen und gingen schnurstracks zu dieser Familie des Jungen. Ein Postbeamter und Inspektor wies uns die Tür:"Ich will hören, was der Richter Ihrem Sohn zu sagen hat!" Meine

266

Mutter:" Können wir uns nicht gütlich einigen, schließlich hat ihr Sohn den Terror in der Nachbarschaft begonnen?! „ Wir könnten uns doch gütlich einigen, schließlich sind wir doch von ihrem Sohn beschimpft, beleidigt und gedemütigt worden, ohne Grund, er soll das lassen!" Ein Wort gab das andere. „Ihr Sohn hat meinem Kind in die Haare gegriffen, dafür soll er büßen!" Warten bis der Termin beim Amtsgericht kommt, warten bis der Richterspruch kommt, diesmal nicht warten, bis der Arzt kommt. Wir alle sind unbescholtene Bürger, doch der Richter schrie das halbe Amtsgericht zusammen, das tun sie ja meistens, wenn sie Geld oder späte Sühne verlangen. Ich will es kurz machen. Der gemeine Bengel und ich bekamen beide was aufs Dach. Man dürfe sich nicht an kleinen Kindern und jugendlichen vergreifen, damit war ich als dreißigjähriger gemeint und der Bengel solle gefälligst seine Unartigkeiten einstellen. Es kam also für beide von uns nichts dabei heraus, dabei hatte ich nur meine Eltern verteidigt. Doch kurz nach dem Urteil den man als Tenor bezeichnet fing der Bengel wieder mit beleidigenden Äußerungen an, wenn wir an ihm und seinen Freunden vorbeiliefen, dazu kamen die Streitigkeiten mit der Nachbarin. Plötzlich war sie im Krankenhaus gestorben. Vater kam mit dieser Nachricht nach Hause und Mutter reagierte promt. Wir hatten die Nase gestrichen voll. Meine Mutter lud uns nun ein, an einem schönen Vormittag nach Großsolt auf das Land zu fahren, da wäre ein Haus am Eulenberg frei, wie geschaffen für uns drei, ich bin und war unverheiratet „Und woher willst Du das Geld nehmen ?" Fragte Vater Rolf „Das werdet ihr dann schon sehen!"
Der Hausverkäufer rieb sich schon die Hände als wir heranrückten, das Haus gefiel uns ausnahmslos, hatte viele Zimmer, 150 qu mit Garten, Terrasse und zwei Garagen, gerade

das richtige für uns. Die Papiere waren schnell unterschrieben, dann erfuhren wir durch Mutter, sie hatte eine größere Anzahlung also 80.000 Dm bei der Lotterie Faber gewonnen. Die Verkehrsverbindungen waren gut. In fünf Autominuten konnte man Flensburg erreichen, nur das Einkaufen wollten wir in Satrup tun. Meine Eltern waren zwar damals schon nicht mehr die jüngsten, aber mit Wohnraum oder Wohnraum passend für uns drei zu besorgen hatten sie nie Probleme gehabt. Damals wurden wir nicht von den Vermietern, es war der Wohnungsbau, die Gewoba gequält, es ging alles sorgsam und akurat zu, nicht so wie heute das man von den Wohnungs Vermietern , ungeheuerliche Wesen was auch die Selbstdarstellung und die Geldgier betrifft das man annehmen muss, die außerirdischen Wohnungs Haie kommen vom Mars und wollen den Wohnungsbau vereinnahmen, nein, so war das nicht. Wir wohnten 23 Jahre in Adelby und haben uns nie beklagen müssen, alles war annehmbar, die Mieten spottbillig, zudem war mein Vater pensionierter Beamter im Ruhestand gewesen und ich Substitut damals bei Hertie in Flensburg, so das es keinerlei Probleme gab. Meine Mutter bezahlte also die gewonnenen achtzig tausend Dm in das neue Haus ein, den Rest machte die Aareal Bank in Wiesbaden klar. Sie hatten zwar anfangs Bedenken wegen des Alters meiner Eltern gehabt und wir mussten alle einen Gesundheitstest über uns ergehen lassen, dann konnten wir einziehen. Hundert fünfzig Quadrat Meter Rauminhalt und dazu zwei Garagen rechts und links. Sicher hatten auch meine Eltern kein ewiges Leben und sind längst verstorben, aber wir haben 35 Jahre im Haus gewohnt und die Abträge bezahlen können, auch nachdem meine Eltern verstorben waren, habe ich weiter gezahlt, aber davon soll nun nicht mehr die Rede sein. Wir verlebten schöne Jahre in Großsolt, Ostenr, Pfingsten,, Weihnachten standen vor der Tür, der Schnee auch wenn es einmal einen deftigen Winter gab, längst nicht so schlimm wie die Winterkatastrophen 1977 78 damals in Flensburg. Mutter und Vater machten alles selbst, legten selbst die Lichtleitungen, wir bekamen neue Möbel und so richteten die beiden ihren Ruhestand ein, wir unternehmen in den kommenden Sommern große Ferien Touren nach Bayern, Österreich und in die Schweiz und nach und nach habe ich auch die kanarischen Inseln besucht, natürlich mit dem Flieger und die beiden waren auch dabei, als es nach Lanzarote zu den schwarzen, roten und weißen Kartoffeln auf den Tellern ging, die im Speiseplan der Canarios enthalten sind, wir besuchten auch die Wüsten der Timanfaya, machten Kamelritte, gingen im Kristall klaren Wasser schwimmen und unvergessen bleiben die Vogelparks mit den wunderbaren Kakadous und den Graupapageien, die Aras nicht zu vergessen, die uns Kunststücke jeder Art zeigten und bei Fotos saßen sie auf unseren Schultern und klammheimlich rissen sie die Jacken Knöpfe von unseren Jacken. Die Strände auf Canaria waren damals schon sehr schmutzig, voll von Papier und Plastik Müll, die die Leute, ich habe es selbst erlebt, die die Leute, damit meine ich Touristen aller Schattierungen ob Jung oder alt achtlos auf den Stränden verteilten und ich bin heute der Meinung, das die Verpackungs Industrien einfach zu umfangreiche Verpackungen im Verkauf anbieten, es sollte schleunigst eine andere Lösung geben, aber welche.In erster linie sollte mehr Vernunft vom Verbraucher gefordert werden. Papier und Plastik gehören in die besagten Mülleimer, wenn nicht sollte dem Wegwerfer das teuer bekommen. Ins Auge vielen die riesigen Hotelburgen, am schlimmsten war es in Gran Canaria wo es nicht selten vorkam, das so ein Touristik Hotel in Strand Nähe schon einen Kilometer lang war. Nein, damals gab es noch erholsame Tage dort auf den Cararen und

die felsigen Wohnsiedlungen und die Höhlen der
Ureinwohner, die Guanchen wohnten warm und bequem in
ihren Felshöhlen, auch die Harimaguados, die Jungfrauen, die
sie den Göttern Achaman und Abora von Zeit zu Zeit opferten,
lesen sie dazu bitte meine historischen Romane über die
Canaren sechshundert vor Christi Geburt, als es noch
Landbrücken von Afrika nach den Canaren gab, der Passat und
der Sciroko, die großen afrikanischen Winde vom Festland her
wehten und die Wüste von Afrika nach den Cararen verlegte,
nur kleine, schnittige Einbäume konnten die Inseln vor dem
Winde mit viel Glück erreichen, nochmal, lesen sie dazu meine
TAROONA WERKE TAROONA AUF DEN
DRACHENBAUMINSELN...TAROONA IN DER HEIMAT
FUERTEVENTURAS... TAROONA; ACHAMAN UND
ABORA... TAROONA UND DAS BOLLWERK DES
ZONZAMAS...... es sind insgesamt vier Bände geworden. Nun
will ich aber nicht weiter abschweifen, denn noch einmal zeigte
mein Vater im neuen Haus in Großsolt, was in ihm steckte. Er
war nicht nur ein anerkannter Bank Beamter gewesen, in ihm
steckte noch mehr und er machte Anfang der 80 ger Jahre noch
jeden Spaß mit. Damals begann ich meine Super 8
Filmsammlung aufzubauen, diese Filme waren teuer, weil das
Acetat Material teuer war, alleine die unkompletten Super 8
Spielfilme, da kostete eine solche Rolle von 120 Metern, die
vielleicht 17 Minuten Laufzeit aufwies sage und schreibe 150
DM, gar nicht an die Preise von Komplett Fassungen zu
denken, die es auch im Ausland gab und da waren sie
wesentlich billiger, wenn ich an die Fotoläden in Spanien,
Italien und Griechenland denke, allerdings musste man dann
eine deutsche Tonspur auflegen, was zeit, Nerven und Geld
kostete. Heute gibt es kaum noch Kodak und Agfa Super 9
Material für unsere Film Klameras zu kaufen und wenn, dann

270

so teuer das man sehr tief in die Taschen greifen muss, denn so ein 15 Meter Rohfilm kann schon mal, und das ohne Tonspur 40 Euro verschlingen, will man nicht zahlen, liegen die Kameras sinnlos herum und du musst alle Monate die Objektive drehen, damit sie nicht verharzen, aber wer fragt da heute schon danach, niemand.

In den achtziger Jahren gab es solche Probleme noch nicht, kein damaliger Super 8 Schmalfilmer dachte an kommende Zeiten und heute bin ich heilfroh, mit Eltern, Verwandten und Freunden das Wichtigste auf Schmalfilm festgehalten zu haben, nicht nur das alte Haus in Sylt, auch das in Großsolt und die schönen Ferien, die Weihnachtsbescherungen, es sind kostbare Erinnerungen auf Zeit geworden und an uns Eigentümer verliehen, denn auch wir ehemaligen Filmer leben ja nicht ewig, jedenfalls habe ich für alles vorgesorgt, ein Testament gemacht, damit diese Erinnerungen im Archiv von Freunden, nicht aber im Mülleimer landen, wie es damals die Chefin des Colosseum und Palast Theaters Frau Dr. Schühmann rigoros gehandhabt hat und die unvergessenen Filmplakate und Film Foto Sätze , die sie fast 50 Jahre aufbewahrt hatte in die Mülleimer werfen ließ, so hat sie uns Sammlern Anfang des Jahres 2000 ein Vermögen von einigen Millionen Euro unterschlagen, in den Sand gesetzt, durch Unwissenheit, Unachtsamkeit, Herrschsucht und Selbst Verliebtheit.

Mutter und ich suchten nun passende Verkleidungen für Vater Rolf aus allen Kleiderschränken heraus, denn ich hatte ein kleines Drehbuch geschrieben, er sollte, erzählen, singen und Tanzen in urigen Verkleidungen, die ich im Film eingeplant hatte, er war immerhin schon an die achtzig Jahre alt und sollte als TARZAN verkleidet mit Pappmesser gegen mich als verkleideten Affenmenschen kämpfen, das filmte Mutter ab, das war ein lächerlicher Spaß gewesen, aber immerhin ein gelungener, dann kamen andere Verrücktheiten dazu, zu denen er Gedichte aufzusagen hatte, ich sprach sie vor und er sprach sie gekonnt, aber mit lächerlicher Gestalt nach, denn nun kamen die großen, weltberühmten Gestalten der Weltgeschichte, die sollte er im Film verkörpern, dazu verkleideten wir ihn als Neandertaler, dann als Winnetou und Old Shatterhand, als Frankensteins Ungeheuer, als Werwolf und Mumie, nicht zu vergessen als taumelnder, blind wütiger Zombie im Angriff auf meine Mutter, dann spielte er verkleidet als Cleopatra die Königin vom Nil, Julius Cäsar, Hannibal, der Karthager, dann Moses und Pharao Ramses, danach Erich den Roten, den Wikinger der vor Columbus Amerika entdeckt hatte, dann Kolumbus selber, dann Michelangelo Bounarotti, Friedrich den Großen, Napoleon Bounaparte, Bismarck, Adolf Hitler durfte nicht fehlen, dann Stalin, Churtschill, John F. Kennnedy, dann viele berühmte Schauspieler, wofür ich ihn schminken musste von Lon Chaney Sr. über Barrymoore und Erroll Flynn über Maureen O Hara und von Douglas Fairbanks mit dem unverkennbaren herzlichen Lachen bis zu Peter Ustinov als Kaiser Nero und Charles Laughton waren alle Stars vertreten. Ich gebe zu, die Schminke reichte nicht immer aus, auch nicht die besorgten Perücken und die Kleidung, um die Darstellung Szenen gerecht hinzubekommen, aber es war ja nur ein privater Film, den ich sogar mit Ton unterlegen konnte und heute nach Jahrzehnten ist es ein Unikat. Wer hat schon so etwas mit seinesgleichen machen können, nun Vater war eben ein Spaßvogel gewesen und das Film Material lagert in stabilen Weißblechdosen für alle Zeiten unangreifbar, da kommt ab und zu aus der Apotheke ein Körnchen Kampfer auf den Filmstreifen, damit er frisch und vorzeigbar für die Leinwand erhalten bleibt. Von dem Onkel mit der Schreibmaschine und dem Manuskript mit der Atomkraft hatte ich schon berichtet,

darüber will ich stillschweigen bewahren und auch von anderen
Dingen, die ich bereits im FACHBUCH DAS
KNIRSCHENDE GEBISS MEINER FLENSBURG SAGA
berichtet hatte, doch nun nähern wir uns langsam und sicher
dem ENDE meines Buches über kriminelle Geschichten die
das Leben schrieb und an denen ich und meine Bekannten und
Verwandten nicht so ganz unschuldig waren. Heute liegen sie
alle in der Erde, können nicht mehr PIEP sagen und keine
Fehler eingestehen, die unabänderlich sind, zum Beispiel nicht
helfen wollen wenn es um wichtige Entscheidungen um
Stellung, Gesundheit, Leben und die Häuser geht, denn
Sturheit und Eigennutz kommt stets vor den Fall. Vater wurde
jedoch mit der Zeit was man nicht vermutete immer
tolpatschiger und tapsiger, man darf nicht vergessen, die Eltern
hatten den großen Fehler gemacht, anstatt in Flensburg zu
bleiben nun auf das Land zu ziehen, wir mussten unsere
Lebensmittel in unmittelbarer Nähe einkaufen, da bot sich
Satrup mit seinen Supermärkten auch an, doch jeder Schritt
kostete geld, was wir damals noch hatten, es kam nicht so
darauf an und ich war noch in Stellung, doch die Nähe der
Stadt, den Wochenmarkt an den Mittwochstagen, den
Sonnabenden missen wir alle, das Stadttheater mit Fiede
Bartelmann und den Wempners, vorbei und vergessen, die
Kinos sind alle bis auf zwei aufgegeben, die Straßen Kaffees,
die Kaufhäuser und die bekannten weit weg, jeder Schritt
kostet Geld, die Waldwirtschaft, die einst die Großeltern
gepachtet hatten, an denen wir an den Sonntagen zum Essen
und Eisessen hinfuhren, die Preise kann keiner mehr bezahlen,
aber wenn ich zum Schwimmen will geht es entweder nach
Glücksburg oder nach Wassersleben, das kann ich in den
schönen Sommern die vor und hinter mir liegen immer noch
weidlich ausnutzen, nur mein Vater, der Zeit seines Lebens

immer ein begeisterter Schwimmer vor dem Herrn gewesen ist, konnte in den letzten Jahren nicht mehr so wie er wollte. Auf einer Bus und Griechenland reise, lang ist es her, kam er in Athen nur noch mit knapper Not aus dem Wasser und auf dem Wege zur Akropolis musste er vor der Eingangskasse kapitulieren, den Berg stiegen wir noch hinauf, dann aber blieb ihm die Luft weg „Gehe da man alleine hinauf und mache deine Fotos, Gerhard. Ich bleibe hier sitzen und warte auf deine Rückkehr!" da konnte er lange warten, zwar nicht so lange, das der Arzt kommen konnte, das nicht, aber es brauchte schon Zeit bis ich Akropolis und Umgebung, also Athen vom Berg Gipfel aus gefilmt und fotografiert hatte, abgesehen davon hatten wir ein gutes Hotel und deftiges griechisches Essen, nur die Oliven spuckten wir aus und die Bustouren entschädigten ihn dann wegen dem Schwimmverzicht und die Fußwanderungen. Sein Klavier konnte er abschreiben wie ich schon berichtete, da war im neuen Haus kein Platz, Platz genug, Bewegungsfreiheit genug, aber die Musik kam nun vom Fernseher und den Musikschränken. Er hatte sein Hobby verloren, der Kakadou saß von morgens bis abends auf seiner Schulter, verwüstete vom Kleiderschrank bis auf den Tisch sein Zimmer, eines Tages riss er das Toilettenfenster in seiner Tarzan Verkleidung auf, er hatte wohl einen zu viel bekommen und rief um Hilfe. „HILFE, HILFE, HILFE!" Kein Wunder von morgens bis abends im selben Zimmer sitzen und dösen, er ließ nicht mit seinem Rufen nach, zum Glück hörte ihn keiner. Ich packte ihn beim Kragen, drückte die Beine zusammen und setzte ihn in seinem Zimmer im Sofa ab, machte den Fernseher Apparat an, dann hatte er sich beruhigt und sagte zu meiner Mutter:"Der Bengel hat Kräfte, mich schweren Mann zu tragen. Kräfte, die mir nicht mehr gegeben sind, Ilse!" Dann kam schließlich der Alterszucker, der Hausarzt Dr. Diebold schnitt ihm sichtlich immer mehr vom verfaultem Fleisch von den Füßen, dann kam das Krankenhaus, er wollte noch einmal sein Jugendzimmer im Gasthaus der Marien Hölzung sehen, das schafften wir nicht mehr. Hier hört die Erzählung aus Gewissensgründen auf. Mutter Ilse wurde herzkrank, mit 83 Lebensjahren rief sie von der Küche aus meinen Vornahmen „GERHARD". Ich fand sie nach einem Fernsehfilm leblos unter dem Küchentisch, von nun an lebte ich mein Leben alleine weiter. Das Bücherschreiben als Historien Autor ersetzt aber keinen Menschen und wie immer halten sich die anderen Menschen in diesen Tagen strikt zurück.Na, wen wundert das schon. Gewisse Dinge kann man einfach nicht vergessen, der Mensch, jedenfalls viele besitzen ein fotografisches Gedächtnis und Erinnerungsvermögen, meines ist besonders stark ausgeprägt, weil ich nun als Autor viel nachzudenken habe und manchmal nehme ich auch das Langzeitgedächtnis zu Hilfe, wenn es besonders ehrlich und gut werden muss. Unvergessen bleibt der viel spätere Auszug nach Süderbrarup, am frühen Morgen, als die neuen Eigentümer mein Haus übernahmen und ich dem Möbelwagen hinterherfahren musste, kam der megärische Zankapfel der kleinen Nachbars Hexe wie der Blitz aus dem Nachbars Haus gejagt, in den Händen einen riesigen Suppen Topf voll Erbsen Suppe und Würstchen, an mir vorbeigehuscht, um die jungen verlogenen, gewalttätigen Nachfolger mit diesem elenden Essen willkommen zu heißen. Die hatten für den Umzugstag belegte Brötchen und gute Getränke angekündigt, was brachten sie mit. Trockene, alte Brötchen, die Getränke hatten sie absichtlich vergessen, schlechtes Regenwetter und eine Nachbarin die zu ihnen passte der aller übelsten Sorte... SIE WERDEN SICH NOCH WUNDERN, WER MEINE KINDER BESCHIMPFT HAT BEI MIR NICHTS MEHR ZU LACHEN. Sie hatten mit

Schneebällen meine Fenster verdreckt, das hatte ich mir verbeten, danach hatten sie mich im Dörflichen schlecht gemacht. Die Guten werden schlecht gemacht, die Jungen Leute haben mich mit ihren Lügengeschichten um Geld und Haus gebracht. Die Nachbarschaft, die freute sich sehr, die Nachbarin doch um so mehr. Die Hauserben waren schon von ihnen fabriziert, ich hatte mich vor dem Auszug noch auf die alte Wehrmachts Kiste meines Vaters mit Erinnerungs Stücken aus dem zweiten Weltkrieg konzentriert. Dazu kam ich nicht mehr, das hat dieser Bengel sich alles einverleibt und sieben Kleiderschränke beim Auszug vernichtet mit Mutwillen und bösen Worten, sie leben noch heute dort selbstgefällig als neue Hausbesitzer, selbstherrlich aller Orten.

Im übrigen noch eine freundliche Warnung an meine Leser und alle die Leute, die irgend wann im Leben eine Erbschaft zu erwarten hätten, ich lege mich auf das Wort hätten fest, lesen sie in meinem Buch über Erinnerungen aus Flensburg nach DAS KNIRSCHENDE GEBISS, was passieren kann, denn es gibt wirklich gefährliche Megären von Frauen, die ein Leben lang darauf warten, die eigenen Verwandten durch die Dummheit von Onkel und Tante maßlos zu übervorteilen. Sie bekommen gar nichts und die, die den Rachen nicht voll genug bekommen nehmen den ganzen Erbteil an sich. Die Kusine Lembke und ihr feiner Mann aus Hamburg hatten ein Leben darauf gewartet, das meine uralte Tante Sass aus Flensburg das Zeitliche segnen würde, dies tat sie dann 2005 im Alter von 97 Jahren, nicht ohne mich darauf aufmerksam zu machen...obgleich wir uns immer gut verstanden hatten...DAS GEHT NACH DER GESETZLICHEN ERB REIHENFOLGE, DU BIST JA NUR DER NEFFE, ABER LEMBKES SIE IST DIE KUSINE MEINE LEIBLICHEN VERWANDTEN UND DIE ERBEN ALLES (obgleich sie wusste wie schlecht es um meine Finanzen und mein geerbtes Elternhaus stand, aber der Geiz der Sass Schwestern war schon immer übel gewesen, sie konnten nicht anders) und eines Tages standen sie mir gegenüber, die Erbschleicher aus Hamburg. Meine Mutter hatte sie in jungen Jahren kennen und verachten gelernt und ich schrak vor dem eiskalten Blick, ebensolche Worte, kurz und schmerzhaft treffend dieser standhaften Megäre, die wohl nichts und niemand im Leben erschüttern konnte und ihr kleiner, unscheinbarer Mann, der wohl begütert war, sonst hatte sie ihn nicht genommen hatte den lapidaren Satz eingeübt, ich höre ihn noch erschrocken wie gestern... TANTE ELSE, WIR PASSEN AUF DEIN GELD auf... dabei hätte es heißen müssen...Tante Else, wir passen auf dich auf, das Du uns noch lange erhalten und gesund bleibst."

Da bleibt das Wort G E L D aus dem Spiel, das muss dann die Tante entscheiden, jedoch Sie hatte sich von diesen Worten und einem Kasten Pralinee einschmeicheln lassen...zudem war sie fast blind und hilflos wie ein Wickelkind, was die körperliche Beweglichkeit betraf. Zudem machte sie sich immer selbst etwas vor und brauchte die beiden Erbschleicher des öfteren um sich herum als guten , gelogenen Zuspruch. „DAS SIND SO LIEBE MENSCHEN, DIE LESEN MIR ALLE WÜNSCHE VON DEN AUGEN AB. „Und sie muss sich diese Wünsche von ihrem eigenen Geld teuer erkaufen. "WENN DAS KLEINE WÖRTCHEN WENN NICHT WÄRE,"SO DIE LEMBKE, OHNE MIT DER WIMPER ZU ZUCKEN, als ich sagte, das ich meinen Haus Abträgen nur leidlich nachkommen könne usw. dann saßen wir noch viele Jahre bei den Geburtstagen der Tante ohne ein Wort zu sagen an dem Geburtstagstisch, der überfüllt war mit Sahnetorten aller Arten, stundenlang herrschte eisiges Schweigen. Die gönnten mir keinen Bissen und es wundert mich noch heute, das ich diese

Sitzungen, damals nur der Tante zuliebe durchgestanden hatte, weil ich eben immer ein Single war, es heute noch bin. Lesen sie das Buch DAS KNIRSCHENDE GEBISS und die erbten nicht nur den enormen Kontostand, sondern auch zwei Häuser, das Grundstück, das alte Automatik Getriebe Auto des verstorbenen Onkels und die uralte, wertvolle Standuhr von 300 Jahren, was sie augenblicklich zu Geld gemacht hatten, ein Erbteil von ZWEI MILLIONEN Euro und ich sitze heutzutage in einer kleinen PLATZ ANGST WOHNUNG und meine Bücher hat der Agent noch in seiner Gewalt, wann wird er sie freigeben, die großen historischen Werke für Europa, Wartezeit schon seit Oktober 2016.Irgendwann wird auch der Verleger sein Veto, seinen Einspruch erheben müssen, damit es endlich ein Weiterkommen ein Veröffentlichen, ein Drucken, ein Ende ohne Schrecken geben kann. Über zehn Jahre Kampf, die Gesundheit meiner Augen habe ich auf das Spiel gesetzt und die DAK Krankenkasse lässt mich auf die Vorsorge Kur Modell 61 warten, bis ich schwarz bin. Ich muss Prioritäten setzen, und das ist noch nicht alles...... W A R T E N, bis es der Krankenkasse DAK einfällt, mich zur Kur zu schicken, damit ich endlich aufatmen kann, denn so schnell gibt sich ein Fischer nicht geschlagen... diese Hamburger Erbschleicher haben sich sofort in ihre Gefilde zurückgezogen, ich höre von Ihnen nichts und das ist gut so, aber in letzter Zeit, wo ich nun nicht mehr schreibe kommen diese Gedanken wie von selbst.Morgens beim aufwachen im Bett, beim waschen, beim Auto Fahren, beim Fernsehen und es muss wohl so sein WENN EINEM MENSCHEN UNRECHT WIEDERFÄHRT, DAS IST SCHON DES NACHDENKENS WERT, also aufpassen.. UND FÜR DIE VERSTORBENE TANTE NOCH EINEN NACHRUF... DUMMHEIT UND VERKEHRTER STOLZ WACHSEN AUF EINEM HOLZ, doch das nützt mir nun auch

nichts mehr... Ich versuche vergebens, diese selbst erlebte
Geschichte zu vergessen,sie kommt mir immer wieder in den
Sinn und am meisten dann, wenn man es gar nicht vermutet.
Frühmorgens beim aufwachen und das ist nicht angenehm...

14. UNSER LEBEN, EIN KOMMEN UND GEHEN, EIN ABWARTEN BIS ZUM BITTEREN

Der Unterschied zwischen Mieter und Vermieter ist gewaltig.
Den kennen Sie schon, aber nicht diesen. Schließlich war ich
einst auch EIGENTÜMER MEINES HAUSES, Doch wenn
man es nicht mehr bezahlen kann, und selbst dreißig Jahre
drinnen gelebt und unentwegt eingezahlt hat, kann es einem
trotzdem weggenommen werden, wenn die geldlichen Mittel
nicht mehr ausreichend vorhanden sind. ALSO AUFPASSEN.
Ich und meine Eltern haben anfangs achtzig tausend DM
eingezahlt, dreiunddreißig Jahre lang Haus Abträge monatlich
bis zum geht nicht mehr bezahlt, eine halbe Million dadurch
zugesetzt und dann kommen solche Briten, die setzt die Aareal
Bank dann ein, weil sie zufällig 50.000 Euro hatten, dann gibt
es neue Eigentümer, ob sie es nun verdienen oder nicht... Geld
ist den Banken wichtiger als Gesundheit und Menschenleben
und selbst wenn ich nur noch tausend Euro Schulden gehabt
hätte, hier haben sie junge Menschen, die ungeniert für
nachwuchs gesorgt haben, das wollte ich nicht und das sind
dem Staat die liebsten Eigentümer. Was ich nun als Mieter bei
garstigen Vermietern auf dem Dorf aushalten muss, ohne eine
Namens Nennung zu machen, das führe ich Ihnen nun einmal
zu Gemüte. Ich bin zu schnell bei rücksichtslosen Menschen

gelandet, die Wohnung ist zwar billig, ich kann sie bezahlen, doch ich muss zu Kreuze kriechen bei den kleinsten Kleinigkeiten und keinen Dank bei all den vielen Jahren wo ich hier in kleinen Räumen aushalten musste, schließlich führt das zum Schluss zu Ktrankheiten, weil der Mensch Bewegungsfreiheit benötigt, wenn er sie nicht bekommt und jeder ist dann in solchen Zeiten der Wohnungsnot sich selbst der nächste. Es ist ganz einfach, Du fühlst dich pudelwohl im eigenen Zuhause und als Mieter bist Du von morgens bis abends genervt, die 50 Quadratmeter Wohnung droht allerorten, wenn sie denn zur Verfügung steht und da nicht schon die Flüchtlinge eingezogen sind, wenn sie denn Familie haben und was die für Familie haben, da sträuben sich einem die Haare, für die ist Wohnraum vorhanden dank Merkel und wenn man denn als angehender alter Mann wider in die Heimat will, muss man erst einmal viele Jahre zu Kreuze kriechen, das ist der Grund warum ich schreibe, weiterschreibe, um mich aus dieser prekären Lage zu befreien und was sagte der böse Vermieter, der Wohnhai vom anderen Stern, der da Saturn heißt und die Erde und die Wohnungen im Sturm erobern will und die Erden Menschen mit nicht bezahlbarem Wohnraum bedroht. „Wenn sie bei mir einziehen wollen, machen Sie einen Diener dann überlegen wir uns das!" Ich habe tatsächlich einen Diener, einen unmerklichen machen müssen, ich kann mich noch gut daran erinnern, wir standen uns vor dem Zaun, im Hintergrund das Haus mit seinen Platzangstwohnungen Auge in Auge gegenüber, ich war sprachlos vor so viel Frechheit, was dicse Menschen sich für Frechheiten gegenüber Wohnungssuchenden erlauben, um des lieben Friedens Willen machte ich mit, die waren zufrieden, aber gleich nach dem Einzug meinte die Vermieterin bösartig:"Was haben Sie die Dusche mit Taschen und Handtüchern voll gepackt, das müssen

Sie wieder entfernen, das dulden wir nicht!" Ich gab keine
Antwort, die Dusche steht heute noch voll von Taschen, die ich
für die Tafel benötige, weil sonst kein Platz in der Wohnung ist.
Ich kann also nicht Duschen und alle 4 Wochen muss ich die
Dusche räumen, das dauert einige Minuten, weil mein Grau
Papagei geduscht werden muss, wohlgemerkt mein Grau
Papagei kommt in diesen unerhörten Vorzug, ich nicht. Die alte
Toilette war kaputt, das Wasser lief daneben und ich musste
lange am Telefon mit den brutalen Unholden kämpfen, bis sie
eine neue Toilette einbauten, die Kacheln im Hintergrund an
der Wand wurden erst sechs Monate später in ihren
eigentlichen Zustand zurückversetzt. „ SIE HABEN IHRE
WOHNUNG ZUGEMÜLLT""; alles muss raus „DAS IST
KEIN MÜLL, HERR; ICH LASSE MICH IN KEINSTER
WEISE VON IHNEN BELEIDIGEN. Ich habe ein großes
Haus räumen müssen, das wichtigste habe ich in den
Wohnraum integriert, das ist Eigentum, ebenso der Grau
Papagei und meine Filmsammlungen und Bücher!" „Wie heißt
der Vogel?" „KASPER TEATHER !" „Was stört sie eigentlich
am tropfendem Waserhahn, wenn Sie mir das sagen können
überlege ich mir, ob ich die Reparatur übernehme, wenn Sie
mir die richtige Antwort geben!" „Die Wassertropfen fallen von
Morgens bi9s Abends in meine Ohren, es ist unerträglich, im
übrigen denke ich nicht daran die Reparatur zu übernehmen
und wenn Ihnen meine Antwort nicht schlüssig genug
erscheint, da können Sie lange warten, bis ich sie anrufe !" Ich
warf den Hörer auf die Gabel. Die rühren sich nicht von der
Stelle. Ich darf keine Schuhe vor die Tür stellen und die zu
große Fuß Matte:" Sie müssen eine kleinere Fußmatte
besorgen, darüber könnten die Nachbarn und die Feuerwehr
drüber fallen, wenn es einmal brennen sollte..." Es brennt
schon lange inwendig in mir selbst. Den kleinen Schuhschrank,

der im Hausflur stand, musste ich entfernen, nun liegen die Schuhe unter meinem Bett und da liegen sie gut. Ich kann sie nicht mit Händen greifen, dazu gehört schon was, ich muss einen langen Stock unter den Bettkasten einführen, vielleicht habe ich Glück im Unglück. Und die davor liegen, das ist vielleicht eine Stolperei kann ich ihnen sagen. Ich war Zeit meines Lebens mein eigener Herr, doch jetzt hat sich der Spieß zu meinem Unglück ausgerechnet im Alter gewendet und der Staat und die Vermieter geben ihren Segen dazu. Sie, die verhassten Vermieter haben ein Pferdegestüt, sie schließen Pferdewetten ein und ich meine Bücher, mal sehen wer mehr verdient?! Doch die Zeit heiligt die Mittel, sagt ein wahres Sprichwort.. Ich fürchte, die sind von der schnelleren Truppe, denn mit Büchern groß herauszukommen, wenn sie denn schon durch viel Nachdenkens und Klugheit gemacht sind, ist eine andere Sache. Die älteren Autoren wenn sie nicht gerade Doktoren, von und zu und Professoren oder Autodidakten sind sind nicht mehr gefragt, ganz gleich was sie schreiben, die Jugend ist auf dem Vormarsch und zwar in erster Linie bei Google und dem Internet, wer liest noch, sind das die Neunmal Klugen, die Nachdenklichen, die Bücherfreunde, die geschichtsbewußten Denker oder gar die Fantasten, die die Bücher von Erich von Däniken gern gelesen haben, ich übrigens auch. Der Mann ist doch kein Fantast, der stellt die Ordnung wieder her, der kennt die Geschichtsschreibung wie kein zweiter und wenn daraus Theorien erwachsen die der Wahrheit näher kommen um so besser. Die Lebensfreude ist dahin, man will fliehen, aber man kann nicht. Die Filmsammlungen liegen samt und sonders in der Ecke. Angst und Verzweiflung hindern einen daran noch einmal die kostbaren Super 8 Filme zu betrachten. Man wird ängstlicher, zurückhaltender und mimosenhaft empfindlich, es gibt keine

Abwechslung im Leben, auch die Lesungen haben
abgenommen, aber der Vermieter streicht weiterhin ungerührt
weil er ja als Außerirdischer Mieten Hai vom Mars kommt die
Gelder ein und darauf warten, bis sie mal kommen und sich
für die pünktlichen Überweisungen bedanken, damit sich das
zusammenleben unkomplizierter wird, darauf kannst du
warten, warten bist Du schwarz wirst. Sie warten ab wie die
Made im Speck, sie haben Geduld und Spucke, denn sie haben
die Macht und die kommt nicht von ungefähr, der Staat ist auch
nicht besser, schützt die Hauseigentümer in jeder Beziehung
und so haben wir Mieter keine rosige Zukunft zu erwarten. Es
sei denn, doch das ist meine Sache, ich habe ja noch etwas im
Feuer. Tja, wer diese ungeheuren Kräfte mobilisieren kann und
will, das muss jeder selbst wissen.Ich denke, einen Versuch ist
es immer wert diesen unmenschlichen Vermieter Haien die
Stirn zu bieten. Junge Leute mit Kinderwagen ziehen hier im
Haus ein und aus, die verdienen, können sich vorerst keine
großen Wohnungen leisten, aber immerhin, lange bleiben sie
nicht. Der Schimmel in den Zimmernischen sagt uns nichts
Gutes,bei mir geht das noch, geh Mut los mit der
Flurreinigung. Der eine Mieter kennt den anderen nicht und
lässt das auch gerne bleiben. Es gibt keinen Guten Tag und
Guten Weg mehr, selbst die Glüh Birnen im Keller wechselt
der Vermieter ungern, er benötigt dazu fast zwei Monate. Die
Keller riechen nach Moder und Schimmel, die Fenster können
nicht aufgemacht werden, weil das Mobilar sie verstellt, die
Weihnachtskugeln und der Weihnachtsbaum können nicht
aufgestellt werden weil kein Platz mehr in der Stube ist, also
verzichte ich nun schon neun Jahre lang auf fröhliche
Weihnachten, alleine macht es keinen Spaß und der Vogel
scheißt in jede Ecke, die Toilette ist seine Rettung, dahin
flüchtet er auf den Waschtisch, wenn er es in der beengten

Stube nicht mehr aushalten kann. Seine Zeit ist gekommen, meine schön längst. Nun ist ein neues Buch wieder fertig geschrieben. Ich lege es gleich beiseite und greife wieder zu Erich von Däniken und meinen Geschichtswerken um mich sinnvoll zu beschäftigen, ansonsten lasse ich mich noch hin und wieder aus beuten, wenn meine Freunde mir neue DVD Filme schicken, zur Beruhigung,wie sie sagen. Die wollen Geld, die Vermieter wollen auch Geld. Das Auto ist ein Fass ohne Boden, war es schon immer. Die Butter kann keiner mehr bezahlen, den teuren Krabben Salat von Aldi schon gar nicht. Was werden die Engländer sagen wenn HALVARS GELÖBNIS mein historischer Wikinger Roman in drei Bände in englischer Sprache in ihren Bücherläden erscheint. Wenn es dort erscheint ??? Sie sagen klipp und klar. Wer glaubt denn noch an eine Vergangenheitsbewältigung, sie hat doch gerade erst begonnen...

Erlauben Sie mir noch, meine verehrten Leser und Zuhörer bei Lesungen meine witzige Meinung zu der deutsch, türkischen Freundschaft am Ende unseres Buches kund zu tun. Der Hass auf Menschen anderen Glaubens ist im Koran verbürgt worden, wird von Generation zu Generation weiter gegeben, das ganze ist jedoch meiner Meinung nach eine Auslegungssache, denn jeder sieht das anders, aber wenn Mohammed befiehlt und er war auch nur einer jener klugen Menschen wie Jesus Christus, die ihre Sache richtig angingen, das war es denn schon, andererseits passt der fanatische Hass der Türken auf die christliche Religion   usw. gar nicht mehr in unsere moderne Zeitrechnung. Jetzt im Herbst 2018 hatte der türkische Staatspräsident Erdogan erneut seinen Besuch in Deutschland und in Berlin bei Frau Merkel im Bundeskanzleramt angekündigt, es kam zu einem Festbankett mit dem Bundespräsidenten und den Vertretern aus den

Regierungsparteien, doch Frau Merkel wollte ihm die kalte
Schulter zeigen, obwohl er ihr einen riesigen Sack mit Kümmel
mitgebracht hatte, ein Geschenk der KÜMMEL TÜRKEN aus
der Türkei und tat es auch, denn ein Volk, ein Land und ein
Staatsbeamter seines Schlages und diesen Beleidigenden,
empörenden Ansichten passt erst einmal nicht in die Zeit, dann
nicht in den Europarat und schon gar nicht in die europäische
Gemeinschaft des Staatenbundes. Erdogan äußerte sich sehr
empört über die Kaltstellung auch in den eigenen Reihen, denn
er hatte die Deutsch Türken ja in Deutschland besuchen wollen
um zu erfahren ‚wie weit die deutsch türkische Freundschaft in
Deutschland gedieh, dann hätte er ja ein Buch mit dem Titel
geschrieben... DIE UNTERWANDERUNG DER DEUTSCH
TÜRKISCHEN FREUNDSCHAFT IN EINEN DEUTSCHEN
ABHÄNGIGKEITSSTAAT DER UNTERWERFUNG UNTER
DER FLAGGE DES HALBMONDES UND DER
STÄNDIGEN UNTERDRÜCKUNG DURCH MICH......man
stelle sich das einmal vor, diese Frechheit, die der Kerl sich
erneut herausnimmt, die Macht, die er sich angeeignet hat. Er
hat auch die Abgeordneten und den Bundespräsident gebeten,
ihm für sein schlaues Buch einen passenden Verleger zu
besorgen, die lehnten zwar ab, aber da haben sich gleich
Gottschalk, Jauch und nicht zuletzt Otto Waalkes angeboten,
ihn weiterzuempfehlen, natürlich gegen ein entsprechendes
Honorar versteht sich doch. Otto Waalkes war gleich in seinem
Element, als Erdogan ihm Honig ums Maul schmierte und eine
Hand voll Kümmel in seine bunte Pudelmütze tat, bat um ein
Autogramm und da er ein Zeichentalent ist, sollte Erdogan
auch für ein Portrait bei ihm posieren. Die fertige Zeichnung
war denn auch so lächerlich geworden, das Erdogan dem Otto
Waalkes die Zeichnung aus der Hand riss, in viele
Papierschnitzel zerriss und sie ihm in Nase, Ohren und

Pudelmütze steckte, da viel der schöne Kümmel Tee aus der Mütze, Otto weinte und lamentierte:"Das musst Du doch nicht tun, nun kann ich keinen Kümmel Tee mehr trinken!" Erdogan und sein Bodyguard nehmen sich den Witzbold zur Brust und schüttelten ihn, doch Otto lachte um so lauter, zappelte in den Fäusten der beiden Kümmeltürken und rief vergnügt aus:" Ich bin ja selbst mein eigener Verleger, Erdogan, ich mache dein Buch, auch wenn das der längste Titel ist, den ich kenne aber nur, wenn ich noch einmal deine verlogene Fresse mit allem Drum und dran als witzige Karikatur auf das Titelbild bannen kann?" Ob Erdogan zugesagt hat, ist nicht bekannt geworden. Trotzdem lud ihn der Witze und Filmemacher Otto in seinen Leuchtturm in Nordfriesland ein:" Hast Du den schon mal probiert, den echten Nord Friesen Tee mit echten Klöntjes darin, das ist Kandiszucker zum süßen, weil, du bist mir noch nicht süß genug!" Erdogan geht auf so einen Nonsens kaum ein, denke ich, er hat schon wieder den altenn Handels Streit mit den Warenzöllen mit US Präsident Trump im Kopf. So werfen sie sich unentwegt die Kümmel Teesäcke und den Handelsstreit um die Ohren. Einem Streit gehen sie beide bestimmt nicht aus dem Wege, geht es doch in erster Linie um viel Geld und Machtmissbrauch. Geld kann man nicht genug verdienen und Macht und Ohnmacht liegen nahe beieinander. ......Was noch geschah... Als Erdogan anschließend bei seinen Kümmeltürken in München eingeladen und zu Besuch war hat er bei der Bundeswehr einen Teller Erbsen Suppe mit Schweine Fleisch Einlage gegessen.Als er vom Schweinefleisch unter der Blume verseht sich erfuhr, wurde er noch unruhiger als er sowieso schon ist, zog seine Schuhe aus, beschnitt sich die letzten Haare, ließ sich von seiner Frau vor allen Leuten Ohr Feugen, ging in die Knie, verbeugte sich gen Mekka, um Mohamend Abbitte zu leisten wegen dem Schweinefleischfraß.

Als Trump und Erdogan sich wieder einigermaßen vertragen hatten, verabredeten sie sich, jeder von ihnen solle für ein viertel Jahr Amtszeit den Posten des anderen übernehmen, mal sehen wer es besser verstand. Erdogan wird also versuchsweise US Präsident auf Zeit um sich mit den Mexikanern herumzuzanken, vielleicht baut er ja in diesem kurzen Zeitraum die versprochene Mauer und US Präsident Trump übernimmt Erdogans Posten für ein weiteres viertel Jahr ion der Türkei. Er freut sich schon auf den Sklavinnen Harem und den Türkisch Honig, wie man ihm denn den Honig um den Bart schmieren wird, auf das Haschisch Rauchen in der Wasserpfeife und den Kümmel Tee. Schon im alten Ägypten der ersten Dynastie im Thiniden Reich und dann noch später im neuen, alten Reich der Ägypter konnte man unter den Fanatikern fündig werden, sie mumifizierten alles, wie ERICH VON DÄNIKEN behauptet, was nicht niet und nagelfest war, dazu gehörten nicht nur Insekten und Käferlarven, nebst großen und kleinen Spinnen, dann auch alle Singvögel, ja im ägyptischen National Museum zu Kairo gibt es auch Tier Mumien zu bestaunen, das ist nicht aus der Luft gegriffen, es gibt Nil Krokodile, Flusspferde, Elefanten, Gazellen, Kuhreiher, Schwarzstörche, Ibisse, Raubvögel wie Falken und Graureiher, sogar Schlangen sind mumifiziert und in Binden gewickelt worden, nachdem sie das Natzron Bad von etlichen Tagen nach dem Tode über sich ergehen lassen mussten. Das ist ganz besonders interessant, weil von Däniken es herausgefunden hat. Auch den Cheops haben sie nicht in seinem Sarkophag zu Gizeh beerdigt, dort lag eine mumifizierte Maus im Grab und die heiligen Apis Stiere sind längst nicht in ihren Sarkophagen beerdigt worden, das Fleisch wurde von den Priestern verzehrt und nicht einmal die Knochenreste hat man in den Serapeums in den Sarkophagen zu Memphis gefunden, aber bitumenartige Reste von Kleintieren sind unter den Wissenschaftlern festgestellt worden, das muss in den Nachkriegsjahren gewesen sein. Abgesehen davon glaube ich zwar nicht das man den türkischstämmigen Erdogan nach seinem Tode mumifizieren wird, denn dazu hat er seine Mit Menschen zu sehr gequält, das Land liegt am Boden, auch in Schutt und Asche, aber um noch einmal zum alten Ägypten zu kommen, die paar Pyramiden in Gizeh und Sakkara geben keinen Ausschlag, vielmehr soll es zwischen Sakkara und Gizeh ein unterirdisches, gewaltiges Labyrint mit Paradies Gärten, etlichen Pyramiden, heiligen Hainen und Priester Tempeln gegeben haben. Die Entfernung zwischen Sakkara und Gizeh beträgt ungefähr 60 km und es ist kaum vorstellbar, das das alte Ägypten mit vielen Menschenmassen eine so große Anstrengung geschaffen haben soll, wenn da nicht wieder fanatische Priester, Wissenschaftler und die Mächte des Pharaos hinter gestanden haben. Haben Sie wirklich die Menschenmassen über Jahrhunderte so sehr ausgebeutet, das der Arzt oder der Priester kommen musste... Der Zahn der Zeit, der Wüstensand hat diese Werke unter sich begraben. Es wird noch heute unentwegt in den entlegenen Regionen Ägyptens nachgeforscht , es soll sogar einen riesigen See oberhalb von Memphis von 60 km gegeben haben, den Menschen angelegt hatten, man darf nicht vergessen, in alten Zeiten gab es in Ägypten keine Sklaven, also muss das Volk selbst Hand angelegt haben, unter wessen Oberbefehl. War da vielleicht doch eine fremde macht aus den Weiten des All im Spiel gewesen, die den geistigen Ausschlag gegeben haben muss, man muss es fast annehmen. Ist der menschliche Geist von einer fremden Zivilisation manipulieren und gebildet worden, machen Sie sich doch mal GEDANKEN; wir sprechen uns mal wieder....

15. DER TAG DER DEUTSCHEN EINHEITS....
GEISTERHUNDE HAT GESCHLAGEN (03.10.18)

Am Wiederholungs Tag der Deutschen Einheit sah man überall
in deutschen Landen dunkle, bedrohliche Wolken am Himmel,
die nichts Gutes ahnen ließen. Die vielen Fernsehen
Diskussionen darüber wie Deutschland und die anderen
europäischen Staaten mit den nicht aufhörenden neuzeitlichen
Völkerwanderungen der FLÜCHTLINGE aus Ost und West
umzugehen gedenken, die unterschiedlichen Meinungen und
Einflüsse, die in die politische Gedanken Welt einfließen und
nicht aufhören, dazu kommt immer wieder der neu
Aufflammende Nah Ost Konflikt in Palästina zwischen Juden
und Palästinensern, dann die amerikanischen Geschäftemacher,
an der Spitze der amerikanische US Chaoten Präsident Trump,
der in erster Linie durch die internationalen Geldgeschäfte auch
in erster Linie an sich und die Vergrößerung seines eigenen
Vermögens Interesse hat und der Bau der Mauer rund um
Mexiko verzögert, gar nicht daran denkt, sie zu bauen, nur
große Töne spuckt, weil er zufällig durch die Dummheit des
amerikanischen Volkes Präsident wurde, die Verurteilung des
europäischen Rechtsstaaten Bundes durch die verkorksten
Türken, die unerträglichen Beleidigungen des Präsidenten
Erdogan an das deutsche Volk und seine politischen Kräfte und
der erneut aufflammende Kampf um die US Zölle, während
Trump die Zölle einfordert bietet Erdogan im Gegenzug das
Leben vieler inhaftierter Häftlinge aus allen Schichten der
türkischen Bewegungen, der türkischen Intelligenz an, denn er

meint, die können ja auf den amerikanischen Cowboy Farmen als Sklaven für Trump die Kohlen aus den Feuern holen und dann immer wieder die Russen und Putin, der nur am abstreiten ist und die amerikanischen Bedrohungen von der Hand weißt, was die Spionage betrifft, das halten die alten verstorbenen Politiker in ihren Gräbern nicht aus, ihre Geister haben sich aus den Gräbern der deutschen Nation zum TAG DER DEUTSCHEN EINHEIT zum Gegenschlag in Gestalt von aufrürerischen großen und kleinen Hunden erhoben, um der deutschen Szenerie Paroli zu bieten. In grauen Nebelschwaden erheben sie sich nun zum Tag der Deutschen Einheit zum neuen Hundeleben und der erste, der als großer Hund, als Schäferhund aus seinem Grab steigt, um den sich die früheren politischen Geister versammeln ist Helmut Kohl, er bellt die alten politischen Kräfte nun in Gestalt von großen Hunden zusammen und ruft zur Demonstration und zum Lauf nach Berlin auf, um am Brandenburger Tor gegen die neue Politik der Merkel zu demonstrieren, zu bellen. „Wir wollen nicht die Wacht am Rhein halten, das tun schon andere, wie Adenauer immer gesagt hatte, wir laufen nach Berlin und bellen unsere Forderungen durch in ihre Ohren... vor dem Tag der deutschen Einheit laufen sie nun los und da es Geisterhunde sind, wie der Wind durch die Luft und durch die Länder zum Bundestag nach Berlin fliegen, geht es schneller als ein Hund ansonsten laufen kann. Rechtzeitig kommen sie bei Nacht und Nebel beim Brandenburger Tor an, unter ihnen als Bullen Beißer, Schäferhunde, Dackel, Terrier, Collies, Pudel und die üblichen anderen Sorten tauchen die verstorbenen Geister der Vergangenheit der ehemaligen bekannten Politiker dort auf, jedem von ihnen ist die passende Hunde Gestalt verliehen worden und an der Spitze die Bullen Beißer der Nation aus früheren Zeiten, der mit der unaufhörlich qualmenden Pfeiffe

Ludwig Erhardt, dann der schlimme Herbert Wehner, Kiesinger, Schmidt Schnauze, Willy Brandt, Egon Bahr, Ollenhauer, Adenauer darf auch nicht fehlen, von Hassel, Lübke, Schuhmann. „Auf zum Bundestag," bellte Helmut Kohl," mein politisches Testament und meine Geheim Akten sind zwar bei meiner Frau Maike in Sicherheit, wir werden es ihnen aber noch einmal zeigen, wer von uns die Hosen anhat, ich bin der Hunde Vater der deutschen Einheit, verlange Respekt!" Lange konnte er nicht mehr bellen, denn aus einem anderen Teil des Brandenburger Tores tauchte nun eine Rotte der schlimmsten Bullenbeißer als Geisterhunde auf, die die Rotte des Helmut Kohl bedrängen wollte, an der Spitze Hitler, Goebbels, Göring, dann Grotewohl, Stalin, Churtschill, Eisenhauer, Truman vermischt mit der SS und Nazi Größen des schlimmsten Kalibers, ihre Soldaten und Panzerwaffen, die Kriegsflugzeuge hatten sie vergessen, sie griffen nun die überraschte Hundemeute des Anführers von Helmut Schmidt an, der rief den seinen zu:"Die Ohren gespitzt, die Lefzen getropft, die Zähne gebleckt . gefährlich verhalten geknurrt und nicht mit dem Schwanz gewedelt, auf zum deutschen Bundes Tag, dort werden wir versuchen, unsere Forderungen durchzusetzen!" Während Hitler und seine Meute ihnen auf den Fersen blieb, erreichten die Erst Ankömmlinge den Bundestag, wo Frau Merkel und ihre Partei Genossen schon ihrer harrten, für jeden politischen Geisterhund hatte sie schon beim Schlachter einkaufen lassen, denn im Traum hatte ihr Helmut Kohl von seinen Plänen berichtet. Helmut Kohl bekam als erstes eine SAUMAGENWURST zugeworfen von ihr, dazu noch einen Nachschlag, damit sie sich beruhigten, die anderen bekamen Wiener Würstchen und Kartoffelsalat aufgetischt, was wohl ein Versehen war, dazu gab es auch noch Dampfbratwürstchen von Frau Redlefsen aus Satrup gespendet,

Schinken Bratwürste mit Senf für Brandt, Schmidt, Kiesinger, Erhardt und Adenauer. Der Herbert Wehner Hund hatte Currywürste bestellt und die bissigen Geisterhunde mit Hitler, dem Dutsche, dem Goebbels und dem Göring an der Spitze, die im Nachhinein auftauchten, meinte Merkel mit verzogenen, verbissenen Lippen und bissigen Worten nur:"Verjagt sie, für die habe ich keine Würstchen übrig, sie haben längst verspielt!" Dann kam die liebe Polizei mit TA TÜ TA TA TA TÜ TATA daher mit Polizei Autos, den knallroten abgehetzten Krankenwagen, der Feuerwehr, Kampfflugzeuge und vermummten Einsatzkräften,. Als die Geisterhunde die Polizei gewahr wurde, zogen sie die Schwänze ein, heulten vor Wut und verschwanden in den nebeligen Wolken. Helmut Kohl beglückwünschte Merkel bellend zu ihrer mutigen Tat, dafür bekam er mit auf dem Rückweg noch eine Saumagen Wurst für die Rückkehr zum Grab. „ Aber wir wollen doch noch die Türken, die Flüchtlinge und den Trottel von Trump verbellen, wir dulden so radikale Kräfte auch nach unserem hinscheiden nicht in deutschen Landen!" Meinte Merkel verkniffenen Angesichtes ungerührt:" Solange ich an der Macht bin und ich bin gerne Bundes Kanzlerin wird hier nicht verbellt, unsere Franzosen Freunde kommen auf den Plan, übrigens was ihr könnt, kann ich schon lange!" Angela Merkel stellt sich mit ihren Partei Genossen breitbeinig vor das Eingangs Portal des Bundes Tages unweit der Spree, dann verbellen die Politiker den Rest der Geisterhunde aus den unseligen Tagen der Vor und nach Kriegszeit, des kalten Krieges mit der Sowjet Union, die ziehen die Schwänze ein, warten auf bessere Zeiten und auf die WARTEZEIT mit der WIEDER GEBURT...
UND NOCH EIN LETZTES WIRD AUS DEM KAPITAL DER DETSCHEN GESCHICHTE AUFGESCHLAGEN, WAS DIE NACHKRIEGSZEIT ANGEHT, denn nun sitzen die vier

Machthaber aus den ehemaligen Sektoren Grenzen zu Berlin, der russische Machthaber STALIN, der englische Machthaber CHURTSCHILL, , der amerikanische General EISENHOWER mit PRÄSIDENT TRUMAN und dem Franzosen General De GAULE zusammen auf dem Brandenburger Tor gemeinsam für den Moment der Geschichte auf den riesigen Pferden und schauen gelassen den fliehenden Hunden hinterher, die alle in Richtungen ihrer Gräber rennen und den aufkommenden Nebel der Nacht, sozusagen im dunklen Nebel der Geschichte verschwinden. Da steigt jetzt auch noch der ehemalige russische Machthaber nach dem zweiten Weltkrieg NIKITA CHRUTSCHOW zu den Siegreichen hinauf auf die QUADRIGA, klettert behende, was man ihm gar nicht zugetraut hat auf ihren Arm und schwenkt grinsend die russische Flagge mit Hammer und Sichel, ruft den politischen Hunden durch die hohle Hand nach: „ DOSWITANNJA, auf Wiedersehen in der Zukunft in Hundert Jahren, wenn Putin die Puste ausgegangen, die Lust am regieren vergangen ist, wenn Kohl und Merkel Geschichte und Trump Geschichte ist, dann bin ich wieder da und dann gibt es einen neuen Versuch durch Kuba Amerika einzunehmen... Nikita zieht zur Bekräftigung seiner Worte seine Schuhe aus und haut der Quadriga damit auf den Kopf ihr dazu gehörig auf die Nase und ruft aus....DOSWITANJA, DOSWITANJA, DOSWITANJA....
Noch ein allerletzter Kalauer... Fast hätte ich sie vergessen, aber sie darf man nicht vergessen, wenn es um die deutsche Einheit geht und schließlich geht es auch heute noch um unser DEUTSCHES VATERLAND. NIKITA CHRUTSCHOW zwinkerte leicht belustigt mit den Augen, da erschienen links und rechts auf den ehernen Schultern der QUADRIGA WALTER ULBRICHT UND ERICH HONNECKER, begrüßten sich gezierter maßen , denn jeder von ihnen hatte

ein Gläschen Sekt in Händen. Die deutsche Einheit war ihnen nicht wichtig, zwar ein Dorn im Auge, aber die Bruderschaft mit den Russen, mit den Bolschewiken hatte Vorrang. Da rief Walter Ulbricht hinunter in die Menschenmenge..." NIEMAND HATTE JEMALS DIE ABSICHT EINE MAUER ZU BAUEN, ICH SCHON GAR NICHT. DAS KÖNNT IHR MIR GLAUBEN." Bei diesen geflunkerten Worten lief sein Spitzbart gräulich grün an, streicht mit den Fingerspitzen hindurch, dann kam Erich Honecker mit seiner Botschaft rüber, schwenkte enthusiastisch die rote Fahne mit Hammer und Sichel, lächelte süßlich wie bekannt dem früheren Genossen zu, den er eines Tages selbst auf den Pottt gesetzt hatte und rief lächelnd mit erhobener Faust ausgestreckt gen Himmel ... „ES LEBE DIE DEUTSCHE DEMOKRATISCHE REPUBLIK, ES LEBE DIE DEUTSCH RUSSISCHE FREUNDSCHAFT .Ja wo bleibt denn nur mein russischer Bruder Breschnjew aus Moskau, wir wollen trinken und den BRUDERKUSS nachholen. GLEICHHEIT, FREIHEIT, BRÜDERLICHKEIT," na, wer sagt es denn. WILLY BRANDT, HANS DIETRICH GENSCHER UND HELMUT KOHL LASSEN GRÜßEN aus den alten Geschichten und den Fernsehen Auftritten..... DIE DEUTSCHE EINHEIT LÄSST GRÜßEN.......einer lässt nicht grüßen, das war der Spion und gleichzeitig der Vertraute GIJOME an Willy Brandts Seite, der ihn und seine Politik im Kampf um die Einheit ausspioniert hatte, wo das Misstrauen im deutschen Bundestag ausgesprochen wurde und Kanzler Brandt über Gijome gestürzt war. WARTEN, bis der SPION entlarvt worden war. Als alles ans Licht kam, wurde ein neuer Bundestag, ein neuer Kanzler Helmit Schmidt gewählt. WARTEN bis Brechnjew aus Moskau kommt und aus seinem Schattendasein erwacht (vielleicht als Bullen Beißer / Bulldogge) ich denke, das lohnt sich nicht mehr, es ist alles gesagt worden... DOSWIDANNJA ihr falschen Halunken...

KRIMINELLE GESCHICHTEN, DIE DAS LEBEN
SCHRIEB GIBT ES OHNE E N D E.
DAS WAR... WARTEN, BIS DER ARZT KOMMT und nun
sind diese Geschichten zu

E N D E